BARBA ENSOPADA DE SANGUE

血染须髯

DANIEL GALERA

[巴西] 丹尼尔·加莱拉 著

张晨 译

人民文学出版社

著作权合同登记　图字 01-2019-6383

Daniel Galera
BARBA ENSOPADA DE SANGUE

Copyright © Daniel Galera 2012
First published in Brazil by Companhia das Letras, São Paulo
This edition arranged with ROGERS, COLERIDGE & WHITE LTD(RCW)
through BIG APPLE AGENCY, LABUAN, MALAYSIA.
Simplified Chinese edition copyright © 2023 by SHANGHAI 99 READERS' CULTURE CO., LTD.
All rights reserved.

图书在版编目(CIP)数据

血染须髯/(巴西)丹尼尔·加莱拉著；张晨译
.—北京：人民文学出版社，2023
ISBN 978-7-02-017594-9

Ⅰ.①血… Ⅱ.①丹…②张… Ⅲ.①长篇小说-巴西-现代　Ⅳ.①I777.45

中国版本图书馆 CIP 数据核字(2022)第 220269 号

责任编辑　卜艳冰　骆玉龙
封面设计　钱　珺

出版发行　人民文学出版社
社　　址　北京市朝内大街 166 号
邮　　编　100705

印　　刷　凸版艺彩(东莞)印刷有限公司
经　　销　全国新华书店等

开　　本　890 毫米×1240 毫米　1/32
印　　张　12.625
字　　数　294 千字
版　　次　2023 年 1 月北京第 1 版
印　　次　2023 年 1 月第 1 次印刷

书　　号　978-7-02-017594-9
定　　价　88.00 元

如有印装质量问题，请与本社图书销售中心调换。电话：010-65233595

献给 DP

叔叔去世的时候我才十七岁，对他的认识仅仅来自那些老照片。因为某个神秘莫测的原因，我的父母说两家人的见面只可能由叔叔那一方发起，也以同样的理由拒绝带我去圣卡塔琳娜的海边。我对于他是个什么样的人感到很好奇，也曾去过离他住的那个叫加罗帕巴的小城很近的地方，但是最终我还是把这件事不断推后了。青少年时期，我们总是假定自己会有时间去做所有的事，余下的人生就仿佛是永恒。他去世的消息过了一阵才传到我父亲这里，那时他正在圣保罗的一座山上闭关，准备完成一本新的小说。我的叔叔在铁锈海滩试图救人时溺水了，那一天的海暗波汹涌，岸边的海浪能激起三米高，一个穿泳衣的女子从石头上掉进了海里。那个女人后来抓住了救生圈，马上被其他的救生员救起来了。我叔叔的尸体一直没找到。他们在加罗帕巴举办了一场象征性的葬礼，我们也去参加了。母亲给我指了指他当时住的第一个公寓在哪儿，如今它已经被拆除了。当时的照片里能看到米黄色的两层小楼，上面还有平台，就紧挨着海边，在一个大石块的上方。那时候海边还没有什么高楼，也可以随意去海里游泳。这座历史古镇被列入了世界遗产名录，那时候人们都住在手工捕鱼的区域，如今这个产业已经逐渐消失了，让位给了各种游船。我们见到了他的遗孀，是一个皮肤很白的女子，身上文着褪了色的文身，还有他的两个小孩，一男一女，两个孩子都继承了他们母亲的蓝眼睛。这就是我的堂兄妹们。葬礼只来了很少的人。我的母亲不知为何一直哭个不停，后来又盯着大海自言自语了差不多半个小时，也像是在和谁说话。也有其他人望着大海，仿佛在等待什么。我突然有种奇怪的感觉，就像大家都在想着我的叔叔一样，可是大家口中的他却是一个隐居的人，也没什么人认识他，就像是上世纪遗留的产物。我萌生了拍摄关于他的访谈的想法，我的父母也同意我在城里单独待几天。没有人熟识我的叔叔，但是好像每个人都能说点关于他的什么。十年前他开了一家小的工作室，在那里给人上一些拉伸运动和普拉提的课程。大部分人印象中的他是一个铁人三项运动教练，很显然他曾经陪伴过六个州冠军和一个国家冠军。夏天的旺季他就会放下手头的工作，专门做救生员。他是最棒的那一个，并且全年都在训练那些救生员志愿者。傍晚时分，结束了一天十二小时的工作，救治完中暑和被海蜇蜇伤的病人后，在没有臭氧层覆盖的南边区域走在暴晒的阳光下，有人看到他在深海里游泳，不顾跌宕的海浪、大雨以及突然降临的夜幕。他是一个独来独往的人，但是突然有一天就和这个女人结婚了，没人知道她从哪里冒出来的，然后就在被称为安布罗西乌群山的山脚下建了一座小房子。所有很早以前就认识我叔叔的人，都提到了一条跛脚的狗，它能像海豚一样游泳，和他一起进入深海。我们能够称之为事实的内容就到此为止了。剩下的访谈都建立在千变万化的传闻、传奇和栩栩如生的描述的基础之上。他们说他能够在水下憋气十分钟。说那条跟他形影不离的狗是不死的传奇。说他曾经徒手对抗过十个当地人，并且胜利了。说他晚上从一个海滩游到另一个海滩，被人看到从很远的海中出现。说他曾经杀过人，所以才行事谨慎、深居简出。说他会为任何一个上门找他的人提供帮助。说他一直就住在那些海滩上，也会一辈子住在那里。不止一两个人说过不相信他真的死了。

第一部分

1

首先映入眼帘的是一个油光锃亮的蒜头鼻，表面像佛手柑的皮一样坑坑洼洼。下巴和脸颊上布满了细小的皱纹，皮肤也略显松弛，可两者之间的嘴巴却显得出乎寻常的年轻。脸刮得很干净，大大的耳朵下面挂着更为巨大的耳垂，仿佛是被本身的重量拉长了。萎靡的眼睛里，咖啡色的虹膜上水汪汪地泛着微光。额头上三条皱纹完全水平，相互之间的距离也完全一致。牙齿很黄。蓬蓬的金发从头顶顺着独特的弧度延伸到后脊梁。在呼吸的那一瞬间，他上下打量着这张面孔的每个细节，他发誓这一生从未见过这个男人，但是却知道这个人就是他的父亲，因为没有其他人住在这栋位于维亚芒的房子里。况且这个坐在扶手椅上的男人身边躺着一条母狗，这是一条澳洲牧牛犬，高高地昂着头。这条狗已经陪伴了这个男人多年，所以他可以立刻准确地辨认出来。

"这是谁的脸啊？"

父亲只是浅浅地笑了笑。这个玩笑已经很老套了，他的回答也很平常。

"还是原来的那一个。"

现在他注意到了父亲的衣服，深灰色的西裤和蓝色的长袖衬衫。衬衫的袖子卷到了手肘位置，衣服被胳膊下面和圆圆肚子上的汗水浸湿。他注意到父亲脚上没穿皮鞋，似乎因为天气炎热而故意穿的凉鞋。躺椅旁的桌子上还有一瓶法国白兰地，旁边横放着一把手枪。

"坐过来。"父亲说道，晃了晃头示意了一下沙发的方向。那是一个双人座白沙发，人造革材质。

二月初的阿雷格里港正值酷暑,无论温度计上如何显示,空气的燥热感都让人觉得气温远远超过了四十度。他上次来这儿的时候还是春天,房前的两棵风铃木开满紫色和黄色的花,在寒风中摇曳。这次树上已长满了叶子,在静止的空气中轻声低语。他开车路过房子的左侧时,看到了葡萄藤上不计其数的袖珍葡萄,他仿佛能闻到它们在经历几个月的日晒和风干之后散发出的甜甜香气。路边有一片狭窄的长方形草坪,一个荒废的小足球场,还有一条公狗在路边烦人地叫着,房子的门敞开着。短短数月里,这栋房子并没有任何变化,或者说它其实从未改变过。

"卡车哪儿去了?"

"卖了。"

"为什么桌子上有把左轮手枪?"

"它就是一把枪而已。"

"为什么桌子上有把枪?"

路上驶过一辆摩托,随着轰隆的引擎声,公狗巴格乐也在嘶哑地叫着,像是一个老烟鬼在嘶吼。父亲皱了皱眉,仿佛受不了这条烦人又吵个不停的笨狗,他还养着它的唯一原因是出于责任。"你可以抛弃自己的儿子、兄弟、父亲,当然还有妻子。在你这么做的时候,你总可以找到一些正当合理的理由,可是在照顾一条狗一段时间之后,你没有任何权利把它抛在身后。"这是父亲在他小时候说过的话,那时全家人还住在依帕内玛的一座房子里,家里养着六条狗。"狗为了和人类生活在一起,永久地放弃了自己的一些本能,并且永远无法完全地恢复。一条忠诚的狗是一个残废的动物。这是一份我们永远都无法撤销的合约。只有狗才可以撤销这个合约,但这种情况极为罕见。人类没有这个权利。"父亲说道。所以父亲和贝塔此时此刻不得不容忍着巴格乐的"干咳"。躺在父亲身边的贝塔已经老了，它是一条澳大利亚牧牛犬，模样讨人喜欢，聪明并且细心，还强壮得像头公猪。

"儿子，最近生活过得怎么样？"

"为什么有把左轮手枪？我说这把枪。"

"你看起来很累。"

"我是挺累的。我在训练一个人参加铁人三项。他是一名医生，人品不错。这个人游泳很棒，其他两项的成绩也在慢慢提高。他的自行车加上轮子只有七磅重，光一个轮胎就能卖一万五千美元。他计划明年就参加比赛，最多三年获得世界级比赛的名次。我想他会成功的。但他实在是太他妈的无趣了，我只能忍着。最近我都睡得很少，但是还算值得，毕竟他付了不少钱。另外我也继续教着游泳。最近我终于修好了我的车，现在已经是全新的了，真是花了不少钱。上个月我去了海边，在灯塔那边和安东尼娅度过了一周的时间，就是那个红头发的，哦，对了，你还不认识。再后来，我们在灯塔那儿吵架了。我想这就是全部了，父亲，剩下的事情都按部就班。你为什么会有把枪在这里？"

"那个红头发的女孩怎么样？你的这个喜好可是从我这儿继承的。"

"父亲。"

"我一会儿就告诉你桌子上为什么会有把枪，行么？我靠，兄弟，你没看到我马上就讲完我们前一个话题了么？"

"好吧。"

"他妈的。"

"好了，对不起。"

"想喝杯啤酒么？"

"好吧，如果你也喝的话。"

父亲有些困难地拖着身体离开了软软的躺椅。他的胳膊和脖子有些发红，这是近几年慢慢形成的，同时形成的还有那疙疙瘩瘩的皮肤，像鸡皮一样。年轻的时候父亲和他的哥哥踢过足球，每年也会定期去体校训练，一直坚持到四十多岁。但是在那之后，自己的小儿子碰巧也对各种运动逐渐感兴趣了，他却开始了坚定不移的久坐生活。他总像马一样吃喝，保留着从十六岁就开始的抽卷烟和雪茄的习惯，还沉溺于可卡因和致幻剂，所以现在拖着身体移动都有点费劲。他经过走廊，朝着厨房走了过去。走廊的墙上挂满了广告方面的奖状和证书，都装裱在玻璃框里或金属拉丝板上。这些奖状证书大部分出自八十年代，那段时间也是父亲作为广告编辑的事业高峰。客厅的另一端，一个矮柜子的红木顶上还有一对奖杯。父亲慢慢朝冰箱走去，贝塔紧紧地跟在他的身后。这条母狗是主人的开心果，在他身后踱着安静而轻飘飘的步子，看上去和他一样老。父亲沉重的步伐，渐行渐远的辉煌过去和紧跟其后的忠诚老狗，在这百无聊赖的周日午后，唤醒了他心中一种震撼的感觉。这种感觉无法解释，却又如此熟悉，仿佛一个焦虑的人试图做出一个决定或是解决一个小小的问题时，却发现在这个问题之上耸立着由纸牌堆成的象征生命意义的城堡。他看到父亲已经到达努力的极限，危险地游走在放弃的边缘。冰箱的门打开的时候伴随着粘住的咯吱声和玻璃器皿碰撞的叮当声，不一会儿他和母狗就回来了，比去的时候显得轻盈。

"那个圣玛尔塔的灯塔是在拉古纳旁边，是么？"

"是的。"

他们打开了长颈瓶的瓶盖，气体从瓶颈里逸了出来，发出了蔑视的叹息声。他们随意地碰了碰对方的酒杯。

"我挺后悔没能多去一去那片圣卡塔琳娜的海滩。七十年代的时候几乎所有人都去过那里。你母亲也在认识我之前去过。是我开始带着她去了南方、乌拉圭等地方。那里的海给我一种痛苦的感觉。我的父亲就是在因比图巴的拉古纳附近去世的，就在加罗帕巴。"

他过了好几秒钟才反应过来父亲是在讲祖父。他出生之前祖父就已经不在了。

"祖父？你总是跟我说你不知道他是怎么去世的。"

"我这么说过么？"

"好多次吧。你说你不知道他死在哪里，也不知道他怎么死的。"

"嗯，有可能。我想我是这么说过。"

"这不是真的吗？"

父亲在回答之前想了想。不像是为了争取时间，也许他是在推断，在记忆里挖掘，或者仅仅是在组织语言。

"不，这不是事实。我知道他死在哪里，也知道他大概是怎么死的。就在加罗帕巴。因为这件事，我一直不是很喜欢到那附近去。"

"什么时候？"

"那是六九年。在……六六年的时候，他离开了塔夸拉的农场。他应该在大约一年后到了加罗帕巴，在那里生活了两年多，直到被人杀死。"

他的鼻子和嘴角处浮现出短暂的傻笑。父亲也对着他笑了笑。

"操，父亲。怎么会这样，祖父是被人杀死的？"

"你的笑容和你祖父是一样的，你知道么？"

"不，我不知道他的笑容是什么样的。我也不知道我自己的是什么样的，我早就忘了。"

父亲告诉他，他和祖父不仅仅笑容很像，在身体和行为的其他很多方面都很相似。祖父有和他几乎一样的鼻子，比他的更窄一点，一样的宽脸庞、深凹的眼窝和皮肤的颜色。祖父的印第安人血统跳过了自己的儿子直接传给了孙子。"你健硕的体态，"父亲说道，"肯定是遗传自你的祖父。他比你更高，差不多有一米八。那个年代没有人像你这样练习体育，但是你祖父仅靠砍柴、牵马、除草，就能把如今的这些铁人三项运动员远远甩在身后。那也是我二十岁之前的岁月，你别以为我不知道自己在说什么。我小的时候和父亲一起在地里干活，他的力气之大总是给我留下深刻的印象。有一次我们在找一只走丢的山羊，最后在栅栏那边找到了这只生病的畜生，它几乎要跨入隔壁的农场了。那儿距离家里差不多有三公里，我当时想象着父亲会让我骑马回去，然后把卡车开到那儿去，再把它带走，可是他直接把山羊背了起来，围在脖子上，扛着就走了。像那样的一只山羊大约四五十公斤重，你也应该记得我们原来住的那一片地区是什么样，只有绵延不绝的山丘和满地的石头。我当时十七岁，让他给我背一会儿。我就是想帮忙，结果父亲拒绝了我：'山羊已经好好地背在肩上了，要是我把它拿下来再自己背起来会更累的，咱们还是走吧，一直走不要停才是最重要的。'当然如果我真的背着那只羊，恐怕连一两分钟都撑不住。虽然我和干瘦搭不上边，可相比起来，你和你祖父简直是另外一个物种。你们俩在性格上也很像，你的祖父比你还要内向一些，他就是一个不爱说话并且十分自律的人。他从来都不会废话连篇，只在必要的时候才讲话，如果其他人在他耳边说话声音太大了他还会因此发火。但是你们的相似点也就仅此而已。你是一个温柔的人，向来很得体。你祖父却是一个暴脾气。他是个粗暴的父亲，甚至会因为一点小事就动刀子。他去参加舞会都会和别人吵起来。我到现在都不明白他是如何给自己找到这些麻烦的，因为他很少喝酒，从不抽烟、赌博，也从不和女人搅和在一起。你的祖母几乎每次都和他一起出门，有趣的是，她似乎从来都不在乎你祖父暴力的这一面。祖父是一个吉他手，她喜欢听他弹奏。我母亲曾告诉我，父亲表现成那个样子是因为他有一个艺术家的灵魂，却选择了错误的人生道路。她说他应该弹着吉他走遍整个世界，把他富有哲理的想法表达出来，而不是开始在地里干活，并和她结婚。这是你祖母的原话，我记得清清楚楚。可是他年轻的时候就荒废了这条道路，之后再也无法回头，因为他是一个严格遵守原则的人，而走回头路是对这些原则的侵犯。对你祖母来说，这也是导致你祖父脾气暴躁的原因，我觉得她说得也很有道理，可是我对父亲的了解从未有多么深刻，也无法确定事实是否如此。我只知道他经常扇我耳光，抽我的嘴巴子。"

"他杀过人么？"

"至少我从来都不知道。他拔出刀子很少表示想要捅谁。他这么做一般都是做做样子，我想是这样吧。我也不记得他什么时候带着伤回过家。除了那次他中弹了。"

"中弹。"

"他手上被射了一枪。我以前跟你说过的。"

"是的。他的手指因此而残废了，是吧。"

"那是众多冲突的某一次，他撞到了那个人身上，那个人就开了一枪来恐吓他，结果不小心子弹擦到了父亲的手指。最终他的小指和……旁边的那个不知道叫什么的破玩意儿都不能动了。受伤的是他的左手，就是用来按吉他指板的那只手。可几周之后，他又可以拿起吉他自娱自乐，没过多久他就和原来弹得一样好了，甚至更好。有人说他最后弹得已经比以前更好了，我并不是很清楚。他自己练习了一种疯狂的指法，可以弹奏自创的米隆加乐曲和高乔人的音乐。我想那两根手指并没有影响他什么。我也不知道。对他来说也许并没有缺少什么。真正打倒他的是你祖母的死。她患上了腹膜炎，而我那时只有十八岁。生活不论对他还是对我来说整个都颠覆了。"

父亲停了停，喝了一杯啤酒。

"你们在祖母去世之后就离开了农场么？"

"不是的，我们还在那里住了一段时间。差不多有两年。但是一切都变得很陌生。你的祖父很爱你的祖母。他是我知道的人里面最忠诚的一个。除非他特别小心谨慎，把秘密隐藏得很好……不过这几乎是不可能的，在那样一个地方，那么小的一个城市，什么事情大家都清楚，就像一场真人秀，所有居民都是参与者和旁观者。有一群女人迷恋着你的祖父。他是那么的高大、勇敢，又会弹吉他。我知道这些是因为我去过舞会，看见不少单身和已婚的女人都在追求他。我的母亲也跟她自己的朋友谈论这些。他可以成为这个地方最大的情圣，可是他却忠诚到几近疯狂的程度。很多年轻的金发女孩想和他在一起，还有很多爱冒险的已婚妇女。我自己就很享受这样的状态，而父亲却因此责骂了我。他说我像一头在泥塘里打滚的猪。你看过在泥塘打滚的猪么？那真是一个很搞笑的场景。但是你祖父的道德遵循着一定的准则，接近疯狂，在他的观念里必须找到一个爱他的女人并且照顾她一辈子。为此他和我争吵过好几次。我母亲在世的时候我还很羡慕他身上的这一点，但是她去世之后他还是莫名其妙地坚持着这份荒谬的忠诚。但他并不是完全失去了理智，没过多久他又回去参加舞会、翻动烤肉串、弹吉他以及和别人动手。喝酒也变得更加频繁了。女人们像蜂拥到肉上的苍蝇一样追随着他。偶尔他也会对一两个人卸下防备，可是和之前一样，他一直神秘地保持着忠贞。他身上有些东西我一直都没能理解，也永远都理解不了。从此我和他也渐渐疏远了。虽然在如何处理和女人们的关系这方面，我们的信念有所冲突，但并不是因为这个原因我们才相互疏远，而是因为一次肢体冲突。"

"因为这个你才去阿雷格里港的么？"

"是的。我在六五年的时候离开的。那时候我差不多二十岁。"

"可是你为什么和祖父打起来了呢？给我说说吧。"

"好吧……我不知道怎么和你解释。但是有一点主要的原因，是他对我的评价。他认为我是一个花花公子，对人生毫无追求，对农场、工作、道德机构或任何宗教场所都毫无兴趣。他说的都有道理，除了他的观点过分夸张。我想他可能是突然被惹怒了，再也没有耐心来管教我。其实我并不是那样的无可救药，可是你的祖父……终于，有一天我见识到了他有名的暴脾气。结局就是他把我赶走了，让我去了阿雷格里港。"

"他打你么？"

父亲没有回答。

"好了，那就这样吧。"

"我就告诉你，我们相互打了几下。操他妈的。在现在这个时代，那样的事都不算是什么事。是的，他给了我一巴掌。没有别的细节了。第二天他来请求我原谅，但是告诉我会把我送到阿雷格里港，说这对我有好处。我原来去过几次阿雷格里港，所以当时就知道他说得有道理。我刚到这儿的第一天就觉得很好。我上了一些技工类的课程，一年半之后在阿泽尼亚开了一家印刷厂。三年间我靠着给别人印刷阻尼器、饼干、居民小区信息等各类各样的广告，挣了不少钱。你从未想过生活会那么好。"

"哈哈。"

"是的。很好，真的很好！"

"哈哈哈。"

"从此之后生活就开始走下坡路了。"

"好吧。可是祖父被人杀死了。"

"是的。从这里开始，故事就变得阴沉了许多，大部分的内容都是道听途说的。我并不知道实际发生了什么，也可能没发生任何特别的事激发他这么做，但在我去城里一年之后，你的祖父就离开了农场。我得知他的离开是因为我接到了他的电话。那是一通国际长途。他在阿根廷的一个地方，世界的某个角落，名字我也不记得了。他说他只想出来旅游旅游，到了通话结束时，我才明白他已经永远踏上了旅途，他会时不时告诉我他的消息，让我不要担心。我并没有担心他，至少不是很担心。我记得我也曾想过他可能会在一场刀光剑影之后，最终死在某个角落里，就像博尔赫斯小说《南方》里的人物，不会有比这个更合适的了。虽然很悲剧，但很适合他。好啦。我也想过故事里肯定会有女人，或者说，百分之九十九是这样的，这类事情总是会有女人在背后，如果是真的话，也是一件好事。在随后的几年里，如果我记得没错的话，他仅又给我打过三个电话。其中一次他在乌拉圭。另一次在巴拉纳州的某一个小城市。他在那里待了大约六个月，他再次打电话给我的时候已经到了圣卡塔琳娜的一个小渔村，叫作加罗帕巴。虽然我想不起来在那通电话里他具体说了什么，但我记得那种感觉，感觉他身上某些地方有了变化。我记得他的声音里面有年轻的气息，还记得一些接近于无法解释的事情。他对那个地方的描述有些前言不搭后语。我只记得一个细节，他讲到一些关于南瓜和鲨鱼的事。我以为老头子已经失去了理智，或者更疯狂的是，他和嬉皮士搅在了一起，把南瓜和一些茶点搞混了。他说的是看到一些渔民把煮好的南瓜扔到海里去捕鲨鱼。鲨鱼吃了南瓜之后，南瓜在它们的肚子里发酵、肿大，直到爆炸。我当时就说了'啊，好的父亲，真棒，你要注意身体'，他和我说了再见就挂了电话。"

"我靠。"

"这之后他再也没有打来过。我开始担心他。几个月之后，我还是没有收到来自他的消息，于是我在某个周末骑上了我的摩托。我那时候拥有的可是一辆 50 毫升排量的铃木摩托，一直骑到了加罗帕巴，在 BR-101 公路上迎着风疾驰了八个小时。现在咱们说的是一九六七年的事。到加罗帕巴的路大概有二十公里的土路和细沙子路，在路边能看见几幢农民的小屋，剩下的都是小山和灌木。如果你能有幸碰到一些人的话，他们都光着脚走路，摩托车和乡下的卡车数量只有牛车的五分之一。那个城镇看上去还不足一千人，除了小山背后的白色教堂和一些渔民的棚屋和船只，在海滩上看不到什么建筑。小镇中心主要是围绕捕鲸的装备建造的，虽然我没有见到，但他们那里现在还在捕鲸。小镇上几条主要的道路开始铺上了石子，新广场在我到达的前几周也已修建完毕。小镇的周围散布着一些小房子和茅屋，问了几个人之后，就在这样其中一个小茅屋里，我找到了你的祖父。'啊，那个高乔人。'当地的一个路人告诉我。在这之后我就顺着高乔人一直找到了你祖父。他在海边五十米远的地方建造了微缩版的老家农场。他有一匹老马，一群鸡，还开垦出了一个小菜园，占据了一大片土地。他通过做手工换取一些物品，和附近的渔民融合得非常好，在找到房子之前都睡在渔民的棚屋里。我无法想象自己的父亲睡在吊床上，更没法想象他耳边伴随着海浪敲击的声音，在捕鱼的棚屋里入睡。

但是这和下海捕鱼的恶劣程度相比差得太远了。当地人都潜到石头下面捕捉石斑鱼、章鱼和一些别的什么鱼，在那个年代，甚至还有人专程从里约和圣保罗过来，到加罗帕巴用这种方法捕鱼。你的祖父告诉我有一天来了一艘船，上面全都是这样的人。他们借给他一副泳镜，上面有呼吸用的管子，还给了他一副脚蹼和一支鱼叉。他潜进水里以后再也没有上来。一个圣保罗人吓坏了，跳进水里去搜寻我父亲，怕他呛水淹死，却在海底看到他正在叉一条石斑鱼，那条鱼和一头小牛一样大。就这样，他们发现了这个高乔人在潜水方面的天分。他会游泳，面对激流也不成问题，但从来没有试过自己的肺活量。你真应该看看那些年你祖父是什么样的。在六十七岁的时候，他看起来只有四十五或者四十六岁，最多四十七岁。我不记得讲到哪里了，不过没关系，啊，是说到这儿了，他的健康状态也令人吃惊。他从不抽烟，看到烟就恶心，身体健壮得像一匹克里奥尔马。他还像原来一样强壮，但稍稍瘦了一些，岁月留下的痕迹也十分明显：清晰的皱纹、稀疏灰白的头发、地里干活的痕迹，如果在身上涂点蜡油，他就是一位勇猛的运动员。腹肌宽阔，又很结实。距离我到那儿的几周之前，一个和他岁数差不多的潜水员，为了和我父亲比赛潜水的时间，竟然活活憋死了。我记得他应该是圣卡塔琳娜的士兵。大概就是在水下潜了四五分钟吧，也可能是我弄错了，毕竟离我听到这个故事已经很长时间了。"

"那他们为什么要杀死他？"

"马上就讲到那里了。别着急，孩子。我想先告诉你故事的背景。因为这个故事挺不错的，是不是？是挺好的，是的。你真应该看看他那些年的样子。一个人能从一个环境里出来，完美地融入另一个完全不同的环境，这并不是件寻常的事。"

"你这里没有祖父的照片么?你曾经给我看过一次。"

"嗯。不知道还在不在这儿。有么?好像是的。我想起来在哪儿了,你想看看么?"

"想啊。很显然我也不记得他的模样了。如果我能边看着照片边听你讲剩下的故事就太好了。"

父亲站了起来,手里拿着酒瓶的长颈,没过多久就在客厅里消失了,回来的时候手里拿着一张带锯齿边的老照片。通过照片上的黑白图像能看到一个大胡子坐在餐桌旁的小凳子上,他正准备把嘴凑到马黛茶壶的吸管上,眼睛瞟了瞟镜头,对照相表示了不满。照片里他穿着皮鞋、马裤和格子图案的羊毛衫。墙上挂着超市送的挂历,挂历上的图案是面包山的照片。光线透过房间的上悬窗从外面射了进来。照片上没有标注任何内容。他站起来径直走向了洗手间,对比了一下照片上的面孔和镜子里的那张脸。突然间,他起了一身的鸡皮疙瘩,镜子里那张脸上的鼻孔和眼睛都扩大了。从鼻子往上,照片上的面孔和镜子里的脸一模一样,只是照片中的人肤色更深,年龄稍微大一些。唯一明显的区别是胡子的模样,否则他会觉得看到的就是自己。

"我想留着这张照片。"他重新坐回沙发上。父亲点了点头。

"我后来又去加罗帕巴看了你的祖父一次,那也是最后一次。那是六月的一天,集市一样的日子,对那里的人来说是个重大的节日,有类似歌曲和舞蹈表演、吃大块鳐鱼这样的活动。有一天晚上,一位乌拉圭的歌手上台了,是个二十五岁左右的小伙子,你的祖父看到他立马耷了耷鼻子。他说他认识这个人,在边境那边听过他弹琴,实在是不怎么样。我记得我当时还挺喜欢那个小伙子的,他弹琴很有力度,音乐很有表现力,在每首乐曲之间还讲了一些事先排练好的笑话。父亲却认为他就是个小丑,琴技还不错,但缺少了感情。其实事情本可以就此打住,但在表演结束之后,那个歌手在一个小酒吧里喝着圣诞热红酒,那儿有一个人以为介绍他俩认识是件好事,毕竟两人都是穿着马裤的高乔人。他拉着那人的胳膊走向了父亲,两人马上装作不认识,后来我才知道这不仅仅是音乐见解的问题。这个介绍人做了一件愚蠢至极的事,他直截了当地问父亲喜不喜欢对方的音乐,而父亲偏偏是这样一个直言不讳的人。他直截了当的回答让那位歌手相当愤怒。两个人开始激烈的争论,父亲让他把脸转过去,因为他的口气闻起来像狐狼的屁股,还是死了的那种。很多人都听到了,笑个不停。从印第安人血统的乌拉圭人提高嗓音,到父亲拔出刀子,也就是一瞬间的事。歌手愤愤地离开了,争吵也就此打住,我记得坐在周围的人都做出了强烈的反应。他们并没有因为争吵而感到惊讶,而是一直在旁边观察着你的祖父,摇着头。我明白这样的事情传出去他就会被描述成一副穷凶极恶的样子。或者说,没有人愿意接近这个高乔人,因为他会为鸡毛蒜皮的蠢事亮刀子。我告诉他不要这样做,但是这对你祖父来说很正常,他从来不在乎自己做的蠢事。'这里的人都怕你了,'我对他说,'这样并不好,你会引来大麻烦的。'后来我就离开了,很长时间都没有听到来自父亲的消息。那段时间我几乎把自己拴在了阿雷格里港,工作特别繁忙,也就是那段时间我开始和你母亲谈恋爱,我们结婚前一共谈了四年的恋爱,其间她抛弃了我三次。不过就这样,我有很长一段时间没有去拜访父亲,好几个月之后,我接到一个电话,一名来自弗洛里亚诺波利斯的官员告诉我父亲被杀害了。小镇在某个大厅里举办了一场周日舞会,这类活动几乎全镇的人都会参加。在庆祝活动达到高潮时,突然停电了。过了大约一分钟,灯重新亮起来的时候,一个人躺在了大厅中央的血泊中,身上有成百上千的刀口。是在场所有人杀死了他,又或者说没有人是凶手。整个城镇都是杀人凶手。这就是那个官员告诉我的原话。所有的人都在场,每个家庭的所有成员,可能连神父也在场。当时灯全熄灭了,伸手不见五指。人们不是害怕你的祖父,而是对他充满憎恨。"

他们喝了一杯酒。接着父亲把整瓶都倒完了,对着儿子苦笑了一下。

"只是我从来都不相信这个故事。"

"啊?为什么不呢?"

"因为我没有看到尸体。"

"不是说他被刺了很多刀么?"

"那只是他们告诉我的。我从来没有见到他的尸体。那个官员给我打电话的时候,事情已经解决得差不多了。听说找到我就花了好几个星期。他们通过塔卡拉追溯到我这儿来的,加罗帕巴有人知道他是来自那里的,最后通过对父亲长相的描述找到了某个知道我名字的人。他给我打电话的时候,你祖父已经下葬了。"

"在哪里?"

"就在加罗帕巴。在渔村的一个小墓地里。墓碑就是一块埋在地里的石头,上面连个字都没有。"

"你去过那儿么?"

"去过。我亲眼见到了墓碑,也在那里找到了一些弗洛里亚诺波利斯官僚的墓碑。一切都很诡异。我有一种强烈的感觉:他并不在那个坑里。地里长满了野草,我记得我想过:'他妈的,这地方不像是几周前才挖过的,连根棍子也没看见。'我没能找到任何人来核实这段历史,这一切就像从未发生过一样。这种犯罪的手段实际上是非常完美的,人们的沉默也值得深思,可是我得知这个故事的方式、官员和我的聊天内容,以及那块连名字都没有的可怕石头……这些从来都不能让我完全信服。但是也只能如此,谁知道在你祖父身上到底发生了什么,该发生的已经发生了。人们总会有各自不同的死亡方式,大部分的人都这样。他也算是遇到他的了。"

"你一直没想过把墓地打开么?总有一种合法的方法来这样做吧?"

父亲看向了旁边,烦躁地叹了一口气。

"你听着,我从来没有把这段历史讲给任何人听过,就连你母亲都不知道。如果你问她,她肯定会跟你说祖父失踪了,因为我就是这么告诉她的。对我来说,他也是失踪了。我让这件事就这么过去了,再也不去想它。如果你觉得很可怕,那就是你的问题。我在那个年纪,过着那样的生活……你现在还很难去理解。"

"我并没有觉得可怕,冷静点。"

父亲在躺椅上挪动了一下。贝塔激动地起身,把前爪放在了主人的腿上。父亲用手像口罩一样捂住它的嘴,低下头看着它的眼睛。等他松开手的时候,贝塔坐了下来,重新卧在了躺椅的旁边。父亲和动物之间的关系真是令人费解,像一种仪式的一部分。

"那么你为什么现在要告诉我呢?"

"你没有看过我刚才提到的博尔赫斯的小说吧,是不是?"

"没看过。"

"《南方》。"

"没有,我没看过任何博尔赫斯的作品。"

"好吧,你他妈的压根什么都没看过。"

"父亲,手枪。"

"好极了。"

父亲打开了一瓶白兰地,斟满了一个玻璃小酒杯,一口就喝光了。他并没有倒给儿子喝。他拿起手枪研究了一会儿,按下一个机关,弹匣就从枪柄里弹了出来,接着他又把它装了回去,好像只想证明这把枪是好使的。从他的太阳穴缓缓地流下一滴汗珠,这才让人注意到他全身上下都纹丝不动。一分钟之前,他还满头大汗。他把手枪别在裤腰带上,注视着它。

"我明天会杀了自己。"

儿子反应了好半天,思索着自己刚刚听到的话,听着自己鼻孔中短促而不规律的气息。突然,一股强大的疲惫感压在了他的肩膀上。他把祖父的照片放进钱包,双手在裤子上蹭了蹭,起身走向了门口。在他的脑海中,他已经坐进车里笔直地向前驶去,再也不会回来了。

"回来。"

"为什么要回来?听了你这堆废话之后你想让我怎么做?因为有两点,要么你说的是真的,你要自杀还想让我劝你改变主意,这将是你对我的人生做出的最大的伤害;要么你就是当面给我开了个巨大的玩笑,这实在是太无聊了,我压根就不想知道。再见。"

"回来,他妈的。"

儿子站在门边,朝屋里看了看,由瓷砖铺成的地板,被一条条水泥带隔成条纹形状,透着悲伤的气息;花盆通过一根细细的链子连在天花板上的挂钩上,茂盛的蕨菜正努力地从盆里逃逸出来;常年被雪茄烟雾笼罩的空气,作为房间里隐形的存在,弥散着一股微甜却又奇怪的动物味道。

"我不是在开玩笑,也不想让你劝我什么。我只是通知你一件即将发生的事。"

"什么都不会发生的。"

"我下面讲的话你最好能听明白。这是无法避免的。我几周前就决定了,当时我十分清醒。我累了,我已经厌倦了这种生活。我想这一切是源于那次痔疮手术。在最后一次检查的时候,医生看着检查结果,用死神一般的表情看着我,那表情和全人类欺骗别人时的面孔都是一样的。在我印象中,他就像一个即将放弃我案子的律师。但他这么做是对的。从那以后,我开始源源不断地生病,而这一切都没有尽头。我再也没有喝啤酒的欲望,却戒不了雪茄,虽然它对我的身体很不好。我甚至也没有吃伟哥去干一次的想法,就连对上床的事情都没有一丁点的怀念。我的人生太漫长了,而我一点耐心也没有。那些六十岁之后还没死的人,他们的生活都和我一样,只是一个是否愿意固执坚持下去的问题。我敬佩那些还能对以后生活不断投入的人,但是我不会这样做。一两年之前我很开心,但是现在我想马上离开。没人认为活到一百岁是错的,如果他们想这么做的话,这已经是可以实现的愿望了。我一点都不反对。"

"别说那么多废话。"

"是的。听好了。我不指望你能明白。我们俩是完全不一样的。你不用试图去理解,那完全是在浪费你的时间。"

"你明知道我不会让你这么做,父亲。为什么你还把我叫过来告诉我呢?"

"我知道这对你来说是一种伤害。但是我这么做是因为我信任你,了解你是一个多么坚强的人。我把你叫过来是因为有件事我需要提前处理,但我自己又做不了,只有我的儿子能帮我。"

"你怎么不叫另一个儿子呢?他说不定会觉得很开心,谁知道呢。说不定还会为此写一本书。"

"不，我需要的是你。这是我拜托给别人的最重要的一件事，我只能告诉你。"

"无论如何，你现在把手枪给我我就帮你解决。给我吧，别再闹了。"

父亲在绝望的儿子面前笑了笑。

"哥们，孩子……你听好了。你需要解决的问题正是由这一件事导致的。"

"因为你要自杀？"

"我认为这个词过于言重了，所以我一直在避免用它。但你愿意用的话请随意。"

"我现在应该做什么，父亲？叫警察么？把你关起来？上前一步强行把那件武器抢下来？你真的确定要这样做么？"

"我已经想好了。就像已经发生了一样。"

"这太蠢了。那是你的选择。如果我能让你改变主意呢？"

"这并非是我的选择。这对我来说更容易，对你来说也更好，你可以把它看成一种选择。我的决定并没有导致这个事实，它本来就是事实的一部分。这只是死亡的一种方式而已，我的儿子。我走到这一步费了好多时间。重新坐到那儿吧，孩子。还想喝一杯啤酒么？"

他快步走到了沙发那里，愤愤地坐了下来。

"你看看，好好想想我要说的话。你想象一下你或者别人现在若是阻止我，后面将会发生什么。真的是太无聊了。我会不断试图实现这个愿望，而你们则不断试图阻止我，谁知道会是什么样，你们可能会和我住在一起，监控我的一举一动，把我关起来，送我去看医生，你的哥哥从圣保罗过来，你母亲也重新开始支持我。谁知道一切会是怎样，但是对所有相关的人来说都会是一场新的噩梦。你能明白这件事的可笑之处么？一个人试图去说服另一个人是这个世界上最可笑的事。我这一生都在说服别人，而劝说是人类行为中最严重的癌症。任何人都不应该被别人劝服。人们知道自己想要什么，自己需要什么。我明白这些正是因为我向来就是说服别人的专家，也很擅长发明一些需求，正因如此那面墙上才有那么多的奖牌。你不要试图劝我，如果你说服了我并且我没有死，那么你就把我变成了一个残废，我的余生就会在失败、残缺和病痛中度过，祈求他人的怜悯。这是真的，不要再劝我了。劝阻一个人不去顺从他的内心是件很恶心的事。劝阻本身也是一件恶心的事，我们知道自己想要什么，没人能劝得了。我要做的事早就已经决定了，甚至比我有这个想法还要早。"

"我对你的期望可比这高多了，父亲。比咱们现在这么弱智的闲聊要好得多。我觉得表现成一个受害者的样子是一件很恶心的事，而教我这样想的人正是你。现在你却强行把我变成一个受害者。"

"我现在再教你另一件事：当你他妈的开始每天便血、无法勃起、醒来的时候就感到绝望，你就有道德义务表现得像个受害者。听好了。哎，你来这儿并不是为了攻击我，死孩子。突然就发火了？这可不是你的风格。你是一个神志清醒的人，虽然有点笨。我总是对你很坦率。我对你上上下下都了解得很透彻。我也阻止过你很多次，防止你做傻事，有哪次我是做错了的？嗯？我告诉你，你会失去你的女朋友，你不就那样失去她了么。我早就跟你说过你会像那些绝望的人一样，被迫以最后唯一的方式度过你的余生。但你还是很聪明。即便谁的样子你都记不清了，你还总能想着他们。正因为如此你是一个比你哥哥好太多的人。我为此感到骄傲，也因为这点十分爱你。现在我需要你在你家老头子的身边。"

"我操，父亲。"

父亲的眼睛有些微微泛红。

"是关于贝塔。"

"贝塔怎么了？"

父亲朝着门的方向指了指，发出了点声音，几乎无法听到。母狗立即爬了起来，头也不回地走了出去。

"你知道我多么爱这条狗。我们心灵相通。"

"我不会这么做的。"

"为什么？"

"我不会照顾狗。而且无论如何……他妈的，我还是不能相信这一切。对不起，我要走了。"

"不是让你照顾它。我想让你带它去罗夫那，在新贝伦。等我做完了……做完了我即将做的事。请你把它带去打一针。我已经咨询过了，不会有痛苦的。"

"不，不要。"

"它现在已经很沮丧了。它知道了。如果自己过的话它会饱受煎熬。"

"那也是你造成的。在这件事上是你没有任何选择。可是我有。我不会参与到这件事中的。"

"孩子，我自己不敢去。"

"不，不要。"

"你必须答应我。"

"你忘了它吧，父亲。这是不可能的。"

"答应我。"

"我不能参与进来。"

"求求你了。"

"不，这不公平。"

"你都不满足我最后的请求。"

"别废话。"

"你会做的。我知道你会的。"

"我才不会呢。这是你自己的事。没办法。对不起。"

"我知道你会做的。正因为如此你现在才在这里。"

"你现在是在试图说服我。到现在为止有点让人恶心了。"

"我不会劝你的。一切都结束了。这是个请求。我知道你不会拒绝我的。"

"可怜的老东西。"

"这就是我啊。"

毫无预兆，一个久远的回忆突然从他的脑海里冒了出来。那场景完全不应该出现，甚至在记忆中没有必要留存下来，更不用说现在想起它是多么的不合时宜。那是早上的时候，厕所的门开着，父亲正准备去上班，在照着镜子刮胡子。他那时大概六七岁，在旁边默默地观察着。用刀片刮完脸以后，父亲用肥皂洗脸，脸上全是泡沫。接下来他用水冲了好几次。第二次冲的时候，脸上已经没有泡沫了，但是父亲还是不停地把水泼到脸上，大概重复了四五次。他问父亲为什么第二次就洗干净了，却还要冲那么多次。父亲的回答就像是说这是世界上最明显不过的事：因为感觉很好。

"父亲，我的双手都在颤抖。"

"你做得很好，你会成为一个优秀的人。"

"别说了。"

"我是认真的。我为你感到很自豪。没人能做到这一点。"

"我不接受。"

"我能让你答应我做更难做的事。比如和你的哥哥握手言欢。"

"如果你真让我这么做我会去做的,就想成你当面取笑我好了。几个小时之内我还是会和他拥抱的。"

"不错的尝试。不过事实上我不会让你那么做的。如果我是你,我不会原谅他。"

"幸好你能理解。"

"是啊,我现在可以毫无顾忌地这么说了。但是我真的需要你来拯救我的狗。它现在十五岁,但这个品种的狗很容易就能活到二十岁。这条狗就是我的命根子。你见过抑郁的狗么?如果它没有了我,我也会带着它的痛苦而去的。你能考虑答应我么?"

"好吧。"

"谢谢。"

"不,我不能。我不能参与进来。"

"我爱你,儿子。"

"我接受不了。真的接受不了。不要碰我。"

"我没有碰你。我压根儿都没动。"

2

  城里主干道一直开到头,终于露出了大海的模样。笔直的马路由沥青铺成,在午后抖动着的阳光照耀下闪闪发光。尽头那小小的一片,湛蓝却又冰冷。今天是他的生日。车子挂在第二挡,为了在这个无风的天气里车内能通风换气,窗户和空调同时都开着,空调有气无力的嗡嗡声混杂着1.0排量发动机害羞的鼾声,还伴随着CD里本·哈珀的音乐。为了不剐蹭这辆超重汽车的底盘,之前遇到路上的颠簸他差点停了下来。这辆小小的福特嘉年华的后备箱和后座上放了两箱衣服,一套还欠两期付款的音响,一台二十九英寸的电视,一台二代的索尼游戏机,一个装满了个人物品的野营背包,一条毯子和一床细心叠好的羊毛被,装在塑料袋里的运动鞋和皮鞋,一些CD和基本的厨具。他带在身上的还有一些相册;一把从父亲那里继承过来的烧烤刀,刀把是穿山甲皮的,刀身是钢做的,但是随着时间的推移渐渐生锈了,需要用钢丝球把锈擦掉,再用油涂在上面;还有游泳专用的橡胶泳衣和一张20厘米×25厘米的相片,裱在黑相框里,记录着他在夏威夷参加的那场世界铁人三项比赛。后备箱外面挂着一个架子,上面用皮带和挂钩固定着一辆白色的山地车,因为长时间的使用它已经有些坏了,款式也早就停产了,轮胎架又厚又重。在这五个小时的旅程里,贝塔一直被困在车里,蜷缩着躺在前排的座椅上,被强烈的阳光晒得软软的。它经常喘着粗气,东嗅西嗅,时不时还打个喷嚏,一会儿睁开眼睛,过一会儿又闭上,却一直没换过动作。

  他在奥所里马吃了一份克罗尼奥面包吐司,夹着意大利肠和奶酪,又在雅瓜鲁纳附近的加油站要了个肉塔,所以在路上看到饭馆时就径直开了过去，却反而注意到了散布在主干道上那些挂着明显广告的房产中介。为了"方便"大家，这个点所有的中介都关门了。他继续沿着安静的车流朝着蓝蓝的大海向前行驶，反方向是一小群一小群的行人，他们都穿着泳衣，拎着折叠椅和沙滩包，朝着餐厅或是家里走去，每个人都是一副昏昏沉沉的模样，被太阳晒得像蟑螂一样笨拙。圣灰节结束一周之后，已经走了一大批游人，留在这里的或是刚来的小部分人都表现得很安静，符合他们迟来者的心态。主干道在一个右转弯处走到了尽头，变身为沿海的小路。他在沙滩前的斜坡上找到了停车位，停在了其他车中间。炽热的阳光惩罚着福特嘉年华的车身。他围着车身绕了一圈，打开了前排的车门。贝塔抬起头来，却没有从座位上离开。就像之前一路上的三次停靠，他必须得用胳膊把狗抱起来，先让它舔舔瓶子里倒出来的温水，恢复一点活力。那个五升的塑料大水瓶放在一个空的冰淇淋盒子里。他也喝了那个水瓶里最后的几口水，然后脱掉上衣和运动鞋，只穿着泳裤，把车锁好以后走下了这个水泥斜坡，紧挨着"船坞"餐馆走到了海边的沙滩上，怀里一直抱着贝塔。旺季过后的旅游团在空旷的沙滩上悠然自得地休憩。他靠近了一位独自在太阳伞下边看书边吸烟的女士。书的封面是红色的。她的膝盖颜色很深，脚上的指甲涂成了陶瓷质感的珍珠色，脚踝上还有一根非常精致的金链子。太阳伞是蓝色的，上面印着一家保险公司的商标，阳光穿过阳伞照在她暴露在外的腿上，映出了绿色的阴影。他记住了这一切，以便等下能够记住她。

"你好，你能帮我照看一下我的狗么？"

她抬起了墨镜，缓缓地看向了他怀里抱着的动物。

"它不会走么？"

"它能走，但是有点累了。如果我能把它放在太阳伞的阴影下，它会一直躺在那儿一动不动直到我回来。"

"好吧，你把它放这儿吧。但是如果它跑开了我可是不会去追的。"

"它不会跑的。就算它跑了你也可以不用管，我过会儿回来自己去追它。"

"它叫什么名字？"

"贝塔。"

他把母狗在阳伞的阴凉处安顿好，径直向水里走去，感受着脚底冰凉又黏稠的沙子。海湾十分宁静，微微的南风轻轻地拂过海面，卷起了小小的浪尖，把海浪带上了一片平整却又层叠的沙滩，几乎没有扬起一点泡沫。清澈冰凉的海水浸湿了他的肚皮，他下意识地把手臂抬了起来，接着伸进水里，让手腕先打湿，减少温度差异的刺激，这还是从父亲那里学来的。虽然没什么用，但他从来没放弃过这么做。这样的天气下，大海唤醒了他心里儿时的画面，让一切都变得渺小了。微小的浪花在近距离的观察下，仿佛是神话中的海啸敲击在他的脑海里。海底曲折的沙堆就像大沙漠的模型，一只螃蟹的外壳让他联想到几个世纪前就灭绝了的巨人的尸体。他的肚皮时不时能蹭到沙子上，他就这样屏住呼吸，睁大了双眼，看着眼前的景象：微型的沙丘在周围延伸开来，直到消失在绿色的混沌海水里。他看到的一切都很清澈又安静，头顶的阳光折射下来，照在白色片状晶体的表面，在他眼前变幻出种种几何图案。他回到了水面，用长长的胳膊向下游去，感受着咸咸的海水的阻力，因为寒冷导致的肌肉酸痛也稍稍缓解了一些。等停下来的时候，他的身体热了起来，海底也变得遥不可及了。他看到海平线上的珊瑚岛，旁边的白色灯塔因为距离太远几乎分辨不清，再远一些还能看见圣卡塔琳娜岛的南部，岛上昏暗的绿色山峰就这样消失在了大气层中。一只海鸥轻轻地掠过海面，朝着维基亚海湾的方向飞去,那里有十几艘渔船,其中还有一艘两支桅杆的帆船,白色的船壳上印着大写的红色字母,是船的名字"传奇",船身紧靠着陆上的木质甲板微微地晃动着。他背向大海,望了望沙滩的方向。原来比自己预想的游得还要远。他看到一排渔民的棚屋,面对海浪那一侧的木质外表都刷成了灰色或其他柔和的色调;看到了布满小宾馆和饭店的海滨长廊;看到了海边的松树林野营地,没有配偶的燕子把那里当成了目的地,从四面八方聚了过来;还看到西里乌小山和后面西里乌海滩上细腻的沙丘绵延了好几公里,一直延伸到怪石嶙峋的海岸线,那里隐藏着安静的甘博阿海滩。那是一个金色、蓝色和绿色的世界。海边的马路上沿着弯曲的海岸线停靠了许多汽车,它们的挡风玻璃反射着太阳的光线,呈现出爆炸般的光斑,遮住了他的视线。过多的光线让他感到一阵疲惫,于是他深深吸了一口气又慢慢吐了出来,让身体垂直地沉入了水里。他憋足了一口气在水里睁着眼睛,感受到自己被周围的一切保护了起来。接下来他只把鼻子伸出水面,身子直立浮在水里,手和脚只有在必要的时候才动一动,整个身体不知不觉地上下浮动着。他已经适应了水温,感受着海水咸咸的味道、矿物质的气味和黏黏的质地。就这样他已然忘却了时间,终于在额头被太阳晒得发烫的时候才想起来要离开。

当他走近那个女人的时候,她已经开始自我辩护了。

"是你说让它自己跑走,什么都不用管的。你说它会待在那儿不动的,它却跑了。我试图叫它,你又在那么远的地方……"她像机关枪扫射似的用方言不停地说着,直到这时他才注意到她说的好像是米纳斯那儿的话。贝塔之前待的地方有一块平坦的凹陷处。

"它往哪边跑了?"

"那边。"

他表示了感谢，踩着坚硬的沙地跑向了西里乌的方向。他跑过了一个售货亭，稻草做的太阳伞下面有胖胖的男女在那里乘凉，又跑过一个高处堤岸上建的平台，上面有些健身的单双杠。接下来他慢慢地跑，直到在野营地的瞭望台前面看到了自己的狗，它正在喝一根水泥管里流出来的水。他在它身边跪了下来，用力抚摸着它的头，向后捋着它的耳朵。贝塔张嘴喘着气，舌头还挂在外面滴水，就像每条狗热的时候那样，看起来像是在微笑。"逃跑的坏蛋。"他用斥责的声音说道。尽管经历了一场混乱，贝塔的独自旅行却也是力量和积极性回归的信号，从父亲去世那时起，这两样东西就从它身上消失了。它陪着他一起朝车子那里走去，但却有好几次差点停了下来，需要重新叫它才可以。他叫它名字的时候发音干哑还带有命令的口气，就像他父亲一样。

下午他开始找房子。去了三家房产中介，却只要到一个联系方式。房产经纪人否认城里有年租的房子，其中一个人还被这个想法惹烦了。"这里的人都不按年租房子，只在假期或者按季度才出租。我们也在试图改变这个观念。加罗帕巴过几年会发展得很快的。人们会搬到这里来居住。房东只想在夏天狠挣一笔钱，其他的时候都不会去想这个问题。你什么都找不到的。"

他放弃了房产中介，开着车在海边附近的住宅片区边逛边寻找租房的信息牌，并把地址标注在城市地图上。和房产经纪人所说的截然不同，很多房东都接受年租。他看到的其中一座房子位于渔民街，在老城镇的中心，和海边仅仅间隔着捕鱼的棚屋。房屋的正面铺了瓷砖，有些稍稍泛绿，其中两扇窗户都挂着米黄色的百叶窗，正下方就是坚硬的人行道，由平行六面体石块铺成。那里有几个晒得黢黑的孩子打着赤脚，几乎赤裸着在用一个瘪破的球玩点球大战。空气中有一股轻微的鱼腥味和下水道的气味。前面一座房子的侧阳台上传来一位老人的笑声、斯诺克的击球声,还有女人的窃窃私语,给海浪的声音打上了一个个标点。

房东瑞查德是一个紧张兮兮的阿根廷人,时不时就会走神,仿佛在思考什么紧急的问题。他应该有四十多岁,两只眼睛水汪汪的,灰白的胡子忘记了刮。他们从车库的入口一直走到房子的深处,那里是屋子的正门。瓷砖铺成的烤肉台平整地挨着地面,微微有些烧焦,不知道是多少个夏天之前砌成的。整个院子都是由水泥和石子铺成的。阳台的天花板和墙壁铺了一层瘆人的白瓷砖,映射出寒冷与死亡。房子里面整理得很好,但是即便是全开着窗户还是有些过于昏暗了。平静的午后,声响从舒适中透了出来,让人联想到在更嘈杂的日子里,这里会有怎样的地狱般的交响乐。

瑞查德没有干涉他,也没有解释什么,仅仅是陪着他参观完房子的不同区域,看上去有些不耐烦。当他要离开的时候,他漫不经心地用夹杂着西班牙语的葡语问他为什么要搬来加罗帕巴。他说自己只想住在海边,而阿根廷人却反驳说是呀,当然的,所有人都想住在海边,但是他为什么想住在海边?就像很多高乔人一样,他对阿根廷人有一种本能的不信任,所以他忽略了这个问题。锁好门以后,瑞查德问他会不会冲浪。他回答说不会。他又问他是想要学习冲浪么,他回答说不。他还问他是不是要在这里做生意。"应该是不会的。"阿根廷人好好地观察了他一番。

"则样的话就是因为一个女人了。"

"什么?"

"人们耐这里冲浪或是忘记女人,子可能是因为则个。"

"我只想住在海边上。"

"四的四的。就是这样。"

033

"你住在这儿多久了?"

"擦不多十年了。"

"那你为什么来这里?"

"为了忘记一个女人。"

"成功了么?"

"没有。你要租则个房子么?"

"不。我觉得太暗了。"

"暗。四的,确实有些暗。好吧,祝你好运。"①

他把车停在加罗帕巴宾馆的停车场,付了三十多雷亚尔,好让看门的对贝塔可以睁一只眼闭一只眼。躺上床以后,外面的夜幕已经降临。打个盹的时间内他被吵醒了两次,每个电话他都得加快语速,因为手机号码还是阿雷格里港的,高额的漫游费在吞噬着他手机里剩余的钱。朋友们祝福他生日快乐,也逼迫他想起了父亲的逝世,他们都还不知道他已经不在高桥地区的首府了,因为他离开的时候并没有通知多少人。通话中他把这些细节都省略了,因为不知道如何应对朋友们可能会提出的问题,他无法给出答案也没有耐心来回答。

醒来的时候他腹中一阵饿意,还有一股与世隔绝的感觉。给贝塔在屋里准备了口粮和水以后,他就出门去寻找餐厅了。他把城市地图带在身上,用来标记不同地方的位置和相关的人,这是他从小就掌握的预防办法,用来应对自己病理上的遗忘症。他经过了两家餐馆,那里提供夹肉三明治和芝士汉堡,还有带饮料和热菜的自助餐。主干道上有一家披萨店的任食套餐在打折。那些

---

① 此处房东说话有口音,故译文作此处理。

漂亮的圆木桌子几乎全都坐满了，客人们被花瓶和星星形状的东方彩灯装点着，三个服务员在这些客人中间滑来滑去，安静地服务着。他在外边选了一张两人桌，离海滨长廊很近，还有暖和舒服的沙发座靠着墙壁。接待他的服务员是一位高挑的混血姑娘，嘴唇稍稍有些晒得脱皮，长长的鬈发垂到了肩膀下方。他知道这些头发足以用来分辨她了，于是将目光聚集在她椭圆的脸蛋和圆圆的眼睛上。有时他会问自己，其他男人眼里的女人会不会像在他眼中那么美丽，他心中存有疑虑，是否因为自己无法记住任何人的面容超过几分钟的时间，反而赋予了她们异常的美貌，但其实在别人看来不过是他的眼睛给自己开了个任性的玩笑罢了。因为美丽是瞬息即逝的，他学会了如何全面地欣赏它。然而，这个女人对任何人来说都是个美女。她应该习惯了被人这样注视，所以以混杂着优雅和疲惫的礼节性微笑回报了他的目光，同时以圣卡塔琳娜小镇典型的疑问句音调，夹杂着一丝嘲讽或是怀疑，问他是否想要任食套餐。

"和菜单上的披萨是一样的么？"

"你怎么这样问呢？"

"我想知道你们用的和菜单上的披萨材料是不是一样的。任食的奶酪是不是会差一点。"

她高兴地笑了，不经意间很容易地就成为了同谋。

"那么就只告诉你吧，奶酪是稍微差那么一点点。"

"那好吧。我就不要任食了。我今天过生日。那么点一个中号的披萨，一半玛格丽特，一半意大利辣肠，谢谢。"

"好的。是你的生日啊，祝贺你！"

她咀嚼着之前藏在嘴里某个角落的口香糖。

"还有一杯啤酒。"

她把全部内容写了下来就离开了,过了一会儿端着啤酒回来了。他又重新盯着她的脸看了起来。

"你应该把头发扎起来。"

"嗯?"

"散开也很美。但是我在想象你把头发高高扎起来的样子。从来都没试过么?"

"也会扎起来的。偶尔。"

"这样子你的脸稍微被遮住了一点点。"

"遮住也是发型的一部分。"

她羞怯地离开了,留下他在那里快速又满意地喝着啤酒。

稍晚一些,酒足饭饱的他在主干道上漫步,又走过一些小路,在地图上标记出一家咖啡馆、一个五金店、一家快速洗衣店、一家乌拉圭烧烤摊,直到他发现这里的生意大部分都是阶段性的,开张和歇业都紧随着夏季的脚步。他还注意到,狂欢节过后很多商店都已经关门了,还有一些店的玻璃上都用棕色纸或是硬纸板挡了起来。一家手工冰淇淋店门上挂了一张手写的通知,告诉大家店铺冬天搬到另一条街继续营业。只要不是夏天,就属于冬天。洗衣店门口的一张海报上写着只有在十二月才重新开张。一家书店,一家便利店和许多家女装店看上去还在营业,但是今天都关着门,还有一个网吧正在把使用网络终端的最后几名客人赶出去。人们还在小吃店里喝着啤酒,超市的停车场里也还有一辆卖热狗的餐车,客人们都坐在海滨长廊的塑料椅上吞咽着三明治。他还经过一家欧式酒吧,店名叫作"阿尔·卡彭"。青少年在空旷的度假别墅边的草坪上边抽烟边喊叫着。他回到主干道一直走到了海边,在一家名为"包鲁·切"的店前停了下来,这是一家搭建在拖车周围的小吃摊,遮阳篷能盖住六张桌子,金属的桌面上还有布哈马啤酒的商标。他坐下来点了一杯啤酒。柜台上的小电视正好调到了MTV频道，放着Pantera乐队的纪录片。主唱菲尔·安森莫用麦克风敲打着自己的额头，直到流出血来，吉他手蒂姆白格·达瑞尔正在独奏。一个分辨不出年龄的醉汉和一个很胖的年轻人在聚精会神地看着节目。另一桌有一个老人和两个戴着帽子的年轻人，看上去像是当地人，正在喝着啤酒死气沉沉地聊天。老人自顾自地说着，懒散地靠在椅子上，两个年轻人就那么听着。

"世界上百分之九十的坏事都是有钱人付钱给穷人去做的。"他说。两个年轻人点头表示赞同。

一个男孩看上去十岁的模样，是小吃摊主的儿子，跑过来帮他擦了擦桌子，其实并没有这个必要。男孩用抹布迅速在桌上抹了抹，把酒瓶拿起来又放回了原位。他表示了感谢。男孩说了句"不用谢"就跑回了柜台那里。

"这个孩子总是求着我们想干活，"他父亲在柜台那里说道，"从来没见过哪个孩子像他一样的。"

旁边桌的老人操着一种难懂的口音，Pantera乐队的片段剪辑高声播放，要听懂他的话变得更困难，但是现在他在说公共事务部欠他两百万雷亚尔。他的两个听众点头表示赞同。

男孩跑回来看着他。

"你知道关于斯诺克球桌的笑话么？"

"不知道。"

"别去烦他。"他父亲说着，眼睛却没从自己正数着的钱上面离开过。

"什么东西上面是绿色的，有四条腿，如果掉到你的头上就会把你砸死？"

"一张斯诺克球桌？"

"你怎么知道的？"男孩喊叫着跑回了柜台后面，咯咯咯地笑着。

"别去烦他。"他父亲又重复了一遍。

他一直坐在桌子旁，连喝了两杯啤酒，和男孩开着玩笑，听着当地人的谈话，还注视着海滩长廊上来往的人。电视上，蒂姆白格·达瑞尔在舞台上被一个疯狂的粉丝开了几枪打死了。他起身付钱的时候有些微醺。他让这个拖车摊管事的人算了算账，摊主是一个友好的人，看上去稍稍有些疲惫，有深深的黑眼圈和满脸的胡茬。

"我家曾经是阿雷格里港海边那几条路的地主呢，"老人对那两个戴着帽子的年轻人说着，就在他起身准备离开的时候，"我有契约为证。"年轻人点头表示赞同。

他顺着海边走向渔村的方向，一直走到了宾馆。海浪噼啪作响，就像树干破裂的声音。他一只手拎着一只拖鞋，光脚感受着冰冷的沙子。这一天就要这么结束的想法萦绕在他心头。维基亚山后房子里的灯光和路灯，凸显着他要来此地寻找的空无感。此时便寻找到空无却显得为时尚早，他幻想过一场持久的追寻，甚至是无穷无尽的，所以他此时有些崩溃，因为如此之快便让他想起自己不愿知道的内容，那便是他所贪恋的空无感在自己的体内沉睡，随着他被拖去各处。就像一场被事先告知的惊喜派对，或是一个笑话在讲述之前先被解释清楚了。他想起了小吃摊那个男孩讲的笑话。当时他并没有笑，但是现在却颇感荒谬地笑了出来。

贝塔吃光了所有的口粮也喝光了水。他又给它倒上了水，把宠物毯铺在酒店房间的瓷砖地上，它躺在毯子上看着他。他刷了牙，只穿着短裤就跳上了床。房间有一股水泥和衣物柔顺剂的味道。他听着两百米以外海浪敲打的声音。外面还传来了摩托车加速的声音，但是安静却一直占据了主导地位。

他重新起来穿好裤子、运动鞋和一件干净的衬衣。海滨长廊上的公共时钟显示现在是半夜十二点多。他快步走到了披萨店。其中两张桌子旁还坐着那些只抽烟的客人，以最后一点饮料在那里坚持着。员工们都聚集在餐厅的最里面，一边咬指甲一边非常不耐烦地看着路上。他搜寻着鬈头发，试图找到身材最好的那个服务生。之前应该问她的名字的。这里有太多的鬈头发了。在他的记忆中，现在她的面容已经变成了一张抽象的水彩漫画。但是他通过姿态认出了她。她在外面很远的地方，半隐藏在那些关门的店铺的明暗交接处，正在试着收起一把折叠桌。桌上的某些零件没有插好。他害羞地走上前去。此前他作为顾客搭讪女服务生的瞬间冲动早已烟消云散。他一直觉得她很美，这个事实一直存在，之前已逐渐消失的美丽面容此刻又被找寻回来了，就像第一次见到她一般。看见他的时候她微笑着。全世界的人在自己被认出来的时候都能知道自己被认出来了，但是他将自己这方面的能力训练得强于旁人。一个人认出他的时候的表情已经包含了所有他需要知道的事。

"嗨，从这儿离开以后你想去干点什么吗？要不要去喝一杯啤酒？"

在思索这个问题的同时，她终于把桌子折了起来。

"今天在'顶峰'那里有一个小型聚会。"

"顶峰？"

"冲浪顶峰，你不知道么？"

"不知道。我今天才到这里，还哪里都不认识呢。"

"在玫瑰海滩那里。我和一些女伴约好了去那儿。但是我还没有顺风车。"

"我刚好有车，你想搭车吗？"

她的名字叫达利亚，并让他半小时后过来接她。他跑回宾馆，迅速冲了个澡，走到了旁边的停车场。他停驻了片刻，望着满载个人物品的汽车，然后拿出另一箱衣服、电视、装着电视游戏的袋子、一个文件盒和另外一些目光所及的值钱的东西，把这些全都搬回了房间。他就这样来回搬了三次。贝塔还在睡觉，一直没有醒。他已经有些迟了，满头大汗地把钥匙插进了点火器。车里满是狗的味道。

达利亚在关门的披萨店门口抽着烟，旁边有一个戴着帽子的男孩，穿着冲浪的短裤。

"他也一起去么？恐怕后排没有空位了。"

她把门打开，坐了进来，告诉他那个男孩只是在那里陪着她等待他的到来。他再一次忘记了她的长相。他没能在轻吻脸颊的那一瞬间好好地看她，而现在她又注视着前方，只露出了侧脸。

"如果你不介意的话，我需要迅速地回家一趟，好吗？我得收拾收拾。"

她领着他开进了里面不规则的小路，也走过了连接城里最老街区的土路。大狗和飞速骑车的人从小路上疾驰而过，夜晚仅仅由时有时无的路灯照亮。除了几个小酒馆外，所有的灯都熄灭了。房子们都睡着了，小山围绕着城市，展现出雄伟的轮廓。收音机里小声地放着西印度群岛的雷鬼乐。她讲到了自己在披萨店的工作时间，而他解释了后排座位上的杂物仍属于从阿雷格里港搬家带来东西的一部分。他们驶进一条泥土铺成的马路，接下来是一条小路的入口，车子的轮胎会压到草地。一盏路灯映照着古老的树干和四五栋房子的门面。她指了指其中的一栋房子，他就把车停了下来。

"在这儿等我好吗？我马上就回来。"

她过了差不多一小时才回来。他在车里等着没有出去，研究着广播电台。他知道如何等人。

达利亚回来的时候，散发出一阵香草的气息，穿上了牛仔裤和浅蓝色条纹的凉拖鞋，吊带背心的带子几乎是隐形的，脖子上还戴了一根带有太阳吊坠的银项链。她的头发用一根白色的橡皮筋高高地束在了头顶，像一根黑角珊瑚生长了出来，嘴唇闪闪发亮。

"让我看看你。"他说道，她转过脸来。

在路上她让他开到一个加油站，然后从便利店带回了一瓶啤酒和一块巧克力。他喝了一口啤酒，也咬了一块巧克力。路上很空旷，她也很健谈。她今年二十二岁，从出生直到青少年时期都一直在卡萨多尔，那里种植了很多番茄，她想要在七月搬到弗洛里亚诺波利斯上大学，学习自然学专业。她对于他是体育老师的事实并不是很感兴趣，但是对他搬到加罗帕巴这件事却热情高涨。

"你在这里会很开心的。这里所有人都很开心。这个地方实在是太美了。我在这儿就很开心。我能在你的车里抽大麻么？"

她把卷好的大麻烟点燃，递了过来。他接过来吸了一口，渐渐对其他车灯感到了恐惧。

经过一条臭水沟旁边坑坑洼洼的沙子路后，他们到了冲浪顶峰。他想要记住来时的路，最终还是什么都没记下。为了避免把车开进马路和空地中间的一个大坑里，他用了好长时间才把嘉年华停好。一个被栅栏围住的夜总会正放着重低音，发出耀眼的频闪灯光。零零散散的人在路上喝着啤酒，身体靠在路边的汽车上。进场的地方有条不长的队伍，女孩们穿着高跟鞋、短裙和露肩的衣服，换上焦急做作的表情和抽筋的笑容，不停地向四处张望，就像自己被威胁了一般。男人们穿着冲浪短裤，有一些还穿着人字拖。所有人都像是冲浪者，或者是冲浪者的女朋友。达利亚本来说两个人都可以混进去，但最后门口的人只让她一个人进去了，他自己还得付二十雷亚尔的入场费。他们顺着在地上斜坡雕刻的楼梯走了上去，穿过一个花园，里面有几张很大的桌子和一张台球桌。舞池很暗，音乐声震耳欲聋。现在放的是一曲催眠而又烦人的嘻哈乐，立刻给他带来一种郁闷的感觉。他们在角落的吧台买了几杯啤酒，达利亚就这样消失了，压根没有理他。她在他视线里消失的时间已经足够长，让他忘记了她的长相，很久以后他才靠着她脖子上的项链认出了她，她正在和其他人围在一起跳舞。在他走过去的时候达利亚拥抱了他，还把他介绍给了朋友，但是马上又走远了，手里拿着一瓶能量饮料继续跳着舞。他也试着跳动了几下，但是完全无法融入这种气氛。他站在旁边，一动不动。很快就有一个男人不停地在她的耳边说着话，头上的短发还漂染过。达利亚看上去很不耐烦，但是却在那里一直听着他说话，同时不停地反驳着，感觉他们的对话永远都不会结束。他想到自己的车还停在臭水沟旁边，车后座上还显眼地放着自己的东西。他忘记把收音机从车里拿出来了，"别人会把玻璃砸破抢走我的收音机"。他又买了一杯啤酒。感觉从进来开始到现在耳朵里听到的一直是同一首歌。达利亚扎起来的马尾又重新出现在他面前，她抱怨起和她聊天的男人。她嘴里嚼着无糖口香糖，散发出一阵薄荷味的热气，闻起来有一种镇静作用。"天哪，真是个没常识的人。"她不停地抱怨着。"你在这儿和我待在一起，他就不会来烦你了。"他说着。她用晃动着的长胳膊搂住他，舞动着身躯，问他想不想要一颗摇头丸，因为她刚吃了一颗。一个朋友卖的，三十块钱一颗。汗水在她的锁骨和背后的斜方肌上一颗颗显现出来。他把鼻子埋在她的颈窝里，呼吸着混合了甜甜的香水和皮肤酸味的气味。

她说了一句"我马上回来"就又消失了。他也打算吃一颗,从上大学那会儿到现在就再也没碰过那东西了,干脆让她来主导今晚将要发生的一切,一部分是因为他仍旧认为她今天属于自己,另一部分则是因为他懒得采取主动。当他再次碰到她的时候,她又把耳朵凑到了那个染了头发的男人嘴边。黑暗不仅仅吞噬了人们的面孔,也消除了几乎一切认出别人的可能。一个矮小的金发摄影师在聚会上来回走动着拍照。人们拥抱在一起摆着姿势,笑着露出舌头,用手指比着V。摄影师走过来对着他的脸闪了两下闪光灯。他又想到了自己的车和自己留在宾馆的狗,以及自己明天需要去找寻的房子。他对染发的男人说了声劳驾后,靠近了达利亚,说他要回去了。他们紧挨着一个扩音器,所以得靠吼来说话。"你现在不能走。"她边说边把手放在他的胸口。"我要走了,"他吼叫着,"我不喜欢这里,我明天还要早起找房子。""但是我需要搭车回去。"她看上去有些被惹恼了。"那么现在就得走了。""真讨厌,烦死了,"她抱怨着,"好吧,你走吧,我等会儿会找到办法的。你怎么这么讨厌。"他想都没想就把手指用力地插进了她的头发里,从下面顺着后脑勺,在紧绷的发丝中间开辟了一条路,触摸着她粗糙的发根,感受着她头皮的反抗。他扯住她的马尾,将她的头转到面朝自己的方向。她双眼瞪大,完全不知道他在干什么,而他自己也不清楚自己到底做了什么,但是无论如何这样做的感觉很好,她好像也挺喜欢。可能是因为致幻剂的缘故。他在她脸上亲了一口,放开了她。她微微地笑了笑。漂染了头发的男人用力推了他一下,他也就顺势坚定地走到了出口,自顾自笑着。

他向入口的保安询问如何走回停着嘉年华的地方。之后他醉醺醺地开着车,十分地紧张。他开始打嗝。驶过了空旷的马路,穿越了死亡的城市。当他走进酒店房间的时候,嗝还没有停下来。

进门的时候他吓了一跳。狗正坐在床上。贝塔,贝塔,贝塔,他柔声地叫着,用力地抱紧它。贝塔身上热乎乎的,十分的温顺,肌肉外面的皮毛柔软又顺滑。他开心地吸着它身上咸咸的味道,最终松开了它。它仍旧坐在过道的旁边。他直到刷牙的时候才反应过来自己已经不打嗝了。

睡觉之前,他找出手机想看看几点了,却发现了一个未接来电,是他妈妈的。*也有一条生日祝福短信。"不论我怎么责骂你,

---

* 他来了。比我到得还要早一些。他刚刚离开。我从来没见过你弟弟这个样子,看上去惊慌失措。他应该很害怕见到你,很明显就是这样。他在棺材那里停留了一会儿。[……]当然他没有哭,他从来都不哭,你知道得很清楚。他只想知道我是否清楚你什么时候到,她会不会跟你一起来。我说她不会来,但是问题并不在她身上,他不想看见的人是你。他对我说,妈妈,我不能待在这儿。我看到他的时候会揍他的。我就对他说你们的父亲去世了。别再像个孩子一样了,你都快三十三岁了,为了你的父亲你们和好吧,并且她也希望你们这样做,而你的弟弟只是笑了笑。[……]我也不知道为什么,我一直没法理解,他和你父亲总是有一些只属于他们俩的东西,你会明白的。他和贝塔一起待在车里。[……]我一点都不理解,但丁。[……]我也觉得十分奇怪,但是我不敢问。我有你父亲留下的票据,他把房子留给了我,一笔钱留给了你俩。明天咱们都会看到遗书的。除此之外他什么都没有了,真是太不可思议了。他把一切都挥霍掉了。现在要等一段时间,因为手续问题。[……]什么都没有。啊,他还有私人养老金,也会分给你们俩。这还是一大笔钱。他是这么写的:关于房子,索尼娅你可以随便怎么处置,但是我知道你会把它卖了,把钱分给咱们的两个小王子,很明显,这也正是我打算做的。我爱了这个男人很久,我们后来吵架次数太多了,就再也想不起来对他的爱了。但是你的弟弟在那里待了将近二十分钟,和"圣诞老人"歌利亚斯聊了几句,他也在那儿,他也是你父亲的那些老同事里我唯一能接受的一个。你弟弟还和那里的一个女人说了句话,我不认识她,可能是他的女朋友?[……]我就知道。我只需要看看那个贱人的脸,一看就很讲究。还会出现一些别的女人,她们会把毒气散播得到处都是,还会把我当作是橙子上没用的蒂。[……]嗯?[……]他(转下页)

我都爱你，儿子。但是你也没有选择是么？生日快乐，亲爱的。希望你能安全到达。自己要小心。妈妈。"现在是凌晨四点。他编

（接上页）什么都没有做。来了，看了一眼棺材，就离开了。［……］不是的，儿子。换句话说，他说自己要过一段时间再和我联系，因为他要搬家了。他要离开阿雷格里港。［……］我还不知情。他只想马上离开这里。除了在棺材那里站着，其他时候他都一直望着门的方向，直到走过来对我说，他要离开了，这样是最好的，然后拥抱了我就离开了。［……］但是我也努力了！那可是你父亲的吊唁仪式，我说道，别像个孩子一样，这样对我来说是最差的，对你也一样，但是他明白这一点，离开了这里。我想他的到来仅仅是因为我，如果他不来的话别人会怪到我的头上，让我为此负责。他待了足够长的时间让别人看到他，但是他就这样离开了，为什么要这么做呀？与家人相处一直就不是咱们的专长。只有你，亲爱的。当时还来得及把罗纳尔多带给他见了，我一会儿也会带你去见他的，他去把车换一个地方停了，怕停在斜坡那里会被罚款，那里有停车计时器。［……］啊，我挺开心的。［……］你认为呢？我已经老了，真的老了。［……］只因为我是你的母亲吧。但也有可能，生活得好了，人的气色也会变好。你父亲真是一个悲剧，但是我们已经太疏远了，也过了太长时间。我以为他会因为心肌梗塞或是其他的什么问题随时就去世的，他挥霍了自己的一生，你也很清楚，但是这样一种方式……在这样的年纪。为什么在六十四岁的时候他要做这样的事呢？而且还是这样可怕的方式，也许是因为……［……］是的，我们也无从得知了。现在一切已成事实。［……］是的。［……］我也同意你的看法，亲爱的。［……］是的，你是对的。［……］不，别去烦扰你弟弟了。不然情况会更糟的。让他自己静一静吧。他不想看到你。如果他今天就不愿意见到你，那么他以后也不会愿意见到你的。［……］我也这么认为，但是已经这样了。亲爱的，我想你比他更痛苦。［……］是的，我知道。但是我们现在不讨论这件事了，好么？过来，让妈妈亲你一下。［……］他们把服务收费分成了四次。这次的葬礼还不错。咱们之后把它写在纸上记下来。你看那儿，罗纳尔多正在往这边走。我和他在一起很开心。你一定要来看我们。［……］是的，离阿西斯很近。离圣保罗不是很远，到这儿只需要轻轻一跃就到了，你们一定要经常来呀。好吗？多来看看你妈妈。罗纳尔多，这个是我的大儿子。

了一条答复发了过去。"谢谢你妈妈。我一切顺利。我也爱你。"

一条炭黑色的狗睡在空灵的蓝色之上，那是一团卷在一起的渔网，铺在"四·二一"广场的草地上。阳光拍打在灰色的阶梯上，后者通向小山背阴面的圣母教堂。教堂旁边由立方体石块铺成的斜坡又短又陡，绕过一个放船的棚屋和一栋用预制板搭起的木房子。一位褐色头发的老奶奶坐在彩色的沙滩椅上，在阳台上晒着太阳，他冲着她点头打了招呼。咸咸的西北风晃动着树木和海浪。分散的云朵排成队，从海上前进到陆上，就像仓促行进的军队。斜坡转了个弯，向左经过了一幢大约十八世纪的小房子，白色的外墙有些掉皮，窗框近期才粉刷成了钴蓝色。一家手工制品商店展示着条纹布料制作的地毯、船的模型以及堆放在门边和窗台旁的柳编篮子。一群动作飞快的孩子穿着蓝白相间的校服，被一个神经紧绷的老师带领着，走向相反的方向。圣若阿金路一直通向维基亚海角的方向，途经一些坐落在山腰的度假屋。他盯着眼前的景色有些出神：周围环抱着波澜起伏的大海、海滩，还有绵延不绝的山丘，山丘直到应该是遥远的因巴乌的瓜尔达海滩那里才转了一个弯。为了让贝塔能跟上，他一直走得很慢。每当狗决定停下来的时候，他就抓住颈圈上的绳子，轻轻地拉动它，给它动力让它继续前进。一些父母在小小的懒人海滩上晒着太阳，看着孩子们在避风的沙滩上玩耍。海藻、树枝和软体动物的尸体在赭石色的沙滩上留下了扇形，散发出阵阵酸气。他经过那些穿着泳装的人，朝他们点头示意，然后走到有石头的地方，顺着一条路继续向前走。他的双脚陷入了隐藏在草坪下的又咸又湿的海水里。这个位置的房子都是巨大的城堡，屋子前面装了玻璃和太阳能板，经过园艺师精心修饰的花园里搭建了宽敞的木制阳台。

维基亚海角那里有一栋巨大的豪宅，给行人只留了很小的空间，另一侧低矮的铁丝网篱笆里，一只歇斯底里的宠物贵宾犬挣脱了控制，像蝙蝠一样尖叫着，同时屋子里有个女人在呼叫着这只狗。贝塔完全忽略了自己的同类。云朵的影子滑过充满泡沫的海面，他想象着鱼是否以为云朵的影子就是真正的云呢。他不停地走着，遇到有石头的地方就跳过去，一直走到一堆插在混凝土地基上有些被腐蚀的铁柱前。这一神奇建筑的框架长久以来被海风侵蚀，已经失形，外壳上橙色的铁锈透露出死亡的气息。在这里能看到面前加罗帕巴海滩的全貌。贝塔观察着海蟑螂，它们正顺着潮水线上面的石头向前跑。

　　快要走回教堂时，他注意到一个小的牌子上手写着"出租"字样。牌子贴在水泥墙上，这是渔民在马路和大海中间的斜坡上盖的老公寓楼其中的一栋。大门的一侧只能看见长长的楼梯，十分狭窄，紧挨着墙壁通向三层建筑的底层，在紧挨着石头的小公路前终止，距离海浪也就只有几米远。他拨了电话，询问接电话的男人是否出租房子。一小会儿那个年轻人就从附近的一栋房子过来了。他个子不高，皮肤被晒成了古铜色，一直保持着微笑，看上去就像他觉得什么东西很好笑一样。公寓在底层，紧靠着那些石头。年轻人解开了门口的锁链，两个男人和一条狗从第三层的入口走到了窄楼梯的最下面。楼梯下面用来分隔两栋楼的空地上有一扇棕色的门。他们走进一个小客厅，那里连接着一个厨房。家具仅仅是两个破旧的沙发和一张长方形的木桌。里面比路上冷多了，有一股可预见的霉味。矮个年轻人摆弄了一下客厅窗户的插销，稍微晃动了几下终于打开了百叶窗。从那里可以看到整个加罗帕巴海湾、捕鱼的棚屋以及港口抛锚停靠的老式捕鲸船。窗户前面就是一段水泥制成的小台阶，一直延伸到一块巨大平整的石头上。最大的浪用泡沫盖住了这块石头，但在风平浪静的天气它应该是干的。石头上有一块蓝色的大帆布，保护着一堆看上去像是渔网的东西。矮个年轻人展示了一下卧室里的双人床、浴室和有一小块外部区域的厨房，但是这些已经不重要了。在百叶窗打开的那一刹那他就决定要住在这里了。

"我想租这个房子。你能租给我一年吗？"

"那你得和我母亲谈一下。"

"你们和某些房产中介合作吗？"

"你得和我母亲谈。这件事她在处理。"

他的母亲西西娜女士住在两栋房子以外的地方，需要向上走一点。阳台垂到了山坡上，被长在几米以下的柠檬和番石榴的树冠包围了起来。西西娜女士邀请他进屋，还请他坐在了皮沙发上。客厅被精心地收拾过，能够看到海。一套精美的马拉若的陶瓷花瓶被摆放在中间的小桌子上。西西娜女士的脸庞很美，稍有些宽大圆润，眼睛比较窄，眼皮也有些浮肿。他们坐下之后她一直没说话，好像在努力保持那宽容的微笑表情却未能如愿。房里的气氛就像是一位女祭司在等待拜访她的弟子畅所欲言。他表达了自己想要在底层的房子住一年的意愿。她用温和的嘶嘶声解释说她只在旺季的时候才把房子租出去，在这段时间以外她最多能做到按月租，如果两方都有意愿就每月续签，最多租到十一月，那时候就进入租房子的旺季了。如果她现在就接受年租的话，等到旺季的时候就会损失很多钱，因为那时候的房价会是现在的五倍，而她每年都有固定的房客会来租房。他提议让她计算一下旺季的收入，加上剩下月份的租金再除以十二个月，最后给他一个确定的数。他已经准备好付钱了，并保证绝对不会让她有损失。她说原来在旺季以外的时期租房给他这样的人时碰到过很多问题，租客要不就是单身，要不就是夫妻或是两个朋友想要到海滩旁边来过冬。"他们直接就走了，也没付给我钱。"她说道。"我绝对不会像那些人那样的。"他建议签一个合同，再做一个公证作为保证。她大笑了起来，说自己从来不签合同。"合同对我来说一点用都没有。我拿一张合同能做什么？我会浪费时间在寻找这些人身上吗？就算我找到了他们，我还能起诉他们不成？我要因此失去我平静的生活吗？"他建议了一个月租的金额，乘以十二个月以后相当于他自己全部的钱。这一次她没有马上回应，心里思考的同时嘴角浮着那副半带宽容的微笑。她询问了他的职业。他说自己是体育老师。她问他到加罗帕巴来做什么。他说为了能住在海边。她问他是否打算在城里找工作并在这里留下来。他说是的，打算教课，以后也打算租一间教室，而且如果条件允许的话自己会开一家健身馆。他又告诉她自己是运动员，也打算在这里训练。在海里游泳是他最大的爱好，而她的公寓刚好距他梦想中的游泳池只有五米远。西西娜女士讲述了去年一对朋友也同样租了一年的房子。"他们是冲浪者，打算在加罗帕巴冲浪并且也留在这里，还打算开一家旅店。四个月以后他们就消失了，房租也没交，房间也被彻底破坏了。他们弄坏了家具和墙壁。估计是在家成天吸大麻呢。邻居们几乎天天都能听到争吵和叫喊声。他们是同性恋，这点我一点都不反对，他们也吸毒。他们和一群吸毒的朋友聚在一起，在楼前面吸毒，还进行交易，吸了很多毒品，把什么都弄坏了，房租也没交就消失了。每个人都到这里来说同样的话，"她用温柔的声音说道，"我只想住在海边。我只想冲浪。我只想思考我的人生。我只想享受自然。我只想写一本书。我只想钓鱼。我只想忘记一个女孩。我只想找到人生的另一半。我只想一个人待着。我只想能拥有安静。我只想重新开始。然后人们就开始争吵，变得沮丧，砸东西，喝很多酒，不断喊叫，狂欢，吸毒，不交房租就离开或是自杀。这很难办，"她说道，"我们永远也不知道应该相信谁，这是一件很遗憾的事。我不认识你。事实上我打算在四月重新装修这个公寓。我需要在这段时间把它整理好，以便在旺季的时候接待别人，所以我没法租给你。"

"我不吸毒。我也不会造成麻烦。我会和我的狗单独住在这里，我也很安静。"

"我知道。但是我准备装修我的公寓。"

他对她表示了感谢，说过再见之后离开了。

午饭是在一家餐厅吃的，他从没遇见过这么便宜的地方，然后他回到了酒店躺在床上。他像往常一样看了最新一期《跑步者》杂志，里面又有一篇文章提到了关于跑步前后拉伸运动利弊的辩论，之后他便睁着眼睛在床垫上开始复杂的计算和胡思乱想。

下午晚些时候，他穿上了运动鞋、短裤和尼龙衣去沙滩上跑步。贝塔被独自留在房间里。他迈着很大的步子，在一个海滩的头尾之间来回跑了四次。穿泳衣的人都走光了，只有少数人还在冒险对抗着强风。一个骑着巴哈佛特牌自行车的渔民从他面前经过，自行车把手的两侧挂着超市的袋子。一位身材高挑的女人带着一个小男孩慢慢走过，喝着马黛茶，手里晃动着一个保温杯。一对年迈的夫妇手牵着手走过，浸在水里的脚踝有些静脉曲张。他谁也不认识，自己是新来的，但是每个人都和他交换了眼神，用这样的方式来和他打招呼。渔村附近有一群年轻的孩子在踢足球，两边的球门都是用拖鞋堆成的。球场没有界线，两队之间也没有明确的区分标志。每个孩子都光着脚，女孩们运球和进攻都非常敏捷，身体素质也很好，有一些只穿着比基尼，扎起来的辫子在风中缠绕，满身大汗却还顽固抵抗，不顾一切撞向强壮的对手,用近乎暴力的方式争夺着球。

经过渔民的棚屋时,他停止了跑步,从那里可以看见西西娜女士的公寓的奶油色外墙和两个褐色的百叶窗。他偷窥着棚屋背阴处的渔民和船只。渔民的眼光一直跟随着他,他们用随意的姿势对他的挥手表示了回应。他没有回宾馆,而是爬上了海滩尽头已经摇摇欲坠的台阶,顺着石头边的小路走到了公寓的前面,盯着关上的百叶窗看了一会儿,然后坐在最下面几级水泥台阶上,旁边就是大石头。海鸥在天空翱翔,任凭一阵风带着它们远去。他就这样休息了一阵。一艘小的机动船驶进海湾抛了锚。它是来接自己的两个船员的。他起身去敲西西娜女士的门。

她在这么短时间内就重新看到他的时候笑了,尤其是他的头发还因为跑步变得蓬乱,脸上还布满了细细的盐粒。

"如果我提前把所有的钱都付了呢?"

"所有的什么?"

"房租。一年的房租。就是我之前提出的价格,只是我一次付清。就在今天。我可以马上给你写一张支票。"

她笑了,用手捂着嘴,朝着屋子里看了看,点了点头。

"哎,哎,哎。"

"如果我走了或是损坏了什么东西,已经提前付过钱了。你不会再有受到损失的风险了。"

"但这样挺傻的。"

他和她一起笑了。

"我不傻,西西娜女士。我很想住在那儿,我想这样的话每个人都满意了。"

晚上的时候他带着一张填好的支票回来了。她叫来了儿子,不是那个带他看房子的矮个子,而是另一个,让他看了一眼支票,然后就把钥匙给他了。

　　第二天早上他把嘉年华停在楼顶上露天的空地，紧挨着大门，一点一点地把他的东西搬下来，用了很长的时间，直到接近中午才搬完。楼梯太窄了，而低矮的扶手就像在邀请你摔下去，每次只能搬运一小部分东西。屋里保持着原来的样子，他觉得不需要整理家具、餐具或是附加什么装饰。他去了渔村的小市场，采购了一些浴室和厨房用品，并买了咖啡、面包、水果、酸奶、蜂蜜、燕麦、巧克力、两袋意面和几盒做好了的酱。他并非第一次伴着大海的声音入睡，但是现在面对的并不是一个遥远的声音，也不是一个深邃的声音。大海就在他的耳边呼吸。他能听见海浪拍打石头的每一次声响，还有泡沫和飞溅出去的那些浪花的喘息声。海鸥，至少他认为那是海鸥，半夜的时候从喉咙发出叫声，像发情的猫一般，仿佛要开始几场激战。太阳出来之前他就醒了，因为渔船的发动机和柴油机在外面咆哮。黄色的光从百叶窗的缝隙里透了进来，光线来自外面的路灯，几乎就在公寓的前面。武力全开的渔民相互叫喊着无法理解的内容，声音很大而且像疯了一样持续不停，直到它们随着发动机一起消失在海洋的拍击声中。

　　他又睡了一会儿，起来的时候听见外面传来激烈的争吵声。小便之后，他用冷水抹了把脸，打开了被海边空气润湿的百叶窗，注意到公寓正前方停靠着一艘船。一些渔民分散地坐在石头上或是砂岩铺成的人行道地砖上。他就这样欣赏了一会儿窗外的景色。晚风渐渐平静下来，大海变得平静而浑浊。海水给人一种温暖的错觉。一根黑色的电线从船后伸出，跨过海面拴在了楼前的树干上。一个男人在船上，另外一个坐在台阶上，剩下的都围坐在摊放于石头上的白色渔网旁。没过多久这些人就和他有了目光接触，向他点了点头。

他进屋煮了一杯咖啡，正坐在桌前吃三明治时，他们来敲门了。

"哎，我的朋友，老大让我来问问我们能不能借用一下你的插座。"

这个男人像啮齿动物一样长着一张拉长的脸，下面的牙齿有些坏了。他粗粗的手指有些开裂，指间夹着一支烟；手指尖较细，指甲都断裂了。另一只手上拿着一个生锈的两相插头给他看，那玩意儿上还缠满了黑色的绝缘电工胶带。是船上伸出来的那根电线的头。

"是为了连上电做焊接，"男人看出了他的犹豫，"我们正在那儿修理船的发动机。"

"好吧，你可以用这儿的插座。"

"哦，谢谢你朋友。你真是好人。"

没过多久船体深处的焊接就开始了，那是一艘白色的捕鲸船，上面有黄红相间的装饰条纹，漆着名字"诗人"。大概有十二米长。甲板的空旷处火花飞溅，船体也轻微地旋转。他离开公寓走到人行道上观察整个工程。陆地上的男人相互嘲弄着，开着和金钱有关的玩笑。敲门的那个男人，就是那个长着河狸长脸的人，是里面话最多的，其他人叫他马塞罗。他们说的大部分内容都很难理解，但是他听明白了其中有一个人，那个远远站着看整个修理过程的胖子，可能是船主，刚收到了一笔军队的补偿金。其他人正在用讥讽的口气向他借钱。

"给我一百块吧。"

"我什么都没有。"

"你不可怜我么？我甚至连一袋饼干都没有。"

"那是你的问题。"

修理发动机的男人出现在了甲板上，喊叫着说电焊不能用了。其他人开始摆弄电线，想找到出问题的地方。电线有些地方被焊接过，一个渔民开始用折刀处理那里。这一小会儿的时间，船慢慢靠近石头，原来悬在水面上的电线慢慢贴近水面，快要浸到水里了。整个情况看上去危险极了，如果不用疯了来描述的话。

"你们想让我在里面拔掉电源线吗？"

"不用了，朋友，挺好的，不需要。"

不知用了什么方法，渔民用折刀把电线接好了。电焊又重新嗡嗡作响，小船深处也重新火光四射。交响乐很快就结束了。马塞罗拔掉了插头，把卷好的电线扔给船上的人。那个人接住那卷电线，收拾好工具，从捕鲸船跳到一艘用桨划的船上，和其他石头上的人聚在了一起。原来他才是船主。这是一个强壮的男人，胡须稀少，头发拳曲，表情冷漠。他自我介绍说叫杰瑞米亚斯，握手感谢他提供的插座，说他们今天要开船去南方寻找一群黄花鱼，它们在伊塔毕鲁巴被人发现过，等第二天早上回来的时候他们会带来一些黄花鱼作为对他的回报。

杰瑞米亚斯和其他渔民用小船把渔网的一端拉到了捕鲸船的甲板上。渔网被系在有曲柄的转轴上，通过这个机械的帮助，渔网被慢慢从石头上移动到了船上。

他准备了水、咖啡和三明治给这些渔民，但是他们什么都不想要。他又询问了渔网的长度。马塞罗告诉他渔网有两千英寻长，但是不太清楚相当于多少米。一位之前一直保持沉默、眼神清澈的少年这时候发话了，说这大概有两公里半长。这只是一个小渔网。渔民经常使用的渔网一般都有五公里长，或者更长。他们被激发起了兴趣，开始向他这个外地人讲故事。去年这艘船有一次返航的时候进水了。十一吨的黄花鱼。船身太低了,水直接从上面进来了,需要用桶舀出去才行。他们所有人都用手指尖夹着便宜的烟在抽着,而不吸烟的时候,他们便把两只手背在身后仿佛想要假装自己不抽烟一样。他们都穿着褪了色的运动衫和橡胶靴子,或是裂了口的运动鞋。

"你住在这里吗?"马塞罗边晃着头边问他。

"我昨天刚搬来的。"

"冲浪者?"

"不是。"

"那么是为了什么。离婚了?"

"我就只想住在海边。"

"啊,那也挺好,因为这儿的生活很舒适,而这个地方最美不过了。"

"确实。"

"这里只有安静。早上看看大海。"

"这是无价的。"

"这儿只有好人。你知道从来没有人在加罗帕巴遇害过吗?"

"从来没有过吗?"

"当然,有很多人死了,但是从来没有人被谋害!这里生活十分平静,几乎没有暴力。"

"我不太相信这里从来没有杀过人。"

马塞罗没有回答。海面上微微的波浪给静止的空气搔了搔痒。

"我听说我的祖父就死在这里了。"

"他叫什么名字?"

"他们都叫他高乔人。"

渔民们都没有说话,他们以这样的方式表达了很多内容。他决定继续问下去。

"我知道的故事就是他在这里被人杀死了。"

"在这里？怎么可能？我想应该不是的。"

"但是我父亲是这么告诉我的。"

"高乔人，是么？高乔人是我们这儿从来都不缺的。"

那个眼神清澈的少年嘴角一弯窃笑了一下，继续注视着大海。

"我祖父曾经潜进海里捉石斑鱼。你们从来没听说过他吗？"

马塞罗抬起他的眉毛，戏剧性地把头从一边转向了另一边。他蹲在楼梯的最高处，就像是栖息在高处的一只鸟，一只手抱着膝盖，用另一只手来抽烟。他刻意地看着前方，保持着沉默。对话就这么停滞了，所有人都仿佛格外专注于自己手头的事。一对游客夫妇划着皮划艇穿过那些船只，男人时不时就停下来，等着落后的女人。一朵乌云挡住了太阳。就要变天了。

"你是从阿雷格里港来的吗？"马塞罗打破了寂静。

"是的。"

"阿雷格里港就很暴力。"

"确实是。"

"我在那里住过两年。很久之前了。我认识那里。"

"是吗？你在那里做什么？"

"我在那儿东做做，西做做。你知道若昂酒吧吗？"

"是在奥斯瓦尔德路的那家吗？"

"是的。那儿真是疯狂。我就住在若昂酒吧。"

"它已经不在了。被拆了。"

"真的吗？你看。我曾经在那儿喝过美洲虎的奶。他们做的甘蔗酒里面有瓷砖块。有一个人喝了。那里只有疯子。还有一些烂人。"

"我也曾经在阿雷格里港住过。"年纪最大的人如是说。他是一个瘦弱干瘪的老头,一对大耳朵被白色的毛发塞满了。"我在那儿住过十年。那个时候我在一个酒吧工作。你那个时候还有有轨电车吗?你在阿雷格里港还看到过电车吗?你太年轻了,那时候应该已经没有电车了。他们在七一年的时候就把有轨电车停了。哥伦布大街上当时就有电车,好几条街呢,曾经可以通向各处。他们举办了电车的拍卖会,我曾经工作的那家酒吧的老板买了一辆电车。他用焊枪把车的前面弄开了,然后把它嵌在了酒吧的前面。那是一个很小的酒吧,电车放进去十分合适。你认识那个酒吧吗?"

"不。我那时候应该还小。"

老人没有继续他的故事。有股虎头蛇尾般的安静。捕鲸船的船主继续站在船边用转轴拉渔网。

"杰瑞米亚斯!"

渔民抬起了头。

"你听说过六十年代住在这里的一个被叫作高乔人的人吗?"

"高乔人?"

"是我的祖父。我想找到认识他的人。"

"应该和我不是一个年代的。"杰瑞米亚斯说话的时候眼睛都没有离开渔网,"你应该试着去找一些更老的人。很多人都来到这里又走了。大部分人都被遗忘了。"

马塞罗把烟屁股扔进水里站起身来。

"我马上就走了。"

渔网几分钟后终于收好了,所有人都登上了捕鲸船。发动机释放出阵阵灰色的烟。船的螺旋桨轰隆隆地响着,就这么向前驶到最远的地方,然后抛了锚。空气中有一股燃料的味道。

他走进房间。贝塔还摆着和前一天一模一样的沮丧姿势，躺在它的宠物毛毯上，他总是不知道这条狗是睡着还是醒着的。它的呼吸总是那么缓慢，只有强迫它它才会起来走一走。他把贝塔的水和食物放在厨房的露天部分，这至少能让它为了吃饭而离开自己的小角落。

　　他从厨房柜子的抽屉里拿出他的钱包。在证件和银行卡中间有一张他自己的近照，护照照片的尺寸，带这样一张中性而又官方的照片的唯一目的是为了让他能认出自己。他习惯于带这样一张照片来想起自己的模样，因为驾照和身份证上的照片太小了，远远达不到他拿照片的目的。他从塑封袋里拿出照片，走到卧室，打开装着个人用品的背包，拿出最重要的相册，那里面几乎收录了近期所有重要的人的照片。他找到了从父亲那儿得来的祖父的照片，和自己的护照照片比了比，然后走到厕所，将祖父的照片放在镜子边，交替地看着祖父的脸孔和镜子里的自己，摩挲着自己的胡子。自从和父亲最后一次交谈以后，他就没再刮过它们，而是让它们就那么长着。他从放餐具的抽屉里找到一把干涩的剪刀，剪刀稍稍有些生锈，他困难地把祖父的照片剪到身份证那么大，然后把剪好的相片放进钱包的塑封袋里，和自己的照片放在了一起。

3

　　小镇的墓地坐落在两栋度假别墅之间的方形空地上，墓地深处还有一个废弃了的农场，里面长满了泛着祖母绿色的杂草。更远一些，西维拉山被一条条弯弯的小路分割，四分五裂成了众多地块，预示着未来的一片房地产开发项目。那片绿色在阳光下过分耀眼，看上去像是某处着了火一般。墓碑都是些水泥块，要么光秃秃的，要么覆盖着瓷砖或者石板，除此之外几乎没有任何装饰。时不时能看到一些银制的天使小雕像，或是一些十字架，外侧镶了金色或彩色石子的边框。墓碑上很少放置有主人的照片，这里大多数的花也都是塑料的。他试图从墓碑中间穿过去，但是失败了。墓碑相互之间离得太近，少得可怜的小径最后都通向了死胡同。迷宫似的布局让他不得不跳过一些墓碑，支撑在它们上面寻路。又一次，他必须得退回去找另一条路，却连转身的空隙都没有。他试图走在墓园的边缘，但是墓碑都靠在墙上。看上去随着年代的推移，它们被多次重新布置。为了能让更多的尸骨躺在这里，每一块能用的空地都被利用起来，剩下的只有少量的空隙和犁沟，像是一些棘手的问题没能被解决。他费了好长时间，一直想要走到墓地的尽头，若是伸长脖子朝那里看，就能看到更加裸露和古老的坟墓，其间还有一些稍稍磨损的小墓石矗立在山头的小土包上，周围长满了三叶草和其他普通的野草。远远望去，有两三块墓石没有刻上名字。他被一座毋宁说是一堆砖头的墓绊倒了，摔倒在另一座更大的墓上，还打碎了一个装着塑料花的花瓶。他捡起了花，试图把它们重新摆放在墓地上面的石板上。石板颜色很深，是仿造的大理石。他望了望周围，想要找到掘墓人，却没有看到一个人影。这里实在没什么可看的。

太阳几乎快要落到安布罗西乌山后去了，周围的一切都在玫瑰色的光芒下休憩。他穿上泳裤，从一堆背包中找出泳镜，顺着楼梯向下走到了巴乌的大石头附近，感受着脚底对粗糙水泥和温热石头的稍稍不适。船只和成群的海鸥都静止地漂浮在像油一般光亮的水面上，海上的蒸汽瞬间就疏通了他的呼吸道。他小心地从石头上跳下水，避免被石头上的小藤壶划破脚。他的身体消失在自己的倒影里，把胶片一般的水面撕得支离破碎。双脚伴随着巨大的吞咽声也消失在水里，同心的波浪扩大到了几米以外，过了一会儿他才从远处钻出来，差点碰到一艘停靠在那儿的小船，接着向远处游去。他沿着海岸，在这个冰冷、咸湿、无边无际的游泳池里欢快地游着，却也因为慢慢隆升的黑暗和海里某个可能会靠近的生物而感到一丝恐惧。从水里起身时几乎是晚上了。如释重负的他因为高强度的运动还有些头脑不清醒，再三思忖着游泳时想到的事。他决定把车卖掉。

下弦月慢慢向山后退去，这时他正拿着城市地图走向内斯特加油站。他和管理人员交谈了片刻，以三百雷亚尔的佣金成交，把嘉年华停在了加油站的花坛边上，玻璃上用透明胶粘了一张出售的告示，告示是在一家网吧打印的。车的市场价是一万五，但是他愿意卖一万四。他从便利店里买了一罐瓜拉纳饮料，顺便向收银的姑娘打听了一下城里的健身馆。主要有三家，他把它们一一标在了地图上。斯维尔健身馆，是靠近通向西维拉山上坡路的那家，正在修建一个半奥林匹克标准的室内恒温游泳池，是这个区域里最好的。

他牵着贝塔的项圈，从加油站走过六个街区，一直走到汉堡·切,点了一份葡式热狗。这一次小吃店主和他搭讪,作了自我介绍。他叫雷纳多。三个女孩在一张桌上喝着啤酒,柜台的电视上正放着八点档的电视剧。

"这条狗是谁的?"雷纳多喊着。

"是我的。它叫贝塔。以前是我老爸的,现在归我了。"

"他不想养了吗?"

"他去世了。"

"哎呀。真对不起。节哀顺变。"

"没关系。"

雷纳多问他现在住哪儿,对他的回答琢磨再三,仿佛他实际上并不在乎这个答案。这个话题是多余的,人们年复一年地在这些海边的小房子里搬进搬出。记录谁来了,谁又离开了,就像谈论天气一样毫无意义,而这就是接下来发生的事。

"旺季的时候只会下雨。现在到了三月就变得这么晴朗,天天出太阳,还一点风都没有。跟我开玩笑呢吧。"

他的妻子在柜台后面的金属板上做着饭,为了保护头发还戴了头巾和围裙。还有两周这个小吃摊就要关门了。他说今年生意不是特别好,付了这儿的房租以后就不剩什么了。他们要回卡舒埃里尼亚去,在那里他们有长住的房子。

"喂,那谁。"

说话的是坐在旁边桌上的三个女孩之一,声音很熟悉。其中最高的那个把目光投向了他。她的鬈发披在肩上,而在他的记忆中它们应该是高高扎在头上的。如果这时候再装作没有看到她就实在是说不过去了,她就在他的面前,就在旁边那张桌子上,但是要让她理解下面这一点同样也是一件很荒谬的事:在那样的环境下,只有声音或是一些更复杂的互动才能透露出她的身份。

"达利亚。"

他小心谨慎地说出她的名字,几乎是询问的语气。虽然很不合时宜,但这种情况却是无法避免的。

"我什么都不想说,真是的,但是你居然那么明显地假装没看到我,实在是忍不了了。"

"对不起,我一直在想别的事情。"

"所以说你活着就是为了想别的事吗?昨天在海边遇到你你也一样假装没看到我。"

现在他可以说自己就是经常分心,或者再次表示抱歉,但是这两种选择都没法令人满意,因为第一种是谎话,而第二种则十分不公平。直到几年以前他都还在因为没法认出别人而不断地道歉,那成为了他每天的生活习惯,但后来他开始觉得那很荒谬,并不再那么做了。遗忘并不是他的过错。所以在别人的愤怒面前他就只剩下了沉默,静待之后发生的事情。他渐渐适应了大部分的人都受不了自己没有被认出来的事实。也有人让这种小小的不愉快就这么过去,不把它当回事,没认为自己被真正的冒犯了,反而拿这事当成一种玩笑,甚至还强迫自己适应他的情况,并主动提及之前见面的情景,即便他们并不清楚他的缺陷。但也有人被冒犯了之后就中止了和他的谈话,并且以后再没有和他讲过一句话,再也不去注意他。

"和我们一起坐吧。"达利亚说。

他起身坐到了她们桌前的空椅子上。男孩端来了他的热狗,一本正经地扮演着服务生的角色。他吃饭的时候她们在不停地交谈着。他一边嚼着食物,一边试图插上两句话。她其中的一个朋友又瘦又文静,叫作内德,现在住在城里,旺季的时候在一家比基尼店里打工,还没想好剩下的时间准备做什么。另一个朋友叫格拉兹埃拉,有些微胖,挺引人注目的,她仅仅是在这里度假。几天以后她就要回阿雷格里港了,在那里继续她的法律学业。和达利亚比起来,她们两人一点都不吸引人。他从来不会对不同场合见到的同一张女性面孔产生不同的印象。一个美丽的女人每一次都会是美丽的。对于那些能记住别人长相的人来说,并不是每次都是如此。

待桌上摆了半打空酒瓶后,四个人买单离开,沿着通向海边的人行道走了一小段。格拉兹埃拉卷了一根大麻,他们吸了起来。沙子已经变凉了,炎热的一天所造成的疲乏和暴躁被微微的海风吹散了。

"三月是最完美的。"内德说道。

"它属于住在这里的人,"达利亚接了下去,"最好的部分留给了在这工作了一整个夏天的人。"

"这是多好的一天啊,你们说是不是?"格拉兹埃拉一顿一顿地说道,"我还想再待两周。我想永远留在这儿。"

三月的完美是一个多产的话题,还在不停地延伸。贝塔平躺在冰冷的沙滩上,但在某一刻突然站了起来,停在他的面前伸长了舌头喘着气。

"我想它可能是饿了。"

"女孩们,今天在瀑布酒吧那里有一个小聚会,咱们一起去吧?"

"如果是现在的话就走吧。"

达利亚问他开车了没有。

他觉得把车从加油站开走这个主意一点都不好,但还是给了肯定的答案。在那之前需要回家把狗放回去。

"你已经找到房子了吗?在哪里呀?"

他指了指海滩右边的角落。

"在那边的山脚下。加油站前面那个。栗子色的百叶窗。"

"我们在这里等你。"格拉兹埃拉说着又点了一支烟。

他起身牵起狗的项圈,过了一会儿看向了达利亚。她回报了一个困乏的微笑,因为吸了大麻,她的眼睛都要闭上了。

"那好吧。我一会儿就回来。"

走了几步他又回过头来。

"你不想和我一起吗?"

达利亚同时站了起来。

"好的。我想我需要用一下你家的厕所,可以吗?"

格拉兹埃拉和内德怀疑地看着她。

"我们马上就回来,姑娘们。"

"知道啦。"

"别太久啦。"

达利亚穿着五彩的长裙,裙子一直拖到脚踝处,在长腿边有节奏地随风飘动。裙摆下端来回的晃动让她修长的脚忽隐忽现,能看见玫瑰色的塑料凉鞋和酒红色的脚指甲。白色的衬衣带着花边,袖子是镂空的,宽宽的胯骨上方纤细的腰身展露出来。今天她没有戴银项链,但佩戴了一对螺旋形的耳环,应该是某种金属丝做的。两个精致的饰物在鬈发丛中找到了自己的位置,一直坠到了脖子旁。人行道上的探照灯在沙滩上投射出大功率的橙色灯光,就像在一个空旷的体育场里准备一场摇滚演唱会。被拉长的影子拖着他们那已经掉进了平静大海里的脑袋。

"你在看什么呢?"

"你的耳环啊。"

她摆弄了一下耳环。

"你那天找到办法回家了吗?"

"哎,我那天真的已经神志不清了。几乎什么都不记得了。但是还算好,一个男孩让我搭了顺风车。"

"是那个漂染了头发的弱智吗?"

"别跟我提他。我和他在一起过一次,他就以为自己可以在我面前满口蠢话,然后想找我的时候就能勾搭上我。"

"下次我不会让他烦你了。"

"他真的很难缠。最坏的是我又和他勾搭上了。"

他抬了抬眉毛,什么也没说。

"你那天为什么走了?"

"一部分是出于对车的担心。况且我本来就对聚会没什么耐心。这就是事实。"

"你把我一个人扔在那儿,一点都不可怜我。人家很讨厌你那么做。"

"你说我昨天在海滩上碰见你了?"

"你走了过去,装作没看见我。"

"什么时候?"

"昨天下午。你在跑步。我和帕布罗在一起。"

"谁是帕布罗?"

"我儿子。"

"我不知道你还有个儿子。"

"我没和你说过吗?帕布罗,我最亲爱的儿子。我应该和你说过的。"

"你没说过。他几岁了啊?"

"六岁。"

"我不知道你还有个儿子。但是这就能解释得通了。如果你是一个人我可能还能认出你。通过你的头发。"

"天哪,你可真奇怪。"

海边有一片渔民的棚屋,在那前面有一条入海的下水道,里面的水满到没办法一步跨过去。在老石桥旁边搭建了一个临时的"天桥",其实就是一块木板。他碰了碰达利亚的胳膊,抬头示意了一下要从那里穿过去。

"我要给你解释一件事,达利亚。但是这件事你要很严肃地对待,好吗?"

"好吧。"

"但是咱们先从这个小桥走过去再说。"

他和狗走在前面,快走过去的时候向达利亚伸出了手。她稍稍把裙摆提起来一些,抓住了他的手,一步就跨过了那个板子。

"我没法记住别人的长相。这也是为什么我没在海滩上认出你的原因,今天在小饭馆也是一样。"

"你不该找借口来忽视一个你已经认识两三天的人。这说明你根本就没有在乎别人。"

"听着。我没法记住任何人的长相。这是一个神经方面的疾病。"

她停下来望着他。

"你好好看着我的脸,"她边说边指着自己的脸,"你看不见吗?你看不到我的眼睛、鼻子和嘴巴吗?是这样吗?"

"我看得见,但是并不能记下来。我的大脑并没有存储进去。我的大脑正好在负责识别人脸的这部分区域有损伤。如果你离开我的视线,我可能五分钟之后就会忘了你的样子,也可能是十分钟,如果运气好的话半小时也有可能。很不可思议。"

"我从来没听说过。"

"确实很罕见。"

她又看了他一会儿,然后继续向前走。

"你没有怀疑我吗?"

"你说了这是一件严肃的事,所以我就很认真地对待了。但是如果你是和我开玩笑的话……我越早知道越好。过了现在的话一切就都太晚了。"

"我是认真的。"

棚屋全都关闭了。迎面走过去一对刚从石头那里回来的年轻情侣,他们听着手机里扩音器播放的电子音乐,声音很微弱。

"那么你永远都不可能记住我了?如果我想和你说话,就得跟在你身后对你说'嗨,我是那个达利亚,你还记得吗?'是得这样吗?"

她好奇地睁大了眼睛,做出一个很搞笑的笑容,边说边手舞足蹈。

"不是的,当然不是。除了长相以外还有好多别的内容。声音总是一个很好的帮助。还有就是背景情况。我知道你是披萨店最高的女孩。如果我在你上班时间去找你,马上就能知道哪一个是你。有些时候一件经常穿的衣服也会成为我记住他们的工具。或是走路的姿态。我总会把能辨识出别人的因素和那个人联系在一起,除了长相以外。我可以扫描那些细节。就你来说,我一下就记住了你的身高和头发。我和一个人越熟悉,就越容易认出他来。但这件事总是非常的困难和复杂。比如昨天在海滩上,我几乎不可能认出你来,因为你和你的儿子在一起,而我并不知道你有一个儿子。"

"有机会的时候我会把他介绍给你认识的。"

"一定要。"

他们走上那截快要坍塌的楼梯,后者通向巴乌石的方向。他让她走在前面,自己紧跟在身后拉着贝塔的项圈。一股强烈的下水道气味徘徊在弯曲的楼梯上。达利亚缩成一团在原地转来转去。

"我需要去上厕厕厕厕厕厕所。"

他刚把门打开,她就飞速冲进了厕所。他给狗倒好了水和食物，让它在那一小片区域享用着。自己从冰箱里拿出一罐啤酒，打开了客厅的百叶窗。达利亚很快就好了，他听到排泄物被冲走的时候，门就打开了，伴随着她的声音：

"好吧，但是告诉我，为什么你会这样？"

"产期缺氧。"

"啊，很显然的。只可能是那个什么期缺氧。"

"在出生的时候。我生下来的时候差点窒息，所以造成了大脑的损伤。一出生就这样了。"

"天哪，这么恐怖。"

"并不恐怖。只是有些时候很讨厌。一般大家都不愿意接受这件事的存在。几乎没人像你一样开明。"

"嘿，你知道我是谁吗？"她用嘲讽的语气说着，边挤眉弄眼边伸手夺过了他手中的啤酒罐，"别说你已经忘了我是谁了！"

"我真的忘了。"

她靠在他旁边的窗台上。

"你怎么不放点音乐呢？"

"我的播放器被烧坏了。这里的电压是 220 伏特的。"

"真笨。好吧，我们还得去接姑娘们，去找找那个聚会呢。你的车停在加油站了吗？"

"是的。"

"放在那儿洗车吗？"

"放那儿是准备卖的。"

"那现在谁还能给我搭顺风车？"

他没有回答。

"其实我有点懒，并不是很想去那个聚会。"

"那你儿子的父亲呢，他在哪里？"

一个裸着上身的少年戴着棒球帽,拽着一条狗的项圈在路边走过,那是一条气喘吁吁的比特犬,黄白相间,大宽嘴张得大大的,像是一条鳄鱼在笑。他们顺着水泥楼梯走下去,一直走向石头的方向。

"他回克里西乌马了。他就是那里的人。几年前和我一起搬到了这里,但是之后我们就不停地争吵,他就离开了。"

"你们相处得还好吗?"

"还算是不错。帕布罗很喜欢他。每个月他都要和约翰在一起过几天,他们相处得很不错。最重要的就是帕布罗了。"

"他的名字是约翰吗?"

"是的。"

"他是美国人吗?"

"不是,就是克里西乌马人。"

男孩把比特犬的项圈解开,朝着海里扔了一个半满的塑料水瓶。狗在石头边上研究了一会儿,跳进水里去追赶自己的玩具去了。男孩点燃了一支烟,看着自己的狗在水里游泳。

"他每个月给你付抚养金吗?"

她大口吞咽着啤酒,突然爆发出一阵笑来,声音很短促,然后才轻蔑地回答了他的问题。

"那个人只知道抽大麻。但是不完全是这样的,我需要对他公平一点。他有能力的时候就会给我一些钱。但是他真的什么都没有,完全就是个游手好闲的人。"

"你和帕布罗单独住一起吗?"

"不是的,还有我母亲。她在这里帮我。我一离婚她就过来和我住了。你告诉我一件事,你在镜子里能认出自己的脸吗?"

"我不知道自己还愿不愿意继续这个话题了。"

比特犬嘴里叼着水瓶从水里出来了。男孩从它的嘴里一把抢过水瓶，又重新扔出去好几米远。狗又潜进了水里。

"不，我在镜子里不认识自己的脸。看着照片也没有用。早上醒来的时候就忘得一干二净了。"

"那应该挺疯狂的吧。刮胡子、剪头发，对你来说都没有区别吗？"

"没有，但是我母亲一直说我刮了胡子比较好看，我就相信她了。"

"那你能感觉出来一个人是漂亮、悲伤、紧张之类的吗？"

"是的，我看着别人的时候就能感觉出来。我能正常地看出别人的感情。也知道哪些人好看，哪些人丑，年轻或是苍老。这些都一样。但是我就是会忘记别人的长相。我能记住你很漂亮，所以再次看到你很高兴。"

她用肩膀撞了他一下。

"你什么都没记住。赞美我只是为了讨好我吧。"

他们在那里看了一会儿比特犬的活动，后者好像是永无止境的。他回过头去看客厅的另一端，贝塔正舒服地躺在大门旁边的宠物毯上。

"有时候我觉得这条狗在监视我。"

"什么？"

"没什么，说了句蠢话。"

"如果我今晚留下来，你明天早上也会认不出我的脸吗？"

"让我说实话吗？是的。"

"你是世界上唯一一个对这件事有好借口的人。"

她把空酒罐留在了窗台上，转过身来对着他。

"但是你真的会认不出吗？"

"绝对认不出。"

"哪怕是一个很棒很棒的夜晚也不会吗？"

"达利亚,我不会让你对此抱有虚无的幻想的。"

"如果人们没有了虚无的幻想,那会是怎样的呢?"

醒来以后他没有睁开眼睛。有温度、气味和对一切的清晰记忆,不仅仅一个人的面孔,甚至就连视力本身都变成不必要的了。重量是他最喜欢的感觉之一。如果她躺在他身上,不论是第二天早上还是一年以后,他都能立刻分辨出她来。还有就是身体移动的方式。如果是和他的亲密接触,他就能用双手紧紧地抓住她的身体,触碰他们贴紧的不同地方,用这种方式阅读她自主和不自主的动作,不论轻微抑或是剧烈,不论重复抑或是单一,都能让他永远留存住一份触觉的画面,这比任何视觉形象都更能向他表述这个人是怎样蜷缩和放松,怎样要求和拒绝,怎样靠近又离开。她的锁骨高高凸起,腰间的肉很丰满,双腿修长,从内侧摸也全是肌肉。粗糙的发丝,微苦的汗味像是淡淡的咖啡,气息像加了糖的牛奶。她那用牙齿的方式。漂亮女人身体的自我意识限制了她们的动作。在这间发霉的屋子里逐渐升起来的昏暗中,一系列轻微的害羞和退缩渐渐消失,一点一点地退去。她的退缩慢慢让步给了服从。差异很轻微,他却能记住那一切。卧室的灯是关着的,厨房的却亮着,透过开着的门渗透了进来。试图亲吻她脚的时候她痛苦的反应。身体紧绷的状态用了好一会儿才渐渐消退。她轻轻把指甲嵌了进来,留下了指痕。当她的手抓住什么的时候,指尖交替地压了下来,仿佛试图在钢琴上弹奏一段旋律。也许她会弹钢琴,或是小时候弹过。想到一个人抚摸自己的这样一首曲目实在是令人激动。他们为什么这样或是那样地触摸别人。那种感觉来自很多地方。我们想象中的那些事是美好的,我们被告知的那些事是美好的,我们为对方做的事也令人享受,它们是不由自主的，是我们寻找快乐的方式，就是这样。她高潮的时候基本上很安静，再仔细想一想，她整个过程一直都很安静。眼睛也是闭上的，一声也没出。能听见海浪的声音。这一切他永远都不会忘记，哪怕是其中任何一个细节。几个月以后或是几年以后他一定都还会保留着这段记忆，用来唤起仅仅对她的回忆。他把世界上能通过感觉揭露自己身份的方式列了出来，数不胜数的方式让他自己都吃了一惊。除了容貌是缺失的。达利亚在他身边一声不出地睡着，散发出热气，屁股靠在他的腰间，后背紧贴着他的左肩膀，海浪几乎都要拍到窗户上了。他会记住这一切的。

斯维尔健身馆在通向西维拉的路的尽头位置，就在曲折的斜坡前一点点，斜坡把山拦腰截断，引出一条通向海滩另一侧的路。就这样他穿过了大门，看见一个小的四方形建筑，由厚厚的木板搭成，遮住了一个小吃摊，还有圆圆的小木桌。他透过大门向里面偷看了几眼，看到了柜台后面的接待人员，是个当地人长相的女孩，一头黑色的直发。她用西班牙语向他指出了走到前台的路。他沿着水泥人行道走着，绕过一栋长长的高房子，墙上铺了瓷砖，没有防水涂料和石棉屋顶；通过房子的大小和昏暗的窗户，能判断出这里应该就是新修的恒温游泳池。那里最深处有一个门厅，他打开了玻璃门，走进了接待厅。左手边是一个巨大的器材厅，可以用来锻炼肌肉。五六个学员在健身馆这些老旧的器械上拉伸着身体的四肢。他看到这里四处都是插了植物的花瓶，灰黄的墙面上还挂着一些复刻的画，五颜六色的，看上去应该是印度的神灵。那些画里的形象多是女性或是巨大的动物，她们脸上的神情严肃又带着高傲，欢乐中夹杂着异国情调；有些形象皮肤是蓝色的，长了很多条圆乎乎的胳膊，细细的手指把持着三叉戟或是其他一些圣器。黄昏的阳光在墙上和金属器械上映射出金色的光芒,三月温和的天气省去了开空调的麻烦。这种氛围一般不出现在健身房里,反而更容易让人联想到宗教祠堂,那些锻炼就像是在进行一场光明的仪式。音箱里放着低沉的雷鬼乐,声音太小了,听上去像是从外面传过来的。桌子后面的金发女郎对他说了一声下午好。

"下午好,听说你们这里开了一个游泳池。"

他收到一份复印的宣传单,标注着健身房和游泳池的时间表和价格。

"你知道这里需要一个游泳教练吗?"

"嗯,你应该得去和'大锅'谈一谈。"

"大锅?"

"这儿的老板。"

他们相视一笑。

"那'大锅'在哪里啊?"

"他半小时后应该就来了。你也可以晚上再回来,和他的合伙人谈一谈。"

她保持着刚才的笑容,一直看着他。女孩有些微胖,脸上长了雀斑,因为晒太阳的缘故,也有了些皱纹。鼻子像一个小圆球。他突然听到泳池里传来一阵爆炸般的声音,像是有人用铁锹在水面拍打。她的两只手臂上文满了彩色的图案。有一些日式的波浪,一只部落式的手镯,一条海豚。他也回报了一个同谋犯的微笑。

"那我也要猜一猜他合伙人的名字吗?"

"他也有自己的姓。你可以猜猜看。"

"我脑子里有个想法了,但是我怕我猜错了。"

"'木板'。"

"不可能吧?"

"是真的。'木板'是晚上来的那位。"

两个人在那里默默地笑着，相互对视着像是很亲密的样子，仿佛密谋着要找谁报仇，有一种油然而生的愉悦感。

"好吧，我会等'大锅'*过来的。"

———————

* 是的，一个半月以前他在我们这里教课。二〇〇四年的时候他就来了，在我这里当了快三年的游泳教练。[……]不，他是一个很严肃的伙计，这一点你可以相信。他比较自我封闭，但是却是一个严肃的人。他想去你那儿教课吗？但是他跑到加罗帕巴干吗去了？[……]他告诉我要离开阿雷格里港了，但是没告诉我要去哪里。提前一个月通知了我。年初的时候他父亲自杀了。[……]操。不过你说说看，你的新游泳池怎么样？[……]真他妈的不错。你已经买了浮标了吗？弥尔顿认识一个人在弗洛里亚诺波利斯供货，有一次他打电话到我这儿来，听说价格还不错。我一会儿把他的联系方式用电子邮箱发给你。[……]是的，你得做一些宣传，不然人们是不会过来的。可以试试在早上不限时间，让那些锻炼的人可以游的时间长一点，谁知道呢。弄一些可以吸引运动员的东西。[……]是的，为了挣钱必须得设置固定时间的课程。他们已经让你把水加热了吗？[……]二十七度？哈哈哈。你疯了吧，'大锅'。他们会要求你每天都把水加热的。你还得把水温往上调。[……]你别争了，你肯定得往上调。先是老人不愿意来了，接下来那些母亲不愿意让自己的孩子着凉，再后来就是所有人都想要热水了。那群人都想要温水。我让水温保持三十度，但是骗他们说是二十八度（什么意思？）。[……]你看，就像我跟你说的，他真的很严肃。他懂的很多。就是他在二〇〇七年的时候训练了佩尔斯欧，那时他几乎得了全部的奖项。他自己也是一名优秀的运动员。他在夏威夷参加了世界级的比赛，资格赛的时候成绩很好，但是比赛的时候没有表现得很好。比赛一半的时候他就抽筋了。你知道那种没有什么比赛天赋的人吗？在训练时候的表现要超过比赛。但是他游泳很多。他的泳姿是我见过的最好的。[……]他比较自闭。我有一次和他出了点问题，但最终还是把他留在了学校里，因为学生们都这样要求。我们当时准备把课程的形式换成游戏性质的。就是那时候我们开始在训练中加入游戏、音乐那一类的东西。这是大的趋势。那时也让所有的教练都参加培训，学习怎么让课程更加有趣。现在他们和学员们都更像是朋友，我们鼓励这样做。（转下页）

"那么好吧。"

———————

(接上页)我们给每个教练都花钱报了培训班,是关于娱乐体育教学法的,这是我们的特色。这对于稳定员工很重要,也确实增加了不少学员。动感的音乐、排名,一切都变成了很不错的游戏。但是那时候就因为这个我和他产生了矛盾,因为他拒绝参加培训。他当着我的面说他认为这一切都很傻之类的话。但是我也不能为他开特例,所以变得很不爽。最后我去找他的时候,他说自己是游泳教练,不是小丑。就那样我发火了,把他辞退了。[……]我就让他那么走了。但是不到一周就开始有学生到管理处去问他,想请他回来。我随便编了一个借口,因为那时候操他妈的也没什么关系,但是下一个月我们就发现有四五个学生因为他的缘故就不来了。[……]他们只想上他的课,别人都不行。这时候整个事情都浮出水面,很多学生站到了他那一边。我们发现他班上的学生超级喜欢他,但是我们这些管事的人都没搞清楚是为什么,因为你每次看他上课都一脸屎样,不停地纠正每一个人。他挺严肃认真的。[……]是的,那不是开玩笑的。远远看去他好像也从来不和谁交谈,只在那里执行他的任务。我以为全世界的人都会讨厌他。直到我们一个学员跑到这来,那个塔坎卡——[……]你认识塔坎卡吗?是的,他会冲浪,一直在那儿,这是真的,但是结果呢,塔坎卡告诉我幸亏因为他,他才发现自己的泳姿完全错了。他在那儿训练了那么多年,从来没有教练像那样好好纠正他,直到那个人来了,用了两个月专门教他方法,直到最后那个人几乎不训练他了,他在铁人三项比赛的时候站上了领奖台。还有一些女孩子去找玛依拉,也是我们这儿的女教练,说在我们这儿游泳完全是因为他。她们喜欢他待在这儿。[……]她们就这么说的。她们喜欢他在这儿待着。谁知道这他妈的是什么废话。[……]他两年前和一个女孩分手了。我想他应该是个道貌岸然的人吧。[……]是的。就是这样的。[……]好吧,结果就是我去找他,劝他回来了。他确实也好好地回来了,又在我这儿待了两年,直到上个月。我们总是戏弄他,因为他记不住别人的长相。他没和你说吗?[……]你去问问他,这是真的,他有一个很罕见的记忆问题。我想他的态度和这个还有点关系。[……]你得看看他是不是你想要的人。这里的学员特别喜欢他,我却和他一直处不好……他过于自闭了,我一般和别人都不这样。但是事实就是这样,'大锅'。他很好。他总是很上进。他妈的是一个很不错的教练,真的。你可以信任他。还有你别忘了:热水和放音乐。

075

"我能进去看看游泳池吗?"

"可以。"

"你叫什么名字?"

"黛博拉。"

游泳池的那间房比在外面看上去小多了,到处充斥着白色的蒸汽、刺鼻的氯气以及瓷砖的味道。他把温和、潮湿又有些腐蚀性的气体吸了进去,就像走进自己家里一样。在游泳池封闭的环境里他总是能想起家里的喷雾治疗,是小时候某一段时间为了治疗他的支气管炎进行的疗程,绿色的塑料面罩,吵闹的小机器就像游泳池的小发动机,母亲中肯的眼神一直注视着治疗过程。这个半奥林匹克规模的游泳池是他见到过的最窄的泳池,只有三条泳道,用海蓝色的瓷砖铺出了界线,浮标都还没准备好。每一个角落各有一个游泳的人。两个人在剧烈晃动的浪花里喘着粗气。左边的人年纪更大一些,也更胖一些,头上戴着一副黄色的潜水镜,脚上穿着黄色的脚蹼。他就是刚才在前台听见的爆炸声的来源。男人把右手臂完全伸出了水面,速度很慢,像是要把手伸到离身体最远的地方,让胳膊在这个位置保持一秒钟,然后用超音速把手臂放下,仿佛手臂就是一个投石器,用震耳欲聋的爆破声拍击着水面,喷出了好几米长的水柱。他左手的手臂甚至都没有露出水面,做着一套萎缩的动作,一点也没有向前推动身体。如果不是因为脚下穿了脚蹼,那个男人几乎都没法离开所处的位置。世界上的游泳池里充满了这样滑稽又极端的例子,完全没法补救。右边的那个人更年轻,游得还不错。他的频率很稳定,动四次换一次气,但是他的双腿像剪刀一样,右边的手臂打得有些太开了。他的衔接迅速灵活,很快就能浮出水面,又游了一个来回后,他停在了边上,气喘吁吁地看着手表数着下一次出发前的空隙。二十秒钟。这是一连串的一百米，每一次他都在一分三十秒完成，有些时候能达到一分二十八秒，或是一分二十七秒。他看别人游泳的时候避免不了会在大脑中计算秒数。游泳运动员的坏习惯。这么多年过去了，他身体里的时钟变得十分精准，基本上不会出差错。

周五刚到下午的时候，就有一个安布罗西乌的剃须匠打电话想要买他的嘉年华，他的名字叫泽。两个人约在加油站见面。泽看了看车子的里面，检查了一下发动机，然后说带了足够的现金可以当面支付。他们开着车就去了拉古纳，办理更换车主的手续和存款。所有的手续不到两小时就办好了，不一会儿就回到了加罗帕巴。他们停在了剃须店的门口。他把钥匙和文件交给了新的车主，然后在剃须店旁边的小酒吧里点了一个可乐。剃须匠提出要给他修修胡子。

"谢谢，但是我就想让它这么蓄着。"

"你想要修剪一下吗？"

"怎么弄呢？"

"修剪吗？修一下胡子。整理一下。"

"但是怎么修剪啊？要剪短吗？"

"你从来没有修过胡子吗？"

"我从来没有留过。"

一个平头的醉汉站在柜台那里独自喝着啤酒，面对着空无一人的地方说着一些无法理解的话语。他湿润的眼睛在红肿的脸上闪着光。

"你留了多长时间了？三个月？"

"两个多月吧。"

"你需要修一下了。为了能长得更好。"

"最好还是不要吧。"

"这是我应该做的。"

"但是要怎么修呢?"

"就是用剪刀修短一点点,在脖子的这里和脸的这里修出轮廓。"

泽在他准备修剪的轮廓边缘用指甲勾画了一下。他是一个将近六十岁的男人,矮矮的,头发已经灰白,皮肤有些被太阳晒伤。他好像一直在偷偷地笑,和其他当地人聊天也给他一种相似的印象。

"那好吧,可以修一修轮廓,但是别剪短了。"

过程很漫长。剃须匠用了一把很慢的刀。倾斜的椅子占据了整个屋子的中央,房间很休闲,窗户敞开,对着路上令人目眩的亮光。窗下有一个木板做的小凳子、一个小的五斗柜和挂在墙上镶了橘红色塑料边的方镜子。没看到有什么表示店里在做生意的告示牌。泽从洗手间端出来一盘热水,拿出一把折刀。他用热毛巾敷在他的脸上,直到快要变凉了才拿下来,一点也不着急。透过窗户,他看见柜台上喝啤酒的那个人蹒跚地离开酒吧,穿过了马路。醉汉走到大路对面的一个白色垃圾车旁,坐进驾驶室,点燃了发动机把车开走了。泽用刮胡子的专用毛刷把泡沫涂在他的脖子和颧骨上。他刮胡子的手法相当浮夸,每一动作的间隔时间都很长。

"你住在加罗帕巴吗?"

"是的,但是我刚搬来没多久。"

"冲浪?"

"不是的。我只游泳。"

"那你来这儿干什么的?"

"我来这儿居住的。我不是来冲浪也不是为了逃避什么。不是说全世界都到这儿来做这两件事的吗?"

"如果有人这么说的话,肯定不是我。我什么都不知道。"

"下一个周一我就开始在那个健身馆教游泳了。"

"那你也在海里游泳吗?"

"是的。"

"你小心要到捕梭鱼的季节了。那些渔民会把你从海里捞出来的。"

"他们已经通知我了。"

用完折刀以后,泽用干毛巾擦了擦他的脸,把双手浸泡进粉红色的古龙水里,水中还散发出酒精的蒸汽。

"你知道人们在这里怎么分辨一个人是不是高乔人吗?"

泽用头指了指他的客人的双脚,它们正立在斜椅的靠腿上。

"如果晃脚的话就是高乔人。"

"那我们就来看看吧。"

古龙水在脖子上灼烧得很厉害,但是他没有晃脚。

"你不是真正的高乔人。"

泽把椅子降到正常位置,走进了厕所。他站了起来,望着镜子里的脸庞。看着修剪好的轮廓和被刀刃稍稍刮红的皮肤。很难看出有什么差别。他已经不太记得它之前是什么样子了。

"要留下来喝一杯啤酒吗?"泽边从厕所走出来边邀请他。

"我得走了。多少钱?"

"我说了不要钱的,孩子。"

"那好吧,谢谢你。好好照顾我的车。如果一开始就有什么问题的话一定告诉我。祝您周末愉快。"

"你需要搭个车吗?"

"谢谢,我走回去就行了。就在海滩那边,很近的。"

"如果你想在这边买地的话在西里乌那儿我有三小块地。"

"我会记住的。"

握了握刮胡匠的手,他就上路了。太阳快要落到山后去了,海面上吹来一阵凉凉的微风。他走了一小会儿,又绕了回来重新走进剃须店。

"泽先生,你就是加罗帕巴人吗?"

"是的。"

"你一直住在这里吗?"

"基本上吧。我在圣保罗也住了几年。"

"六十年代末的时候,我的祖父在这里住了一段时间。他们都叫他高乔人。你听说过吗?"

"高乔人,高乔人……"

泽沉默了一段时间,然后转身走进了吧台,说要把老婆叫出来。他的妻子脖子上戴着矫正颈圈,问他是谁,为什么要追踪自己祖父的信息。他回答说只是想要调查家族的历史,完全是出于好奇。她问他有没有在这里不停地向别人询问关于自己祖父的事,他给出肯定的答案,说问过一些人了,她又想知道他已经向谁打听过了。那个女人没有微笑,但是也没有带着敌意。她似乎在研究他,然后把头转向了一旁,即便脖子上还戴着颈套。有时他会突然有一种感觉,他应该永远都记得某些人的长相,哪怕这些人对他来说没有任何意义,并且也不会再次出现在他的生活中,比如药店的售货员,偶然经过城里参加了同一场聚会的某人的表兄,看牙医时另一个排队等待的病人。而这个本能的需求从来都没能在未来得到验证,最终是这样,或者至少他不记得曾经得到过验证。但是这个需求出现的时候就像得到了谁的命令,例如现在的情况,他面前的这个脖子无法动弹的女人没有任何面部特征或者身体上的特点,这是个被专门雕饰成让他无法记住、甚至无法想象出来模样的女人。他决定撒谎。他不记得问过谁了。只有渔村的一两个认识的人。她什么也没说,重新消失在吧台深处的门里,从门缝里能窥视到一个客厅,里面有掉了皮的沙发和蓝色的墙面。泽把两只胳膊都撑在吧台上。小酒吧里的气氛一下子变得昏暗起来。夜色降临了。剃须匠低声说道:

"你不用理会她。我记得那个高乔人。"

"你认识他吗?"

"不,我只记得他。一个住在圣母教堂附近农场的男人,那里现在盖起了回迁房。他到这儿附近来的时候我还不到二十岁。有一次他付钱给我哥哥让他修自行车,是他骑的一辆褐色的巴哈福特牌自行车。"

"你哥哥叫什么名字。"

"迪尔马尔。"

"我能和他谈一谈吗?"

"不行。他已经死了。"

"我的祖父真的是在这里被人谋杀了吗?"

"我不知道。你别出去问这一类的问题。"

"为什么呢?"

"因为没人会说这一类的事。人们对它是否发生过不感兴趣。随着时间的推移,人们不知道一些事情正是因为他们不想去知道。你明白我说的话吗?"

他望着泽看了一会儿,然后点了点头表示肯定。

"你是个好孩子。别搅进这件事里。你厌倦了以后随时可以到我这儿来把胡子剃掉。"

"可以这么留着。"

"愿上帝与你同在。"

"好的,你也一样。"

"我现在知道为什么之前感觉曾经认识你了。"

"是嘛。"

"你让我想起了那个高乔人。"

"是的,我知道。"

"也有别人会看出这一点的。应该已经有人看出来了。"

"没有人记得他。就像他从来不存在一样。"

"会有人记得的,如果他们愿意的话。为了想起他必须得心里愿意才行。"

"那为什么这儿的人都不愿意记得他呢?"

"这都不重要。你就记住我之前给你说的就行。"

"谢谢你的关心。但是我想我还是会追究到底的。"

"这是一块被保佑的土地。这周围到处都是美景。是不是啊,高乔人?到这来就得开心地生活。"

4

冰冷的夜晚用缓慢的死亡折磨着夏日。达利亚把一杯加了奶的咖啡搁在腿上，双腿笔直地放在帆布沙发上。她在公寓第一层的客厅里，望着窗外慵懒的海洋那水晶般透明的表面，仿佛大海也正在把自己的后背拉伸得噼啪作响，就像放在那里的双腿那般，期待着稍后太阳升起来温暖自己。他坐在紧靠她对面墙壁的绸缎沙发上，但是客厅太小了，如果他们伸出手来就能碰到对方。他观察着达利亚拳曲的发丝，一张稍大的侧脸所拥有的精致线条，背光处稍稍向上突起的上唇尖。他静静享受着能近距离欣赏绝世美女的愉悦，细细罗列着她身后的背景，好似这一切都是他的作品。当地的孩子们在窗前边笑边叫着经过，光着脚丫穿着泳衣，心情十分舒畅，拖着几截木棍和粗制滥造的钓鱼竿，拿着几袋饼干和彩色的水桶，没羞没臊地偷看着公寓的里面。天还是蓝色的，却能让人感觉到马上就要下雨了。在加罗帕巴待了数周之后，他已经可以通过无以名状的迹象做出本能的气象学分析了，比如风向、屋内的湿度、鸟类的行为和海洋深处的噪声。达利亚用大脚趾打开了窗边的五斗柜上的二十英寸电视，说她想看早上放的动画片。屏幕里出现的却是安娜·玛利亚·布拉加，他预料电视最多在一分钟之内就会关机，确实如此。他在公寓住的第二个星期就这样了，西西娜女士解释说这是这里常有的问题，是由咸湿的空气造成的。这也是他从父亲那里得来的礼物——烧烤刀——开始生锈的原因，刀的表面被一层像橄榄油般的薄膜覆盖住，后者以惊人的速度腐蚀着各种金属，不论你用什么方法来保护它们。门是开着的，他听见外面传来贝塔坚定的步伐，它日益见长的趾甲剐蹭着进门处的水泥地，然后是客厅那一层米黄色的瓷砖。几乎在同一时间他打了一个响指，吹了一声口哨还叫了一声贝塔，因为他还不能确定它现在愿意被怎么称呼，它再也无法见到父亲用来招呼它的熟悉的手势了。贝塔向他靠近。他的呼叫能引起它极大的兴趣，已经这样持续好些天了，它陪他去路上散步时也已经不需要颈圈。他喜欢自己照顾它的责任感，也喜欢让它保持活力并且一直活着这一使命本身的单纯性。贝塔走了过来，他摸了摸它的头，顺着后背摸它那短却浓密的毛，毛是泛蓝的深灰色，上面还沾了铁红色的油漆。

"你摸摸他脑袋后面，"达利亚说，"它会喜欢那样的。"

"你怎么知道它喜欢呢？我父亲不会那样做的。"

"贝塔，贝塔，过来。"

贝塔马上就跑到达利亚那边了。当它跑到达利亚身边时，她抓住它脑袋后面的皮，一把将它拎了起来，那动作看上去十分暴力，对成年的动物来说很不适宜。

"你别那么做，会伤着它的。"

"根本不会受伤的，你压根就不了解狗。"

达利亚把狗放在自己的大腿上。

"它小的时候就是被自己的母亲这么叼来叼去的，是吧？告诉他，贝塔。"

她用劲地揉搓着狗的脖子，抓着那里松软的皮，用手指尖磨来磨去。贝塔把脖子缩了起来，闭上了眼睛。

"看见没有？所有的狗都喜欢这一招。人们弄这里的时候能让它们想起自己的母亲。"

他的电话响了起来。他起身去橱柜上拿了电话。

"猜猜我是谁。"

"妈妈，很明显是你。正巧说到你。"

他走到房子的前面接电话。这一次的通话和他最近接到的电话一样,就像按了重播键。先以一系列实际的问题开始,主要关于存货、遗产、债务或是属于他父亲的一件物品将去向何处,很快就升级为要求他因为某个原因回到阿雷格里港,把他和自己的哥哥进行比较,却总是更偏向于他哥哥,还伴随着虚伪的掩饰。他试图让这些事就这么过去,但最终还是在电话里抱怨了起来,两边都迅速地挂了电话,防止事态变得真正令人难堪。挂电话之前,她问他是否会在母亲节回去。他因为"回去"这个词生了气,而母亲解释说只是说话的方式,没有必要这么夸张。他说自己不是夸张,并且也没有感觉到那么激动。他的感觉更应该被形容成疲惫。他说还不知道会不会去考虑这件事,等快到时候再告诉她。挂了电话以后,他立马就知道今年是第一次不会有人在母亲节那天带她去吃饭。这些年履行这个职责的人都是他。于是他差点就要拨电话回去了。

"一切还好吗?"

"是的。"

"你和她还处得好吧?"

"目前来说还不错。"

"她一个人在那里应该糟透了吧。"

"她很好。我父亲把一些东西留给了她作为遗产,她现在成为了我和我哥哥之间的传话筒,因为我不和他说话。她在这个年龄算是身体不错的,和一个挺有钱的人谈恋爱,那个人家里拥有一家公证所。并且对她来说不可或缺的儿子是另外那个。我只是最近有空的那个儿子罢了。过不了多久她就能适应了。"

"那她和你父亲离婚了是吗?"

"是的。"

"那你为什么不和你哥哥说话呢?"

"不值得一提的事。我的家庭一点意义也没有。"

他把手机随意放在桌子上，坐在了她沙发旁边的地上。她用长长的指甲抚摸着他的脖子。

"你说他会不会也喜欢这样呢，贝塔？"

他呼吸了一口气，身子因为从后背上端一直传播到指尖的阵阵快感而渐渐变软。

"我想请求你一件事。"达利亚说道。

她又找了一份工作，下一周开始每天下午都要去因比图巴海边的一家服装店上班。她有个住在西维拉的朋友是伊塔乌一个机构的管理者，可以让她每天搭车回来，能够从服装店下班以后赶上披萨店的夜班。她需要额外的钱才能搬到弗洛里亚诺波利斯去上学，因为她把计划提前到了明年。她的母亲有糖尿病，身体很不好，她需要有人帮她在下午的时候去学校接帕布罗，把他送回家，因为她自己不再有时间做这件事了。

"我可以帮忙的，当然没问题了。"

"骑车去接他吧，他已经习惯了。他可以坐在前面的横梁上，也可以坐在后座上。他很喜欢坐自行车。但是如果这件事给你添麻烦的话就不用了。只是我现在没有别人可以拜托。"

这一刻，一系列的事情突然让他内心激荡了起来。贝塔在他父亲去世后第一次表现出来开心和平静。达利亚放心地把自己的儿子托付给他，而他甚至还没见过这个孩子。也许是她过于心急，想在他的生命里竖起一面旗帜；也许他想要一个人待着，目前仅仅是被瞬间的对他人的需要占了上风；也许他在内心深处并没有那么喜欢她。他并没有一个详细的判断，但是却浮现出一股强烈的感觉，那就是他们之间正逐渐出现的亲密感在这一刻突然就终止了。他希望自己是错的。而同时有内在的凝聚感让他重新振奋，仿佛一个人已经在改变另一个的生活，而这个过程是不可逆的，一些好的东西已经被植入进去，被保护了起来，也会一直延续下去，哪怕这样的早晨在今天就将结束。

"我会接他的。没有问题。"

"直到我能安排另一个人。我不想请求你的。"

"你需要的时候我就去接他。不用担心。但是我事先能认识这个孩子就好了。"

"那咱们就约在明天吧，我会给你打电话的。你在学校要怎么认出他来呢？"

"总是有办法的。先让我认识他吧。"

"他的耳朵很大。"

"我会找到办法的。"

"好吧。"

"我要在自行车后座上安一个小座椅好搭他。"

"没必要的，他可以坐在前杠上，他从来没有……"

她戛然而止，没有继续说下去。传奇号帆船响着长长的汽笛，一次，两次，震耳欲聋，冲着窗前快速走过人行道的游客们叫嚣着。这些游客们或是夫妻，或是小家庭，想在这最后几周暖和的气候里抓紧时间进行帆船旅行。三月末，下午会有雨，而早晨却如此阳光明媚，这样的意识深深印在游客的双眼中，影响着他们登陆的态度。他跪在沙发旁边，吻了她。达利亚的舌头上留下了苦涩的牛奶咖啡。他们把狗轰走了，关上了客厅的百叶窗，脱掉了衣服，迅速进了房间。燃油发动机的噪声穿透了墙壁，汽笛声反复回荡，帆船起航了。关闭的百叶窗外乌云遮住了太阳，房间逐渐暗了下来。他趴在她的身上，两个人黏在了一起。达利亚一声不出地享受着，只是双眼中都流出了一滴眼泪。她转过脸去啜泣了起来。

"真糟糕。"

"你还好吧?"

"不,并不好。我只有摆出一副臭脸的时候才好。"

乌云从太阳前飘走了。她又转了回来,把手放在他的胸口。

"你当我什么都没说过吧。"

帕布罗就读的平古里图公立学校如果用慢速骑车的话,十分钟就能到达利亚家门口,但是今天他绕了路,在把男孩送回去让达利亚的母亲照顾之前,停在了"冰蜜"冰淇淋店的门口。达利亚的母亲由于糖尿病引发了足溃疡,几个月之前有一只脚被截肢了。那个女人总是会邀请他进家里吃点蛋糕喝一杯果汁。有时他会接受她的邀请。达利亚的母亲挺喜欢他的。她说自己有一半女巫血统,声称在亲自认识他之前曾经梦到过他,也许是因为达利亚给她讲过关于他的事*。他每一次到访,她都会给梦境增加一

---

* 我从一个楼梯走上来,突然无法动弹了,悬浮在了空中,也无法感觉到自己的身体。我观察着自己的身体,但它好像不属于我似的。然后我在右边看见一个厅里有很大的桌子,纯木制成的,颜色很深,旁边有四把椅子,每一侧摆放了两把,厅的最深处有一扇窗户。房间很白,地板也是深色木质,天花板非常高。那时候是晚上,我看见你背对着我坐在那里,穿着黑色的上衣和黑色的裤子,头发和胡子都刚刚修整过。你向后看了看,仿佛感觉到我的存在,却看不见我。我当时很害怕,在梦里也是如此,害怕被你发现,因为我知道自己将要见证一件重要事件的发生。接下来,几乎同时出现了两个男人:一个男人在你的对面坐着,另一个男人站在你的左边。你对面的那个男人辨认不出长相,我也不知道你们在谈论什么,因为你们在用心灵感应沟通。但是左边的男人用心灵感应告诉我,他是你的哥哥,也是你的保镖。这时候我像天体一样悬浮的身体突然急速上升,沿着右边的楼梯走向走廊的方向,本能驱使我在墙上的缝隙中找到了一个隐藏的信封。信封里装了一沓钱,还有一份专门的文件讲述了你的(转下页)

些内容,一般都是她新记起的一些内容或是她重新做的一些解释。他说自己并不相信这些东西,但是她看上去并不是很在意。有些时候他觉得这些梦是她临时编出来的。

就在他们继续在主干道上朝着冰淇淋店骑去、经过超市前面街角的一块空地的时候,他听见了叫喊声和沉闷的敲打声。两个男人正在敲打着一个快要散架的小亭子的墙壁,边踢边用一把巨大的铁锤砸着。他从来没有在意过那个地方,不过能确定在昨天之前小亭子还是好好待在那里的。挥舞着锤子的是一个大腹便便的秃子,深褐色的皮肤,穿着黄衬衣,身形像一个梨,手臂很短,看上去像没有肩膀,他冲着坐在自行车椅子上的男孩打了招呼,喊道:

"帕布罗,你说话呀!对他喊三色队①!"

男孩举起拳头喊了"三色队!"。

他们马上就到了冰淇淋店。他把自行车停在玻璃门旁,解开了椅子上的安全带。

"那个拿着锤子的人是谁啊?"

"波诺博。"

"波波?"

(接上页)身世,那里有关于你的一切。文件里说你是一种神秘的生物,已经转世了好几次,并且拥有前世的意识。当我回到客厅的时候,你和那两个男人一起消失了。而这时又马上转换到了另一个场景,是房子外面一块有些腐烂的木地板,正在逐渐崩塌。我看见一个沼泽池塘,周围草木丛生。有一个无法辨认出样貌的女人,很高,褐色皮肤,从我身边经过的时候一句话也没说,就那样走进浑浊的水里消失了。这时我醒了过来,心里第一个念头就是你是一个吸血鬼。我想你肯定不会承认的,甚至可能都不知道,但是你的否认或是对自己的无知是有一定原因的,有一天我会向你解释一切。

"不是，是波诺——博！"

冰淇淋自选的时候，帕布罗把自己的塑料碗装满了冰淇淋球，是椰子、葡萄还有巧克力碎口味的，最后还在上面放了假牙形状的橡皮糖和不少的炼乳。根据他妈妈的要求，只要在重量上不是很过分，碗里面可以放任何他能看懂的东西。但是不能超过五雷亚尔。帕布罗是一个很好相处的小孩，至少和他的关系是如此，从来不要求什么，也不会有一些突发奇想的过分请求。达利亚说他有些时候会比较固执和过度的活跃，觉得他可能有双重性格之类的。他在学校里没法从几十个孩子中认出他来，但帕布罗总是拿着书包向他跑来。他只需要走进学校等一会儿就可以了。

帕布罗从海绵宝宝的书包里拿出一副游泳眼镜，这是他们第一次见面的时候他送给帕布罗的礼物。从此以后他就变成了眼镜叔叔。男孩戴上了眼镜之后，开始袭击碗里的冰淇淋。嘴里假牙形状的糖和长出来一半的新牙混在一起，里面塞满了融化的冰淇淋。

"帕布罗，你打算现在学游泳吗？"

"不。"

"我教你。"

"好吧。"

"咱们骑自行车的时候你也可以戴上眼镜。那副眼镜也可以这样用。"

"好的。"

他换了一条路，顺着里面走了，把男孩送到了家。今天没有留下来吃蛋糕喝果汁。他不想知道自己为什么是一个吸血鬼。回来的时候又经过了那个角落，那两个男人还在那儿试图拆除墙壁。

---

① 即巴西圣保罗足球俱乐部。其队旗由红、白、黑三色组成，因此常被球迷昵称为"三色队"。

现在他们准备把一个印着和路雪广告的冰柜放进皮卡车的货箱里。看上去他们就要失败了。那个没有肩膀的男人，就是之前和帕布罗打招呼的那个人，转过头来看着他，叫着：

"老家伙！我们需要搭把手。快来，快来！"

他把自行车停下来，观察了一下眼前的场景。小亭子的两面墙壁已经被锤子砸掉了。工程的附近散落了很大一堆玻璃碴、瓷砖块、水泥粉、铁棍、小木块和各种其他的碎片。地上的某一端，紧挨着旁边房子的墙壁，靠着一辆废弃的大众甲壳虫框架，因为长期暴露在潮湿的空气中，它生满了铁锈，已经快要散架了。一打压扁了的啤酒罐散落在坑坑洼洼的草坪上，像是被旺季到来的成群游人踩成那样的。小亭子的旁边有一瓶史密诺夫香草味的伏特加，里面装了半瓶酒。两个男人脖子上的青筋一跳一跳的，冰柜正在从他们的手里滑落。他把车子放倒在地，跑过去帮忙了。

"再过来点儿，"波诺博说道，"我们需要把冰柜放到卡车上但是却他妈的搞砸了。你给这边搭把手，眼看都要掉下去了。"

"你好。"另一个男人打了招呼。他看上去年纪稍微大一些，鬓角的头发染成了黑色，下巴细长，牙齿很黄，脸上被太阳晒出一道道深深的皱纹和沟壑，两只耳朵上都戴着环状的耳钉，穿着蓝黑格子相间的冲浪短裤和一件被汗水浸透的脏脏的玫瑰色POLO衫。

"这是奥塔伊尔。"他从下方抓住冰柜帮忙抬起来的时候波诺博给他介绍道。又经过几次使劲的推动和调整，大铁盒子终于被妥妥地安置在卡车的货箱里了。

"谢谢你的帮忙，老家伙。我看见你驮着小帕布罗从这儿经过了。你在泡达利亚吗？"

"是这样的。"

"挺不错呀。"

"但是你从哪里来的呢？"奥塔伊尔问道，"你是刚来的，是吧？"

他解释说自己刚搬来不久，把整个原委都讲述了一遍。两个人听他说着，几乎是左耳进右耳出。他们气喘吁吁的，已经筋疲力尽了，因为酒精的作用和身体的疲劳而神志不清。波诺博穿着红色衣服，黑色的袖子上有黄色的横杠；衣服有些褪色，上面还布满了污渍和划痕，是一件格雷米奥球队的队服。

"谁都不记得这件球衣了。"他骄傲地说着。"是守门员穿的。曾经在一九九一年的时候被戈麦斯和西德玛尔穿过。"

波诺博脖子上戴了一串皱皱巴巴的褐色珠子，看上去像是某种干果，腿上的裤子辨认不出颜色，也不知是一条太长的冲浪短裤还是一条太短的长裤。

"你们在这干吗呢？"

"我们在把小亭子拆下来。"奥塔伊尔说道。

"是的，但是为什么要这么做呢？"

"奥塔伊尔必须在明天下午两点之前把土地还回去，"波诺博说道，"到时候这儿就不能有亭子，合同是这么要求的。"

在大口吞咽着史密诺夫伏特加的间隙，他们解释了整件事情的来龙去脉。奥塔伊尔去年年中的时候租了这块地，准备在旺季的时候做生意。他用银行的贷款，加上卖了一辆摩托换来的钱建了一个小亭子，让朋友过来作劳动力。建造的进度有些延后，所以圣诞节之后亭子才建好，那时候游客们已经到了，突然间他就欠了债，却只有一个空的小亭子，虽然它在假日高峰期位于加罗帕巴最黄金的街区。他马上联系了和路雪冰淇淋的经销商，得到了一个可以无偿借用的冰柜。新年前夜的时候，举办了一个他住在铁锈海滩的朋友做的冲浪板展览。一月的第二周，小亭子有了装饰用的架子和一对做巡回展览的嬉皮士夫妇做的首饰，他们每个夏天都会到城里来；还有三张铁桌子，一个装满了安贝夫旗下狮威啤酒的冰柜，一张按摩床。按摩床是一个来自戈亚斯州的妖娆女孩放在这儿的，她叫丽桑德拉，已经在加罗帕巴生活了三年多，她可以随时帮人进行按摩、正骨、淋巴排毒和灵气疗法。到了晚上，小亭子则变身成为桑巴、帕可及①、雷鬼和流行音乐乐队的聚集点。桑巴的小团队尤其热闹，一直能在小亭子周围人头攒动地演奏到凌晨，观众一直都排到了人行道上和马路中间，甚至警察也不得不出现了好几次来阻止这场狂欢。四月二十二日的时候，奥塔伊尔在铁锈海滩举行了一场小亭子夜宴，用来庆祝今年的第一次满月，就在印第安山的附近，吸引了成百上千的度假者，他们都渴望着啤酒、冰爽的鸡尾酒、按摩和毒品，他可以给他们安排这些项目。他以卖给外国佬的高价把冲浪板全卖光了。所有的东西都像刚出炉的面包一样抢手：冰棒、金属丝或软陶制的耳环、椰壳制成的手镯、啤酒、添加了猕猴桃或是日本清酒的甘蔗酒、丽桑德拉著名的双手和她近乎异域的手法、甜品还有摇头丸。他把小亭子变成了旺季中最有名的那些聚会的售票点。还不到一月底的时候他已经挣够钱付土地的租金了。二月中旬前也足够还清银行的贷款了。他不想说一共赚了多少钱，但是为了解释明白，他说那就是直到下一个夏天他都不用干活了，还够买一辆比之前那辆好很多的新摩托。现在到了四月底，需要把土地按照原来的模样还回去，土地所有者不想看到小亭子在这儿。

"但是你为什么不雇一个人来帮你拆掉小亭子呢？"

"我才不会把钱花到那个上面呢。"

"奥塔伊尔可是知道很多的呢，老家伙。"波诺博边说边把带

---

① Pagode，里约热内卢的桑巴。

着香味的酒瓶放到了一旁，拿起了锤子。"他知道的多着呢。"波诺博向后退了几步，把锤子背在背上，使出吃奶的劲挥出，朝着还立在那儿的那堵墙砸了过去。没有任何一块砖掉下来，这一锤甚至没能在墙上砸出一道裂痕，但是墙上的水泥随着沉闷的敲击声剧烈地晃动着，空气中飞舞着干油漆和水泥的碎屑，声音在他脑中回荡，从嗓子眼一直传到了胃里。波诺博又敲击了好几下，露出几近疯狂的笑容，舞动了几下身躯，然后把锤子递给了他。

"你来试试，老家伙。真他妈的爽。"

他用全身的力气向墙壁砸去。冲击力从双臂向外传递，他的脊梁骨都跟着晃了几晃。把如此巨大的力量注入一次敲击之中带给他一种狂喜的快感，他就这样敲向那一堆砖块和水泥，让整个墙体又稍稍变得松软了些。

"操他妈的，是不是？在这边再锤几下。"

暮色降临的时候他们又砸倒了一堵墙，开始集中火力对付伫立在那儿的最后一堵。他们交替用锤子砸着，时不时也踢几下。那瓶伏特加已经干光了，他们又轮流去最近的酒吧买来了罐装的冰镇啤酒，咕咚几下全部下肚了。奥塔伊尔和波诺博分别从一大早和中午就开始拆了，轮流着休息。奥塔伊尔刚坐下就睡着了，呼噜声震天响，不到半小时又突然醒了过来，喝了一口已经温热的啤酒，接着去和墙干上了架。波诺博时不时就突然紧张起来，直直地盯着前方，然后在一两分钟之内又回去干活了。天空布满了星星，空气温热。三个人也不怎么聊天，每隔一定的时间就把锤子传给下一个人，好像时间是仔细算好的，把整齐的样子做给他们的观众看。超市的入口和对面角落里的热狗车旁有不少看热闹的人。他们是有工作方法的团队。

波诺博说自己来自阿雷格里港南部，但是已经搬去玫瑰海滩不少年了，在那边开了一家旅店，叫波诺博旅店。

"就在海之角前面一点点，知道那儿吗？左边那个小旅店。去年我又建了一个咖啡厅，波诺博咖啡。"

奥塔伊尔又去睡觉了，这次他躺在石子上，怀里抱着锤子，头枕在一个小背包上。最后一堵墙还有三分之一立在那儿，但他们实在是干不动了。他和波诺博把口袋里最后一点零钱凑在一起，顺着大路往下走一点，去那个酒吧买最后剩下的几罐啤酒。回来以后他们背靠在仅剩的那一点点墙壁上喝着酒。大口喝酒的场景为他们营造出伙伴的氛围。当开始聊天时，他就说起了父亲的自杀以及他把狗留下来照顾的决定。波诺博边听边点头，好像不愿对自己听到的话和理解的内容产生怀疑。

"真操蛋啊，老家伙。但是你为啥决定来这儿呢？"

他犹豫了一下要不要说出实情。奥塔伊尔又打起了呼噜。他认真看了看波诺博，觉得还挺喜欢他，于是告诉他自己的祖父在城里消失了，或者是被人谋杀了，就在六十年代末。波诺博不理解为什么会有人想掺和到这样一段历史中去，但还是被他父亲的死震撼了。他自己的父亲，他解释说，还住在阿雷格里港，并且病得很严重。

"我一直在想要不要回去看他，你知道吗？"

"那就去吧。"

"我真是得马上回去一趟了。"

"去吧。"

"一直就这么推迟着，因为他这个狗娘养的把我们的母亲抛弃了，让我们来照顾，还从来都不满足。我也不太能够忍受回到阿雷格里港。在那儿的生活十分沉重。"

"这就是家庭。去看他吧，不然他死了你就会后悔当初没能去的。"

波诺博的脸上有一道伤疤,已随着时间推移逐渐淡去,眉毛上还有一道缝针的痕迹,厚厚的嘴唇上能看见淤青。他比例失常的身体却有种协调的姿势,让人联想到不太可能成功的舞者。即便是现在,在喝得醉醺醺并且筋疲力尽的情况下,看上去一切还都在他的掌控之中。他看向空啤酒罐,打了一个嗝,然后把它扔到了草地上的其他罐子中间。

"该死的啤酒又喝完了。"

"谁来开这辆皮卡?"

"奥塔伊尔呗。"

"他肯定不行,你看他,都没办法正常地呼吸。"

"我还能再喝一罐。"

"我也是。"

波诺博起身翻了翻奥塔伊尔口袋里的零钱。

"试试背包里。"

"那个包是我的,里面没有钱。"

"那咱们可以去我家里。我那儿有啤酒,还有一瓶甘蔗酒。"

波诺博暴力地晃动着奥塔伊尔。后者在地上跪了一会儿,脸上一副扭曲的表情,仿佛眼睛看到的一切都是未知并令人恶心的。他最终站了起来开始转着圈走路,自言自语说着话,不知道因为什么显得激动万分。他们什么都没有收拾,顺着主路向海边走去。波诺博和奥塔伊尔同路上的熟人不停地点头打招呼,偶尔还停下来和别人聊两句,向他们介绍新朋友。走完了通向海滩的长长旅途,最后他们像是三个平和的疯子,或是快乐的僵尸。波诺博随意跳了几个舞步,让人联想到跳着桑巴的迈克尔·杰克逊。奥塔伊尔鼓励着他,不停地鼓掌,像是履行观看双人戏剧时的职责。

经过披萨店的时候他认出了达利亚，她正把刷卡机拿到院子里的客户桌前。两个人的目光交汇，但她却假装没看到他。接下来机器吐出了纸条，她走到了海边的人行道上。他轻轻地拉了一下她的围裙，想要亲她一下。

"我一会儿给你打电话，我正工作呢。"

"噢。"

"你真恶心。这是怎么回事？真是酒气熏天啊。你去接小帕布罗了吗？"

"已经接了。我带他去吃了冰淇淋，他现在安全健康地在家呢。"

"达利亚，我的公主！"波诺博喊着。

"你在哪儿找到的这两个流氓？"

"我们在一起拆除一个小亭子。"

"达利亚，我亲爱的！"

她冲着波诺博做了一个"现在不行"的表情。坐在披萨店门口桌上的客人纷纷转过头来，朝着人行道投来了责备的目光。奥塔伊尔在沥青路上安静地踱着步，走回了海边，差点掉了下去，仿佛被只有他能听见的音乐带去了死亡边缘。一个骑着摩托的人驮着燃气罐，按着喇叭避开了他。

"我们正在往我家去，可以去那儿再喝一点。"

"我才不想知道呢。看在上帝的分上，你小心点啊。"

"一切都很好。我会注意的。"

"我还得工作呢，再见。"

"再见啦，达利亚公主！"波诺博喊叫着。

她装作没看见，又提醒了他一遍："要注意啊。"

他们经过了汉堡·切。电视是关着的，也没有客人。雷纳多靠在柜台上，一脸沮丧地和这三个人打了招呼，问他们要不要喝一杯。他们回答说没有钱了。接着他们路过"船坞"餐馆，走下连接人行道和沙滩的斜坡。风平浪静的大海更像是一个深邃的湖泊。一群孩子在水里玩耍，发光的海藻随着水波晃动，映出绿色的光芒。当他们走到紧挨渔民棚屋的地方时，奥塔伊尔径直走进了水里，一直走到水能没到膝盖的位置，停驻在那里凝视着昏暗的海平线，没有理会同伴的呼喊。突然他吐了起来，每吐一下就后退一步，逃离漂浮在水面上的从他胃里喷射出来的东西，然后他从水里走了出来小跑着赶上了他们。海鸥们的双脚紧紧插在沙子里，没有因为这三个人的经过而动摇，它们眼睛里橘红色的环在断断续续深邃地闪动着。他们爬上了水泥阶梯，同时咒骂着下水道的臭味，沿着巴乌石旁边的人行道走了一小段，走向他的公寓。

门一打开贝塔就跑出来欢迎他。他跪了下来抚摸它，想到自己可能忘记喂它了，但是立马就看见盆子里的口粮还是满满的。冰箱里有半打啤酒。奥塔伊尔本来说不喝酒了，结果马上就改变了主意，去厨房拿了属于他的一罐。

窗户打开的那一刻，波诺博停止了他小丑般的行为，静静地待在那儿欣赏景色。奥塔伊尔建议他放点音乐，但是音响被烧坏了。他们去卧室里玩"十一点"。啤酒喝完了，那瓶甘蔗酒也被召唤出来。奥塔伊尔想要玩《战神2》，得到允许之后就拿走了遥控器。他和波诺博回到了客厅。波诺博靠在窗台上叙说着自己对抽烟的想念，他想要一支烟，结果这里没人抽烟。"已经三年没有把烟放进嘴里过了，"他说道，"但我现在真想抽一支。"贝塔开始冲着波诺博叫了起来，叫了十几声以后，就和没有理由的开始一样没有理由地停止了。之后贝塔舔了舔自己的牙齿，好像对自己也很惊奇一般向后看了一眼，然后坐在了毯子上。波诺博说它是因为高兴了。他也同样这么认为。他们说着一些词，但是却半路放弃把它们组成句子。他在脑子里能清楚地听到自己想说的话，但是说出来的那一刻嘴巴却扭曲了。很长一段时间他们什么都没说，甘蔗酒也安静地放在一旁，他们仅仅是那样望着深邃的大海和辉煌的海滩，以隔壁屋里游戏的背景音乐和暴力的音效作伴。他突然有种感觉，这一瞬间将永远延续下去，什么都不会再发生，就像某个并不重要的舞台上演着世界业已进入的某种最终的状态。波诺博低声谨慎地问他是不是也感受到了这一点。他问感受到了什么。"你没有感觉到任何不一样的地方吗？"波诺博又坚持了一遍，食指竖起来像一根天线，眼睛斜视着像是在思考什么微妙的现象。他集中注意，但是什么都没有捕捉到，除了海浪的声音、太阳穴的跳动和因为喝了酒而旋转起来的空间。突然他感觉到了。这一生从未感受过的可怖臭气，一股像浓密的甲烷般浓稠的恶臭让他在想喊出一个词的时候哽咽了。波诺博爆出了一声大笑，夸张地一跳，然后打开了窗户，喝了一口甘蔗酒，手里拿着瓶子跳起了舞，喊叫着："像年轻人一样奔放的屁！咱们快跑吧！人生就是活着而黑夜就是一个小孩！"他逃到了厕所，小便之后洗了一把脸，试图从令人作呕的气味中恢复过来。

"你的内心已经腐烂了，波诺博。"

"我已经准备好了，咱们去聚会吧。"

他笑了，直到意识到波诺博是认真的。

"在玫瑰海滩那里有一个小聚会，现在应该已经开始热闹起来了。旅店旁边的一个寿司店的旺季结业聚会。咱们回小亭子那儿然后开我的车去。"

"你有车吗？"

"当然有了，咱们走吧。你去叫奥塔伊尔。"

他们发现奥塔伊尔手里握着遥控器已经晕睡过去了。他在墙和棕色瓷砖地板之间半坐半躺，让游戏停在选择是否继续的那一幕。他们试图叫醒他但是失败了。他们倒了一杯水在他的脑袋上，波诺博照他的脸上来了几巴掌。奥塔伊尔没有表现出来一点他可能会醒过来的迹象。他们只好决定把他留在公寓里，侧躺在卧室的地毯上，把钥匙留在了客厅桌子很明显的地方。他换了衣服，锁上百叶窗，同时波诺博试图用手机和别人取得联系。"我有些女性朋友也会去，"他说，"她们没有接电话。另外的一个熟人接了电话说人们陆续都到了，已经开始变得热闹了。"他让贝塔出去，从外面锁上了门。他们在人行道上快步走了一段，又走到了沙滩上。这一次休憩的海鸥朝着水里跑着离开了，还有一些飞了起来。波诺博顺着肩膀看向他。

"你看见你的狗和我们一起出来了吧？它正跟着我们呢。"

"再傻我也不会把它和奥塔伊尔锁在一起。"

已经过了半夜十二点，城里面空荡荡的。他们顺着主路正中间的线走着，一直到了奥塔伊尔的小亭子那里。波诺博走进空地踢着空罐子，跳了几步。

"你在那儿干吗呢，像个得了后遗症的人。你的车呢？"

波诺博走向大众甲壳虫的支架，开始拉门把手。

"不可能吧。"

"什么？"

"这是你的车？"

"是的，这是'破伤风'。"

"这个破玩意还能开吗？我以为这只是废铁呢。"

"过来吧，他妈的。就是进去的时候小心点。"

波诺博终于把驾驶室的门打开了,坐在了座位上。他围着甲壳虫转了一圈,试图打开另一侧的门,却在车子和墙中间差点被挤扁。快要掉下来的门把手需要用特定的方式才能碰触到开门的机关。车身布满了不规则的花纹,是铁锈和掉了皮的米白色车漆。车顶上有两个巨大的行李架,足够装下一艘小船。到处都是洞和尖的钉子。轮胎已经变形了,磨平了纹路也瘪着气。他小心地进到车里,避免被刮伤。车座只剩下锻造的铁架子,上面铺着旧枕头和折起来的硬纸板。海绵靠背相对来说却是完好无损。方向盘上面有一个金色的雕塑,是一尊嘴角微笑的坐佛,耳垂很长,一直垂到了肩膀上。他冲着贝塔吹了一声口哨。贝塔从车旁绕过,一下跳到了他的大腿上。他抚弄着它,把它抱起来放在了后面的座位上,那里铺着一张格雷米奥队的沙滩巾。他看见在司机的座位后面,几节电池放在一堆杂乱不堪的电线中间。波诺博把钥匙插在了点火器上,甲壳虫的引擎放声大笑。

"它要一会儿才能点着火,但是一旦启动了就不会熄火了。"

第四次的时候车子终于点着了。波诺博一脚把油门踩到了底,车子发出了一声难听的闷响,直到排气管那里传来了几声爆炸般的声音。

"能帮我在杂物箱里拿一下我的眼罩吗?"

"你的什么?"

"我的眼罩。"

他打开杂物箱,在一堆乱七八糟的东西里找到了一个弹性布做的眼罩。那里堆满了用过的卫生纸、卡片、石蜡块、衣服、不干净的亚麻布和一副坏了的墨镜。波诺博拿着眼罩戴到了头上,遮住了自己的右眼。

"这是为了不看见重影。"

终于他挂上了一挡，车子向前走了。杂草和小亭子的碎片刷蹭着车子的底盘，感觉就像是坐在发动机里旅行一般。他们从州级公路离开了加罗帕巴。一辆车迎面而来朝着反方向开去，沥青地在他脚下的地板洞里亮着光。波诺博在路上以"之"字形慢吞吞地开着车，考虑到他喝了酒，车子的情况又那么差，他能专心地开车，还算让人心安。车的速度也适中，虽然因为戴着荒谬的眼罩，他的视力是有限的，他那样低低地趴在小小的方向盘上，就像一只猴子一样，鼻子都快撞到挡风玻璃上了。一些生物，可能是牛或者是骑自行车的人，在一瞬间显现出来，几乎同时又变得像鬼怪一样。他们拐向左边进入去往玫瑰海滩的路。为了跨越减速带，他们必须把甲壳虫减速到几乎完全停下来才能过去。平整的石板路被坑坑洼洼的石子路代替了。甲壳虫的离合器在调过之后没法自己回到正常位置，为了解决这个问题，波诺博用一截蓝色的绳子拴在离合器的踏板和门把手上。每一次的操作都很复杂，需要把左手从方向盘上拿下来，每一次换挡的瞬间就需要拉一下门上的绳子，对时间点和动作的同步要求很高。在如此复杂的操作下，波诺博看上去像是一个木偶演员在操控着一辆汽车娃娃。

聚会在一家日本餐厅的甲板上举行，几乎还没什么人。两个拿着麦克风的人在一个被用作舞池的阳台角落里唱着嘻哈音乐，音效极差，有八个男人和两个女人在阳台上跳着舞或是聊着天。他向里面看了一眼，看到一个日式的花园，里面的石头布置得井井有条，有一口喷泉、一个住着一群鲤鱼的池塘和一条小溪。三个女孩坐在花园里的一张桌子上安静地喝着酒。这就是所谓的聚会。他要了一罐啤酒，送来的却是一罐热的，又觉得有些饿了，却没有找到食物的迹象。波诺博要了一杯莫吉托，和舞池里的某个人聊了起来。

他走回停在入口附近的甲壳虫,打开门让贝塔出来,带着它回到了餐厅,坐在前方阳台上一个软软的单人沙发里。用过的杯子和空酒罐在桌上扔得到处都是,说明这里之前来了很多人,现在都离开了。贝塔坐在沙发的旁边,他一直看着周围的草地,终于让自己从拿着话筒的那两个人的歌声中抽离出来,他们传来的单一声音就像是为了追赶节奏而一直没法换气一样。他的手机响了。是莱拉,阿雷格里港的老学生,和他是好朋友。他不知道她为什么这么晚还打电话,因为漫游的电话费瞬间就让他的手机欠费停机了。

他开始在脑子里想象明天要怎样给游泳池里的学生上课。正在他出神的时候,两个男人走到了阳台上低声地交谈着,一副缩头缩脑鬼鬼祟祟的样子,过了一会儿才发现他的存在。等意识到自己并不是独自在那里的时候,他们就停止了说话。其中一个人顶着一头漂染的头发,他几乎可以确定他就是之前在冲浪"顶峰"的时候缠着达利亚的那个人,就是他们认识的那一晚。漂染头发的人在这里很常见,但是那个人缓缓地转过来对着他,他开始感觉到威胁。

"我们认识吗?"

另一个人就那么看着他也没说话。此人比说话者更年轻,二十多岁的样子,看脸上的模样像是吸了不少毒。他试图找到能在以后认出那个人的标志。那人整个左腿肚子上纹着一条鲨鱼。漂染头发的人和他的朋友中止了试图要做的事,回到了餐厅的中央。

等了几分钟,他起身去找波诺博。哪里都没有他的踪迹。哪里都没有任何有人的迹象。花园里的三个姑娘也消失了。拿着麦克的人停止了唱歌，正在和少有的几个活人聚在DJ那里聊天。他从餐厅走出来，看见"破伤风"还停在老地方。他把狗放进了车里，关上门去了趟厕所。出来的时候在走廊上碰到了波诺博。他身边还陪着之前跳舞的两个女孩。

"你去哪儿了，倒霉蛋？"波诺博舌头都搅不清楚了，完全一副喝醉的样子，但是稳稳地站在那里，是一个有经验的醉汉。"我找了你好一会儿了。这是丽姿，我的好朋友，这是茹。"

波诺博和茹正在因为某些事而争执，诸如灵魂、不稳定性和空虚一类的事情。丽姿感觉好像只是在陪伴她的朋友。两个女孩都不像是喝醉了，他不清楚发生了什么，但是直觉告诉他这应该再明显不过了。

波诺博旅店离寿司餐厅很近，不到几分钟，波诺博的甲壳虫和两个女孩红色的帕拉蒂就顺着狭窄陡峭的通道开了上去。道路两旁种了一些竹子，直通向一块打理得很精细的土地，里面有一栋两层以上的房子，更里面还有两个小一些的小屋，都是用石块和木头柱子搭成的，顶上有葡式的绿瓦片和用玻璃封上的小阳台。大门上的板子写着"波诺博旅店"几个大字，法式窗户上挂着另一个牌子，写着"波诺博咖啡"。他艰难地从甲壳虫里下了车，却被门上生锈的地方刮伤了前臂。他试图提醒自己记得吃最后一片破伤风药。

波诺博打开了门，让大家都随意，却又让大家不要太大声，因为有一对客人正住在楼上。楼下的一层有一个接待台，旁边还有一个小客厅，和厨房挨在一起，一个改造成餐厅的房间可供客人吃早饭，还有一个房间的门上挂着木牌，上面刻着"波诺博的房间"。没过多久，波诺博和茹就进到房间里了。茹是巴西利亚人，胸很大，这是短时间内他唯一知道的关于她的事。

他和丽姿一起待在小客厅里,他坐在一个小却舒适的沙发上,她坐在旁边的单人沙发上。丽姿就是加罗帕巴本地人,刚把褐色的头发弄成了挑染的金色,身材很健美,面孔有些像男人。两个人完全不来电。他们平淡地聊了一会儿,疲惫地听着波诺博在里面低声播放的雷鬼乐队。歌里讲的是即刻的美丽,自由的重要,意识的必要,星星、爱情和海浪。丽姿的名字其实叫伊丽泽琪,但是她很讨厌自己的名字。她说加罗帕巴一整代和她年龄相近的女孩名字都是以什么"琪"结尾的,就像她们的母亲和祖母以及她们的朋友们的名字都以什么"娜"结尾,非常的单一、亲昵,听起来像父母对女儿的宠爱。她们的名字类似德尔菲娜、若薇娜、赛琳娜、欧吉娜、伊特尔威娜、克拉丽娜、安吉丽娜、安东尼娜、薇薇娜、桑缇娜,以及一些更普通的类似于卡若琳娜、瑞吉娜,而现在则到了伊利泽琪、卡劳德琪和玛丽泽琪的年代,听起来像是发育不良。她说道:"为什么会发生这样的事呢?如果我有一个女儿的话,我一定会给她起名字叫玛丽娜,或是萨布瑞娜,弗洛伦蒂娜也不错,你觉得怎么样?"他认为她说得有道理。她的声音很温柔,像其他曾经和他交谈过的当地人一样,说话总发出嘶嘶声,包括西西娜女士也是这样。也许这是亚速尔人的特色吧。音乐声停止以后,他们只听见了安静的黎明和沙沙吹拂着树木和竹子的强劲风声。波诺博的房间里有时传来断断续续的交谈声。贝塔在毛线织的毯子上睡着了。丽姿也想知道一些关于他的事,他就讲了关于游泳、铁人三项以及他去年在夏威夷参加世界级比赛的事,她看上去只是部分感兴趣,不过这样的程度已经足够了。他感觉两个人似乎已经很亲密了,就像是和某个人一起睡觉前的聊天内容。"我的身高不够,没法在这方面取得很高的成就。"他说。丽姿嘟囔了几声,让他知道自己在听,然后他就继续说下去了。时间以和往常一样的速度流逝,他在心里想,和他内心话语的流动速度一样缓慢。他们听见了茹短暂的呻吟声,床撞击墙壁或是地板的声音,接下来是更长的呻吟。这样的声音持续了几分钟。她试图抑制呻吟的声音,却失败了。然后门打开了,茹衣冠完好地走出来,小心翼翼地,对自己的朋友说现在就得走了,因为明天还要早起。帕拉蒂的引擎在加速,她们的收音机开得很大声。电子音乐的敲击声慢慢消失了。

波诺博从厨房拿了两瓶喜力啤酒,为一切生命的平静干了杯。他们碰了碰绿玻璃瓶的瓶颈。

"那不是佛教徒说的东西吗?"

"是的,我信佛。"

他笑了。

"什么事这么好笑?"

"我看你不像个佛教徒。"

"那怎么样才像呢?"

"谁知道呢。但是你不像。"

"别乱说。"

"你不需要发誓保持贞洁、不喝酒这一类的事吗?"

"不太需要这样。"

波诺博说自己是在九十年代末的时候了解了佛教,当时他通过 ICQ 和一个库里奇巴的女孩调情,她是信教的。诸如同情、淡漠、世事无常对他来说都是全新的概念。但从一开始这一切就让他有所感触。他的双眼在讲故事的时候闪着光。有时他会暂停讲故事,回味自己刚刚的话,坚信不疑地点着头,非常地轻微。他坚信若不是那个女孩当时利用了他对虚幻情欲的投入,用自己的黎明来向他解释什么是轮回、因果规律和道德因果,他现在多半已经杀了人或者死在了别人的手里。或者这两件事同时发生。波诺博邀请她去阿雷格里港,她真的去了。她坐着公共汽车去的,住在一个车站附近的垃圾堆里。她想去看看赫尔梅提卡停车场,那里是她其他网友聚集的地方。他们一起去了。后来他们还欣赏了一场埃斯特尤来的乐队的演出,后者翻唱了史密斯乐团的歌曲。还有他俩一起度过了一晚上以及后续的一些事。女孩给波诺博带来了很多本书作为礼物,并说服了他学习英语。她的名字叫伊娃。

"那个女孩学的是物理,老家伙。物理啊。一个超级奇怪的呆子,完全的与世隔绝,是一个人形的天使,一个光明的人。我们一起去参观了特雷斯科罗阿斯那儿的寺庙,那里变成了我的第二个家。我在那里当石工,做了很多次静修。我想住到那里去,但是喇嘛们不允许。他们说我还没有准备好。他们总是正确的。我确实还没有达到要求。伊娃再也没有回来过,但是我们在网上保持着联系,通过信件来交流打印出来的关于哲学和佛教的文章。她在二〇〇三年的时候因为白血病去世了。"

"节哀顺变啊。对你来说应该是极大的损失吧。"

一只公鸡叫了一声、两声、三声。

"是的,但是舞会还得继续。你没看上丽姿吗?"

"她看上去是个很不错的女孩,但是我们之间没有感觉。"

"感觉?只有女人才会这么说话吧!丽姿可是很狂野的,你需要做的只是行动起来。"

"我对这类破事感觉很累了。"

"波诺博叔叔给你米糊糊吃,结果你却……"

"我很醉了。"

"……给我来这套'感觉'的……"

"我都发臭了。咱俩真让人恶心。"

"……说辞。别废话了。你让她带着想做的感觉独自回家了。"

"她会克服的。这个茹怎么样?"

"我教给了她一些东西。"

"她达到涅槃了吗?"

"最糟糕的是这件事是严肃的。茹正在一个操蛋的苦难循环中。她刚刚从一段婚姻中走出来,还无法接受这个事实。她需要和别人聊聊天。我想她开始好好理解关于世事无常的道理了,这样对她有所帮助。我建议她去拜访一下鲍尔登喇嘛,就在因坎塔达瀑布那边。但是你跟我来,我想给你看一个东西。"

他跟着波诺博走到了房间里。一张小小的木头床上铺着一个双人床垫,上面堆着一坨奇形怪状的枕头、床单、被子和脏衣服。地板被隐藏在大堆的短裤、毛巾、短袖、短裤和一个黑色的尼龙袋下面。房间里主要的味道来自人身上酸臭的分泌物、香烛和被遗忘在一个口袋里的湿衣服。两支点燃的香散发的淡淡烟雾笼罩着整个空间。一面墙上贴着齐柏林飞船乐队的海报和佛教的神像,上面还写着藏语的箴言。写字台上满满地堆放着一台打印机、一台老式的笔记本电脑、一台小的液晶电视、乱七八糟的纸、瓶子、罐子、用过的杯子、一满瓶龙舌兰、一个相框,里面装着一张黑白照片,像是一个中国人,戴着眼镜穿着背带裤,拿着一把左轮手枪对着自己的脑袋。打在墙上的书架被几十本书的重量压弯了。

"你看到那个了吗?"

"什么?"

"靠在墙上的那个。"

"那个滑沙的板子?"

"不,衣柜旁边的那个。"

"那把步枪吗?"

波诺博跳到床上,抓住了武器。

"这是一把捕鱼枪。再过来点。"

"我从哪儿进来?"

"你可以踩在衣服上。"

他在床边绕了一圈,拿住了武器。他之前从未摸过这样的东西。波诺博给他演示如何将镀钢的鱼叉放入橡胶牵引的枪膛,以及如何收放渔线。

"你不是说你的祖父曾经在这儿的海底捕过鱼吗?我想起来自己有这把捕鱼枪,从来都没有用过。我有几次都试着去捕鱼,但是我忍受不了那么长时间潜在水里。你可以拿去用。"

"我靠,这玩意儿很贵的,我不能接受。"

"别像个娘们一样,老家伙。这是男人给男人的礼物。去插几条石斑鱼咱们就可以炖鱼汤了。"

他们紧紧地握了握手,波诺博从侧边微微给了他一个拥抱,拍了拍他的肩膀,目光十分严肃。为了从这招人烦恼的意料之外的亲密中逃离出来,他向周围望了望,试图找到任何能转移注意力的东西。一件红色的衣服在众多脏衣服里吸引了他的注意力。

"你不是格雷米奥的球迷吗?"

"当然了。"波诺博说。

"那地上的这件巴西国际的球衣是怎么回事?"

波诺博过了一会儿才在一堆衣物中找出了它。

"啊,是一件我留在这儿给女孩穿的小衣服。"

"你让巴西国际的球迷穿这件衣服吗?"

"正是。"

"那她们真的穿吗?"

"基本都能接受。甚至有些格雷米奥的球迷也能接受,如果你

109

懂得如何要求她们的话。有一种被凌辱的感觉,而她们有的时候还挺喜欢这感觉的。巴西国际的女球迷把你的老二含在嘴里,没什么比这个更爽了。"

他们坐到了沙发上,继续喝着酒。外面还很暗,两只小鸟在吱吱啾啾地用二重奏争吵。

"我不打算睡了,也压根就睡不着。"波诺博说,"平时做咖啡的女孩说今天不来了。真他妈的糟糕。我忘记买水果了。"

"既然你信佛,那我问你一件事吧。假如说有一个有名的作家写了一本书从来都没有发表,但是他把书稿给了自己最信任的一个好朋友,让他保证这份书稿永远不会被出版。然后作家去世了。他的朋友读了书稿,发现那是一部很伟大的作品。后来他把书稿给了一个编辑,书被出版了,全世界都认同这本书的伟大,作家变得比去世前更加出名了。"

"好的,你想表达什么?"

"这个朋友做错了吗?他背叛了那个作家吗?"

"我不知道你在说什么。你有一个作家朋友吗?"

"不是的。我靠。你等一下。"

"这和宗教有什么关系?"

"等一下,我要换一个问题。"

波诺博的手机响了一下,但是他没有起身去看短信。

"我就是不理解如果那个作家不想出版自己的作品,为什么还要留给他的朋友。为什么不一下子烧掉?"

"不,现在忘掉这个作家。假如有一个人,他的父亲很眷恋自己的狗,非常的眷恋,从小狗崽的时候就开始养它,他对狗的喜爱程度超过了人,超过了自己的老婆和孩子。父亲决定要自杀了,让自己的儿子在他死之后把狗也杀死,因为他自己没有勇气把狗杀死，而他又知道自己死了以后狗会变得十分悲伤，病痛不已。他最终说服了自己的儿子，让儿子对他承诺做这件事。儿子差不多承诺了。父亲自杀之后，儿子并没有把狗带去宠物医院安乐死。他把狗留了下来，决定要自己照顾它。"

"这是发生在你身上的事？"

"这只是一个临时的例子，我刚刚编的。"

"啊，好吧。我了解了。"

波诺博打了一个嗝，随后又把它咽了回去。

"你怎么看这件事？"

"我认为这个父亲真是狗娘养的。"

"好吧，但是这并不是我的问题。你认为这是背叛吗？"

"如果儿子承诺了却没有履行，那就是一种背叛，是吧？就和朋友出版了那部伟大的作品却违背了作者的意愿一样。"

"那一个佛教徒对这个怎么看呢？"

波诺博笑了。

"你看，我并不能代表佛教徒，但是如果你想知道我的想法，那么故事里的背叛是最不重要的。重要的是不同决定导致的后果本身，人的行为将给身边的人带来怎样的影响。当狗主人自杀之后，对他来说不管狗身上发生了什么并没有很大的差别，对吗？他再也不存在了，至少在这一世是如此。现在重要的事变为违背承诺对儿子和那条狗的生活会造成什么后果，以及可能对直接或间接相关的所有人会造成什么影响。例如它是否增加或减少了世上众生的痛苦。"

"不，但是……"

"咱们假设，这条躺在毯子上的狗就是故事里的那条公狗，完全是在咱们想象中这样假设。或者是母狗。它看上去被喂养得很好。皮毛很亮，甚至有些胖了。它现在正在睡觉，但是醒着的时候我觉得它既优雅又自豪。我甚至可以冒险说，这条狗从出生以来就一直跟着你。如果它真是你故事里的那条狗，那么，我可以说违背承诺只带来了好的结果。从某种程度上来说，这完全是一件好事。"

"但即便如此也是一种背叛啊，依我看来这一点怎么就能被忽略呢。父亲是否去世了不重要。重要的是一个承诺被违背了，这一点不会从这个故事里消失。也许狗死掉了反而更好。儿子永远不会知道和狗生活在一起的生活是什么样，但是他实现了父亲死前最后的心愿。这样的事才是重要的。难道不重要吗？"

波诺博思考了一会儿。

"是的。什么事都不那么简单。"

"父亲已经去世了，不存在了，他永远也不会知道自己被背叛了，但这些都不会改变事实。你明白么？这就是背叛。事实就是如此。永远在那儿。"

"我明白。我不同意但是能够理解。我不知道该对你说什么，对不起。"

波诺博拿起那把水下武器，开始整理渔线。

"大约三年前加罗帕巴这里发生了一件很古怪的事。一个人几乎每周都和自己的儿子去潜水和捕鱼。有一次他们在铁锈海滩和西维拉山之间潜水，那个地方叫蛇袋海滩。男人下到很深的水里，在一群鱼里面看见一条巨大的石斑鱼钻进了一个洞里。那天的水很清澈，好几米的能见度。那条鱼大得惊人，那样的尺寸现在几乎都见不到了，鱼在洞里死死地盯着他，张着大嘴。第二周他潜到同一个位置，又在那个洞里碰到了那条鱼。他决定无论付出什么代价都要抓到那条鱼。他失去了理智，什么都没多想。只要海水的情况允许，他都会和儿子一起出船。但是洞穴很深，石斑鱼又捉摸不定。有些时候它并不会出现，出现的时候他又抓不住。没有另外的潜水者亲眼看见过这条鱼，仅仅听过这个故事。几周之后他又和儿子一起出海钓鱼。他第一次下水的时候什么装备都没有拿。几分钟之后他回来了，告诉儿子自己找到了那条鱼。全副武装以后，他抓住捕鱼枪重新下水了。于是再也没有上来。"

波诺博把捕鱼枪上了膛，瞄准了厨房。

"当儿子反应过来事情有些不对劲的时候，他试图潜下水去帮助自己的父亲，但是没能潜到那么深的地方。他回去找来了消防员和潜水员。这些人在水里找到了男人溺水的尸体，胳膊上缠满了鱼叉上的尼龙线，鱼叉穿过了石斑鱼的尾巴。石斑鱼还活着，只不过受了伤，鱼叉穿过了它的骨头。男人试图拽住石斑鱼，直到用尽了自己最后一丝力气，和它死在了一起。他们把一人一鱼一起从水里拽了出来。据说那是加罗帕巴历史上捕捞的最大的石斑鱼，有八十多公斤重。"

"为什么你突然想起了这个？"

波诺博转动上半身，屁股没有离开沙发，把鱼叉瞄准了其中一个单人沙发。

"这就像是一个寓言故事。你看见这个人的生命和石斑鱼的生命因为某种原因联系在了一起，就像你的生命和这条狗的生命一样。我们无法理解这究竟是怎么回事，无法看到他们俩追逐到那里的全过程。但是这件事有一个地方值得我们思考，难道不是吗？这并不是偶然。许多重生的故事都会把两个生物带到这种情况中。"

"胡说八道。你在讲转世投胎吗？"

波诺博对着单身沙发的靠背发射，但是射偏了，鱼叉撞到背后的墙上发出了尖锐的撞击声。

"他妈的！你用这个破玩意能不能小心一点。"

"并不是转世,而是重生。它与长久以来精神状态的传播有更大的关系。你所认为的自己的精神这种东西,实际上只是一种幻觉,它们在你死了之后还会继续存在于这个世上,并且会重新出现。这都是循环。精神继续向前,混合,结合再复活。"

"但是我的精神并不是我的,兄弟。这就是你说的。我怎么能说我身体的一部分会在未来重生呢?这完全说不通。只有东西的混合和结合而已。"

"我们面前有一个唯物主义的游泳者。但是这就很有趣了,因为你一直被你死去的父亲对你是否杀死他的狗的看法扰得心神不宁。死了就是死了。或者说,既然已经死了,你为什么还要在意呢?为什么你不自私一点、疯狂一点,活在当下,尝试世间一切自己能够享受的愉悦,直到绝望地死去呢?"

"因为这件事很重要,好吗?因为卑鄙仅仅是卑鄙者的通行证,死亡不能成为我们做卑鄙者的借口。"

"我们面前是一个相信唯物主义和存在主义的游泳者。"

"你在嘲笑我吗?"

"不是的。我还有点醉。你也一样。你继续。"

"我不知道自己是否可以同意你的想法,就是仅仅根据它造成的伤害程度或者被伤害的程度就能知道什么样的决定是更好的。受伤的程度并不总能决定什么是更好的,或什么是更坏的。有些时候对的事情也会带来痛苦。痛苦很糟糕,但也是事实的一部分。"

"那现在就试图根据这些原理决定事情吧。祝你好运。"

波诺博起身去查看放在阳台上的手机里的短信。

"奥塔伊尔发了一条短信。他已经从你的房子里出来了,正在那个角落里完成小亭子剩余部分的拆除呢。"

"我靠。我想起来自己的自行车忘在那里了。"

"我得去给咖啡店买点东西。我可以用'破伤风'把你搭过去。"

"不用了，我自己能找回去。"

"我坚持这样做。我已经把白天那部分业力用光了。我的债务很重，游泳者。我有专门的支票，得用信用卡来偿还信用卡，身负贷款，现金藏在内裤里，各种各样的债务。我需要用好几世来偿还它。除此之外，这时候的马路十分美丽。"

在五月的大假期之前，他看到了一份图巴朗印刷的报纸，上面有一则新闻，说一个住在品内拉海滩的十六岁女孩的尸体被发现于BR-101公路旁的绿地中。那地方比保罗洛佩斯稍稍靠北一些，离进入加罗帕巴的三角环岛只有几公里的距离。她的眼睛和嘴唇都没了，脖子上有很明显的勒痕，这很可能是她致死的原因。鉴定人怀疑，或者他更愿意相信容貌的破坏是在受害者死亡之后实施的，那些被摘除的部分还未能找到。死者没有穿衣服，但还无法确定她是否遭受了性侵。在她身上也找到了很多被拖动的痕迹，让人相信她应该是在距离此处很远的地方被杀害的，很可能是在一个植被茂盛、石头很多的树林里，然后被一个或多个没有能力搬运或不愿意搬运她的人拖拽到了那里。这份资料在尸体发现两天之后被公布出来，摄影师镜头下的受害者被浅色的床单或其他布料盖住了身体，只露出蜷缩的手指、手掌、手腕和举在头边的部分胳膊，让人联想到襁褓中的婴儿。他看着照片，能清晰地想象出布料下面女孩的面容，就像那些恐怖电影里可怕的倒叙，而这个模糊的画面纠缠了他好几天。女孩的眼睛和嘴唇是被动物吃掉的可能性已被排除，因为伤口的切割都很精准，几乎赶上手术的水准了，目的就是要把它们切下来。她曾经告诉父母要和朋友一起去这一带的一个瀑布边野营，朋友们确实去野营了，但是他们说在约好的时间地点她并没有出现，他们就没有等她。警方以报复性犯罪作为方向进行调查，但表示还在举证阶段，什么都是有可能的。报纸上讲述的就是这些内容。报纸的发行日期是一周之前，是他在健身馆更衣室的凳子上发现的，可能是某人把它忘在了背包里，几天之后清理包里物品时才发现它，甚至都不愿意把它扔到废纸篓里。他认为没有人讨论这件事十分奇怪，在健身馆、餐厅、酒吧、电话亭、海滩、帕布罗的学校，甚至西西娜女士、雷纳多和达利亚或是市场买东西的人和渔民们都没有任何人讨论这则可怕的新闻，哪怕这件案子就发生在这个美丽欢愉的海滨小城附近。这里看起来已经被游客抛弃，至少在明年夏天的旺季到来之前是这样，这里现在看上去更像是一个大公园，商店关闭、房子空置，整个街区都看不到人影，偶尔才会有代管的人来修一修树枝。城里令人震惊的空旷、即将到来的寒冷、附近不远处被残忍杀害的少女，这些都没有吸引他们的注意，也并不值得注意。这里都在谈论今年梭鱼的捕捞情况很糟糕，比上一年还要悲惨，人们普遍在忧虑如何让上一个夏天做生意和旅游挣的钱取得收益。夏天已最终过去，说起来就像是一段很久远的回忆，那时当地的居民在众多外来人中工作得很努力，甚至没有机会见到彼此，没时间和自己的朋友和家人聊天。那几个月他们作为居民的部分变少了，更多像是巨大宫殿里的工作人员，在为一场盛大的宴会服务。他们还在路上讨论一场市政选举，其实那要到九月才会开始。他觉得所有人都只想休息，想在寒来暑往中平静地生活。大家都说风平浪静会带来厌倦和悲伤，而寒冷和孤独会让这个季节所有已知的亡灵复苏，同时唤醒一些未知的亡灵，但是他们说这话的方式让人感觉这样时刻还远未来临，仿佛他们仍有足够的时间为这些事做准备。

第二部分

5

　　五月的头几天，他看到了一些自己也无法确定的东西，之后不断怀疑自己当时到底是真的看到了，抑或是做了一场梦。那是一个令人窒息的闷热午后，帕布罗去克里西乌马和他的父亲过大假期了，达利亚也和母亲去了卡萨多尔，他从游泳池下班以后骑车去了铁锈海滩，希望可以碰上高高的海浪来尝试不拿冲浪板冲浪。海边很空旷，铜色的沙滩还是温热的，被最后一批游客的冲击划出道道伤痕。扎渡酒吧像往常一样开着门，但是没有客人，甚至没有冲浪者或是吸大麻的人光顾，平时他们偶尔还是会坐到那些木桌旁欣赏海浪的。一个少年在照顾生意，他同时还看着墙上的电视正播放的一场欧洲的足球比赛，过了一会儿，他的眼睛又没法离开电视上的拳击比赛，之后若是有人问他，他肯定会说自己什么都没看。天空阴沉沉的，有人试图在用钻具钻穿一个很硬的东西，可能是一块瓷砖，就在沙丘旁边的另一栋房子里或是旅店里。一层薄雾顺着海边遮住了沙滩的一部分，空气里还弥散着一股海洋生物腐烂变质的味道。他把自行车和背包靠在酒吧的木墙上，走到了海边。海水很冷，甚至有些刺骨，但是他还是下水了。他用胳膊划了几下水，跨过了地上的大坑，到了平坦的沙地，感受着腿肚子高度的海水走向深处，又重新潜了下去，使劲朝着浪花游了过去。冰冷的海水让他的肺绝望地吸气，再把每一克空气排到肺泡之外，他皮肤发烫，头脑发晕。他的身体无法暖和起来，他害怕发生什么不好的事，于是便借着出现的第一个浪的冲击迅速离开了大海，回到了沙滩上。从冰冷的水里突然转换到暖和的空气中让人精神振奋，他决定走到身上全干了为止。他在海滩中央散步的这段时间里乌云渐渐散去了,但他走到印度山的时候朝后看,乌云又聚集在了一起。坎塔达湖的入海口被沙子堆满了,所以他可以穿过湖堤,一直走到巴哈海滩的尽头再返回。他坐在铁锈海滩上,望着大海,然后躺下来闭上了眼睛。

稍晚一些他醒了,不太确定自己睡了多久。空气中有一些重要的东西改变了,但他却说不出来是什么。云团把大部分天空都覆盖住了,黄昏一点颜色也没有。雾散去了。他看着海平面,感受到了从脊梁骨传来的一阵寒意。在远海能看见一场令人震惊的风暴,乌云像山峰般不断升高,朝着海滩的方向行进,一堵巨大又平整的墙壁在能看见的范围里伸展到了整个海平线上,但是云里的东西看上去不太对劲。风暴在同一时间既在移动,却又没有移动。它变幻着形状,但是从一种形态到另一种的变化过程却难以捕捉。他越观察越无法确定这究竟是不是风暴云。没有闪电也没有雷声。深色的山脉被海平面映射出倒影,被云朵从四面八方压缩又拉伸,不停地变幻着形状。这样的距离让那些形状既很靠近又有些模糊,就像全息摄影一样。如果它们像看起来那么近,他在能跑到一个庇护的地方之前就会被卷入一个旋风中。如果它们像看起来那么遥远,它们的实际体积便会十分巨大,像是另一个世界的来客。他想自己可能是在观看一场不断逼近的海啸。是大西洋心脏的一场神秘莫测的气象奇观。世界末日静静地接近了。他伫立在那里,呆滞地看着眼前的东西变幻着形状,不停地飘荡,让人感觉它在不断地靠近,实际却没有靠近一丁点儿。夜晚降临之前,这样的场景便开始退去,没有浮华的退场。

下午的时候学生都陆续在游泳池出现了。有一些是冲浪者,他们上课主要想学习一些技巧,但是身体的素质都很棒,只要他们相信自己还能有所进步的话都是很容易调教的学生。冉德尔就是这种情况，他是一个矮矮胖胖的秃子，差不多四十多岁，全身都被太阳晒伤了，是一个宠物店的老板，店就在帕里欧西纳的路边，以收留城里最名贵的一些狗而出名，它们的主人在出行的时候就把宠物寄送到那里去。冉德尔经常冲浪、游泳、跑步和骑自行车，但是从来就没有人给予过他指导，他也没去学过什么方法。他那令人难以置信的毅力被东倒西歪的泳姿浪费了，所以最开始的几堂课他都致力于让他泛红的身体少晃动几下，让手臂和腿部划水的动作更加协调。有一个冲浪的拉斯特法里教[①]的大男孩叫作阿莫斯，无论如何，他都会浪费他的才华，不愿意接受任何指导。他停下来、聆听、表示赞同然后忽略老师的指令。他的头发总是露在泳帽的外面，但是'大锅'对他却总是睁一只眼闭一只眼。他第一两个来回就把力气浪费光了，后面只能勉强拖动身体坚持到最后，喘不上气，呛几口水，每一次都比上一次动作更慢，每一次的痛苦也明显愈加剧烈。第三周的时候来了一对双胞胎，是一对不说话的内向少女，哈雅妮和塔雅妮，她们总是一起来，然后一起离开。游泳的时候，她们几乎完全相同的白皙身体上穿着一模一样的黑色连身泳衣。他把自己无法辨认人脸的问题告诉了她俩，因为她们自己也受这个问题困扰，几乎没有人能够很快分辨出她们两个人来。他认为这件事很有趣，她俩却不这么想。有两个学生在练习铁人三项。其中一个是专业的，游泳的时候像一颗鱼雷，训练结束临走的时候总是用蓝色的圆珠笔在一小页白纸上做记号。白纸就粘在泳池边的瓷砖上，这个学生不需要也没有要求他的注意。另一个是风湿病医生，曾经有过作为运动员的辉

[①] 拉斯特法里教（Rastafarianism），一种根源于非洲、兴起于拉美牙买加等地的黑人宗教，其信徒多留标志性的长发绺（俗称"脏辫儿"）。

煌日子。他总是戴着巨大的手璞，坚持在每次训练中使用它们，哪怕这个成为了他肩膀持续疼痛的明显原因，很可能他脊柱上方的肌腱已经被拉伤。但是他是医生。有两个学生甚至还不能浮起来。其中一个是肥胖的大胡子，全身长毛还十分风趣，到这儿的第一天就笑嘻嘻地问能不能穿着卫衣下水游泳。他给自己起名叫"卫衣男"，说自己的"绝招一跳"的名字是"爆炸跳跃"的时候，双胞胎也露出了笑容，并且他在跳入游泳池之前总是可以出尽洋相。另一个是狄亚谷，一个内向又强壮的十七岁男孩，很有教养，却有很夸张的像女人一样的乳房。目前为止他最喜欢的学生是伊瓦娜，一位有些微胖的女士，大概五十多岁，十分的和善，看上去像是个久坐不动的人，结果她自己透露说她曾经是有经验的游泳运动员，曾经全身心投入到这上面，参加过环圣卡塔琳娜短途穿越赛，还对更长的距离表示过兴趣。她是一名公诉人，在加罗帕巴法院上班。她属于这样的一类人：游泳对他们来说不是一种瘦身、治疗某种疾病或是得到奖牌的方式，而是生活的一部分，就像工作、吃饭和睡觉一样。她是那种无法不游泳的人。这点和他一样。游泳对他来说是和世界的一种特殊关系，理解它的人甚至觉得没有对它进行讨论的必要。伊瓦娜用一种很奇怪的姿势平衡自己的肩膀，他通过这个方式来辨认她。有些时候他无法确认一个新学员的身份。有些时候有人进来只是为了看一眼游泳池或询问一些情况，他也以为是自己认识的学生。比起解释这个问题，他更倾向于被人认为是记性差、奇怪或是粗心大意。有人称他为孤僻的人。不过在他自己那个只有三条泳道的小泳池里，和少数几个学生之间，这样的混乱毕竟是少数，很快就能度过，并不会造成误解。他喜欢认识新人、清零并重新开始一整段社会关系。他把脸孔都抛之脑后，学习用人们的态度、问题、故事、泳衣、手势、声音、游泳的姿势、水里展示出来的进步来认识这些人。他们的特点会形成一张图表,空闲的时候他可以将其召唤出来学习。每个人都能形成容易辨识出来的模板,让他能够把写着以下标题的标签放进想象的嵌板中:我的学生们。他在脑子里保存着好多个这样的小房间。在斯维尔健身馆的房间里,他也形象地想象出了执意教他冲浪的黛博拉和"大锅"的形象。"大锅"除了是健身房的合伙人,还是进城那个路口一个披萨店的老板,他一直很欢乐,剃光了的头发,肌肉有清晰的线条,总是没日没夜、充满热情地把他的事业对外宣传,各个地方的活动都要插上一脚。他在斯维尔的合伙人"木板"是在滑翔伞冲浪项目拥有国际水平的比赛选手,大部分的时间都在国外。"木板"晚上有时候会在他已经离开之后去游泳池游一会儿。黛博拉确信他和"木板"曾经在某个时候见过,但是他不记得了。"木板"留言说他不愿意在健身馆里看见狗,但是"大锅"并不介意贝塔躺在接待台前面的水泥地上,或是在前门的草地上被学生们爱抚。他让黛博拉告诉"木板",如果有问题可以直接和他说,而不是留下口信。

从五月一日开始渔民就不允许他在海里游泳了,这标志着禁渔期的结束和捕捞梭鱼季节的开始,他只好在午饭前去游泳池游泳,或者在沙滩上、水泥马路上跑步,就在安布罗西乌和西里乌那边,他可以跑过被无花果树笼罩的农场、随处乱窜的猪和插满了冲浪板的平缓沙丘。一个寒冷的早晨,就在小小的懒人海滩那里,他见证了今年的第一场梭鱼大丰收,海豚追赶着鱼群,展示着背鳍,欢快地在水里跳跃着,引导着围住猎物的渔船。被海鸥围住的二十多号渔民吵闹着拉起了网,无数肥美的鱼在网里受惊地跳动着,身上的鳞片整齐地排列在一起,泛着银光,闪闪发光的肚皮就像融化了的铅块。这些鱼马上就要被堆在沙滩上,成为毫无活力的动物小山，无用地扇动着鱼鳃等待死亡。一个年轻的渔民没穿衣服，露出了背后的文身，上面文着：约瑟安娜，塔伊娜和玛丽娜，我生命中的星星。一个白胡子的醉汉瞪大了眼睛拉着网，用尽全身的力气。一个年龄稍大一些的渔民监控着其他人干活，态度很轻蔑，像有数十年海上工作的经验一样。所有人都以严肃的态度工作着，没有人讲笑话也没有人乱说话，所有的对话都仅限于劳作中的感叹。猫和狗傻傻地围在收上来的网边上，也有两三只聪明的为了人们扔掉的几条小鱼相互厮咬了起来。当地的狗都对贝塔充满了敌意，它已经学会了如何远离它们。他帮助渔民拉网，得到了两条新鲜的梭鱼，在石头上用父亲给他的刀把鱼清理干净了。他把鱼片劈成两半，一半放在煎锅里焗，加了一点橄榄油和柠檬，剩下的冷冻了起来。傍晚他把帕布罗从学校接回来以后，把他扔在了达利亚母亲家，回到家的时候注意到有四艘快艇停在渔民的棚屋边，紧挨着大约十吨重的死鱼，它们刚刚被倒进两个小型冰柜式卡车上的白色塑料大盆里。当地的居民用手指拎着钩住鱼鳃的钩子，或是用超市的塑料袋把属于他们的鱼拿走了。尽管今天捕捞了大量的梭鱼，渔民还是很悲观，担心今年会是近几年里收成最差的一年。有些人提到了气候，其他人提到了帕图斯湖大量的降雨。路灯亮了起来，太阳落到了西边的山后，那里出现了一圈微微的红光。所有的人走了之后，突然间一阵安静笼罩了这里，很长一段时间里他只能听见海浪的声音，直到有人在海边停车，开始开着汽车后备箱放电子音乐。

渔民并不经常和他聊天。所有听他谈过他祖父之死的人都忽略了这件事。他从老镇子路过时，有些人用带有敌意的目光注视他，另一些人则用有些过分的友好对待他。有些时候他觉得自己是不是得了妄想症。他并不知道谁是谁，于是就不再问问题了，因为他开始感觉有些害怕。他经常能在背后听见周围渔民的对话，或是在巴乌石楼梯旁抽烟或者交易毒品的一群男孩的对话。渔民们的对话总是无穷无尽又深不可测，梭鱼分配引起的争吵，相互的侮辱与谩骂，以及镇子里的八卦。

另一天，他刚从海边跑步归来，这一次一直跑到了西里乌。他休息了一会儿准备去游泳，于是在"船坞"餐厅附近做伸展运动。他从水里上来以后看到一个女人正在压腿，就在通向沙滩的斜坡旁的台子那里。他走近以后询问是否可以给她一个建议。在近处他才看见她的眼睛有些细长，就像东方人的眼睛一样，皮肤雪白，双颊上白里透红。她从头到脚都被汗水湿透了。这是一张没有任何瑕疵的面容，他找不到任何可以帮助他再次认出她的记号。她正在拉伸大腿后侧，他教她把另一只脚伸到前方，把身体直立，伸长双手去稳定绷直的脚尖，教了一遍她就很轻松地做到了。她为现在可以用完全不同的方法拉伸肌肉表示了感谢。她叫作莎拉，是一名药剂师，在一家有无数分店的连锁药店工作。她也提到了自己的丈夫，他是一名牙医。他们几年前在阿雷格里港毕业，去年年初搬到了这里，被一股理想的热情煽动，这股热情同样给这里带来了无数来自首都的牙医、药剂师、理疗师、医生、律师、工程师和小企业家。他们梦想从事一个自由的职业，过上海边的简单生活，每周都可以冲浪和晒太阳，挣得少一些但是过得更开心，可以让比利时牧羊犬、拉布拉多犬和未来的子女们在花园里和沙滩上随意奔跑。她从搬来这里之后就开始跑步，但是已经想要放弃了，因为胫骨总是持续地剧烈疼痛。她给他看了哪里在疼。他在她腿边捏了一下，她尖叫着跳了起来。看上去像是骨膜炎，还有些严重，他说可以教她一些巩固的练习方法，好让她在健身房里练习。如果用冰敷会更好，并保持一周静养。她表示感谢以后上了一辆崭新的黑车离开了，车子就停在海边的人行道上，主人靠近时车子欢快地发出了一声尖锐的哔哔声。两天以后一个女人在健身馆里和他聊天，直到五分钟之后她提到了胫骨的疼痛他才认出她来。他教她如何练习拉伸和巩固胫骨。因为她在另一个离家更近的健身馆锻炼，他们约好了下次见面并交换了电话，最后确定了他要从再下个星期开始给她上跑步课，每周三次，就在"船坞"餐厅前面，每次开始的时间很早。她有一个朋友也跑步，对找一个教练来指导很感兴趣。他提议可以组成一个小的跑步班。

有很多天的清晨，他都忘记了自己怎么就来到了这里，或是自己有着怎样的抱负，继而感觉到这里没有什么需要不惜一切代价去发现或是理解的东西。无数个清晨就像是云雾笼罩的那个清晨一样，他坐在家里的窗前，贝塔坐在他旁边，就那样看着外面强劲的东北风在海面上激荡，消磨时间。海水的颜色蓝绿相间，没有任何倒影，看着它就像在透过一个偏光镜看东西。海浪在石头上爆炸开来，变成了扇形的白色泡沫，像夹心蛋糕一样，厚重的水滴打湿了他的双脚，散发出盐和硫磺的香气。接下来，风没有任何预兆地转向了。它无形的力量让全部的景色在瞬间变换。风从南边吹来，把波浪起伏的海面拉平，一直延伸到远处，就像在床上拉平一张皱皱的床单。此时的平静中还蕴含着之前的紧张态势。水面变得平整，像镜子一样，海浪变成了柔软的长条，在沙滩附近破裂，在突然出现的阳光下扬起鬃毛般细微的蒸汽。水面上的薄膜朝着浪花的相反方向滑动。大海开始退潮，沙子堆起的一根根沙带越来越高，温度下降了一点点。但是不一会儿太阳全都出来了，吸引了一小群孩子在石头前洗澡。有四个男孩，穿着冲浪短裤，光着上身，很快进入了周围的水里，他们从码头的木板上跳下去，潜进了石头附近的水里相互对骂着。两个女孩大概十二三岁，活泼地在石头上走着，一个穿着比基尼，另一个穿着白色的连衣裙，裙边有三角形的剪裁，鼻尖有些向上翘起，额头很高。她俩从包里拿出红色的棒棒糖，坐在了石头上。穿着白衣服的女孩转过头来，第一次也是最后一次瞥了他一眼，对他完全没有兴趣。她的做法同时体现出她尚未性早熟，内心深处也并没有能够引发性早熟的无聊想法。男孩们把水泼向她俩，试图把她们拽下水。她们忍受着这一切，仿佛它们只是瞬间就会过去的纷扰，随后继续吃着棒棒糖，继续她们单一的聊天。过了一会儿，穿裙子的女孩站了起来，向下走到海边最大的一块石头上。温柔的浪花在她的脚上拂过。她观察了一会儿大海和那些在水里玩耍的男孩，仿佛加入他们是自己必须面对的命运，是她作为女性必须履行的职责。她下定决心脱下白裙子，把它折了起来，小心地放在了一块石头的上面。她转过头去看了看自己的朋友。意见统一以后，两个人就去履行她们的使命了。她俩同时跳进了水里，穿着很相似的黑色比基尼，瞬间就被男孩们围了起来。她们被泼了一脸水，还被毫不留情地拉扯和按进了水里。男孩们使劲地笑着，她抵抗了半天最后也笑了起来，和成人们体会到孩子感觉时的笑容是一样的。从他所站的位置能看到穿裙子的那个女孩的眼睛被阳光点燃了，她眼眸的颜色和那天的海水一模一样，同样的铜绿色调，同样的半透明状。海水的颜色来自能看见的一团团海藻和远处笼罩着的沙黄色云团。而她的情况他不知道如何形容。大大的眼睛。哪怕她并没有面对着他，他都能清楚地看到它们，像是那些监控着我们却从不向我们投来目光的马匹和飞鸟一样。

梅勒马戏团在本月的第三周来到了城里，它出现得十分浮夸，一辆带着扩音器的汽车从不停歇地在城里开来开去，路灯和超市的外墙上都贴满了他们的海报。达利亚抱怨说他最近总是搞消失，还不回她的短信，为了努力让自己出现的频率高一些，他提议带她和帕布罗在周六晚上去看演出。同样他自己也比较好奇。童年和少年时期他母亲带他去看过一些剧院和舞蹈的演出，父亲也带他去看过展览会上的猫展、圣保罗的辛巴野生动物园里抑郁的动物、塔鲁玛国际赛车场里吵闹的普通车改装赛车的比赛，每年还可以去一两次电影院看范迪姆或是《狮子王》，但是他从来没有看过马戏团。周六下午的时候他经过戴尔维娜小市场买了三张套票，这样成人票就从十雷亚尔降到了五雷亚尔，而儿童票从五雷亚尔降到了三雷亚尔。多孔纸上用黑色和品红色在中间印着一个小丑的脸，演出的项目包括：兄弟演出、空中飞人、漂亮女孩、小丑、变戏法、法国绸缎、柔术、巴卡拉一家（国际团队）、死亡地球（包括三辆摩托车）、现场蜘蛛人和疯狂出租车。月光在清爽的夜晚分外皎洁，卖爆米花的小车在空气中散发着肉桂和黄油的香气。他在中心广场找到了达利亚和帕布罗，他们就在邮局前面那里。从披萨店休假后，达利亚特别兴奋，一直微笑着，眼神迷离地注视着周围的一切，好像时不时就忘记了她已经被他冷落的感觉。即便这样，她还是对他到现在都还没有接受她在 Facebook 上的邀请的行为进行了谴责，说这是一种不尊重。他已经有三个月没有上过 Facebook 了。人们聚集在马戏团的活动帐篷外，蓝黄相间的帐篷巨大无比，搭在健康站后面的空地上。小帕布罗想看狮子。马戏团没有狮子，但是他想办法让这件事变成一个谜，而不是打破男孩的期望。"到底会不会有狮子呢？""会的，妈妈告诉我了！"小男孩大声地叫着，雀跃地跳着，"还有人体炮弹！我们去看吧，去看吧。"他一点也不让别人插话。达利亚说不需要担心他，因为他会喜欢他们表演的任何东西，他喜欢所有的东西，甚至不会去在意之前的承诺，也许这正是个问题所在,她怀疑他可能有多动症。"你觉得他有多动症吗?听说越早治疗越好。"她走路的时候手在他胳膊上摩挲着,而他则不知道是否应该在人前、在孩子的面前牵着她的手。他害怕破坏这里的社会生活密码。他是"眼镜叔叔"。她穿着高跟鞋和短裤,腿肚子上擦了润肤露,闪闪发亮。他从来没见过她化这么浓的妆,有种吻她的冲动但是克制住了。一辆粉色的大卡车被改装成售票处,一个花枝招展的女孩脸上涂着颜料,唇彩十分闪亮,脸上还戴着一个蓝色的面具,像是画在眼睛周围的蝴蝶。她在那儿收套票和现金,再从小窗户里把票递出来。她应该是要出演"漂亮女孩"的演员里的其中一个。两个十六岁左右的男孩装成小丑的模样,在出口的地方稳稳地站着什么都不做,像挂在了空挡一样,就这样看着外面的人走进来。他们走过了一个走廊,两边都是卖零食的小推车,有冰糖苹果、棉花糖、热狗、爆米花和蘸巧克力酱的炸油条,接着他们走到一个开阔的空地,有移动厕所、房车、小拖车和一些状况极差的老式汽车。有一辆第一代的雪弗兰奥帕拉、一辆甲壳虫、一辆状况不错的老款福特贝丽娜、一辆大篷车和一辆不可思议的七十年代的帕萨特,红色的车身满是伤痕,为自己仍旧存在而自豪。饮食区域撑帐篷的绳子拴在一辆老式的斯堪尼亚110卡车的底盘上,瓷砖色的大卡车在他看来也像是一个异域的动物,身形巨大而丰满。达利亚想要一个冰糖苹果,而帕布罗想要一个棉花糖。他自己点了一个蘸炼乳的炸油条。再往前走,在马戏团帐篷的下面有一匹巨大的白马和三匹骆马,它们在周围紧张地走动着,咀嚼着一些东西,然后将其转化成无所不在的粪便臭气和四足动物本身的气味。表演快要开始了,他们快步走进了主要的演出帐篷里。他们在上百个白色塑料椅中选了靠中间的位置,椅子围着演出台摆成了半圆形,演出台上已经挂好了酒红色的窗帘和一些银色的装饰物。达利亚脱掉了短外套，调整了一下衬衣，免得肩膀露出来。她小声哼唱着喇叭里播放的一首歌曲的副歌，播放这首本地的浪漫歌曲是为了活跃气氛。一些家庭一起来观看演出，成年的夫妇们搀扶着上了年纪的人，孩子们排好了队手牵着手，年轻的母亲把婴儿抱在怀里。人们对这些家庭的注意力被一群青少年转移了，他们不管看到什么在移动的东西都会表现出无比激动的样子。这些男孩都喷了发胶，穿着带拉链的帆布鞋，戴着从父亲那里借来的手表，向周围的女孩炫耀着。女孩们头发都湿湿的，穿着大胆暴露的短裙和十五厘米高的人字拖。一个录制的声音响起："欢迎光临，女士们先生们。很高兴大家来到精彩的梅勒马戏团。"开场音乐是来自某个美国电影中的插曲。窗帘打开了。演出开始了，第一个节目是国际团队表演的"巴卡拉一家"。三个穿着金色礼服的戏法师爬上一根桅杆，伴着扩音器里的同步解说跳起了舞，解说词把演员形容成某种非人类物种，如果说不是某种低人一等的物种的话。他们和大家打了招呼……"就这样！"主持人在三个肌肉男和地面平齐伸长身体的时候突然叫了一声，虽然通过他们的肌肉能看出来做这样的动作一点也不容易，却无法激起观众的欢呼。但是马上有三个小丑进场，穿着背带裤和巨大的彩色鞋子，肥大的短上衣，上面的纽扣和CD一般大小，还戴着《惊声尖叫》[①]里面的苍白面具。几分钟时间里，大家就被来自古老动画片中的风格独特的暴力表演和周六夜间电视节目播放的黄色笑话所征服了。小土豆在刚生出来的时候就被扔在了地上，小女孩在结婚的时候只想着大香肠！孩子们的笑声持续不断，每一个新的笑话都会让他们再度爆发。有些孩子被大声的吼叫吓哭了。主持人叫着戏法师的名字。然后进来了一个男人，在空中

[①] Pânico，巴西的一档著名喜剧节目。

挥舞着短棒,同时在周围跳起舞来。此时的音乐是快节奏的欧洲舞曲,达利亚闭上了眼睛,伸出了手臂开始坐在凳子上跳舞。"我靠靠靠,这太爽了!"她叫着,直到这时他才知道她磕了药。"你吃了什么?""一片迷幻药。"她说道,报以一个夸张的微笑。马上她就变得严肃了,眼睛睁得大大的,仿佛想要恢复理智。他感觉很烦,但是什么都没说。他突然明白过来并说服了自己需要马上和她断绝关系,一刻也不能等,最好今天晚上就这么做。他无法再继续对她的生活感兴趣了,也不知道自己还能否对她充满耐心。他不相信自己可以真的爱她,或者至少不能真的爱她很长时间。他羡慕她的顽固,在她的美貌里找到了舒适,但是他们没有更多的东西可以相互给予,除了已经付出的那些。他不喜欢这些眼花缭乱的聚会和毒品。也许过不了多久,在任意像这样的一天,他们就会变得相互憎恨。他从后面抓住她头发的发根部位,就像他们认识的那天那样扯她的头发。达利亚总是喜欢他这样做,她抬起头来哼哼地叫唤,轻轻地微笑着、神游着。男孩全神贯注地看着表演。"五根小棍……太棒了!"主持人在戏法师刚好掉了一根棒子在地上的时候适时地喊出了这一声。男人从地上捡起棍子,重新开始了表演。本应该全神贯注的他显得有些不耐烦。"这是艺术家对完美的追求!"主持人说道。舞台上的气氛很紧张,几乎鸦雀无声,当数字达到了五的时候大家爆发出了雷鸣般的掌声。小帕布罗慢慢地鼓着掌注视着他。"你认为和你儿子一起出来的时候吃迷幻药是一件很好的事吗?"她不太在意的样子,"这没什么",她边说边看着他,好像这件事很显而易见,就像所有活着的人都吃过迷幻药,知道这不会有什么问题。戏法师又犯了一个错,这一次是用球。"哦,不!这太难了,几乎是不可能的!但是他追求了完美!"接下来进场的是贾德尔,他表演的是鸟人,跳起来并伴着新时代的歌曲旋转,手腕上拴着有弹性的绳子。"一股人类旋风！全世界人类的梦想就是在高空翱翔！"法国绸缎的专家斯黛芬妮穿着紧绷的红色体操服出场了，体操服上面镶着金色的花边。她晃动着漂染了颜色的马尾辫，在几米高的高空把自己缠绕在丝绸上又解开，假装快要掉下来了，让观众都屏住了呼吸。小丑们又回来了，宣布有一件来自美国航天局的特殊展品，一个"秘密的超级机器"。原来是一辆迷你汽车，由一辆菲亚特147的前座和后座焊接而成，中心是各种各样的机关和吓人的东西，包括一个制造爆炸效果、烟雾和水柱的装置。中场休息时，小帕布罗又想看那些动物了。达利亚去了洗手间，所以他带男孩去了放动物的帐篷里。走得更近以后，他们看到了一只没精打采的鸵鸟和一只骆驼。最开始的时候骆驼在阴暗处，像一坨没有形状的东西，但是它突然站了起来，在栅栏边向他们靠近，用期待的目光望着他们，可能是以为他们会给它喂食吧。小帕布罗在如此巨大的动物面前惊呆了，更别说它背上还有两个巨大的驼峰，弯曲的脖子上还坠着几块厚厚的肉。"很臭吧，是不是？"他对男孩说，捏住了自己的鼻子。"你知道它身上的这两个东西叫什么吗？叫作驼峰。是为了存贮水分，好让它们在沙漠里能生存下去。"一个老醉汉也靠了过来，注视着骆驼。它现在对人类已经失去了兴趣，在它的圈里走了几圈，用蹄子在软软的地面边走边用劲地踏着。因为某些原因，骆驼开始闻隔壁马厩里面那只正自顾自沉思的马的尾巴，马立刻就向后踢了一脚，稍稍擦到了骆驼的脸，踢到了用来隔开她们的铝栅栏，发出了一声高亢尖锐的噪声。小帕布罗笑弯了腰。"傻动物。"喝醉的老男人边说边摇了摇头，径自离开了。达利亚回来了，和激动的儿子互动了一会儿，然后和他一起靠到了离骆驼很近的地方。他看出她态度里的不同。她正克制自己不要表现出不同。准备离开的时候他给男孩买了一罐瓜拉那，然后她说："那么就这样吧，你今天就不打算再和我说话了吗？"她随后向他道了歉，说他是有道理的，她自己太不负责任了。她在男孩的面前亲了他，还牵住了他的手。他看向了后面。他不确定自己是否被人观察着，又清楚地意识到自己不知道为什么会担心这个。"你怎么了？你讨厌我了吗？还是你不认识这些人所以感到不安了？"他回答说都不是。表演在中场休息之后继续开始。达利亚注意到舞台上的演出助手只有表演"巴拉卡一家"的那几个，每一场布置和拆除场景都只有那么几个人。她怀疑他们是否真的是一家人。哈依扎在吊环上给自己的节目报幕，她一结束骆驼就进场了，在驯马场里站了几乎有一分钟，向场内散发一股强烈的湿羊毛和烟草的气味，直到报幕员说道这是单峰驼。随之上场的还有两个驯兽师和一匹矮小的小马驹，后者一上场就开始围着驯马场做障碍跳跃，好似它专门被切除了前额脑叶，被用化学刺激的方式来完成这个任务。骆驼什么也没做，仅仅在那里给人们观看。小丑重新上台，让人们假装往高空扔东西，他们则用一个桶假装接住这些东西，桶发出刺耳的金属声。其中一个小丑指向了他们，达利亚鼓励帕布罗参与到节目中。男孩假装扔了一下，小丑开始退后去接想象中的投掷物，被鬼鬼祟祟躲在他后面的同事故意绊倒了。他们做的一切都成功了，观众喜欢小丑。他们从台上下去以后，他拉了拉达利亚，在她的耳边说："你记得在冲浪'顶峰'那里的那个漂染了头发的男人吗？""怎么了？""他的腿上有一个鲨鱼的文身吗？""这是什么问题啊？"她边说边像受到了侮辱般看着他。"没什么，我觉得他从那天以后就总找我的茬，但是我又不确定是不是他。我需要知道他有没有那个文身。""应该是有的。"达利亚说，"小腿上有一个鲨鱼是吧？我想是有的。""非洲秀"开始了。两个大力士和四个美女穿着典型的非洲部落服装出场了，衣服上印着老虎和豹子。其中只有一个演员是黑人。"你别和这个人扯上关系,"达利亚说,"听到没有?不值得这么做。"其中一个女孩的眼睛周围画着蝴蝶,他推想她应该就是售票厅中的那个女孩。她几乎半裸地穿着仅仅遮住重要部位的非洲服饰。他想象自己正在帕萨特的前盖上面与她亲热。"我不会和他搅和到一起的,只是想在他靠近我的时候能够知道是他。"驯马场上又上来三个男人,全部都是白人。广播里说这个节目是周日一场电视竞演节目的冠军。演员跳着舞,表演一些很复杂的体操来吸引观众。不知道什么时候,非洲的部落音乐被换成了加勒比风的节奏。周围的年轻人都觉得人体金字塔很有意思,在那里讨论说一个人是坐在另一个人的大棒子上面。"非洲秀"结束后,演员们花了很长时间准备"死亡地球"节目。小丑叫孩子们上台来,马上半月形的房间就被一群小孩子侵占了,而他们都是由家长带领过来的。这群孩子相互推搡着大声叫喊,不知道应该把能量释放到哪里去。小帕布罗也跑过去了,等着小丑在话筒前问他叫什么名字。达利亚有一些紧张,因为巴卡拉一家正在舞台上布置一个巨大的铁球,而同时小丑却正在和孩子们互动,让整个情况看上去有些危险。但是一切都顺利完成了。孩子们从舞台上退了下来,有一个十岁的男孩,叫若那坦,有着早熟的智慧,开始第一个在铁球里骑着自己的小摩托车旋转起来,背景音乐正播放着"我亲爱的孩子"。帐篷里的灯光渐渐弱了下来,全部集中到舞台尽头的演出那里。摩托车手们用车子把人们听到的声音划成了小条,火花和发光的加农炮营造了一场电光火石的演出。扩音器里传来了像从山洞中发出的声音,提醒大家注意演出中的风险。摩托车的引擎嗡嗡作响,一瞬间所有的灯光都熄灭了,观众席中有些女孩害怕地叫了出来。一个接一个,摩托车手都进入了死亡地球中,以不可思议的勇猛在球中旋转,相互仅仅间隔几厘米,小心地避免着冲撞。观众们全神贯注地盯着这个危险的行为，仿佛被强烈的汽油味麻醉了。这整件事让人想到死亡，因为他们面对的是一个很真实的威胁。演出结束之前没有人在思考别的内容。晚一些的时候他们回到了家里，达利亚把儿子放到了床上，他们看着电视。他预料迷幻药的效果应该已经减退了，就准备和她聊一聊，就在这个时候她拉着他的手说："我的母亲不在，咱们去我的房间吧，他不会醒的，过来吧。"但是他却坐在那里没动，说他不想再继续这段关系了，从今天开始他更想一个人待着。"笨蛋。"她听到了这个消息以后说道，"你怎么能在我吃了迷幻药的时候跟我说这个呢？"她盯着他，眼里透出了深深的绝望，再说话的时候都快要哭出来了，"竟然是在今天？在一个美好的夜晚之后？非得是今天吗？"他不知道该如何回答。什么时候才是理想的时刻呢？吵一架以后吗？工作日的时候，在她刚做完两份工作的时候吗？没有什么时候是理想的。"理想的时刻就是关系变得很糟之前，不是么？""不是，不是的！"她几乎都喊了出来。"就是得先变得糟糕，你这个白痴。真的在今天？为什么呢？你给我解释是为什么。"她渐渐平静下来，呼吸了几下，把手放在他的脸上，摇着头。"你回家吧，咱们下一次再谈。好吧。"他起身准备离开。"但是为什么呢？"她又无助地问了一遍，"为什么呢？我只想知道为了什么。"

每过三四天他就会去广场的网吧查一查邮件。收件箱总是被各种粗体标记的新消息挤得满满的，但总的来说只有两三条是他真正感兴趣的。有一封来自律师的消息，关于一个遗产清单的小问题。另一个是母亲发来的，说她和男朋友打算去加罗帕巴过一个周末。他回复说如果愿意的话他们可以住在他的公寓里。大学里的同学要结婚了。他回复说去不了了，附上了祝福，用信用卡在一家网上商店买了一个面包机，那是新人礼品单里列出的需求。

然后他看到莎拉给跑步班发的四条信息。大家决定上课的时间是早上七点而不是七点半，因为这样莎拉的朋友蒂尼斯跑完步以后就有足够的时间去上班了。他回复了一个"好的"。还有一封莎拉专门发给他的邮件，说需要讨论一下费用的问题，因为大家都在询问。他回复说可以下一次当面谈论。有一些邮件是上几周的。有些来自一些刚知道父亲死讯的人的悼念，还有一些来自铁人三项、跑步或是穿越比赛的邀请，都是一些不知道他已经搬到加罗帕巴的组织和个人发送的。他想起昨晚达利亚抱怨他不回复Facebook上的消息。于是他输入了用户名和密码，三个月以来第一次登录了Facebook。他感觉页面的布置有了一些变化。有数十条好友邀请，他的头像照片还没有胡子。他看了看那些名字，接受了达利亚·雅克布辛思琪、黛博拉·布萨图和布雷诺·沃尔夫的邀请。他感觉黛博拉应该是健身房的前台，而布雷诺是游泳联合会里认识的朋友。这些是他能从名字辨认出来的熟人。接下来他一个一个的点击那些神秘的面孔，在他们的个人主页上寻找线索。他点开一张酷玩乐队的新专辑，是从一个女孩那里点开的链接，她的名字他记不清了。根据YouTube网站的推荐他又看了一些其他的视频。一个不停地笑的婴儿，一个叫作Little Joy的新乐队的专辑，还有一场二〇〇七年网球职业赛里最精彩的击球集锦。周围几乎每一个隔间都被蜷缩在那儿的全神贯注的人占据了，他们头上都带着巨大的耳机。他斜对面有一位外国的男士，正在用Skype和别人激烈地讨论着什么，大声用英语喊叫着一些强调的词语，然后暂停很长时间等待对方的回复，同时用大拇指和食指尖捏着话筒的杆，望着一个满是图标的黑屏幕的深处，整张脸都快要钻到视频里去了。网络连接很慢，突然他意识到自己已经花了半个多小时看了六个视频，于是他终于回到了Facebook的页面，想起去处理一下别人给他的留言。有四条是来自达利亚的。* 他把留言板往下拉了几排，看到了一条两周以前来自薇薇安的消息。他把手从鼠标上拿了起来，眼睛盯着屏幕不动。过了一会儿，他点了一下消息开始读了起来。** 他需要从突如其来的屏气中恢复一下，等

---

* （1）我想让你每天都想着我自慰。你要答应哦！我一整天都能感觉到你的皮肤和双手在我的身上。那样的感觉挥之不去。从未在我身上发生过这样的事。（2）我试图删掉上一条留言，对不起，太羞愧了。你已经看到了吗？今天我们会见面吗？P.S. 帕布罗可喜欢他的眼镜了！！你怎么不教他游泳呢？（3）你看我发给你的音乐专辑，是咱们昨天听了你说喜欢的那个，是 red hot 的那个人唱的：http://www.YouTube.com/watch?v=gZsbODz0V3Y（4）你不会回复我吗？？？

** 嗨，我在给你发信息之前考虑了很久，上一次知道你父亲的事以后给你打电话，你明确地向我表示不希望再听到任何关于我们的消息。如果你愿意的话也可以忽略这条信息，就和你忽略其他的信息一样，如果我打扰到你了，那么我在这里表示抱歉。但是我怀疑你这么说只是为了让我们不要再找你，因为你不想首先开口说话，知道吗？如果我搞错了的话，那么就更糟糕了，但是……我决定要冒这个险。

最近几天我才知道你去了加罗帕巴。你的母亲说你把公寓退了，卖掉了全部的东西。我记得你一直说你某一天想做这样一件事，搬到一个海滩上去。希望你在那里一切都顺利。我能想象你在清晨就去游泳，然后坐在一块石头上晒着太阳暖和起来。你在冲浪吗？我一直认为你应该冲浪。有些时候只有在震撼和打击之后，一个人的生命才能超脱自我以实现这一类的梦想。我希望你过得很好，一直这么希望，你知道的（虽然你不想听，但你是知道的吧）。你的母亲说你和她还联系，但是却几乎不和阿雷格里港别的任何人联系了，也没有告诉任何人你去了哪里。你是我认识的所有人里面把内心的魔鬼控制得最好的人，但是我知道他们就在你的心里面，因为我曾经见过。我知道自己曾经喂养了他们，我为此也感到很难过。孤单会让人变得脆弱，我不希望看到你在那里一个人的时候被他们所控制，谁也不认识。不过你喜欢这样，不是吗？或者你认识了一大堆人，正和海的女儿谈恋爱呢，只有我这个傻瓜还在这里胡乱担心你。我知道你不是孩子，但是我不能不担心你，而这让我受尽了折磨。

你应该认为我是出于自私才这样给你留言的，为了减（转下页）

他反应过来的时候被吓了一跳,因为在考虑是否要回复她的时候他忘记了要呼吸。他重新拿着鼠标,快速点击几下退出登录,从网站上关闭了个人网页,忽略了网站上自动显示的信息——那是

(接上页)轻我内心的愧疚。但是我一直认为你用一种过于简单的方式看待我们的事情了。这件事很复杂,如果想在生活中得到一些平静,咱们早晚都得面对它。

自从你们的父亲去世之后,但丁一直就不太好。我想现在你对他来说更加不可或缺了。他绝对不会向你承认这一点的,他从来没想让你过得不好或是像我们两个一般受到折磨。可能更甚。你能够原谅我,那么你是不是也可能原谅他呢?现在时间也过去那么久了,而你们的父亲也去世了,能原谅他了吗?我能理解你现在对于这相关一切的感受,但我想请求你不要让同样也原谅他的想法就这么止步不前。他尝试成为那个强有力的人,但是他需要被原谅。你们俩一个比一个更逞强。你想一想吧,用你的心好好想一想。如果真的不可能的话,就忍了吧。但是如果……那会对你们两个人都好的。

而我自己,越来越喜欢圣保罗了。除了当一名儿童读物的编辑,我现在还在报纸上有自己的关于书籍的小专栏。我最想念的地方是瓜伊巴,看着那样的地平线,烦恼的时候我能在那里开阔自己的视野。对你哥哥来说就没有那么容易了,因为他在家里工作,城里的文化生活对他来说就是持续的诱惑。但是他还好,再也没喝酒,至少在我印象中是这样。他正在写一本新书。我不知道讲的是什么故事。我让他写我们的故事,但是他说绝对不会这么做的。并不是因为我的缘故,他知道我不在意。只可能是因为考虑到你的关系。

你真的和贝塔在一起吗?

我永远也不会忘记你带我去见你父亲的时候,你还记得吗?他像一个神父一样做出动作,对我们说:"年轻人,爱情不是一件简单的事,不应该随便对待。希望你们可以相互温柔地对待。阿门。"我想他最后应该憎恨我了,再也没和我开过玩笑。他应该认为我是一个贱货。但是我会一直记得他的好。

我不想用简单的方式来对待本来就不简单的事。不久之前我梦到嗓子被鱼钩挂住了,现在每次醒来的时候都能感觉到它们。尽管如此,我还是相信我们应该竭尽所能减轻我们之间的障碍。我很想你。保持联络。自己照顾好自己。爱你,薇。

一条情感的威胁，说朋友们会想念他的。

周一的早晨下着大雨，跑步班的学生发来短信说他们不会来了。他回到床上又睡了一会儿，醒来的时候发现贝塔躺在他旁边，于是轻轻地把它赶走了。它又重新跳上了床。父亲从来不让它上床或是沙发，它现在居然开始这么做了，真是很奇怪。他让它在那里待了一会儿，抚摸着它的后背。随后他又睡了过去，直到快中午才醒过来。他冒着雨走到了市场，买了五百克的猪肝，把它们煎了以后配上剩下的通心粉和番茄酱。他给贝塔喂了一块牛排，它用了好几秒才相信自己得到了不仅仅是狗粮一样的食物。他穿上衣服准备去健身馆，出门之前贝塔毫无缘由地叫了三声，好像在等待他的回答。"你想出去吗？还是想留在这儿？"他问它。他关门的时候它决定要跟出去，在他的自行车后面奔跑。这条老狗的能量每次都让他震惊。它有些落后，但是一直能够跟上他，只要有机会就平趴在地上休息。有些时候它会消失几分钟或者几小时，但是他回家的时候它总是在附近。

寒冷已经震慑住了游泳班的几个学生。那个拉斯特法里教的男孩和风湿病医生没有坚持过第一个月，其他人还努力坚持着。狄亚谷明显地减轻了体重，学会了如何像奥林匹克运动会上那样转身，在五十米和一百米的连续练习中已经可以保持稳定的速度。双胞胎每一次都更加开心，今天向他展示了一段她俩排练的舞蹈——旋转，她们转动着拳头，在泳池边甩动着头发，这时其中一个人的手机传来了蒂娜·特纳的歌曲"我们在河上翻滚"。她们一进入水里就变回严肃的模样，认真地进行训练，仿佛禁欲主义是她们的特点一般。每一次他都要问谁是哈雅妮，谁是塔雅妮。她们故意和他猜谜，但是一旦她俩下了水伪装就被戳穿了，因为她们蹬脚的方式不同。塔雅妮的膝盖更弯曲一些，没办法伸直自己的脚，所以会有被妹妹超过的趋势。傍晚的时候他终于说服伊瓦娜练习蝶泳，由于脊柱前凸的问题，她已经被医生禁止练习蝶泳好多年了。如果他们慢慢开始的话，他相信是不会有问题的。

他和小吃店的智利姑娘米拉聊天的时候吃了一块橘子蛋糕，然后像往常一样去接小帕布罗。一天的时间里云朵渐渐消散，让朦胧的月色露了出来。他在门口那里等待男孩跑着出来找到他，但是却没有如愿以偿。几分钟以后一个老师发现了，走向了他。"达利亚已经把孩子接走了。你给她打电话吧。"

"我翘掉了因比图巴的工作然后去接他了，那又怎样？我能怎么办？我还没能解决这个问题。"

"但是，我可以继续接他啊。"

"哦，那好吧。你听好了。你不要拿我儿子的期待开玩笑。也不要拿我的感情开玩笑。你感觉不到这些事吗？你在那儿干什么呢？你都再也没给我打过电话，什么也不说。我实在是不理解你。你……"

"这根本就不是问题，达利亚。我们可以成为朋友。不可以吗？"

她在话筒的另一边呼吸很沉重。

"我可以接孩子。"

她思考了好几秒钟。

"好吧。直到我找到另一个办法为止。"

6

　　警察局位于一栋矮矮的方形建筑里，周围布满了铁丝栅栏，门口停满了灰白相间的空警车。夜幕逐渐降临，几缕褐色的光线从门上的楣窗里渗了出来。他走了进去，满心以为要看到一个肮脏杂乱的小厅，却没想到屋里格外地干净和整洁。一眼望去没有任何纸张，柜子和公文箱都空空如也，不像曾被人放进去过东西，好似办公用品卖场的陈列商品。墙上一部分贴的是宣传打击毒品和反对针对女性暴力的海报，另一部分被当地的交通地图和地貌图所占据。办公室放着三张办公桌，其中一张桌前坐着一位穿着卡其色警服的警察，他半瘫在椅子里，一直看着电脑屏幕，不停地按着鼠标。他转过身来问候了一句晚上好。警察是个高大的男人，很瘦却有肌肉，骨架很宽大，好像身体要长得更大块儿一些才能和这些骨骼相衬。他长着巨大的颌骨和耳朵，相比之下脑袋上的其他组成部分就显得很小了。他坐到了警察面前的椅子上，解释了一下他来这里的原因，每说一句话之前都要停顿片刻。

　　"我刚搬到这里不久，现在住在镇子角落里的一个小公寓里，就在巴乌大石头的附近，从西西娜女士那里租来的……我到这里其实不是来报案的。主要因为很久之前的一件事一直让我很好奇。我的祖父在六十年代末期就住在加罗帕巴这里，而他最后也死在了这里。我想他应该被埋葬在了城里，但是却无法确定。他们都称他为高乔人。"

　　"高乔人？"

　　"是的。"

　　"他死在了这里？"

"应该是这样的。"

"是什么时候呢?"

"六七年的时候。"

"是一九六七年吗?"

"正是如此。"

警察面无表情地注视着他。

"我想知道的是警察局里有没有记录这件事的档案。比如一份公报。好像当时有一位警官从拉古纳过来办的案。"

"从拉古纳吗?"

"是的。"

"高乔人?"

"对。"

"你到这儿来到底是干什么呢?"

"为什么这么问?"

"你说你最近才搬到这来,你为什么到这里来?"

警察斜靠在椅子上,但是他的胳膊很长,可以搭在桌子上。他的手慵懒地拳曲着,就像关节病人的手。

"我来这儿不为什么。我就想住在海边。我是体育老师。但是这些和我问的事有什么关系?"

"那时候加罗帕巴还没有警察局。"警察说道,"如果那时候有相关的调查,也应该是在拉古纳。但是我怀疑调查存在的可能性,毕竟已经过去很久了。我就是这儿的人,土生土长,我的父母、祖父母和曾祖父母都是这里的人,但是我从来没听过这件事。人们总是能记住死去的人。"

"我问过一些住在这里的老人。"

"我知道。"

"你知道？"

"是的。我知道的。"

"那就对了。有一些人还是记得我祖父的。但是没有人记得他的死。"

"如果没人记得的话，说明这件事没发生过。"

"我还是想确认一下。"

警察拳曲的大手获得了生命，手指伸直又搅在了一起。他稍稍把头低下来了一些对着他。

"现在你在这儿应该什么都找不到了。说不定在拉古纳还能有些发现。"

街上的叫嚷声逐渐升高，透过警察局的大门传了进来。警察身体前倾了一些，为了能从他的肩膀上方看到外面，随后露出惊恐的模样。两个警察正在暴力地拖拽一个戴着手铐的男孩。他们的身后跟进来一位五十多岁的男人，皮肤极其的白，金发碧眼，腰以上非常胖，而腰以下却很瘦。他不停地用手比画着，还用外语喊叫着。那个大耳朵大身板的警察表示了抱歉，慢慢地起身去处理刚刚发生的事情。

"发生什么事了？"

刚刚出现的两名警察中，一名身材矮小穿着宽大警服的警察表示，他们抓住的这个男孩正在德国人的房子里抢劫。那个金发碧眼的男人只可能是警察口中的那位德国人，还在继续大声抗议着，他说的不是德语也不是其他任何一种外语，而是夹杂着几乎无法让人理解的口音的葡萄牙语。他大叫着说这已经是第三次有小偷在自己的家里偷窃，用手指比画着三。从能理解的只言片语中，这一次他看见了入侵者进入自己的花园，便悄悄躲在车库里，用棍子出其不意给了小偷的脑袋重重一击。

"高瑟等在车库里，然后'砰'。"他边说边模仿着棒球挥棒的姿势。

另一个刚进来的警察说到案发现场时这个男孩双脚被绑在车库的横梁上，脑袋朝下。德国人继续喊叫着讲述自己的故事，做着大量的手势。警察们开始审问男孩，可以看到他后脑勺的头发都被血浸湿了。高瑟在明白了警察已经没有在听自己讲话以后，向他转过身来。

"三次，"他歇斯底里地喊着，"我通知了警察三次！我都有小偷的地址了！所有人都知道谁是小偷！"

高瑟穿着皮凉鞋和穿旧了的牛仔裤，裤子靠近大腿的位置有口袋，上身穿着蓝色的T恤衫，衣服上印着百事可乐的商标。他的眼睛很清澈，白胡子紧贴着红红的脸庞。他说那个男孩在前几周里两次打碎了他家的窗户，就为了偷榨汁机和一双跑步鞋。

"他们偷小东西就是为了吸毒！一棒子打在头上！砰！不能对流氓有所畏惧！"

高瑟用力地抓住他的胳膊，开始讲述自己到里约热内卢寻找被巴西母亲拐跑的女儿的故事。有人提醒过他巴西是一个很危险的地方，他曾经连续四天把自己锁在宾馆的房间里，只喝饮料吃杏仁。酒店里的杏仁吃光了，他只好强迫自己出门去小酒馆吃点东西。他点了一份炸薯条，而一个流浪汉试图抢他的薯条。高瑟手里握着叉子从流浪汉身边走了过去，所有人都看着他，没有任何人再敢去招惹他。从此以后他就再也不害怕了。

等他注意到的时候，警察们已经开始在警察局的角落里毒打那个男孩了。高瑟的面容都扭曲了，显然是惊呆了。警察们正在踩着这个看上去最多十八岁的男孩，男孩蜷缩在地上祈求原谅，高瑟高喊着让他们停止，在发现这样并不足以阻止他们的时候，他只好和警察们对着干了起来。这些执法人员试图让这个外国人无法动弹,同时还得阻止嫌疑人逃跑。桌子被掀翻了,饮水机上的水桶被弄倒了。他就在这样的混乱中毫无动作,直到德国人被控制住了。男孩坐在地板上,用手保护着头。大耳朵的警察看到他还在这里感到很惊讶。

"我还能帮你什么吗?"

"没有了。谢谢你的接待。"

"那么晚安。"

"啊,还有一件事。几周前有一个女孩在保罗洛佩斯被杀死了。好像是被铁丝勒死的,面容也被毁坏了。你知道我说的这件事吗?"

"是的,那个人已经被抓到了。"

"抓住了吗?是谁啊?"

"一个邻居。我不记得名字了,他已经被关起来了。为什么问这件事呢?"

"我在报纸上看到的,刚才突然想起来了。只是想知道而已。"

"他交代了一切。是家里认识的人,家里人曾看见过他和女儿在一起。"

"他说了为什么要那样残害她么?"

"好像是他爱上了那个女孩。但她可不那么想。"

"是一个正常的人吗?还是一个傻子呢?"

警察好像要笑了,耸了耸肩膀。

他表示了感谢,出了门带着自己的狗推车离开了。

他推着自行车往回走,绕过水豚湖边的路回到了家。被污染的湖水里几乎长满了槐叶萍,密密麻麻像铺了地毯一样,被路灯的光染成了油光发亮的黄色。一团蚊子在腐烂的小仓库上方盘旋。

成群的流浪狗开始从荒地的树丛里走出来，他把手指穿到贝塔的颈圈里采取着预防措施。狗群里很多都是良种狗，有洛特维勒牧犬和德国牧羊犬，还有些看得出来是柯利牧羊犬和拉布拉多犬的杂交。所有狗的毛发都因为汗水和寒冷拳曲着，它们饿得皮包骨头，肮脏不堪，舌头都伸在外面，在夜晚漫无目的地徘徊，就像是被一个莫须有的头领带领着。这是城里常见的景象，大量的狗被来自几百公里以外的度假者抛弃了，但它们的本性并不足以完全扼杀那不可能实现的愿望，它们还期望着能够回到家里。

他注意到公寓的门没有上锁，而自己很少会忘记这样做。从进门开始就可以隐约察觉到这个小公寓里的全部，第一眼看去这里并没有任何被入侵的痕迹。他看了一眼沙发上的靠垫、桌子上的小册子、阳台上放在盘子和用过的餐具旁边的几本杂志的位置。游泳用的橡胶衣还挂在厨房阳台的绳子上，这件衣服值好几百雷亚尔，估计是小偷最感兴趣的东西了。文件袋还放在厨房抽屉里放餐具的托盘下面，里面装着一些磁卡和个人文件，中间夹着五百美元和八百雷亚尔的现金。他从里面把门锁上，让百叶窗保持关闭的状态，给狗倒上食物和水，然后去洗了个澡。

过了一会儿他在沙发上坐了许久，一直盯着手机。他用一张充值卡给手机充值，拨通了一个号码。

"贡萨洛？"

这个少年时期的朋友开始了一些通常的问询，质问他为什么搬到了海边，他言简意赅地回答了，并迅速结束了这个话题。他问贡萨洛是否还在零点编辑部做记者。他说他想获取一些和祖父的死相关的信息，并讲述了自己知道的那些信息，诸如年份、在舞会上的匿名谋杀事件以及父亲给他讲述的那时在加罗帕巴发生过的一些混乱事情。

"老家伙,你一切都还好吧?"

"你听我说,贡萨。我父亲当时到这里来了,说他和一个从拉古纳过来负责案件调查的警官交谈过。但是这里没人他妈的知道这件事,警察局他们也不会帮我的忙。这件事在这里是个禁区,我还没搞清楚是为什么。"

"这样的话就会比较复杂。你父亲并没有去验证尸体?"

"没有。"

"如果真像你说的那样发生了这件事,也真有一个警察处理了案件,他应该展开了一些调查。但是你想象一下一个人在一九六七年的时候到一个小渔村,这个小村子刚刚才成为一个自治市,就要面对这样一桩没有犯罪嫌疑人的凶杀案。他处理的是一件与区域正义有关的案件。唯一的中立证人只可能是那些嬉皮士,而他们估计都在舔沙子,因为吃了迷幻蘑菇而神志不清。或者这个人根本就没有展开调查,或者他没有在找出凶手这件事上花费精力。那是群众的正义,所以就让它这样好了。这样的事情在小城市里发生过太多,直到今天都还有这样的事在发生。如果他立案调查,我敢打赌相关资料也应该在一些没人翻阅的档案里。"

"好吧。但是你有办法找到它们吗?"

"你看这样行不行,我会和一个朋友说说看,他是司法部门的线人。说不定他能给点什么建议。我有消息以后告诉你,好吗?"

他洗了水池里积攒了三天的盘子,然后找到了一些吃的。好多天都没有购物了,他找不到到任何有营养的东西,只有一袋冻在冰箱里的生虾仁。他把袋子放在温水里解冻,加了盐把虾在水里煮了几分钟,在上面挤了点柠檬,就着剩了半袋的饼干吃掉了。

手机响的时候他正在重新洗碗。

"贡萨,你说吧。"

"一切还好吗?我和那个人已经说过了。"

"怎么说?"

"你听着,老家伙。我们假设真的是拉古纳的一个警探。那个人可能立案调查了,也可能没有。如果他立案了,有可能找出了嫌疑人,也可能没有。有时候也许没法找到,有时候在原地绕圈,因为涉及重要的人物,类似这样的事。"

"好的。"

"无论如何,警探需要把案底交给司法机关。不论有没有嫌疑人,法官都会把案件指派给检察官。如果有作案者,检察官会请求开展一个程序。没有作案者的话,需要寻找更多的调查信息,或要求中止,对于这类没人清楚也没人目击的案件,更可能的结果就是被中止。法官是最后做决定的人。"

"好的。那么你认为应该是当时被那个人中止归档了?"

"很可能是这样的,前提是如果那时有立案调查的话。那么我们来思考这个假设:在一九六七年的时候,那个人中止了程序。那么四十年之后会发生什么?现在重要的是这个程序有两个终点。一份拷贝应该存进了警察的档案里。如果在二十年之内没人重新审理案件,程序会被取消,这样的话警察就会把档案送去州立档案馆。明白了么?"

"明白了。"

"而另一份拷贝会送去州立法院。"

"那么只需要找到这些档案。"

"一般情况下是这样的,但是困难的是这些档案都应该被永远封存了,还有一种情况是州政府可以授权焚烧这些废纸,因为它们他妈的占据了很大的地方之类的。我们需要看看圣卡塔琳娜州是不是属于这种情况。历史的结果就是,如果当时有立案调查,如果他按照程序存档,如果文件在这四十年间没有被焚烧或丢失,那么也许,谁知道呢,我们能够顺利找到档案,和正确的人谈一谈,这一切都是未知的。"

"好的。那然后呢?"

"就这些了。"

"好吧。"

"你全部都理解了吗?"

"实际上,我什么都没理解。"

"哪一部分?"

"谁知道呢,我已经全忘了。不知道你是怎么记住这一堆狗屎的。你是一名记者,而我是一头蠢驴。你能用电子邮件发给我吗?"

"我靠。"

"对不起。州立档案馆,对吗?警察。"

"你看……"

贡萨洛在电话的另一头斟酌了片刻。

"我看这样吧,让我来处理。我能找到办法和这些人谈谈。我现在正忙着解决交通部门的丑闻呢……对了,你知道这件破事吗?他们他妈的偷了政府的钱,四千四百万呢,政府部门里都快要爆炸啦……但是一旦有时间喘息,我就打几通电话,试着帮你联络一下看看能不能有进展。"

"太好了。谢了。真的谢谢你,贡萨。"

"客气什么。你已经给过我很多帮助了,我很开心能帮你。我想我还欠着你的钱呢。"

"什么都没欠呢。"

"有空的话我来看看你。"

"一定要来哦。带着你的姑娘们。"

"兄弟,现在瓦乐丽雅已经是个大块头了,你会被她吓着的。你还应该看看她怎么敲键盘的,真的很恐怖。"

"她已经七岁了吧?"

"六岁,但是小脑袋已经完全是个成年人了。只有在对她来说方便的时候她才会表现得像个孩子。你呢?你父亲的变故真是让人难过。我挺晚才知道这件事的。节哀顺变啊。"

"谢谢。这件事已经过去了。虽然很操蛋,但是已经过去了。你还在游泳吗?"

"我吗?早他妈不游了。只是像所有不幸的人一样,不停地抽烟喝酒。对我来说一切都结束了。"

"还没有结束呢。贡萨,你不要气馁。"

"对我来说已经太晚了。你在那儿还好吗?"

"我好极了。我在这里的一家健身馆上班,可以随时去海里游泳,还能自己静静地待着。而我也很想弄清楚关于我祖父的这件事。"

"但是你搅和到这件事里有什么特别的动机吗?"

思考答案的时候,他看向了旁边正躺在厅里地毯上的狗,它用后腿使劲蹬了几下,也许正在作斗争,不想从某个梦境中走出来。

"有吧,但是我也不知道怎么解释。"

"是你父亲要求的吗?"

"不是的。或者他在没有要求我的情况下要求了我。你明白吗?或者仅仅是我自己那时候决定应该要知道这件事,而现在到了需要知道的时候了。"

"我懂了。你就放心吧老家伙。咱们总会找到点什么东西的。"

"太谢谢你了，贡萨。"

"一有消息我就打给你。游泳者你要自己照顾自己呀。"

"你也一样。"

跑步班现在有四个人了。另外的三个人都是莎拉带来的。蒂尼斯是她在药店最好的朋友，体重有些超标，但是下定决心要减肥，有很强大的意愿，对疲惫有着顽强的抵抗力。克洛维斯戴着眼镜，看上去很聪明，不太知道他以什么为生，但是他戴着一款最新式的手表，有心脏监控和GPS，应该值好几百美元。瑟尔玛是一位瘦瘦的女士，经营着一家甜品店，主营自家制作的香蕉和肉桂蛋糕，自己骑自行车把甜品送到客户的家里。所有人每周见面三次，早上七点的时候拖着困倦且不断反抗的身躯在"船坞"餐厅的门口集合。莎拉总是保持同样的姿态从车里出来，哔哔按响车锁，然后以一种坚定不移又像事先排练过的姿态走过来，好像无法忘记自己在这个舞台上有极其重要的角色需要扮演。等她走下坡，就已经完全进入了角色，她十分放松，眼睛都笑成了一条线，摇晃着头上的马尾辫，拍着手鼓励这个小团队。"出发吧？动起来吧？"

克洛维斯说今早醒来之前梦到两条腿分别被一个小矮人抓住了，嘟囔着说今天肯定会是不顺利的一天。他组织学生们开始做伸展运动，莎拉展示了全新的亚瑟士跑鞋，鞋底都是减震的气垫。

"你的胫骨怎么样了，莎拉？"

"好多了，老师！"

她蹲伏在地上顺着骨头按摩肌肉，就像他教的那样。

"好多了，但是还有点疼。"

"你还在健身馆锻炼吗？"

"嗯哼。"

"咱们慢慢地继续。你今天在这儿就练习一下这个。"

他向她展示了一下带心脏监控的手表，解释了如何把带子绑在胸部下面。

"你今天的任务就是控制自己的心跳。试图保持在每分钟一百四十下，可以吗？如果不到一百四你就动作加大一些，如果超过了你就减缓一下。"

"你帮我一下。"

她把上衣撩了起来。带子显然绑得很好。

"有什么问题吗？"

"这个高度可以吗？"

他把带子提高了半厘米。

"好了。"

大海很凌乱。天空几乎布满了云彩，橙色的线条昭示着太阳刚刚从山后露出脸来。一艘巨大的双体船正在距海边五百米远的地方抛锚，帆已经收了起来，桅杆控制着船身随着浪上下摆动。他们一小组人开始在海边慢慢地跑了起来。莎拉的表叫了一声，她的心跳已经达到一百五十五下了，他们就把速度减慢了一些。克洛维斯向前冲了出去。是他让克洛维斯那么做的。跑过海滩尽头后，他们跑到了西里乌的大路上，那里有一截很短的水泥路，剩下的都是土路和沙子。一个小个子在马路边的小房子里轰赶着院子里的鸡。每两三分钟就会过去一辆车或者摩托，他坚持让大家排成一列紧挨着马路边缘跑，并随时注意着转弯。莎拉找到了自己的节奏，蒂尼斯陪着她一起气喘吁吁。克洛维斯在前面消失了,而瑟尔玛因为没有做好准备,开始觉得累了。他让女孩们继续往前跑,自己则陪着甜食店的老板娘在跑步和快走间调整。瑟尔玛说能在这样的地方生活真是一种上天的恩惠,这样他们才能在这么美的地方早起跑步。她还说上帝让她在到达这儿之前经历了太多事情。他鼓励了一下她,于是她接着讲述了关于自己的一切故事。

返回的时候莎拉的脸颊绯红,这是属于她的记号。她被汗水浸湿的面孔在阳光下闪亮,散发出明显的水蒸气。她说自己的丈夫,就是那个牙医,打算在家里搞一次烧烤,所有在这儿跑步的人都在被邀请之列。然后她拽住他的胳膊,稍稍远离了其他人,好像要给他讲什么秘密。

"咱们有件事还没有商量好呢。"

"什么事?"

"你给大家上课打算收多少钱?"

"我还不知道呢。咱们之后再看吧。"

"你没有一个价格吗?"

"我会考虑考虑的。然后咱们再看吧。"

"因为已经快要一个月了,他们都想知道需要投入多少钱。"

"不用担心,之后咱们再说吧。"

她被他的回答挫败了,只好把这件事置之脑后。

等学生们都离开了,他把藏在一个房子围墙下的包拿了出来,把短裤、衬衫和运动鞋放了进去,只留着事先穿在身上的游泳短裤。拿出了眼镜以后他就准备去游泳了。海水很冰冷,但是还可以忍受。吹来一阵风卷起了海浪,他在海里开拓出一条道路,朝着双体船的方向拍浪而去,准备绕着它游一圈,然后回到海滩再重复一圈又一圈直到疲惫为止。如果游到懒人海滩的话会引起渔民的愤怒，因为在捕捞梭鱼的季节他被禁止在那附近出现。

靠近双体船的时候，他听到了一声叫喊，便气喘吁吁地把头抬出水面。游泳眼镜里都是雾气，他隐约看到两个船员在船尾边挥动手臂边喊叫着什么。他把眼镜摘掉，向周围望了望，试图看看或听听有没有朝他驶来的船只，也可能有海豚或者谁知道是什么的东西。船上的一个人向他挥手示意让他靠近，并向他指了指船后的某个东西。他小心翼翼地游过去，缓缓地靠近，在浪花涌动制高点的时候看到船尾的甲板上有一只闪闪发亮的动物。那是一只肥硕的海豹，像石墨一样黑，身上有几道深浅不一的花纹。船员们开心地取笑着这只哺乳动物，它长满了胡子且蹒跚不已，两只手臂不停地交替挥动着想支撑住自己的身体。他游到距船身只有几米的位置。其中一个男人说这只海豹在他们醒来的时候就在这里了，丝毫没有要离开的意思，他们认为它应该是饿了。另一个男人走进船舱里，过了一会儿拿了一条小鱼出来。它看了一眼男人在它脑袋上用力晃动着的鱼，叫了两声，声音响亮而短促，还混杂着鼻音，充满了讽刺，然后它戏剧性地暂停一下，灵巧地跳进了海里，没激起一点水花。三个男人相互对望了一眼，什么话都说不出来了。他问这艘双体船是谁的，两个人开始解释说他们只是负责维护船只。船主是一个圣保罗人，正在周游世界，这次停在这儿是去城里处理点事情。海豹从水里探出头来，做了一个和之前在船尾甲板上时一样的动作，像体操运动员一样的体面一跳。它嘴里叼着一条巨大的鱼，比刚才的东道主给它的鱼至少大三倍。鱼不停地扭动着，最终它懒得展示了，一口把鱼吞了下去。

当天下午他正在向双胞胎解释怎么进行富有实践意义的练习

来延长双臂划水的效果,游泳池的入口出现了一位女士,她朝他跑去,面色铁青,无法控制自己抖动的双臂。

"你的狗被碾了。"

他并没有认出她来。

"不是我的,"他回答说,"我的狗在这里呢。"

"我看见了!"她歇斯底里地叫着,"就在我的眼前,在那条路上。"

他继续努力试图认出她来。是一个消瘦的女士,大约四十至四十五岁,手臂上的血管像树根一样一直延伸到手上。

"应该不是的,贝塔就躺在外面健身馆的入口那儿。"他不耐烦地说着,甚至自己都能听得出来,"它一直都待在接待台,或者和米拉在小吃店里。"

他向游泳池的出口走了两步,但是却不知道自己要去向何方,所以又停下来犹豫了一下。双胞胎瞪大了眼睛看着眼前发生的事。她们这时候比往常要更相似。他在布满氯气味道的湿热空气中流下了汗滴。女人抓住了他的手臂。

"走吧,咱们走吧,那个撞他的男人把它带去了格蕾丝那里,你最好也去一下。"

"咱们认识吗?"

就在他问完这句话之前,他就知道自己犯了个错。他已经很久都没有这样草率过了。

"啊?你疯了吗?"

他使劲注视着女人的面孔,瞄了一眼她的凉鞋,她印度风情金绿相间的灯笼裤,没有任何特征的衬衣、耳环、头发、牙齿。真的一点印象都没有。

她把手放在他的脸上,用母性的眼光注视着他,仿佛他是一个受伤的孩子。

"你冷静一下。我和你一起去,走吧。"

他开始跟着她一起走,呼吸加速。他正处在一道光束中,这道光以外只有混沌,什么都已经不重要了。

"我是瑟尔玛,你的学生。"她看着他说道。

"我知道,对不起。我有些搞混了。"

那么这张脸就是瑟尔玛的。他们在早上一起跑过步。她已经告诉了他自己一大半的人生。他又重复了一遍自己的抱歉。她摇了摇头,就像在说没关系。

从游泳池那栋楼出来时,他无法避免地向贝塔平时待的地方瞟了一眼。黛博拉说自己没看到它。瑟尔玛失去了耐心。

"你的狗在格蕾丝那儿,我不是告诉你了吗?趁它死之前赶快跑过去吧!你还想让我带你过去吗?要是不去的话我就回家了。"

"谁是格蕾丝?"

"帕里欧西纳的一名兽医。那个人说会把狗放到那儿去。"

他们穿过健身馆的大门。瑟尔玛骑上了自行车,转过身去在车筐里摆弄了些什么东西,车筐是稻草做的,用塑料绳绑在了车后座上。

"它现在怎么样了?"

瑟尔玛抿了抿嘴唇,叹了一口气。

"他从它身上碾了过去。完全碾了过去。"

"但是它还活着吧?"

"我不知道。那人把它撞得不轻。但是他停下了车询问哪里有兽医。餐厅的露西亚告诉他应该把它带去格蕾丝那里,并解释了怎么走。他把它抱在怀里,狗还试图去咬他。有人过来帮了忙,他们最终把它放到了车里,男人开着车子飞速离开了,轮胎都响个不停。"

"那个诊所是在路边的那个,是吗?有个绿绿的标牌。"

"是的。靠近消防局。你想要我的自行车吗?"

但是在她说完这句话之前,他已经表示了感谢跑了出去。三个街区之后到了主路,他在那里左转,几乎和一个骑自行车的人撞在了一起,那个人正在自行车道上推车走着,胳膊下面夹着冲浪板。继续跑。他穿着衬衣、游泳裤和拖鞋。当其中一只拖鞋的带子断了以后,他不得不减慢了速度,然后像跳一种糟糕的舞步一样把两只鞋子甩得远远的,然后继续跑下去。脚掌在别墅坚硬的沙地上和公路皲裂的沥青地上一步步踏着。他经过了印第安风情的饰品店,还经过了好几个狂欢节之后就关门了的披萨店。路右边有一条污水沟,一直延伸好几公里直到小山那里,能看见那边有一道火光,还升起了滚滚青烟。他还能听到燃烧的竹子噼啪作响,看见周边隐约可见的玫瑰色火舌。现在已经没有时间去看了。他慢慢开始喘不上气。别墅旁边的小树林散发出腐烂的臭气。他大步跑着,目光坚定地看着前方,双脚被磨得发烫,心里盘问自己为什么要跑到兽医院,为什么不骑瑟尔玛的自行车,为什么不搭顺风车,或者为什么不骑自己的自行车,它就一直靠在健身馆里的老位置。真是个傻子。现在已经靠近铁锈海滩的三岔口了。他感觉到自己的嗓子眼里有一股锌的味道,是因为有些缺氧了。他继续跑着,直到看到了一个绿色的牌子,上面写着"宠物生活"。

接待台的男孩被吓了一跳,或者之前就已经被惊呆了。

"有人带来过一条被碾伤的狗吗?"

男孩什么都没说,就那么看着他。这是遇到这种情况的一个正常反应。人们有时候被搭讪时会显得惊呆了,就好像对别人说话来是世界上最奇特的事一样。

"我的狗被车碾了,我听说它现在在这里。"

接待员从目瞪口呆中清醒过来,告诉他是的,那条狗在这里,然后行动了起来,说他会去和医生说一下,让他在这里等一等。

"我能进去和她谈一谈吗?"

"不可以。她马上就出来了。"

男孩还保持着不安的表情,好像自己在接受一场试炼。

"带它过来的男人已经走了吗?"

"是的。他在这里等了一会儿,然后就离开了。"

"是这里的人吗?本地人吗?"

男孩耸了耸肩。他的双耳并没有卷起来的边,就像是小时候耳郭被谁疯狂而残忍地剪掉了一样。兽医诊所的接待台实际是一个商品一应俱全的宠物商店。小小的空地上堆满了成袋的猫粮和狗粮,它们散发出的强烈味道让他回想到小时候和父亲一起参观农舍和农贸市场的场景。有一次,他已经是个少年了,全家人都还住在依帕内玛的房子里,他尝了一次狗粮,想知道它们到底是什么味道,现在他嘴里重新感觉到那股面粉的味道和沙砾般的口感。他对需要吃狗粮的狗表示惋惜。墙上有一张海报,贴着世界上各种品种的狗。还有一些褪了色的照片,看上去像是同一支猎犬种类里好几代的成员。一张关于疫苗的海报。玻璃门上还粘着一张画,画上一头牛的嘴里嚼着草,旁边写着"动物是我们的朋友,而不是食物"。还有塑料的小房子、棉絮做的小床、颈圈和各种颜色的香波。他听到房子深处传来小动物尖声的吠叫。

一个穿着白大褂的金发女人现身于接待台。

"你是狗主人吗?"

白大褂的腰带部分有一丝血迹。

"是的。"

"它被车碾了，你知道吧？"

"是的。它现在在哪儿？"

"在卫生室里。我刚刚让它稳定下来。咱们到诊室里坐下来说吧，我需要给你解释一些事情，这边请。"

两个人面对面坐在了诊室里的写字桌前。桌子上有一张她的照片，照片里她和她的丈夫靠在一起，后者是一个矮胖的秃子。他想到了自己的学生冉德尔，他也是一个宠物店的老板。

"会不会你就是冉德尔的妻子呢？"

"是的。你认识他吗？"

"他是我游泳课的学生。"

"啊，原来你就是教练呀。"

他微微地笑了笑，感叹了一声表示肯定，随后把手肘撑在桌子边上，用手掌托着自己的额头。

兽医解释了贝塔的情况，它的肱骨骨折了，腰部也受到了损伤，很有可能脊椎 L6 和 L7 部位全部骨折，这表示它很可能就瘫痪了。医生的声调充满了哀伤。"它的盆骨也可能骨折了，除此之外还有表皮的擦伤，也十分严重。这种情况下，"她说，"我需要向主人提出安乐死这个选项。"

"我不想让它这么死掉。请你救救它。"

"当然你不会愿意。但是请你考虑考虑。"

"没有办法做手术了吗？"

"可以的。但是即便它活了下来，几乎可以肯定它没有办法再走路了。不论你多么爱你的小狗，最好也请你考虑一下它以后的生活会是什么样的。它可能会受很多罪，照顾它也会很困难，以后它需要借助工具才能行动。"

"所以它还是有一丝希望能自己走路的。"

"几乎是不可能的。非常遗憾。"

"我能看看它吗?"

"最好不要。我们一般是不允许这样的。你认为自己想看看它,但实际上你并不想。让我来照顾它吧。"

"我对这类事情不会有什么问题的。"

"哪怕你是医生、兽医,都是一样的。这不是一个习惯看到血腥场景的问题。你不会想看到这一切。最好是和我谈一谈。相信我吧,我之前经历过这些事的。"

汗水从他的额头上流了下来。他还气喘吁吁的,想起自己只穿着泳裤和T恤,光着脚。

"很抱歉我现在是这个样子,我从健身馆跑过来的。"

"没关系的。但是对不起我还是要坚持这样,我很抱歉,也知道你非常非常非常爱你的狗,但是我还是要强调,也许最好的方法是……"

"你的名字叫格蕾丝,是吗?"

"是的。"

"格蕾丝,我明白你的意思,但是我在做决定之前需要看看它。看到它之前我不会离开的。"

她注视了他片刻。

"那么你跟我来吧。"

卫生室里没多少东西,墙上有一面壁柜,一张辅助的小桌子,塑料软管、棉花,看不到任何手术工具。房间中心部位有一张铝制的桌子,在四盏灯光的光束照射下,他父亲的狗躺在那里。

"我已经清理了伤口,给它注射了镇静剂。但是就像我之前跟你说的一样,它伤得真的很重,会吓着你的。"

他靠近看了一下。

然后他走到了门口的医生身边，低声对着女人的脸说道：

"做一切你能做的，格蕾丝。不要管需要花多少时间，也不用在意要花多少钱。如果必要的话我会给比普通情况更多的钱。我会给你我认为值得的钱。如果需要把它送去其他的地方，那我们就这么做。请做任何让它能活下来的事，让它能最大限度地好转。"

"你明白它可能会瘫痪？没有任何人能保证它还能走路？"

"是的。"

"手术大概需要两千雷亚尔，但是也可能会花费更多。"

"没问题的。多少钱都可以。"

"那把你的资料在乌易联那里填一下。手机还有一切其他信息。我一有消息就给你打电话。最少需要住院三十天，这样也会有一些费用。"

"好的。请你竭尽所能。"

"我保证我会的。"

"谢谢。"

他把资料告诉了乌易联，就这样走回了加罗帕巴。

消息传遍了整个健身房。米拉拥抱了他，亲吻了他的脖子。他感受到了这个智利土著后代的光滑皮肤。她把手伸进他的发丝中，给了他一整块巧克力派。她说他面色苍白，看上去很虚弱。黛博拉正在登记新的客人，但是她坐在凳子上伸长了身体询问贝塔的情况，由于同情可怜的狗儿而面色铁青。她让他马上回家去，这会儿快要下班了，而"大锅"也在那儿看着游泳池里的学生。他在更衣间换衣服时也考虑过是否要给母亲打个电话，最终还是放弃了。对她来说贝塔只是一条狗，说不定还是她的敌人，而他也清楚由一条狗和一个死去的男人引发的嫉妒是多么荒谬，但这种嫉妒并不是没有理由的。父亲自杀后，他告诉母亲自己决定照顾贝塔的时候，她十分不理解地摇了摇头。如果要靠她的话，可能她会强迫附近的某个居民来照顾这个小动物并作出保证。但是自己的儿子和这条狗一起生活？这对她来说是一种冒犯。

他早早到了学校接帕布罗。孩子们被放出来的时候，男孩身边陪着一位老师。他在玩耍的时候食指的指甲被弄掉了。手指上的治疗处理十分夸张，一个蓬松的纱布球外面缠着胶布。老师把手放在他的脑袋上。

"他去了医务站，是不是？小帕布罗？"

"是的。"

"医生怎么说？"

"会长出来新指甲的。"男孩看着一旁回答道，注意力集中到了另一件东西上面。

他把帕布罗放到了自行车后座上。

"好了吗？"

"好啦！"

"受伤的指头拿好了吗？"

"是的。"

"很疼吗？"

"疼。"

一路上他都在不停地问问题，帕布罗的回答极其简短直接，诚实里面没夹杂一点讽刺或是挖苦。到家的时候，达利亚的母亲问他有没有看她最近发的一封邮件。他说自己还没有。

"我有了关于你的一些预兆。也可能是梦，如果你愿意这样想的话。这一次真的很奇怪。我想知道你是怎么想的。"

"我保证一有机会我就会看的。"

回家的路上他停在了主路的披萨店门口。他认出了达利亚快要一米八的身高和茂密的发束。她正和一群负责人在吧台旁边开会，对着玻璃外面的他做了个等一会儿的手势。出来的时候她的嘴唇都扭曲了，眼睛也斜了，整张脸拉长成了一副怪相。

"嗨，你子（知）道我四（是）谁吗？"

"不，但是我在找一个很漂亮的女孩，她在这里工作。"

她停止了鬼脸，他重新认识了这张面孔。这是第几次了？第三十次？第五十次？

"你怎么样小伙子？开始留胡子了。"

"只是顺其自然而已。"

"用这一招伤了不少女孩的心吧？"

"我到这里来就是打声招呼告诉你小帕布罗已经在家了。他今天在捉迷藏的时候食指的指甲整个被掀掉了，但是现在已经没事了。他被带去了医务站，手指上包扎了一大块，一切都没事了。"

"哦。我的孩子真可怜。我会给母亲打个电话，现在就和他说说话，谢谢你告诉我。还有，你能出现真好。我正要找你呢。你从下周起再也不用接他了。我在这里的工作到那时候就结束了。我以后就只在商店上班了，从因比图巴回来就可以去接他。"

"好吧。这真是新闻呢。这里的工作出什么问题了吗？"

"没有，但是我再也不需要两份工作了。在那里我挣得更多，而且还是白天上班。谢谢你一直帮我。你是一个混蛋，但也是一个天使。"

"我父亲也那么说我。但是对他来说正好相反。'你是一个天使，但也是一个混蛋。'你们眼睛里都闪着光，我知道那是什么。"

"我和这里的一个人在谈恋爱。"

"这么快?"

她对着他的脸竖起了中指。

"我就知道有点什么。你看你打扮得这么好。这里的某个人?"

"他是弗洛里亚诺波利斯人。五十岁了,但是看上去比你还年轻。"

"他是做什么的?"

"他有一项工程。他在拓宽公路的项目中负责其中一小部分工作。你这是什么表情?我提到他的年龄的时候所有人都是这副表情。这是为什么呀?"

"我有什么表情吗?我觉得我没有做什么表情啊。"

"好吧。"

"我没觉得有什么不对的。我也不认识他。也许是你对别人怎么想考虑得太多了。"

她没有回答,但是她的眼神重新聚焦起来。现在是离别的目光,而在这束目光中她却并没有向他诉说别离,因为此刻以后他们仍旧会相见,在另一个与这个世界并无多少不同的世界里。唯一的不同是那个世界里没有了他们在一起、相爱和持续下去的细节,这个想象中的充满细节的世界已经被勾画了一段日子,直到现在她就要抽身而去。他感受到一股巨大的悲伤。突然他又想要她了。仿佛她对他的爱慕从另一个世界的身体中跳了出来,像鬼魂一样入侵到现在的世界中。或许他现在感受到的正好是前一分钟她的感受。

"怎么啦?"达利亚问他。

他突然很想哭。事实上他永远也不会知道她的感受。也许他应该问她,而她也许应该回答。他终于发出了自己的声音,告诉她贝塔在今天下午被车碾了。

"天啊，这么恐怖。那么它还会恢复吗？"

"它现在情况很糟，但是它会好起来的。"

"你还好吗？"

"嗯。我很好。"

别人开始把桌子摆放在路上，达利亚需要开始工作了。

海浪啪的一下打在了巴乌石上，紧随而至的是泡沫的吱吱喳喳声。他把蛋黄酱和一罐金枪鱼搅拌在一起，切了一个番茄，做成了三明治。他感受着贝塔留在公寓里的气息，看见它掉在地板上的短而细又稍稍泛蓝的毛发，还有厨房露天区域潮湿的水泥地上丢弃的空饭盆。

突然间他不知道该做什么也不知道该想什么，而这个间隙他看到了自己会怎样死以及死在哪里的征兆。这个预兆并没有细节。它并非一个场景，而是一些模糊情景的结合，这些情景被放入一个清晰的模式中。这并不是他第一次幻想自己的死亡。他不停地这样做，并且相信全世界的人都会如此。但是这一次却不同。他撕下了被自己当作记事本的日程本中已经过去的一页，在果盘和一堆杂志中间找到一支圆珠笔，在纸上写下几排字，写上了日期并在下面签了名。他的心跳在加速。打开了一罐啤酒以后，他给波诺博打了个电话。

"你想过来喝几杯吗？"

"啊哈，好极了。等我在旅馆做完这几个蛋糕就来。差不多一个小时吧。我也正好想要和你聊天呢。我需要一种力量，也许正好你能帮我呢。"

夜晚突然热了起来，把寒冷季节躲在洞里的蚊子都吸引了出来。他把防蚊喷雾到处喷了喷，剂量加得有些大了，在公寓里开空调的时候得到路上待一会儿。

波诺博在一两个小时以后出现了，带着放在袋子里的一打罐装啤酒，一根剥掉了塑料皮的香肠，然后他用小折刀慢慢地把香肠切成片。他说自己会为了贝塔的康复祈祷的。

他把那页已经对折的从日程本中撕下来的纸递给了波诺博，等着他读上面的内容。

"这是什么破玩意儿？"

"我希望你也能在上面签字，然后把它保管好。一定要保管好，别弄丢了。"

"是什么让你认为自己会在加罗帕巴被水溺死？"

"你不用太认真了。保管好就可以。"

"对不起，老家伙，我可不会在上面签名。你想在海里自杀吗？你为什么要签这么个玩意儿？这张破纸能说明什么？我一点都不理解你。"

"放松。这只是一件我认为会发生的事。并不会马上就这样，还会过一段时间。"

"如果你真的相信这上面写的话，你就会最终把这件事给变成真的。把它撕了吧。"

"如果真的发生了的话，就没法知道到底是因为我说了这件事，还是因为我说了这件事会发生。"

波诺博把纸展开。

"我不想拿着这个。把这个破玩意儿撕了吧。"

几杯啤酒下肚，波诺博就开始借钱。他们都有些微醺，透过窗户能够看到沥青色的海面上那转瞬即逝的平静。他对这个请求感到惊讶。他本以为旅店很赚钱。"能赚一些钱。"波诺博回答说。

接下来波诺博讲到自己每年会给单身的姐姐寄一些钱,她过得很糟糕,在一所很差劲的托管所里,同时他也得给自己生病的父亲寄一些钱。他对玫瑰海滩旅馆的经营总是运气多于正确的判断。在那里赔钱和挣钱一样容易,他并不是一个好的管理者,不像他的合作伙伴那样是一个商人。旅馆开业两年以后他们发生了争执,因为那个人开始在旅店里卖大麻和白粉,接下来就糟糕了,直到有一次他们真的动了手,他不得不给了那个人一大笔钱让他消失。那个人答应这样做却没能遵守承诺,还在附近进行毒品交易,最后被因坎塔达的黑帮一枪打穿了脑袋。现在波诺博欠着伐木工、会计还有银行的钱。

"你需要多少?"

"如果要解决目前的困境的话,三千多块钱吧。三千五。"

"你拿旁边的那支笔,在随便哪张纸上写一下你的账号。我明天就给你转账。"

"伙计,你不用一下全给我。我还可以找另外好几个人借钱。我有一个西维拉的朋友,她上一次也借给我了。"

"我卖车的钱还剩了不少。等你有钱了再还给我就行。"

"你在兽医那儿也得花不少钱呢。真的,不需要全借给我。如果你借给我一部分,已经是帮了我的大忙了。"

"如果我都说了能够借给你,那就是真的可以。你不用担心。"

波诺博在日程本上找了一页白纸,写下了自己的账号。

"现在你拿着同样的这支笔,在那张纸上签字,把它保管好。"

波诺博重新看了看那页被撕下来的纸上面书写的内容。

"老家伙,你是我这辈子认识的最让人没有头绪的人。我佩服你。"

他在纸上签了名,折了三次以后放在了自己破旧的帆布钱包里，拉上了尼龙拉链。

"只用保管就可以了？"

"是的。好好保管啊，别弄丢了。"

一只黄色的猫爬上了窗户的缝隙，好像因为看到公寓客厅里有两个男人而感到惊讶。它就这么盯着他们，他们也回盯着它，直到这只猫咪觉得自己应该是来到了错误的地方，纵身一跃消失在了夜色中。

"你自己在家的时候都在干些什么？"

"我有些时候做点饭。还有时候玩玩电脑游戏。"

"达利亚呢？"

"早就结束了。"

"我靠。冬天还没来呢。发生什么了？"

"不知道。我就是失去兴趣了。"

"这个姑娘是个极品，不过也有些没脑子。"

"她可一点都不是没脑子。她特别他妈的上进。"

"恋爱的这些事在发生的时候是无法选择的。宿命像一阵风，把她带来又带走。等你对它不那么期待的时候，就会有另一个人出现了。只是你要小心这些当地的小姑娘，你是一个外地人。她们很容易就怀孕了哦。"

"当地人如果认识我，就不会跟我出去了，因为我在到处询问关于我祖父的死的事。如果我和他们中的一个人的女儿好上了，我会落得和祖父一个下场的。"

"你想重新写一下你纸上的内容吗？"

他没有回答，两个人在安静中微笑了一段时间。

"伙计，你玩扑克吗？"

"原来玩过几次，已经是很久以前了。"

"旅馆里准备举行一次扑克游戏,我正在重新和朋友们确认谁会参加。奥塔伊尔要来,加油站的小蒂亚戈、还有玫瑰海滩的几个姑娘也会来,会很好玩的。但是你得事先做好准备,因为每一局都很费时间的。我们玩的是老年尿布扑克。你得带一袋子尿不湿。"

"等等,什么玩意儿?"

"老年尿不湿。这样就没有人会因为要去上厕所而停止游戏了。"

"你说的不会是真的吧。这真是太疯狂了。"

"我们有一次玩了一天多都没有停止。"

"那如果有人想上大号呢?"

"这样的话也可以。起身去上就好了。但是没有人会在玩扑克的时候去拉屎的,难道不是吗?你得在开始之前就把这些坨坨排干净的。这是个职业操守问题。你必须得严肃对待。我会提前通知你,让你做好准备的。"

十二罐空啤酒瓶堆放在桌子上,波诺博和他握了握手告辞了。那个握手的过程十分复杂,先要相互碰撞一下拳头,用手背拍一下对方的胸口,再相互捏手指,最后是一个拥抱。

"谢谢你的钱。你太靠谱了。"

"不用谢。朋友不就是为了这个么。"

"我会很快还你的。"

"没关系的。等你有钱了再说吧。"

"你在这里别太自我孤立了。"

"你放心吧。"

"我还是挺担心你的。"

"去你妈的吧,波诺博。快回家吧。"

稍晚一些的时候，等"破伤风"的引擎在熄火之前终于笑了出来。车子的噪声渐渐远去、渔民的狗也停止吠叫和晃动脖子上的锁链的时候，他打开了衣柜里的背包，拿出了一本相册，坐在房间的地上翻动着扉页。上面有父亲、母亲、但丁和薇薇安的照片。他拿出哥哥的照片，和自己的照片进行比较，为了再一次确认两人的外貌是多么的不同。哥哥长得更像妈妈。他看到了第一个女朋友的照片和他最喜欢的表妹梅丽莎，她现在住在澳大利亚，已经好几个月没有听到她的消息。还有一些大学时期同学的照片，以及铁人三项的同伴。他看着这些照片，猜里面都有哪些人。他甚至连自己哥哥的照片都能猜错，有时候自己的父母也猜不对，但是这本相册里的重要照片他基本都能记下来，这是他家庭、社会和有过感情的人的花名册。他看着一张五个人的照片，上面的运动员在正午的阳光下汗流浃背，并排骑着比赛用的自行车，背后能看到拉米海滩的一小部分，右边还有水果摊的一小角，每个人手里都拿着一种不同的水果，马伊莎拿着一爪香蕉，雷纳多拿着一牙西瓜，布雷诺拿着一个菠萝，他自己拿着一个被水果刀刺穿的橙子，最右边的佩德朗拿着一串红葡萄。这是他们这群伙伴在夏威夷世界比赛前的最后一次训练。所有的照片都标注了人名，有的在背后，有的在图片的下方，甚至有直接写在图像上面的。"父亲"。"母亲"。"父亲和母亲"。"但丁"。"薇薇安"。"我和薇薇安"。"薇薇安（右数第二个）和朋友们"。"推销员俱乐部：雷纳多、我、布雷诺、马伊莎、桑德丽娜、蕾拉"写在照片上方的空白处，"佩德朗"用一个箭头指向游泳池里一张微笑的脸。有三张他自己的肖像，上面都写了"我"。

六月的第二个星期三，中心广场上聚集了成千上万的人。那是一个寒冷的夜晚，第十一届加罗帕巴露天慈善游艺会举行开幕式，请来了吉安和吉欧瓦尼作为演出嘉宾。来自巴西腹地的双重唱在当地的收音机里循环播放着，其中一首歌被一个五岁左右的小姑娘敞开了嗓子从头唱到尾，她被舞动着的父亲扛在肩上不停地晃动。广场就这样消失在人群中，消失在第二层舞台下，消失在主舞台红绿蓝的探照灯以及数十个贩卖手工艺品、饮料、坚果、热葡萄酒、小吃、糖果和各式各样的牙签三明治的小帐篷之下。空气中弥漫着各种香气：焦糖、热酒、烤梭鱼、油炸食品、香烟、潮湿的地面、薄荷味的古龙水和被踩踏的草坪味。全城的人都来了。为了能从成群的青少年、手牵手的情侣、紧密聚集在一起前进的家庭之上看到演出，年幼的孩子们爬上树，坐在树枝上，双腿悬在空中像腐烂的树枝。所有的人都渴望能在游艺会这蚁群一样庞大的人群中看到别人，同时被别人看到，寻找到一种对人承诺、被人需求的社会情感来净化自己。有些人穿着自己最好的裙子和西装。议员、残疾人、医生、警察、渔民、运动员、推着婴儿车的夫妇、流浪汉、游客，所有疯狂的人都聚集在这里，他们的疯狂被这里的骚乱冲淡了。也来了一些厌烦的人，一些因为吵闹无法入睡的人，还有一些带着审查或不理解的态度在周围观察的人。所有人都来了。

  他手握着一杯热酒，独自一人在路上漫步。他一小口一小口快速地嘬着酒，这样做一方面是因为他站在一群自己认识却又无法通过脸孔辨认出来的人们中间感到焦虑，另一方面是因为夜晚的寒风不出几分钟就会把他手里这杯热气腾腾的混合着甜酒、糖、甘蔗酒和丁香的饮料吹凉。其中一名歌手让相爱的人们举起手来，在每首歌的间歇喊叫着，他分不出来这是吉安还是吉欧瓦尼。所有人都相爱着。他看着孩子们从儿童乐园里的塑料滑梯上滑下来，在微型摩天轮的小包厢里转着圈,被父母的目光和相机的闪光灯照耀着。有一些父母微笑着和自己的孩子聊天,另一些则陷入了沉思。微型摩天轮的每一个小包厢就是一个封闭的塑料小笼子,每一个笼子的颜色都不同,孩子们在笼子里看上去吓坏了、快要睡着了或者更可能的情况是他们对自己的情况完全没有意识。孩子们在弹簧床上疯狂地跳着,像老鼠一样在路上迷宫一般的复杂结构里乱窜,嬉笑喊叫着,不停地相互打闹和逃跑。

有人叫了他的名字,他谨慎地回过头去,害怕自己会认不出眼前的人。是塔雅妮和哈雅妮这对双胞胎,和她们的父母还有另一家朋友们在一起,马上他就被作为女孩们的游泳老师介绍给了他们。他们需要大声地说话,才能在周围的音乐声、大声喧闹声和摩托车加速的声音中听得清彼此说的话。吉安和吉欧瓦尼结束了他们的演出,邀请了观众席里的两个女孩上台。所有人都看着她们。她们获得了亲吻表演者的特权,还能将一条吉安和吉欧瓦尼的毛巾带回家作为纪念品。这群人决定去吃点东西,他陪着他们在一圈小吃摊旁逛了逛。这里有热狗、牛排汉堡、阿拉伯饼做的鸡肉芝士三明治、吸引人的炸薯条和铁板香肠套餐。一个叫作"孩子的牧歌"的小吃摊在卖一些派、鸡腿和烤串。他在残障人士亲友协会的摊上买了椰子饼,这里的收入都会捐赠给协会。这里还有许多手工制成的甜品,蘸着黄糖的油炸椰子碎片、蛋黄椰子糖、黑巧克力椰子糖、白巧克力椰子糖、椰子蛋糕、黄桃果酱、西番莲和苹果果酱,混合了栗子、杏仁和红酒的手工巧克力,还有一个好吃的小东西叫作"椰子的美妙",也卖得很好。

众多的人群中他瞥到了一个人影,那肩膀只可能属于波诺博。他穿着红色的防寒裤和白色的滑雪外套,正和奥塔伊尔、还有一个像是冲浪的人一起喝着热酒,就在第二层舞台的旁边,据他们说马上就要开始一场街舞的演出,是当地的一个团队表演的。"你一会儿就会被自己对他们的喜爱程度震惊的。"奥塔伊尔说道,他穿着一件闪闪发光的皮衣,吸着巴厘岛的雪茄,从鼻子里喷出微甜的青烟。那是一场激进的情色歌舞,伴随着铁克诺电子音乐的声音。舞蹈融汇了探戈的形式,运用了电影拍摄技巧来展现黑帮,并使用了大量的舞台表演来展现斗争、勾引和爱抚。演员戴着帽子,穿着黑色和红色的高开衩长裙、网状丝袜和衣领上绣了花的短款大衣。女孩们很漂亮,男孩们的身材也十分健美,舞蹈充满了活力和技巧,这一切让人们在台下使劲鼓着掌。

演出结束之后,四个人走到了交叉路口,女性抗击癌症协会在那里搭起了一个帐篷来举办梭鱼盛宴。捕鱼旺季捕获的大量新鲜的鱼在炭火上烤熟,盛在瓦片上,旁边还有一艘真正的渔船,供应着搭配得五彩斑斓的自助餐。他们点了两条梭鱼,坐在塑料桌椅上喝了几罐啤酒。现场演出结束了,游客开始回到中巴车和巨大的旅游大巴上,被带回到各自休憩的地点。

第二天早上他收到了兽医院关于贝塔的诊断消息。手术进行得很成功,但是格蕾丝让他不要现在就来探望它,并保证会在合适的时间给他打电话。周五一大早他和跑步班在海边晨跑,下午在游泳池上课,最后一次去学校接了孩子,在网吧用网上银行给波诺博转账。周四和周五的晚上他都在家里待着,游艺会的喊叫、乐队的声音与海浪有节奏地拍击窗户的声音融为一体,他躺在床上一直听到半夜。

游艺会在周六下午的时候再次火爆起来。三两成群的少年们在这里反复出现,伴随着调情、争吵和荒唐闹剧。他们会在眨眼间就从微笑变成严肃,从信任变成怀疑。相爱的情侣们缓慢平静地散着步，相互摩擦着脸庞，交换着体温，看上去十分地自豪。不是那么相爱的情侣则步调一致地走着，进行着一些必要的动作。也有一些看上去像是因为外界力量才在一起的情侣，他们仿佛只是履行一种职责。有些人把他们的伴侣当作战利品，自负地牵着对方的手或是搂着对方的肩膀，其实随便一个人都能看出来，他的另一半完全不喜欢这样，或者仅仅是在默默忍受着。有一些情侣之间甚至出现了恨意。单身的人绝大多数都是穿着正装的成年人和老年的渔民。他们穿着西裤和羊毛衫，还有人穿着西服套装戴着礼帽，下巴扬得老高，像在用傲慢的态度获取权威。对那些更老的人来说，游艺会就是一个浮华的场合，他们好像在监察着年轻一代人的习惯。他们在饮料摊的吧台上喝酒，或者从一处闲逛到另一处，并不是很能理解发生了什么。他们似乎并没有多大的触动。这个年纪的人不会为任何事情感到震惊了。

  周六游艺会舞台上的第一个节目是一个环保主题的有趣教育剧，三个穿着黑色舞蹈衣的男演员讲述着关于森林砍伐、全球变暖和臭氧层空洞的故事和笑话。"这实际上并不是一个问题，因为我们只是需要在身上涂防晒指数（SPF）为349的防晒霜，在脸上涂指数为686的就可以了，对吧，朋友们？"还有杀虫剂和饲养家畜时使用的激素，根据剧本的描述，它们可以让人们无所不能，让女孩在九岁就开始月经。夜晚降临了。十名分别被自己学校推举出来的女孩正在参加小皇后选美活动，她们都是九岁十岁的年纪。女孩们在三名评委面前一个接一个快速地转着圈，然后朝着观众摆出姿势。其中一位评委是教区神甫。女孩们穿着土里土气的狂欢节服装，里面穿着格子裙，头发上戴着饰品和蝴蝶结。有一些女孩显得很害羞，在台上不知所措，另一些则迈着成人的模特步，显得十分滑稽。主持人想要知道她们每个人有什么要说的，于是一个个询问她们的名字、年龄和学校的全名，这对于有些孩子来说挺难的，然后再请她们讲述一下为什么喜欢在那里读书。有些人把介绍自己社区的稿子背了下来，但是能即兴讲述的女孩获得了更多的掌声，尤其在她们说错显得很无助的时候。年纪最小的女孩在台上完全呆住了，忘记了背下来的文章，以一副惊呆了的模样望着观众席。她带着凝固了的微笑转动着身体，最终在大家的掌声中下了台。冠军来自平古里图小学，和小帕布罗是校友。她重新登上台，获得了一份看不出来是什么的奖品。接下来进行的是年纪稍大一些的选美。只有三个参赛选手，她们都有着宽大的臀部、厚重的妆容和用直发棒拉直的头发。马卡库的阿雷阿斯社区推荐的选手是最漂亮的，但是最终获奖的却是加罗帕巴广播台推荐的选手，她的穿着更时尚。所有选手都获得了一大束花，那束花和她们的身形都快一样大了。舞台前面有一块空地，一群老年人在表演绸带舞。老人们穿着乡村气息的服装，牵着系在中心柱子上五颜六色的绸带，边唱边跳，根据广播里的音乐变换着动作。他们相互交换舞伴，反着方向转圈，还用极其复杂的方式交叉着绸带。他认为舞蹈很好看，但是大部分观众都十分不耐烦，开始议论起来。两个选美皇后被叫到台上为老年人的演出助兴，但是只有小皇后上了台，还被遗忘在台上有二十多分钟，在寒冷中赤裸着双脚，什么也没做。突然有人走向他，还称呼他为老师。他怀疑对方是伊瓦娜，并马上就根据她对前一天训练的辛苦所开的玩笑确认了就是她。伊瓦娜和她的丈夫在一起，他们在接下来的两个肚皮舞演出中轻松愉快地聊着天，任由其他男性观众争夺着舞台前端的位置。第二个舞蹈代表了印度的吉祥女神拉克希米，但是主持人没能读出这个名字。试了几次之后他就放弃了，仅仅重复着她们带来的是"天神的舞蹈"。这个舞蹈是第二舞台演出的结束，伊瓦娜和丈夫告辞去做其他事了。主舞台亮起了灯光，即将呈现的是加罗帕巴天才秀。他已经在喝第三杯热酒了，决定现在去吃一个汉堡。排队买食物的时候他通过掉在衣领上的一撮头发认出了"卫衣男"。他在游泳池里没有坚持几周，但是说自己正在做普拉提，还很喜欢。马上他们就不知道说什么了，他告辞离开去看天才秀剩下的部分。当他再次挤进人群中时，当地的一支叫作"随机反射"的旋律金属乐队，刚刚用音阶跨度很大的一段音乐和一连串的鼓点敲击结束了他们简短的自我介绍。紧接着有一个年龄不超过十岁的女孩跑上了台，用手风琴拉了一首塞尔吉奥的歌曲，技巧惊人地高超，边拉边用细腻的嗓音精准地演唱着。她收获了热烈的掌声。

今晚倒数第三个表演的是本土歌手印迪欧·马斯卡雷尼阿斯，他在帕可及乐队和等了许久的流行二重唱组合克劳斯和瓦内萨之前演出。上台的这个男人至少有六十多岁。他穿着黑色的灯笼裤，褐色的靴子，红色的围巾和高乔人常戴的帽子。即便从远处看过去，他乡村气息的外貌和结实的下巴都很引人注目。舞台斜上方点亮了一盏探照灯，把他的皱纹照得暴露无遗，它们深深印在脸上就像伤疤一样。他宽大的鼻子和耳朵上有许多软骨。皮肤的颜色像木材颜色似的，肤质看上去也像木头。他没有乐队，只有自己和一把吉他。本应该开始唱歌的他却先进行了一场冗长的演说，讲述他作为艺术家的旅行：

"我在家乡乌拉圭那里演奏的是一种不同的音乐。你们在这里听的音乐更有舞蹈风格。请原谅我，我是一个更加野蛮的人。我的帽子和你们的也不同，它的帽檐更宽。我家跟前有一个教堂，教堂一边是酒吧，另一边是妓院，我在这三个地方都感到十分开心。"

广场的观众对印迪欧不是很感兴趣，马上就有人开始退场了。有一些年轻人开始辱骂印迪欧。但是这位歌手的形象吸引了他，他慢慢靠近了舞台的边缘。冗长的讲话持续了几分钟，都是以自我为中心，十分自恋，但也因为真诚和十足的纯真而让他十分感动。这个男人宣称自己很野蛮，但是看上去却很脆弱和容易受伤。他的形象有种远古的纯洁。重复的演讲并没有达到某个结论，突然他就满足了，开始弹奏吉他。电吉他的声音很细腻，音准也被调得超乎完美，声音开始发生变化，扩音器也噼啪作响。印迪欧从来不需要弹奏乐器，他只需要不停地快速敲击轻拂琴弦，同时将左手的指头蜷缩地放在琴弦上，它们仿佛快要支撑不住这些旋律了。他的声音很厚重也很好听，但是却没有什么特别之处。是他那种态度和弹奏的方式让人着迷。他的父亲也有一系列本土歌手的唱片，他是听着高桥经典音乐长大的，但是这个充满乡村气息的声音和独特的演绎方式与他听过的一切都不相同。

第一首歌结束后的几秒钟，马斯卡雷尼阿斯获得的掌声和嘘声还没有消退下去，他用目光扫了一下舞台下方，突然一脸惊恐地跳了起来。这位歌手眯着眼睛盯着他，然后睁大双眼抬起了眉毛，就像他见鬼了一样。

演出结束之后，他看见这个穿灯笼裤、戴围巾的男人把手肘撑在饮料摊的吧台上，于是向他走了过去。走近以后，他闻到这位本土歌手身上发出一股酸臭的汗味，足以让人眩晕。他正用一个塑料杯子喝甘蔗酒，宽檐帽子正放在吧台上，他的头发很浓密，黑色中混杂了白发，油油地粘在头皮上。他旁边有一个十三岁左右的小姑娘，茂密的头发扎成了马尾辫，大大的眼睛很有趣，一副土著人的模样。他正在和另一个男人聊天，那是一个穿着灯笼裤的矮子，上身穿着褐色皮夹克，套在正装衬衣外面。看见他走过来,马斯卡雷尼阿斯用目光上下打量着他,又重新回去和矮子聊天了,仿佛是用不经意的方式来远离以前的旧识。即便这样,他还是走到这位歌手的面前说了一声晚上好。马斯卡雷尼阿斯回应说"晚上好"时还伴随着一股口臭,那味道足够打垮一个男人,这种嗅觉上的冲击让他回想起了自己和父亲最后一次聊天的细节。岁月显然并没有让他的问题得到缓解。更糟糕的是,马斯卡雷尼阿斯正在抽着气味浓重的烟丝,并咀嚼着从吧台上的一个碗里抓来的一把把的杏仁。

"我很喜欢你的演出。"他边说边伸出了手。歌手用他结实得像石头一样坚硬的手接受了他的问候,然后笑了。

"谢谢你,孩子。"

没有绕任何弯,马斯卡雷尼阿斯激动地直奔主题,他的声音因不停地喝滚烫的马黛茶并抽着土烟而沙哑。

"孩子,你的脸和我好多年以前在加罗帕巴认识的一个人长得很像。"

"印迪欧从六十年代就开始在这里演出,"矮子插话道,"这个人……可是有故事的人哦!"

"但是孩子,你可把我吓得不轻啊,"马斯卡雷尼阿斯接着说道,"我还以为你是一个鬼呢。"

"你以为我是那个高乔人吗?"

马斯卡雷尼阿斯皱了皱眉头,戏剧般地把脸转了过来。"哎呀!"他说道,然后接下来就什么也说不出来了,使劲咀嚼另一把杏仁。

"我是他的孙子。我的父亲给我讲了你们在这里相见的那件事。你们打了一架,是这样吧?"

"是的。干了一架,是的,是这样。实在是太野蛮了。很久之前的事了。这里的游艺会当时只有两个简易的棚屋和一个小的舞台,就和教区教堂里的台子一样。"

女孩拽了拽马斯卡雷尼阿斯的衬衣。

"怎么了,小公主?哦,这是我的女儿,叫诺亚丽,是我的小甜心。你和爸爸一起旅行对不对?是不是呀?你想要干什么呢,我的小玫瑰?"

女孩要了钱,想去广场对面买冰糖苹果。矮子走了过来,从灯笼裤的口袋里拿出一叠钞票,抽出一张五雷亚尔的递给了女孩。她害羞地表示了感谢,双手拿着钞票离开了。

"从外面绕着走,那样人少一些!"歌手朝着女儿喊道。帕可及乐队的演出刚开始,人群越来越拥挤。

"多可爱的女孩啊。"矮子说道。

"这个小家伙从来没离开过巴热。"马斯卡雷尼阿斯说道,"她对我抱怨说:'爸爸,你只知道旅行!''那我们就一起出去吧。'我这样对她说。现在她已经去过托莱杜、卡斯卡韦尔和波梅罗迪。今天她在冰冷的海水里游了个泳,明天我们就去邦热苏斯,然后去阿马拉尔费拉多尔。再之后我们就得回家了,因为她还得上学。"

"印迪欧在全巴西都演奏过,"矮子说道,"年初的时候他还去了亚马逊呢,是吧?"

"是的。"

"我们在七十年代的时候一起在乌拉圭演奏过。"

"是的。这位乌梅罗曾经是我的伙伴,现在是我在加罗帕巴的老板。一个人在人生道路上得到了提升,而另一个还得继续当他的艺术家。我死的时候只是一个老印迪欧。"

"你刚才准备给我说高乔人的事。"

"高乔人。你是他的孙子，对吗？"

"是的。"

马斯卡雷尼阿斯深深吸了一口烟，让玉米烟丝冒出了火花，边说话边从鼻子和嘴里吐出青烟。

"但是怎么可能呢。在我经历了这么多以后，这个魔鬼居然还是能吓我一跳。他妈的什么玩意儿。你要喝一杯甘蔗酒吗？"

"那好吧。"

他喝了一口浑浊的橙黄色甘蔗酒。印迪欧·马斯卡雷尼阿斯把袖子挽到了手肘以上，露出了栗色的皮肤，后者有着饱经风霜的质感。印迪欧把胳膊上一条弯曲的伤疤指给他看，它差不多有五六厘米长，在手臂中部位置鼓起为一块深色的肥厚斑痕。说话的时候印迪欧必须扯着嗓子，才能在帕可及乐队演奏的时候让人听见他声音，同时不断地向他的对话者喷发着刺鼻的"香气"——他的祖父曾经定义过这个味道，根据父亲的说法，它像是死去的狐狼的屁股味。马斯卡雷尼阿斯说这就是四十年前高乔人在游艺会上用刀刮伤的伤疤。那场争吵很激烈，幸亏人们把他俩迅速拉开了才没有造成惨剧。

"高乔人是个让人着迷的伙计，着迷到让人害怕，如果你能理解的话。"歌手说道，"我那时候年轻气盛，从来不会让自己吃亏，但是你的祖父让我把每一句话都吞了下去，即便他比我老了不少岁。我们在边境附近的一个城市曾经相互指责过，记不太清楚是哪个城市了，我想应该是在圣安娜·利弗拉门图。他认为我在和他抢一个姑娘，但是这完全是他臆想出来的。第一次他并没有给我留下什么印象，我见过更多的野马，但是第二次，就在这个广场上，完全不一样了。他像是变了一个人，被什么附身了似的。很难用语言来形容。我想他应该是失去了理智吧。你对你的祖父了解多少呢，孩子？"

"非常少。除了父亲给我讲的外就是你现在说的这些东西了。我从来没有见过他。我出生之前他就消失了。他好像在这里被人杀死了。"

"那真是见了鬼了。你和他长得简直一模一样。我觉得他好像稍微高一点。但是你完全长了他那个可怜鬼的样子。被唾弃的死鬼。"

他从钱包里拿出照片，递给了马斯卡雷尼阿斯。后者把烟扔到了草地上，小心地用手指尖接住了照片。一支铃鼓的舞曲与天空滑落的烟花爆炸声混合在一起。

"这就是他。稍有一点不同，但是我不会忘记这张脸的。"

"怎么个不同呢？"

"我也不知道。我这一生大概遇到过六七个人，能给我留下很深的印象让我无法忘怀。这些人身上都会散发出一种奇怪的令人恐惧的感觉，仿佛他们与生俱来就是邪恶的，但这种邪恶仅仅存在于这些人身体上的眼睛里，并不存在于他们精神的眼睛中。我还记得几年前认识的一个男人，就在我去圣热罗尼莫表演结束之后。你知道那是哪里吗？就在大潘塔努的旁边，在沙尔克阿达那边……第二天我去看有个人准备卖给我一个朋友的几头奶牛。那块土地在挺里面的位置，就在小山丘的顶上。那个男人说有个东西要给我看，山谷深处的茅屋那里住了一个活人。我们艰难地骑着马走下了小山丘，在山谷深处找到了一个石头和泥巴搭建的小茅屋，非常的古老也很破旧，几乎快要垮了，在它的里面独自住着一个老头，看不出来他有多少岁，皮肤颜色很深，布满了褶子，一些花白的头发垂到了肩膀上，就这样……什么都没有地活着。只有一个烧水壶和一把匕首。他和猪一起睡觉。但是这个老头在附近保存了一些老的葡萄牙硬币。我不知道它们值不值钱,但是应该足够把老头埋葬了。他有一个钻到钱眼里的儿子,他去了城里正等着父亲死了好去得到他的钱,但是父亲不想知道关于儿子的事,他说儿子就是个废物,再也不想见到他。老人告诉他们,这个儿子曾经威胁要杀死他,他在这里住了数月等待这件事发生。他有一把这个世纪初的大手枪,全都散架了,差不多这么大。他给我们看了这个武器,全都生锈了。看上去再也无法射击了,真是一件很可悲的事,但是老人睡觉的时候就抱着这把枪,期待着知道什么时候和儿子决斗,在那里像树林里的动物一样生活。他的眼神里就有种东西,在那双眯着的你几乎都没法看见的眼睛深处。在他的脸庞深处,眼窝深深地陷了进去,眼睛眯成了一条缝,但是从中却散发出一阵让人起鸡皮疙瘩的愤怒。你的祖父给我的印象是相同的,但并非是在我第一次和他搅在一起的时候。只有第二次在加罗帕巴这里,他完全变了。别问我那到底是什么。那是整个世界的夜晚,那样的东西会让我做噩梦。"

"那你知道他后来怎么样了吗?"

"高乔人吗?"

"茅屋里的那个老人。"

"知道。他抱着大手枪去世了,然后被他的猪给吃掉了。"

"我操。"

"儿子找到了尸体,但是并没有找到钱。听起来怎么样?"

"那关于我的祖父呢?后来你还知道什么关于他的事吗?"

"在那一次冲突之后我就再也没有见过他。后来有一次我到这里来的时候没有发现任何他的迹象,当时我就觉得挺奇怪了。并不仅仅是说他消失了。这里没有任何人提起他,没有任何人记得他。但是这不可能是真的,因为他当时挺出名的。人们都在撒谎。

我并不知道他们为什么这么做。我也问过别人。'那个在我手臂上划了一刀的狗娘养的东西去哪儿了?''我不知道您说的是谁。''就那个高乔人。他走了吗?还是翘辫子了?''我不知道是谁。'他们都这样对我说。我一提到这件事,人们就变成了哑巴。"

"我父亲说人们在一场舞会上把他杀死了。灯全关上了,然后他被刺死了。"

"他们这样做了?"

"我父亲那时候是这样被告知的。他挑起了太多事端,他们决定把他处理掉。他们用了一种永远也查不出来是谁杀了人的方法。也许正因为这样,所以所有人直到现在都还在假装什么都没有发生过。"

"有可能。我对此毫不知情。你知道这件事吗,乌梅罗?"

"我也不知道。我在这里住了二十五年了,从来没听说过这件事。但是这里确实有不少传说。甚至还有一个鲸鱼的鬼魂。"

"但是这样的话就能说得通了。"马斯卡雷尼阿斯还在思索,"很可能就是这样的,尤其因为……"

他没有继续说下去。

"尤其因为什么?"

"我不知道值不值得提起来这件事,因为我并不确定。应该那时候有人给我说过,不然我现在也不会想起来。这不是一件可以编造出来的事。据说高乔人曾经杀死过一个女孩。"

"什么?一个城里的女人吗?"

"我不知道。只是一个人随口说的。据我理解应该是一个很年轻的姑娘。她被发现死了之后,这里的人都说是他干的。"

"她是怎么死的?"

"孩子,我一点都不知道,不是已经告诉你了嘛。我甚至不知道这是不是真的。但是我想你祖父应该不仅仅是小部分人眼睛里的沙子。有可能他做了一些野蛮的事让人给他打上了记号，所以这件事也被算在了他的头上。在一场舞会上。但是你别被我说的话误导了。有可能是我记错了。喝多了就会有这个问题。我们已经老了，事情都记不清楚了。"

他思索了片刻，什么话都说不出来。他曾经以无数种方式来想象自己的祖父，却从没有把他想成是一个杀人凶手，更别说是一个疯子。这样的想法没能停留在他的脑子里，他身上的器官排斥这种想法。

"几周以前在因比图巴有个女孩被杀死了，"他突然说道，"你们听说了吗？"

印迪欧·马斯卡雷尼阿斯和乌梅罗面面相觑，交换了眼神，重新面对着他。

"凶手把她勒死了，然后挖掉了眼睛和嘴唇。"

歌手望着手中的塑料杯子，把剩下的饮料一口喝光了。

女孩手里拿着冰糖苹果和找回的两块钱回来了。

"找的零钱你可以留着，小公主，"乌梅罗说道，"如果你父亲同意的话。"

"可以。她知道怎么用钱。爸爸每个月都把钱交给她。就是别忘了一件事。"

"谢谢。"女孩仿佛背诵似地说道。

"那么你呢，高乔人的孙子？什么事把你带来了这里？"

"我的父亲去世之后我就决定搬到海边来。我是体育老师，我教别人跑步还有游泳。"

"不错，不错……这地方挺适合运动的，是吧？"马斯卡雷尼阿斯不带一丝讽刺地笑了笑。他圆滚滚的大眼睛充满了童真，传递出一股与他的形象完全相反的天真。他似乎没有注意到话题的转移，小事情已然占据了他们谈话的内容。

"这里真是天堂啊。"乌梅罗说道，"对于想要追求生活质量的人来说，没有更好的地方了。"

"大海就是原始汤①，"印迪欧·马斯卡雷尼阿斯用抬高了的声调说道，"是生活的源泉。我们来自大海，也终将回归大海。"

"这是真的。"他为了显示礼貌而回答。然后两个男人向他告辞，礼貌地离开了。乌梅罗突然想起周六的半夜还有事情要处理，而马斯卡雷尼阿斯，如果他没理解错的话，要用肩膀扛着小女孩穿过人群一直走到主舞台那里，为了不让她错过克劳斯和瓦内萨演出的开始。

---

① 原始汤，生物学术语。生物学家认为，在地球历史的早期，无机物经化学反应产生有机物并溶解于早期海洋中，形成有机物富集的水溶性体系。这个体系就被称为原始汤。

7

一个男人穿着黑绿相间的迷彩橡胶衣，手中拖着一袋子装备，正朝着停在巴乌石旁平静的水面上的一艘橙色小船走去。另一个男人坐在小船里，同样穿着橡胶衣，一只手掌控着发动机的方向，另一只手挥舞着水下捕鱼的鱼叉。他走下了楼梯与他们攀谈了起来。这两人正准备去礁石附近捕鱼，就在距离加罗帕巴海岸一点五公里左右的开阔海域。虽然他没有水下捕鱼的必需装备，但也想跟着一起去，那两人也同意了。他回屋拿了硫化处理过的橡胶脚蹼、游泳眼镜、满满一袋子饼干，还有从波诺博那里得到的礼物——捕鱼枪。他涂了点防晒霜在脸上，穿上了游泳短裤和一件旧的长袖 T 恤，锁上了公寓里的窗户，顺着石头走下去，踏进水里走到了小船旁。穿迷彩衣的家伙告诉他会冷的，借给他一件鼓鼓囊囊的防水外套。发动机醒了过来，漱了漱口，咆哮着把小船带去了远方，在碧绿的海面上随波荡漾。他询问了他们的名字，然后才发现穿迷彩服的那个男人——说着本地话、脸圆圆的那个——是他认识的马提亚斯，也就是西西娜女士的大儿子。傍晚的天空被乌云笼罩，他们越靠近维基亚海角，海风便越发强劲。马提亚斯的朋友叫安特诺尔，是个高乔人，头发高高翘起露出额角，脸也长长的，他把船速提到了最快。小船在海浪制造的斜坡上不断跳动着，拍打着海面。他紧紧抓住安全绳，把双脚插进船底和充气边的缝里，冰冷的海水溅起的浪花扑面而来。马提亚斯递给他一颗晕船药，他表示感谢之后拒绝了。随着距离越来越远，城市渐渐消失在视野中，他也越来越理解为什么这个海湾被看作是暴力的海洋中的一座庇护所，因为渔民、鱼群和鲸鱼都聚集在这块沿海的小地方，寻找那一种平静，虽然这对岸上的人来说并不那么的明显。那些远远看去巨大的海浪在远海变得像小山一般，离岸边越远，一种被抛弃的感觉就越加深刻地印在人们心上。泡沫愉悦地平铺在岸边堆在一起的石头上。很快就能看到礁石了。几块石头伸出了水面，这周围有一大片区域的海浪并不是那么混沌。黑色的军舰鸟在附近滑翔，伸展着扁平的翅膀和剪刀似的尾巴，它们在海面上巡视着然后像箭头一样钻进水面。

安特诺尔减缓了船速，一边绕着那片冒出水面的石头慢慢地向前驶进，一边和马提亚斯讨论着最好的抛锚位置。马提亚斯指了指一片区域，几乎在礁石群的里面。两人准备好鱼叉，穿上脚蹼，把刀绑在胫骨上，再戴上了潜水镜。马提亚斯先入水，朝着礁石的方向在水面上游了一段，拽了拽标记用的浮漂，第一次潜了下去。他数了数马提亚斯用了多长时间浮上水面，一共是一分十五秒。安特诺尔接着跳下了船，朝另一个方向游了过去，更朝左边一些——他试图寻找一个不同的地方捕鱼，然后借助潜水服上附加的十公斤的重量潜进了深处。他在摇摇晃晃的小船上观察了几分钟，穿上了自己的训练脚蹼，后者比潜水专用的短了不少，然后戴上泳镜，脱掉衣服，拿着捕鱼枪进入了冰冷的水里。

靠近岩石的时候他深深吸了一口气，潜进了海里，听着海中生物颤抖的交响乐。以往在某些海滩的礁石附近游泳时他也曾听见这样的声音，但从未像今天这般震撼人心。贝类的爆裂声震耳欲聋，在洞穴的深处回响着，仿佛成千上万的镊子或是牙齿在咬合。游泳眼镜只能让他隐约看见附近礁石的轮廓。贝类发出的狂乱声在他把头伸出水面的瞬间就停止了，海浪和海风的声音都未能在这突然的寂静里留下一丝痕迹。这是两个完全不同的世界。

石头和珊瑚弯曲的轮廓中能看到一些贝类和叫不出名字的小

鱼。没有一丝鱼群的迹象，更别说这里的主要目标石斑鱼了。马提亚斯指导他寻找洞穴，一般它们喜欢在这样的地方休憩。最近能看到的石斑鱼大多数是两到三公斤重，偶尔能达到五公斤，运气极佳的时候也能达到八公斤，如果一条石斑鱼超过了十公斤将被视为战利品。这和他祖父在几十年前可能捕到的石斑鱼完全没法比较，那时候的鱼很容易就达到三四十公斤重。他又潜下去十几次，没有看到任何洞穴，更别提石斑鱼了。他没看到任何需要发射捕鱼枪的目标。

最终他回到了小船上，爬进去的时候看到一场风暴即将从南方靠近，它已经笼罩了伊比拉奎拉山和玫瑰海滩。马提亚斯和安特诺尔继续在石头中间潜来潜去。他们黄色的浮漂随着海浪上下起伏，消失又重新出现。那两人丝毫没有担心乌云压境和愈加狂烈呼啸的海风。他们才是了解天气的人。于是他把捕鱼枪放在船底，又潜进了水里。他试图丈量一下那里的深度。一直降到水压让耳朵感到疼痛的位置时，他隐约能看见深处泛黄的大石头。这里应该距离水面五六米深。他回到了礁石周围。某些地方的石头已经和水面一样高了，他能够站立在上面。

根据父亲的说法，祖父可以屏住呼吸保持三四分钟，甚至更长。另一个潜水的人因为试图和他保持一样的时间，窒息而死了。他潜了下去，在石头中间漫步了一阵，在手表上数着时间，直到眼睛深处能感到缺氧带来的令人抓狂的压力时才浮出水面。一分零五秒。第二次尝试的时候他看见了一只紫红色的章鱼，后者拖着身体游向深处，卷起一阵小小的沙云，然后藏在了一块石头下面。第二次的潜水只维持了四十八秒。他决定休息一会儿。海风把波浪卷起来，然后像谷物去壳般撒了下来。第三次潜水他坚持了一分零六秒，自己已经很满意了。他并没有像祖父那般的肺。

他回到了船上，穿上防水衣，试图让自己暖和一点却是徒劳，于是他试着测量伙伴们的憋气时间。马提亚斯的一次潜水时间达到了一分四十秒。他在那里待了挺长时间之后，安特诺尔才靠近小船，艰难地爬了上来。他拉他上来的时候看到他的潜水镜里全是血。安特诺尔把面罩摘了下来，之前被抑制住的血从脸上和脖子上喷了出来。

"我撞到了什么东西上，"他边说边按着鼻子，"操他妈的，这真他妈的疼。我想老子的鼻子可能断了。"

狂流不止的血止住了，安特诺尔开始觉得有些晕。

"我靠，我靠，"他含糊不清地说着，"我感觉不太好。"

他把自己满满一袋的草莓味饼干打开，拿了一些给安特诺尔。波涛汹涌的海浪剧烈晃动着小船，前后左右不规则地摇晃着。温度骤然下降了十度，海平线已然消失在不断靠近的风暴中。海风不停呼啸，向空气中喷射着泡沫。所有的飞鸟都在很久之前消失了。安特诺尔向礁石的方向投射出忧虑的目光。

"马提亚斯在洞穴里找到了一条巨大的石斑，在插到它之前他是不会回来的。我了解他。"

但是没过多久，马提亚斯就朝着小船的方向游了过来，他们两人都松了口气。爬上来之后他拽着一根绳子，提出水面两条铜色的石斑鱼，一条大的差不多有八公斤，另一条小的有二点五公斤左右。他两只手抱着大鱼，张着大嘴摆了个动作，安特诺尔给他拍了张照。相机的闪光灯照亮了石斑鱼惊恐的嗓子里一圈锯齿状的牙齿和血红色的肠子。天开始下起了雨。马提亚斯从口袋里拿出一盒炼乳，用刀戳破了包装盒的一个角，从这个小孔里直接喝起了甜甜的黏液。安特诺尔点燃了发动机，小船全速驶向海湾，从风暴中逃离了出去。

七月第三个星期六，加罗帕巴清晨的寂静被一场短距离半奥运级别的三项全能比赛打破了。天空上挂着太阳，但恼人的东北风让运动员的参与变得无比困难。主干道被专门封闭起来用于自行车和跑步比赛，波涛汹涌的海面上两条红色的浮漂标记出了三角形的游泳路线。自行车都排列停靠在距离海边一个街区的换项区域内，那里是一条交叉路。训练员、家人、朋友和居民都聚集在安全线的外面，挤在主路的人行道旁，给参赛者加油助威。跑步班的两个学生也报名参加了比赛，是莎拉和蒂尼斯。他们参加的是接力跑的团体赛，需要完成五公里的跑步比赛。药剂师的胫骨已经不疼了，而她朋友蒂尼斯的体重也明显减轻了，现在一公里的成绩能达到五分三十秒，比起第一次在海边跑步已经有了十分显著的进步。他自己也要参加莎拉团队的七百五十米游泳。自行车比赛由莎拉的老公道格拉斯完成。道格拉斯是个热情的家伙，话不多，比老婆年龄大十岁左右，原本毛发旺盛的脑袋也有些秃了。这个人来自阿雷格里港北部，拥有十分浓重的高乔人口音，为了保持身材，他一整年都在有规律地冲浪，周日的早上也会在BR-101公路上蹬他的自行车。

专业的比赛选手里有一些原来的熟人，最热情和温暖的重逢当属佩德朗，他有"帕奎塔体育"的赞助，经常能登上领奖台，目前国内铁人三项比赛排名第十一位。前一晚在加罗帕巴宾馆大厅里进行的技术研讨会上，佩德朗问他的第一句话就是他是不是病了。他认为老伙伴有些过分消瘦，脸色也十分憔悴，更不用说那不修边幅的胡子。他保证自己身体很健康，而至于胡子，好吧，因为已经厌倦了自己的样子，这只是一种尝试。佩德朗明白他的笑话，朝他笑了笑。他们结实地拥抱了一下。现在佩德朗朝他走了过来，对他说："嗨，我是佩德朗。"这是两个相互尊敬的男人。他们曾拥有数百个小时一起跑步、骑车和长距离游泳的经历，并且相互激励，相互分散精力，扰乱对方的节奏，再试图跟上对方的节奏，之后还会分享长时间训练之后的半冥想精神状态。佩德朗的岁数和他一样，三十四岁，但是他知道他们两个人看上去都更老一点。过多的力量，过多的日晒，血液里过多的自由原子，再加上折磨着所有人的身体或是情感的困境，在我们的身体里留下触目惊心或是天衣无缝的记号，有时它们毫无痕迹，甚至是隐形的，但即便如此还是能被外界所察觉。身体是一个人自己的时间胶囊，它的旅行总是公开的，无论我们多么努力地去掩盖或修饰。

比赛开始前二十分钟，监察员告诉大家水里全是海蜇。橡胶衣的使用许可在最后一刻才放开，游泳者都跑着去穿上自己的那一件。发令枪响的那一刻，运动员们跑到沙滩旁，碎步跳跃进最近的几个海浪中，潜进水里却发现，需要在一锅足球大小的胶状小球熬成的巨大汤池里开辟自己的道路。许多海蜇还很活跃，没有带橡胶衣或没来得及去穿的人离开水面的时候都被灼伤了。一个女人脸上还黏上了刺痛的触手，只能尖叫着等待划着独木舟的监控员来解救。

佩德朗是那天早上第一个从水里出来的人。他自己是第三个。道格拉斯在二十公里的自行车比赛中稍稍失去了之前团队的优势。他骑行的步伐很稳定，但是对于那些训练更加有素的选手来说这算不上竞争。莎拉几乎没有完成跑步，但是最后一公里的时候他陪在她的旁边，最终她满脸通红，气喘吁吁地跑过了终点线。即便这样他们还是获得了接力小组里的第四名，在报名参赛的七支队伍中排名正中。这是一个激动人心的结果。比赛结束以后，业余和专业的选手都微笑着散步,一副魂不守舍的样子,像中了疲惫的毒,在愉悦和放松的中间状态摇摆。

莎拉和道格拉斯决定在家里为朋友和参加比赛的熟人准备一场烤肉聚会。他答应了莎拉的请求,准备给大家做自己的招牌拿手菜——烤调味薄牛排。美食需要一定时间的准备。放好各种香料、牛至、迷迭香、柠檬、粗盐粒,然后至少用锡纸包起来在炭炉上烤一个半小时。道格拉斯骑上了车,带着生火和把啤酒冰上的使命先行回家。莎拉坚持要开车带他去超市买肉和调料,但是他需要先回家洗个澡再换一身衣服。不论他坚持多少次不需要她这么做,她都假装自己没有听见。"我们是一个团队,你说是不是?"

进入他的公寓以后,他预想的事就发生了,没有办法阻止这一切的发生。门还没有关好她就脱掉了运动鞋和运动裤,只穿着浅蓝色的跑步短裤和夹克,两只手放在拉链上正准备拉开。

"天哪,莎拉。你等一等。"

"教练,你快吃了我吧。"

"我不能。"

"你不能还是你不想?"

"我不能。"

"你当然可以了,"她边说边靠近他,"你看着我。"

他看着她。

"你可以的,好吗?"

她轻轻地推他,让他倒下坐在了黄沙发硬硬的垫子上。她正准备骑在他的腿上时,被他抓住腰带阻止了。

"你会后悔的。"

"不会的,我不会的。"

"但是我会的。"

"你就更不会了。"

行人从另一侧关着的百叶窗前聊着天经过。他把手指放在嘴唇上，让她保持安静。

"是你认识的什么人吗？"

"我不知道。但是所有人都能知道这里发生的一切。"

"你别妄想了。"

她把身子放低了一点，轻声说道："就这一次。我从来没这样做过。"

他继续坐在那里，她也继续站着。那双像冰淇淋一样雪白的大腿准备向前跨进几步。她的一只手从腰带上滑落放在了腿上，她抬起了那条腿，把脚放在沙发上。她身上的味道占据了整个昏暗潮湿的公寓。他能感受到身体里的脉搏，还有轻微的恐惧。

"咱们最好别这样。"

"那你拿这个巨大的玩意儿怎么办？"

他把额头放在她的裤腰带上，喘着气。

"这就对了。"她说着。

他的电话响了。

"不要接。"

铃声在房间里响着，他慢慢远离了她，拿起了桌子上的电话。是贡萨洛。

"你说说吧，老大。海边的生活怎么样？"

"都挺好的，贡萨。你那边呢？"

"像往常一样混乱。对不起让你等了那么久，最近我一直在跟进一场狗娘养的骚乱，这几天都只能跟踪这个事件。我和圣卡塔琳娜的民政和法院的人都谈了谈。如果那个程序存在的话，压根就没有找到它的机会。你忘了它吧。"

"我操。"

他走到床边,把百叶窗拉开。

"只是……"

贡萨洛戏剧性地暂停了一下。他打开一条缝,看见阳光明媚的海滩。

"……我查了一下那个时期的服务报纸,发现了谁可能是去加罗帕巴调查案件的警官。我调查了他的名字,发现了两件事。"

他朝后看了看。莎拉正盘腿坐在沙发上,和冥想的动作差不多,面无表情地注视着沙子色的地板,看上去像是一个没电了的机器人。

"什么?"

"第一就是那个人还活着。第二,我找到了他住在哪里。就在帕图布兰库。"

"那地方也在圣卡塔琳娜吗?"

"在巴拉那州。靠东边的位置。和圣卡塔琳娜交界的地方离得很近。他的名字叫芝诺·博纳图,是一家私人安保公司的合伙人,公司叫'突击队'。我真诚地希望这个名字是参考了施瓦辛格的电影。如果真是如此的话请代我向他问好。"

"那我怎么才能找到他?"

"我有他公司的地址和电话。"

"等一等。我去拿一支笔。"

他在窗台上的草编篮子里扫视了一遍,想找一支笔和随便什么纸来记录。他运动裤里面的家伙还是硬硬的,莎拉的脑袋跟着他的动作转来转去,依旧面无表情。

"你说。"

他把前任警官的名字、地址和电话记在了一张冒险旅行社的宣传单上,他们的主营业务是观看鲸鱼。

"谢谢了,贡萨。从这里开始我就可以接手了。"

"不用谢。随时听候你派遣。你在忙吗?"

"没有啊,怎么这么问?"

"谁知道呢。你还好吧?"

"我好极了。"

"太棒了。那么就这样吧。我还得写个材料呢。希望给你的信息是有用的。记得之后告诉我后续情况啊。"

"没问题的。谢了,哥们。"

他一挂电话,莎拉就回到了聚精会神的状态,一双圆圆的大眼睛滴溜溜地望着他,就像是诊室里被遗忘多时的病人在等待着医生的回应。

"是我一个阿雷格里港的朋友。"

她什么也没说。

"想喝杯水吗?"

"不。"

她站起身来向他靠近。脸靠得十分近,把鼻子贴在了他的脸颊上。

"我现在要去洗个澡。"

他向后起身离开了她,机械地动了动走向一旁,像一个人体模型一般摆着造型。

"那么你快点,"她说,"咱们还得去买一大堆排骨,还是血肠,还是什么玩意呢。"

"薄牛排。"

他向厕所的方向跨了一步,同一时间又停了下来,转过身走到窗户边关上了百叶窗，把照亮客厅的阳光关在了外面。重新走回去的时候莎拉冲了过来，把身子贴上了他。糟糕。他让自己陷入了困境，现在只好随机应变。莎拉的双臂缠住了他的脖子。他的双手伸进了她的运动外套里，顺着温热的肚子向上摸去，感受着黏黏的汗液。随后他把手指伸进了她的运动内衣里，抓住了她的小胸。莎拉害羞地亲着他。比起吻，更像是在他的唇上盖上了一系列的印章，和人们在这种场景里期待的激烈的吻完全不同。这就是她的方式。和想象从不会完全相同也是快乐的一部分。她跪了下来含住了他的下体。他抓住了她的马尾辫。她停了一下，然后说："就只有今天，好吗？""我保证。"

坐车去弗洛里亚诺波利斯之前，他去了一趟兽医院。格蕾丝的心情很好，在他的脸上亲了一口作为问候。他问她冉德尔怎么样，她说好极了。"最近天气真是很不错，对吧？你来看你的小狗吧。"狗舍在诊所的深处，有一打水泥砖做的小格子，前面用栅栏封了起来。有些狗笼子可以从上面被打开，里面放的是更需要被照顾的动物。贝塔就侧躺在其中一个笼子里，身子下面垫着一块布。里面有两个小碗，分别放着水和狗粮，剩下的地方都铺着报纸。它可能看见或者嗅到了主人的味道，尝试移动自己的身体。它的一只前爪还被包裹着，部分的毛被刮平了，上面覆盖着药物，还有些地方贴着让伤口愈合的纱布，已经结了痂。它的一只耳朵掉了一小块。格蕾丝说它的脊柱并没有骨折，但是有些肿胀。她打开了笼子门，摸了摸贝塔。"你看看它。"格蕾丝小心地把它抱了起来。贝塔能站在地上但是并不能动。

"它的活动能力在逐渐恢复。但是还说不好到底能不能正常走路。咱们看看具体会怎样发展。但是你的小狗真是一个小勇士。

我没想到它能恢复得这么好。这个品种的狗真的很坚强。"

格蕾丝走到了一旁,他走进了那个小空间,蜷缩着身体一边抚摸贝塔的脖子,一边轻声地在它耳边说着话。"它以后能走路,肯定的。是不是呀?我今天要出门去外地,但是后天就回来了,然后我就来看你一整天,好不好?"

兽医又让贝塔躺下了。

"它还需要在这里住多久呢?"

"至少还得一两个星期呢。"

去往弗洛里亚诺波利斯的公交车程花费了一个半小时,这段时间他独自笑了不少次,想着原本并无期待的事情反而变得很好。贝塔能够站起来了。莎拉继续专心参加早上的训练,就像什么都没发生过一样。海水一直很热,最近他都可以只穿着泳裤下水。最常上课的学生并没有因为冬天的来临就抛弃了游泳馆,并且还越游越好了。走在路上总有不认识的人向他打招呼,只要可以他都会拉着别人聊会儿天,直到重新认出对方是谁。夜晚总是一眨眼的工夫就过去了,让他恢复活力。白天散发着臭氧和海潮的味道。树林的碧绿在海边的山脉上跳跃,崎岖不平的山脊被公交车的窗户裱上了边框,隐藏着未曾触碰的山地中的秘密。汽车的晃动让人平静,另一侧窗户中滑过的景色让他思索以往从未想到过的那些再明显不过的问题。他身边的一切都在那里,这是多么令人惊奇。他竟然也在那里。这一切要怎么样去理解。他在同一时刻感受到静止与运动,想起了父母曾讲述的故事,在他儿时如何开车带他兜风好让他入睡。相邻的那一排座位比他的稍稍靠前一些,一个女孩正靠在男朋友的肩膀上睡觉,一只脚伸到了过道上,他能看到女孩绿松色的脚指甲,脚腕上文着玛雅太阳形状的文身,男孩的手轻轻地抚摸着她小腿肚上焦糖色的皮肤。这一切让他感知到他曾经拥有的东西，而他并不知道自己对此是否怀念。他在同一时刻既怀念又并不怀念。比起对缺失的伤感回忆，它更像是一种强有力的证明，表示它存在并继续作为世界的一部分。

利用弗洛里亚诺波利斯车站两小时的等待时间，他在一个小吃摊点了一份当日例餐，在车站附近转了转，准备去报刊亭买点消遣读物。一个长相吓人的男人同时走向了报刊亭。他的整个脑袋十分肥大，可能是天生畸形或是象皮病，尤其是下巴，几乎是正常人的四至五倍大小。一头米黄色的头发，穿着帆布裤子和一件彩条的羊毛外套。男人两只手背在身后，以一种放松的姿态在报刊亭边走来走去，仔细查看着杂志，完全不顾忌自己给卖家和行人带来的印象，他们但凡看到他一眼就迅速把目光转移到别的东西上。他假装自己在挑选杂志，实际上却在认真偷看这个面容畸形的男人，直到最后才拿起一本关于铁人三项的杂志，其实他从最开始就打算要买它了。他付了钱以后回到了车站的大厅里，试图在回忆里找到这个男人的容貌并最大限度地记住他，但它还是和其他的脸孔一样就那么消失了。

刚坐上大巴车，他就拿出在加罗帕巴一家网吧打印的谷歌地图，看着帕图布兰库城镇中心。他用笔标记了一些相关信息：芝诺·博纳图的地址，以及这位前警官向他推荐的酒店。通过公司他得到了芝诺的手机号。芝诺没多问就同意了和他见面。"我想我知道你说的是什么。"电话里的沙哑声音说道，"如果你想到这里来，那就来吧。我能告诉你我记得的内容。"

大巴车招手即停。他在车上大部分时间都在睡觉，戴着耳机小声播放着手机里的音乐，度过了这十二小时的旅途。车子每在圣卡塔琳娜西边的某个小城停靠一次，有乘客上下车的时候，他就会醒来一次，然后下车在停靠点上个厕所，顺便伸展一下腿脚。期间他吃了一个这辈子吃过最难吃的鸡腿，只好一直想象着在下一站能喝上一罐冰可乐。他在进入城市的时候本能地醒了过来，这时候天才蒙蒙亮，车子在弯道和崎岖不平的道路上晃动着。城市离海边较远，再加上这里的海拔，气温下降了不少，这时候可能还不到十度。他用冻僵的双手打开背包，拿出防水保暖外套。带阳台的房子逐渐取代了露珠遮盖的农田和还在熟睡的农场，这些房子越来越密集，突然一瞬间周围的风景让他惊呆了，车子已然停在了城市中心，四周到处是宽阔的马路、美术馆和小的购物中心。他从车站打车去宾馆，车子爬上了平滑的沥青铺成的陡峭山坡。接待台的年轻人把钥匙给他的时候，郑重地告诉他密码是九十八。

"什么密码？"

"体育台的密码，先生。"

他从房间给芝诺·博纳图去了个电话。前任警官说自己第二天一整天都很忙，问他是否可以把见面的时间提前，大概就在半夜左右。他感觉很奇怪，但还是回答说没问题。芝诺让他去一个叫作得利留斯的地方找他。他在床头柜上找到便签和笔，记下了地址，心想着这只可能是妓院的名字，但是也没有时间细问，因为芝诺迅速和他说了再见然后就挂掉了电话。

他打开了电视，在遥控器上按下了九十八。演的是一部带情节的"动作"电影，现在正上演的是故事部分。他等到感兴趣的部分，迅速地打了个手枪，然后洗了一个二十分钟的热水澡。

手表显示上午十点。他穿上衣服，从酒店出来，走下几个山坡来到一条大路，那里有一块中心区域，一个宽阔整齐的广场被维护得很整洁。他不记得曾经去过这么干净和整洁的城市。小路几乎没有车，但是主路却车水马龙。城中心堆满了十层以上的现代建筑，但是周围的花草和小花园都和郊区的小城市别无差异。空气里弥漫着一氧化碳的味道，地上也潮潮的。这里的女人很瘦却很健壮。他在自动取款机取了点钱，去一家网吧查了查电子邮件，在正午的阳光下和冰冷的寒风中散着步，一直走到自己累为止。晚些时候他在一家自助餐吃了午饭，几乎撑得要走不动了然后他拖拽着自己的身体回到酒店，把空调的暖风开到最大躺在床上，电视换到九十八频道，在小睡和断断续续没有结果的自慰中来回交替。快到傍晚的时候他又离开酒店，走到大路上，顺着广场又走了一截，找到一家封着玻璃的咖啡厅。咖啡厅外面挂着一个巨大的电视，里面除了几张固定的桌子，还摆放了不少塑料凳子，现在已经坐了一些观众，有几个穿着三色相间的队服。他走进咖啡厅，询问今天是否有格雷米奥队的比赛。一个大块头的服务生穿着围裙，戴着标有店名的黑帽子，告诉他肯定的答案。他点了一杯咖啡。比赛开始了，接下来的两个小时他喝下几杯扎啤，吃了一份炸薯条。格雷米奥队以零比三输给了巴拉纳竞技队。广场上的温度计显示十一度，他的牙齿不停地哆嗦。他重新回到路上，在城里漫步，先经过一家小酒吧的门前，里面全是大学生，又经过空无一人的街区，再经过加油站，那里聚集着准备去参加聚会的年轻人和没接到客的出租车司机。他回到酒店的时候已经差不多半夜十二点了。他没有回房间，让酒店前台叫了一辆出租车。随后他把地址给前台看了看，问他知不知道这个场所。大鼻子的高个年轻人撇了撇嘴，抬了一下眉毛。

"好吧。"

"怎么了？"

"谁让你去那个地方的？"

"我要到那里去找个人谈点事。是他把地址告诉我的。"

"好吧，如果是别人让你去的……不过你要小心点。"

"为什么呢？"

"黑帮，很残忍的那种。那里的姑娘手都很快，非常的快。她们在你毫不知情的时候就能把你身上的钱全部拿走。我父亲曾对我说过，这一生要远离三样东西：动作快的女人，动作慢的马和工程师。我也同样劝告你。最近一段日子甚至有客人在黎明时分乘着那里的安保车回到城里，脑袋被枪顶着。那两个人花了一千八百块，身上没带足够的现金。他们以为每个人花五百多块就够了，而那两个傻子还没有信用卡，只好被人用枪抵着耳朵，早上六点的时候开车到这里把剩下的钱从取款机里取出来。"

"这么危险啊。"

"如果需要的话他们也会杀人。黑帮嘛。你要想好是否要和他们扯上关系。"

"我只需要和那个人聊聊天。我都没打算待在那里。"

男孩做了一副"我已经把能告诉你的都说了"的表情，抬起手掌，把写了地址的纸条还给了他。出租车停在了酒店入口。车里面一股羊毛的味道，窗户玻璃十分灰暗。戴着贝雷帽的老司机掌握着方向盘，好像已经知道要去哪儿似的。

"那是我们这里最好的地方之一。如果你需要的话我可以再去那儿接你。这是我的名片。但是你要注意了，不要花你身上没有带的钱。"

得利留斯夜店门口闪烁的霓虹灯距离城里几公里远，位于马路旁的一块高地上，需要爬上一个碎石子铺成的斜坡。方形的楼房外面围了一圈松树林，没有窗户。保安是一个相貌丑陋的秃子，两百公斤的体格套着黑色的正装，他对他礼节性地鞠了一躬，告诉他入场费四十雷亚尔。他得到了一张标记着自己名字的消费卡，走了进去。大厅实际上比从外面看起来大多了，里面并没有什么人。深处有一个小型舞台，上面立着一根金属钢管，还有通向两个洗手间的通道。地板被彩色的环状灯光扫射，光束来自天花板正中央的一个旋转射灯。舞台顶端还有另一个机器投射出绿色的光。灯光映射出聚集在大厅深处的小姐们依稀的轮廓，她们靠在墙上或者沙发上，几乎隐藏在了阴影中。另一个保安在里侧向他打招呼。那是一个中等身材的男人，穿着牛仔裤和皮衣，银灰色的头发被顺滑地梳向脑后，可能是用了什么亮闪闪的发蜡或啫喱。有两个小姐靠在舞台上，这两个他能够看清楚：一个瘦弱的金发女子，看到他的时候冲他笑了笑；另一个身材高挑的混血女孩，皮肤很白，扮相是十足的哥特风，正在和她前面留着山羊胡子的男服务生聊天。她一只脚站在地上，另一只弯曲地放在圆形的舞台上，脚上穿着黑色的靴子，上面镶着金属搭扣，靴筒几乎快到膝盖那么长。右边的一块区域是放着小桌子和沙发的包间，大概有十几个，那里坐着这个夜店除他以外唯一的一位客人。那位年老的客人身边还陪着一个姑娘，这个人只可能是芝诺·博纳图。

　　他走近做了自我介绍，芝诺做了个手势让他坐在旁边的沙发上。他看上去是个六十多岁黑白混血的老人，但实际上他年龄要比这大一些，样貌像是个退役的运动员，属于一生都在展示自己肌肉的那种人，就像是拳击手或者皮划艇运动员。他穿着西裤、高级皮鞋和羊毛大衣。一支香烟在他的指尖燃烧，最后一口气吐出的烟圈笼罩在空气中，懒洋洋地在三个人周围散开。

　　女孩的腿盘在了客人的腿上。几乎没比腰带长多少的短筒裙让红色的小内裤露了出来。她的头发又长又直，看上去毫无颜色，几乎反射出白色的光。实际上她整个脑袋都呈现出一种幽灵般的清澈。他努力看了看，终于能更清楚地看到她的样貌。原来是一个白化病人。

"你知道她在这里叫什么名字吗?"芝诺看出他的兴趣所在,故意问道。"白雪!"一阵猛烈的笑声从老人的喉咙里传来,他的嗓音剧烈地发颤,抽烟造成的沙哑让笑声暂停,随后又继续火力全开。他笑了好一阵。准备停下来不笑的时候,他从小桌子上拿起一瓶纳图·诺比利斯威士忌,给自己的杯子里又倒了满满一份。白雪从同样的威士忌瓶子里倒了一点酒在自己的高脚杯里,混了一罐能量饮料,用自己毫无血色的嘴唇小口抿着调好的鸡尾酒,然后打量着他,她那双银色的眼睛在没有化妆的脸上几乎都要隐形了。

"你为什么想在这里见我?"

"因为我和几个朋友在这里。"

"我想也是。"

"因为我不认识你,也没太明白你为什么决定要找我。你看上去并不危险,但是我现在都这个年纪了,在我这个行业里……你打电话来说想了解一件过去的事……你知道应该是什么样的。"

"我能想象。你别担心。"

"而我刚好可以在这里享受一会儿,你说是不是孩子?这里的人欠我很多情,我有生之年都可以一直在这里免费吃德国酸菜。"

正在芝诺展现出另一次长久的笑容时,他看见一个小姐从大厅深处朝着桌子的方向走来,笔直地坐到了他的旁边。她是一位诱人的混血女孩,发梢的小卷还是潮湿的,嘴唇因为寒冷有些皲裂。她的身体快被香水淹没了,给人的印象是刚从浴室出来没多久。

"我能陪着你吗?"

"我就是来跟朋友小聊一下。"

"你一个人待着多没意思,你叫什么名字?"

他用了几分钟才拒绝了她。

"你挑一个吧。"芝诺说道。

"什么?"

"你选一个姑娘让她坐过来。不然她们会一个一个过来的,如果所有姑娘都来过一遍了,她们还会从头开始的。房子里又没有别的客人。"

服务生看到了他的手势后走到桌边。

"把舞台旁边那个穿靴子的女孩叫过来。再给我拿一罐啤酒。"

"我这就去办,先生。"

扬声器里的弗罗①舞曲结束了,随即播放的是他在青年时期就听过的罗克塞特乐队的歌曲。他需要很大声地说话才能被人听见,两个男人只得向对方倾斜,把白化病的女孩像三明治一样夹在中间。她轻轻地在老人的耳郭上咬了一下,然后把自己束好的白发拿到身前,开始梳理头发,摆弄着发尖。芝诺确认了自己在一九六七年的时候是拉古纳的警官。

"那你还记得那年末在加罗帕巴有一个男人被刀捅死的案件吗?大家都管他叫作'高乔人',你记得吗?"

一个女性的声音在他耳边唱着"倾听你的心声",一个身体的重量让沙发垫颤抖了一下。月桂味道的口香糖气味穿透了他的鼻孔。

"我在那里一直祈祷着你能叫我过来。"

"我喜欢你的靴子。你叫什么名字?"

"蜜儿。"

---

① forró,一种巴西舞蹈,一起跳舞的男女双腿会一直贴得很近。

"那真名呢？"

"这个是不能问的，帅哥。"

他注视着她的双眸。蓝色的虹膜，涂了许多睫毛膏。血红色的唇彩，左边的脸颊稍稍上了一些腮红。这就是他在昏暗中能够看清的样貌。

"是安德雷娅。"

"坐过来，安德雷娅。让我好好地和你聊天。我只需要先和这位朋友迅速地聊完。"

"我能点一杯喝的吗？"

"你想喝什么？"

"一杯红酒。"

"那你就点吧。"

芝诺在他的膝盖上拍了拍。

"你说她有没有一点像年轻时候的安杰丽卡·休斯顿？"

"谁？"

"你的姑娘。"

"和谁像？"

"安杰丽卡·休斯顿。一名演员，你知道吗？"

他并不认识，但还是看着安德雷娅假装在思考这件事。

"我也觉得有点像。那么接着说说，一九六七年末的时候。"

"我记得这个人死在加罗帕巴这件事。这也是我这一生遇见过最奇怪的案件之一，对它也没能展开多少调查。"

"为什么奇怪呢？"

"因为没有尸体。"

"我父亲也是这么讲的。当他到那里的时候并没有找到祖父的葬身之处。有一个破烂的坟墓，上面落满了土，并不像是那时候刚建好的。"

"怎么一回事？你父亲？你在说什么呢？"

"他叫艾利欧。是他给我讲的这个故事。"

"啊，那个儿子。从阿雷格里港来的。几天之后我们终于找到了他，就是这样的。他来了。像个被诅咒的德国人一样不停地抽烟。"

"那就是他。"

"我记得他。咱们继续说，不解之谜就在于我到那里的时候没有找到尸体。"

"那么被下葬的人是谁呢？"

"谁知道呢。你听着，我通过电报收到了通知。那时候加罗帕巴还没有电话呢。我想应该是七十年代中期那里才开始通电话。然后他们叫了拉古纳的警察去当地调查那些重大的案件。加罗帕巴从六十年代开始就是一个独立的城市。有的独立城市拥有自己的警察局专员，但这种情况并不多见。我到那里见到了'小混血'，他们都这么叫那个带铁栅栏的哨所，当地人就把罪犯关押在那里，离圣母教堂很近。犯人被关押一天以后，需要在警探或警察的监视下去广场除草。我曾经有好几次被叫去那里处理事情。谋杀、非常暴力的强奸、纵火，诸如此类。"

"纵火？"

"加罗帕巴有悠久的纵火犯罪史。"

"还有很多谋杀？一个当地人告诉我从来没有人在加罗帕巴被杀死过。"

"到处都有人被杀。当高乔人开始插手当地事物，问题就出现了。时不时就有高乔人的入侵，他们来露营和冲浪。简直是一群嬉皮士。很多人最后留了下来，成为了这里的主人。从那时候开始他们就介入金钱交易、房地产和权力领域。曾经有一个专杀高乔人的杀手。他好像叫什么弗雷塔斯首领。他以此为目标工作了好些年，直到自己也被杀死了。他就是一个活的档案。"

安德雷娅在他身旁蹭了蹭。

"你坐得离我再近一点。"

她呼出的气息是甜酒的味道。

"把你的手放在我的的腿上吧。"

他照做了，抚摸着她紧绷的丝袜。冰冷的双腿俘获了他的手指。

"所以说我祖父并不是唯一的。"

"远远不止他一个。但是你祖父的故事却是另外一番情况。我们在周日收到电报，里面提到前一夜有人被杀了。大部分的案件都不会被报到警察局来。当地人一般都有很强的正义感，这些地区通常都没有警探，而人们也有办法解决问题。我周一早上开车离开了拉古纳，那天还下着暴雨。我开着新买的福特科塞尔汽车经过了那段屎一样的路：一路上都电闪雷鸣，一只巨大的猫头鹰撞到了挡风玻璃上，窗户都被撞碎了，接下来的土路在那种情况下更别提有多恐怖了。过了中午我才开到加罗帕巴的市中心，终于和当地人说上了话。最开始他们告诉我什么都没有发生。城里唯一的警察完全不知情，那时候我才明白过来发电报的人是出于个人意愿才这么做的，甚至可能是背地里偷偷发的电报。没有人想到会有警探去到那里。但是我义正词严地警告他们并使用了自己被赋予的权力，他们终于不再跟我绕圈子，告诉我在舞会上关灯的那个故事。等灯光再次亮起的时候那个可怜的人已经死了。就是那个被叫作'高乔人'的伙计。很明显，这个案子没有任何嫌疑人。等我到达现场的时候，大厅里没有一丝血迹或是作案工具,什么都没有。尸体也不见了。那一天我竭尽所能地调查情况,但是实在没什么可做的。夜幕降临的时候我已经准备要走了,这时候有个女人过来找我,告诉我是她发的电报。"

"她是谁呀?"

"如果我理解得没错的话,她应该是你祖父的女朋友。一个当地的女孩,亚速尔人,很年轻,也就二十岁的样子。她因为肚子疼,那天并没有去舞会,但是有人来通知她城里发生了事情,于是她跑去大厅里看到底发生了什么。她看到的场景令人难以置信。大厅里空无一人,但是地上有血迹和打斗的痕迹,桌椅都被掀翻了,杯子也碎了一地。她说有女人在街上哭,还有孩子在旁边摇晃她们。她只知道'高乔人'被他们杀死了。但是却被别人告知不要插手,然后被拽回了家。"

"她叫什么名字呢?"

"我不记得了。索莱亚?萨布瑞娜?我想应该是差不多的名字吧。不过我都是乱猜的。不记得了,实在是太久远了。她应该很爱你的祖父,竟然在那种情况下还叫来了警探。我向她保证我会找到尸体。接连几天我都让人在那里搜索,但是什么都没有找到,所以就这样结案了。"

"我父亲说墓地里有一个他的墓碑。"

"是的。结案几天之后,我找到了你的父亲,因为那个姑娘知道他住在阿雷格里港,家里人都住在一个更小的城市,我记得好像是塔夸拉。是这个吗?他到了加罗帕巴的当天下午给我打电话说自己的父亲被埋在了墓地里。'不可能。'我对他说,'我们根本就没有找到尸体。''你们没有找到,'他回答说,'但是好像这里的某个人找到了尸体。他已经被像穷人一样埋在了地下。'我也不是很清楚。稍晚一些我也去看过,确实有一个墓碑写着高乔人。这肯定是骗人的，很显然。他们得向受害人的儿子展现点东西。实际的情况是他的尸体从来就没有被找到，多半是被扔到了很远的海里。"

"这个故事里的有些内容并没有结束。"

"完全没有。我想这里的秘密永远没人能知道。我去那儿查案的时候就有这种强烈的感觉。那里有种阴沉的气氛。当地人也都十分紧张。发电报的女孩还告诉我另外一件事，当她到达大厅的时候人们都已经离开了，聚集在一百多米远的海滩上，齐齐地望着大海。第二天大家还重复这样，并不像是在等待寻找鱼群的渔船归来，而是仿佛大海成为了他们的敌人，就像他们突然不愿意让大海在这里存在一般。"

"这完全让人无法理解。"

"是的。"

"所以案件也没有展开什么问询？"

"是的。"

"但是……"

他十分迷惑，都不知道接下来该问什么。

"我可以再点一瓶酒吗？"安德雷娅问道。她在他的脖子上按摩着，他透过皮肤感受着她长长的指甲。

"那一瓶都喝完了吗？"

"差不多了，小帅哥。"

"给我喝一口。"

她把酒杯递给他，把手放进了他双腿之间。酒像糖浆一样甜，杯子里充满了香烟的雾气。

"我再点一瓶，好吗？"她边说边做了手势把服务生喊了过来。

"别喝这儿的破玩意了，年轻人。把我的威士忌拿过来。"

芝诺让服务生拿来了另一个杯子。服务员马上就送来了一个盛有三块冰块的杯子,前任警探倒了半杯酒进去。两个人碰了碰杯子,他把蒸馏威士忌倒进了嘴里。与此同时白化病的女孩站了起来,从他的腿上跨了过去,坐到了安德雷娅的旁边。两个人开始窃窃私语。

"还有一件事我需要问您。我听说那时候当地还有个传闻,说高乔人杀死了一个女孩。"

服务生把一瓶新酒放到了桌上。芝诺抬起头回应了他,然后在沙发上调整了一下坐姿,给人一种感觉就像是对话终于到了他想让它到达的地方。

"是真的。这是我在调查中出现的其中一件事。你并不认识你的祖父,是不是?如果说有什么事是明确的话,那就是大家口中的他是一个好斗者。他们把他清理掉的几个月前,发生了一件并不明朗的女孩死亡案件。我想当地人都怀疑是你祖父做的,很可能就是因为这件事才把他除掉。不过无论是不是他,这都是另外一个故事了。"

芝诺·博纳图冷酷地看着他。

"你明白了吗,孩子?关于你祖父的事很抱歉,并且你还得听到这些内容。但是故事就是这样了。我当时睁一只眼闭一只眼,然后就回家了。"

"没关系的。我都不知道自己为什么还要蹚这趟浑水。"

他看了一眼杯子里的威士忌,又喝了满满一口。

"但是什么都弄不清楚的感觉糟透了。他到底是不是凶手,或者这只是一场无力还手的群架。他到底在不在那个坟墓里。"

"想要知情的心情再正常不过了。但是绝对没有人能够告诉你他到底发生了什么。有些人就这么消失在生活里,没人知道是怎么死的或者死在了哪里。他们留下了一堆线索,只不过那些线索都是假的。"

"你觉得他还有可能活着吗?"

前警探的眼睛闪了一下。

"有可能。说不定活到了现在。你能想象吗?但是空穴来风并没有用。"

芝诺慢慢起身,倒满了两个杯子,用出卖了自己真实年龄的姿势走了出去,他的膝盖有些变形,后背也有些驼。他走了三步以后转过身来。

"你知道这些酒多少钱一瓶吧。"

"不知道。是多少呢?"

"一百五十。我去撒泡尿,一会儿就回来。"

他拿着酒瓶看了看商标。酒的名字叫"心脏"。

"接下来呢?小帅哥,你不想去一个更私密的地方吗?"

"不行了。我已经把所有的钱都花在了酒上面。"

"可是这里可以刷卡。"

"我把卡上的钱也算进去了。我需要用剩的钱来支付我的狗的治疗费,它被车碾了。"

他把杯子里剩下的威士忌喝光了,嘴里嚼着一个冰块。他已经醉了。而她对关于狗的事情并没有什么反应,直接左耳进右耳出了。

"那你是做什么的呢?"

"我吗?我是体育老师,也参加铁人三项。"

"哦,是运动员。"

"是的。我游泳、骑车还有跑步。真他妈的糟糕。"

他自顾自地笑了。

211

"为什么糟糕了？我觉得棒极了。"

"不，并不是它们糟糕。什么都不是。你忽略我吧，我得走了。"

"我喜欢强壮的男人。"

他又开始笑了。他感到一半绝望，一半疯狂。

"你身上有多少个文身呢，安德雷娅？"

"九个。腿上的这个是中文或者日语，代表平静与健康。"她边说边把一只靴子的拉链解开到一半。"这儿的这个，"她说着就把上衣拉了起来露出了盆骨，"是玫瑰。"

"玫瑰代表了什么呢？"

"什么都不是。就是花而已。"

"那肩膀上的呢？"

"是一辆在路上的哈雷摩托。我超爱摩托车。你骑摩托旅行过吗？"

他近看了一下文身，但是无法理解那幅图画。

"摩托车在哪里？"

"这里，你看，"她把脖子转到后面，指着那里，像跟孩子说话一样告诉他，"摩托车就在路上。只是路有一个弯。然后还有一个骷髅头的牌子。"

"啊，找到了。"

"还有这一个。"

她背过身去掀起了上衣。腰间的位置用醒目的大写字母写着：上帝已死。

"这个文身很奇特啊。"

"很棒吧，是不是？我很喜欢尼采。"

"这个尼采是谁呀？"

"是一个哲学家。有胡子的那个。有一个朋友把这句话分享在谷歌的社交网络Orkut上面,然后我就喜欢上了它。我还读了一本他的书,叫作《善恶的彼岸》。"

"我没读过。"

"咱们去房间里吧,运动员先生?"

"多少钱呢?"

"一百五十。"

"你和一瓶酒的价格一样?这不公平。"

她什么都没说。

"你需要比酒的价格更高一些。这不公平。"

芝诺·博纳图叼着一支香烟回来了,把手伸向白化病女孩。"咱们去玩吧,小白雪。"然后他伸出另一只手。他起身向老人告辞。白雪也站了起来,她的头发在一束灯光下闪耀着,眼睫毛也是金黄色,被头发分隔开的头皮反而显得像是粉红色。

"不知道有没有帮上忙。"

"帮了大忙了,谢谢你能见我。"

"你可要小心这个小姑娘。你要一颗伟哥吗?"

"今天就不需要了。"

老人咯咯笑了。他的鼻腔发出猪一样的哼哼声,时不时地打断自己的笑声,最后以一声惊人的喘息结束。恢复正常以后,芝诺就拖着白化病女孩离开了,消失在酒吧旁边的一个入口处,那里有个女人做了些记录,把钥匙拿给姑娘,带他们走到了通往房间的走廊里。

他也起身准备离开,用手摸了摸牛仔裤口袋里的钱包。走近大门的时候安德雷娅用胳膊抱住他,噘着小嘴。他用一种近乎冒失的方式沉浸到了女孩蓝色的眼眸中,但是缴枪投降却带给他一种平静，只有他自己知道他多么地需要这种平静。她脸上有细小的绒毛，几乎看不见。细微的皱纹从眼角长出，像是一条河流的三角洲，反而衬托出了她的年轻。

"我很喜欢你，小姑娘。"

"我还有其他的文身，得要脱了衣服才能看得见。"

"我喜欢你的痣。"

她用手指遮住自己的脸颊，就像自己对脸上的痣感到羞愧一般，或许这也是事实。接下来她亲了他，给了他一个拥抱。她的脖子散发出白葡萄酒的酸味。这时候来了一个五十岁左右的农夫，戴着一顶草帽。紧接着又进来了两个盛装打扮的年轻人。他们两人向每个人都打了招呼，大家也都认识他们。看来晚一点的时候这里才会热闹起来。女孩们从夜店深处的黑暗中走了出来围在他俩的身边，一个年轻人挽着两个姑娘。安德雷娅想知道他住在哪里，是否还会再见到他。他向她要电话号码，但是她却说不能给他。他把自己的电话号码告诉了姑娘，让她可以在想去海边的时候打给他。她走到吧台去拿一支笔。穿着皮衣的保安摸了摸自己光滑的灰色头发，说了句"这就是爱"。她回来记下电话号码和住址，把纸折了起来，放在短裤的口袋里。"这是你真实的电话号码吗？""是的。但是安德雷娅，你并不会打给我吧。"*"我会的，但

---

* 2008年6月23日。冬日的寒流去了又来。今天我要去考驾照。[……]他离开之前我说要给他展示一个别人看不到的东西，然后把他带到化妆间的走廊里给他看了女孩的墙。女孩们在墙上挂了一些东西，这些东西能让她们记得在那里工作的动力。有一张儿子的照片，一个写着"纽约"的钥匙圈，一张彩票。玛尔西亚想要成为空姐，所以放了一张飞机的照片。还有一些东西让人看不太明白：一双女式皮手套，一只骷髅头的银戒指，还有一个女孩总是把一只蓝色的蝴蝶粘在墙上，直到它完全变干，然后再把另一只同样的蝴蝶粘（转下页）

是我不想你现在就走。"她又抱住了他。穿着套装的保安,那个高大的老好人目不转睛地盯着门口说道:"我从没见过她这个样子。""你觉得我长得好看吗?""是的。""我不穿衣服的时候更诱人。你为什么不想和我在一起呢?这里也可以刷卡的。我可以很快就完事的。"

"那要多少钱来着?"

"一百五十。"

"你确定吗?"

"如果我和他们说说的话可能可以一百二。"

"你没有明白我的意思。一百五十是那瓶难喝的酒。"

她思索了片刻,眼睛紧紧地盯着他。

"那你想给我涨点价么?"

"告诉我你值多少钱。"

"两百。两百五十。"

"就是这个价了?"

"是的。"

(接上页)上去,不知道她在哪里捕到的这些蝴蝶。我告诉他整天看着墙能够让人感觉好受一点。然后他问我墙上的哪一个东西是我的纪念品,我害羞死了,因为我忘了自己并没有放任何东西到墙上。我一直就没法选择一个特定的东西放到墙上去。我喜欢看其他女孩的东西。如果她们都成功了,那么我也可以。这时候他从钱包里拿出一张纸,是他居住的海边介绍旅游的小册子,然后把它折叠起来,只有一张最漂亮的海边照片朝上,告诉我可以把这个放到墙上去,提醒我给他打电话,有机会的时候去看看他。我又说了一遍自己不会把工作和生活混在一起,但是那时候我让他这么做了,仅仅是为了满足他良好的自我感觉。我想今天我就会把它拿下来吧。[……]我不知道自己是怎么了,不过我让他保证不要再回到这里来,也不要再去类似的地方了。有趣的是他居然答应了。如果发誓的话,呵呵。[……]

215

"走吧。"

"我能再给咱们拿一瓶香槟吗？"

干燥寒冷的六月以鸽子尸体遍布在沙滩上结束。用了很多天这些小鸟才被清理干净。没人去碰它们，甚至黑雕也没有来。黑白相间的尸体胖乎乎的，一直没有腐烂，看上去像是被遗忘在海滩上的毛绒玩具。有几只鸽子还在石头上苟活，但也疲惫不堪遍体鳞伤，不久后被当地的动物保护协会的成员救助了。它们的脾气很差，像是被强制从一辆坏了的公交车上赶到路中间的游客。透过房间的窗户，他看到孩子们把水桶里的水倒在了一只正准备在巴乌石头上摆造型的鸽子上，他们相信给它冲澡在某种程度上是在帮助它。鸽子摇晃着脑袋甩干身体，向旁边跨了两三步，并没有理睬他们，好像用新的姿势他们就不会再招惹它。一个少年从公寓窗前走过，比画着流血的手指问他有没有双氧水。他来自一个与环境相关的非政府组织，和其他几个志愿者一起救助鸽子的时候不慎被咬了。鸽子有一只翅膀好像骨折了，他们准备带它去坎普得乌那的诊所。他们并不知道为什么鸽子在这片海滩陆陆续续死掉了，这种事并非每年都发生。

已经有人在伊比拉奎拉海滩附近看见过鲸鱼了。有人看见公鲸鱼在距离海岸几公里处跳出水面，之前几头怀孕的母鲸鱼在海边附近喷着水柱，它们开始吸引科学家、各种猎奇者和游客。

他一直还是醒得很早，有时候穿上橡胶衣去游上几圈。现在穿越海湾只需要不到半小时，就能从一端游到另一端，如果状态很好他就会沿着原路游回来。跑步小组渐渐地解散了。最后的两节课只有蒂尼斯出席，他已经准备好参加十公里的跑步比赛，还坚持认为自己能在年底参加半程马拉松。莎拉已经不来了，发短信表示自己很忙，需要暂停一段时间跑步。他现在只靠着健身馆微薄的薪水度日，还好一年的房租已经付清，平时的支出可以忽略不计。贝塔的手术和诊疗费用已经花了三千雷亚尔，还会有住院和药物的额外费用。

七月的第一个周六，健身馆的游泳池里举办了一次水上排球比赛。他为了融合不同时段的学生才想到了这个主意，比赛的场面十分盛大，所有的人都来了。他甚至还买了一个球网，亲自装在了泳池中间稍平坦的一侧。双胞胎哈雅妮和塔雅妮事先征得了他的同意，带来了一位朋友，她们三个是最早到场的。伊瓦娜来了以后说自己没法参加，但最终还是被说服了，没想到是一个不错的二传。接下来到场的是风湿医生乔治，然后是大胸男狄亚谷。再后面是冉德尔和希戈提，那个他在西维拉经常一起游泳的铁人三项运动员。他让黛博拉用广播通知那些远离了泳池和不见了的学生，有些重新出现了，他们中间有拉斯特法里教的阿莫斯，最近他刚和一个嬉皮士女孩结了婚，他老婆比他大好几岁，说话慢吞吞的，以一种有些惹人烦躁的平静和温柔，十分认真地表达自己的每一个姿势和每一句话。健身房的老板"大锅"也参加了这次活动。大部分的学生都知道他记不住他们的长相，和他打招呼的时候都会先自己表明身份。最后不得不组了三支队伍，采用了十分制的比赛规则，赢了的球队继续在场上战斗，输了的队伍让另一支上场。他自己并不是一个好的排球选手，一早上大家都在嘲笑他在水里引人注目的飓风般的架势。最后年纪最小的一群学生决定把他按进水里。他不得不好几分钟一直在躲避他们。排球比赛之后在冉德尔和格蕾丝的家里会举办一场烤肉。从更衣室出来的时候他被黛博拉扯到旁边，她说学生们都很喜欢他。"你知道的，对吧。"他有些不知所措，说她在夸大事实。烤肉的时候冉德尔展示了家中的音响特效，使用了好几种平衡器功效播放匆促乐队和平克·弗洛伊德的专辑，然后让一盘DVD循环播放着小查理布朗乐队的不插电MTV专辑。格蕾丝又一次称赞了贝塔的状态。他现在每天都去探望它，兽医现在越来越相信它能够恢复行走的能力。风湿病医生乔治是和自己的男朋友一起来的，后者是一个身价百万的美国投资家，住在西维拉山上，一年中一半的时间在加罗帕巴，另一半时间则在纽约。每个人都带了肉，生的牛排放在一个大木碗里，等着轮到自己被放在火边炙烤，这引起了阿莫斯老婆的一脸厌恶和一番关于素食的说教。只有卫衣男和冉德尔使劲喝酒，一罐接一罐地干掉啤酒。一个女人拿来了红酒。他一直喝着饮料，因为不喜欢在没几岁的学生面前喝酒。之后他从厕所那里一堆人中挤了出来，遇见一个班级的同学在一种奇怪的安静氛围里聚集在阳台上。伊瓦娜是他们挑选的发言人，她说这里的所有人都很高兴能有他作为自己的游泳老师，他们对他从来都记不住他们的样貌表示原谅，让他不要因此感到羞愧，因为他们都能感受到也知道他很在意他们，而且每个人越游越好了，也越来越喜欢游泳。她还说每个人都希望他能在加罗帕巴过得很快乐，因为这座城市很开心能够迎接他的到来，他已经是正式的居民了。接下来她说他们大家凑钱给他买了个礼物。双胞胎一起出现在他面前，同时拿着一个运动用品商店的纸袋子，里面装着一件耐克的防风外套，是跑步专用的。

那一晚，烧烤之后他去了波诺博旅店。旅馆厨房的桌子旁还坐了奥塔伊尔、加油站的小蒂亚戈和贾思鹏。蒂亚戈是一个头发又长又直的大男孩，父亲是韩国人，母亲是巴西人。贾思鹏住在玫瑰海滩，是一个刀匠。他生产的刀都有精心打磨的刀刃，刀把是由象牙、长颈鹿骨头和其他违规或者被禁止的动物材料制成，被全世界各地的收藏家和冷兵器迷以上千美金的价格买走。他因此享受着舒服的生活，和老婆还有小女儿住在一个海边的工作室，一年只需要卖出去五六把刀就行。厨房烟雾缭绕，充斥着小蒂亚戈的印尼香烟和波诺博粗制滥造的雪茄散发出的味道和烟气。波诺博想知道帕图布兰库之行怎么样。他在椅子上动了动，调整了一下他们坚持要求套在腹股沟上的老年尿布，开始讲述自己在帕拉纳州西南部的探险。

"我操，"波诺博说道，"上帝已死，是吗？你不至于把屁股上有这个文身的姑娘给吃了吧？"

他换了两张牌，把三张一样的牌收在一起，下面放了一对牌，然后把赌注加倍。波诺博没有跟着加注。小蒂亚戈也过了。贾思鹏拿出钱，满怀信心地看着自己手中的牌，也把赌注翻了番，抿着上嘴唇，皱着下巴，快要笑了出来。他就那么紧紧盯着自己手里的牌。看来只是在虚张声势罢了。他决定下注看一看自己的判断是否正确。贾思鹏有一对大牌。

"'葫芦'。"

"天哪，波诺博，你怎么带来了这么一个厉害的人过来玩牌？"

"谢谢了，先生们。"他边说边把桌上的火柴棍收在了一起。

"在帕图布兰库挥霍九百雷亚尔召妓给他带来了好运。"

"这可不是运气，"他用严肃的声调表示抗议，"需要知道怎么看懂对手的表情和身体语言。"

"情场失意，赌场得意。这是最经典的情况。"

"快看奥塔伊尔的脸。我想他正在尿尿呢。"

"我啥都没干。"

"你在撒尿吗，奥塔伊尔？"

"没有。"

"但是回到正题上，那个警官有告诉你一些关于祖父的新内容吗？"

"有一些吧。但是我觉得相比起帮助来说他带来的更多是混乱。我已经放弃去追查这件事了。整个事情最终只会让我变成一个疯子。我打算不管了。"

波诺博出牌的时候说准备下周去因坎塔达的寺庙静修。一整周都可以早上四点半起床，对着墙壁祈祷。"我猜你应该也会喜欢的，游泳运动员。你可以试着随时加入一场静修。"

"我喜欢对着墙看，但是不喜欢祈祷。"

"过。"

"我也过。"

"为什么是工程师呢？"

"嗯？"

"没什么，我把想的话给说出声来了。酒店的前台说'动作快的女人，动作慢的马和工程师'，一点意义也没有。"

"妈的。"

"怎么了，奥塔伊尔？"

"妈的，漏了。"

奥塔伊尔起身一路小跑去了厕所。

"我靠，真是个垃圾。"

"生活不是属于业余者的。"

8

贝塔在宠物店的瓷砖地上困难地行走着,身形十分消瘦。一只前爪因为打了数周的石膏,变得有些弯曲和虚弱,即便如此它还是不断移动着两只前爪。它的后腿只能执行一些简单机械的动作,看上去更像是不由自主的神经反射,有时候就那么停在那里不动了。它的尾巴也不能左右摇晃,但以这样的状态,它仍旧独立地移动,不停地向前走。他和兽医紧靠着站在一起,低着头看着它。贝塔紧紧抿着嘴,吸了一口冰冷的空气。它的一只耳朵有一部分被割掉了,一些受伤的部位和手术的切口处都还没长出毛,除此之外它的状态挺好的。至少它还活着。他让它自己走了一会儿,然后把它抱在怀里,在另一地方放下,用一个鸭子形状的玩具逗它,那本来是放在一层隔板上面用来盛肥皂的容器。它发出了几声尖锐的嚎叫,又呻吟了几声。格蕾丝给了他一张纸,上面写着康复注意事项。贝塔可能偶尔会失禁,如果发生这样的情况就必须服药,为了恢复一部分行动能力它还需要理疗。就现在的情况看来它不需要学步器,但是也没法随心所欲地走动。兽医教给他一些方法,让他能够回家和贝塔练习。她说真是运气太好了,甚至用了'奇迹'这个词,她说话的时候情绪很激动,也并没有对此有任何掩饰。她一直保持微笑,用了很久才完成和贝塔的告别,但那种笑容实际是为了抑制自己不要哭出来。走之前他告诉兽医贝塔是他父亲的狗,已经养了十五年了。"小家伙在我父亲身边如影随形。如果需要的话,它会一直在餐厅或是商店门口等好几个小时,直到父亲从里面出来。父亲对它并不是很宠爱,从来不抱它,也不让它躺在自己身上之类的,唯一只有一种爱它的方式,一直让我无法忘怀。父亲会在贝塔的背上连续拍三四下,用力很重的那种,让人觉得有些过分。贝塔被他拍到了一旁,像一只小鼓一样砰砰作响。很显然它很喜欢,这是属于他们两个之间的事。伙伴之间的暗号对于局外人来说总是有些摸不着头脑。它尖锐的叫声有些恼人,但并不是经常叫唤。它很喜欢小孩,但是却对别的狗不那么友好,得稍微注意它一点,不然看见其他狗的时候它就冲出去了。它也有咬人脚后跟的习惯,可能是这个品种的狗的特质,属于牧羊犬的习性。如果开车去家附近的地方,父亲总是习惯让它在车后面跟着跑,而不会把它放到车子里。车速差不多每小时四五十公里,它就一直那么跟在车子后面跑到市场,或是离家三四公里外的工人大道。那时候我还经常去拜访我的父亲,贝塔也比较年轻,有时候我也会带着它去跑步。我用项圈牵着它,它就能跟着我跑八公里或者十公里,一直不落下。父亲去世的时候它特别沮丧。如果没有贝塔的话,我无法想象父亲如何度过人生最后的十年。我想照顾狗是他坚持活在世上的理由吧,让自己身负着一些责任感,这样才能有意愿或者义务去在意一些事。我的母亲并不是很喜欢贝塔,她管它叫作害虫。'把这个害虫从这里扔出去。'"

格蕾丝问他打算如何把狗带回家。他承认自己还没有想过,然后叫了一辆出租车。接着把欠兽医的钱开了一张支票。格蕾丝给了他一袋狗饼干作为礼物。出租车到的时候,他在狗的背上拍了几下,然后抱着它坐进了车里。

接下来的几天他第一次萌发了返回阿雷格里港的想法,或者至少从这里离开搬到另一个地方。睡觉的时间也变长了,现在他能一觉睡到早上,伴随着捕鱼船归来的马达声和吸大麻的少年在阶梯那儿的交谈声醒来。他把蜂蜜和芝麻油抹在一片厚厚的全麦面包上，边咀嚼边感受着咸咸的海风吹到脸上。进入满月以后，天气一直就这样，直到月亮进入下一个阶段才会有所变化。东风带来了糟糕的天气。是谁教给他这个知识的？实在记不起来了。冬天总是能激发他莫名的热情。他喜欢一整晚都开着火加热汤锅，也喜欢游泳之后拉开橡胶衣的拉链，感受着仿佛来自极地的阵阵狂风在皮肤上燃烧。其他人都等待这个季节过去，而他却在尽情享受。他不断地感受到一种无以名状的东西，但是它却不断推迟自己的发生。这样的阶段是他距离自己了解的不幸最贴近的时刻。有时候他不相信自己是不开心的。但是如果不开心就如此而已，那么你想想，生活本身就是一种奇异的仁慈。虽然可能还没有看到不幸，哪怕只是它的影子，但是却能感受到自己已经准备好了。

有一次薇薇安给他讲述过一些希腊的神，是她文学硕士课上持续进行的阅读课题。那时候他们俩还住在一起。"想象一下如果真正的生活就是如此。天神提前就预知了我们会赢得战役，在沉船中幸存下来，与家人重逢，为父报仇。也可能是相反的情况，我们会被打败，或是在得到想要的东西之前多年遭受悲惨的生活，我们会输掉，甚至失去生命。接下来他们就参与到细节中来，明确地告诉我们未来将会如何，何时何地发生这些事，然后随风飞走，把人类留在那里，去完成或执行那些早就被住在奥林匹斯山的家伙们决定的事。可以想象这会多么地让人不爽。"而他那时候却说自己并不认为这有多么糟糕，说自己喜欢有天神在我们的耳边吹来消息，告诉我们大部分即将发生在自己身上的事。实际上他并不相信这一切，在他心里并没有众神的位置，但他有种感觉，在俗世里也平行发生着一些事，那是一种自然的过程，一种身体的机制或是精神的机制，能够预见未来会被称为命运的事情。按照他的看法，生活就有些像这个样子。人们在很大程度上早就知道事情会如何发展。对于每一个惊喜来说，都有数十或数百个人确认曾经或多或少对此有过预期或是类似的直觉，而这种对事情的预见总会在不经意间溜走。薇薇安为此都快疯了，一方面因为他没有像她那么大的词汇量和文化底蕴，无法直接地表达自己的想法，另一方面是由于她强烈地反对他的这种想法。她当时提到了"自由意志"，指的是人类选择的自由，决定事情如何跟随自己的意愿发展的自由，那些她无法忍受自己的男友不能像自己那样自然而然接受的事。他们的争吵可以从一个小的笑话或是温柔的挑衅开始，一直发展到激烈的互扇耳光；由于缺少足够的论据和带有修辞的言语武器，他只好选择用固执或沉默来坚持自己的立场。

在这样一个七月初的早晨，他脱掉了袜子和衬衣，穿上了沙滩短裤，把狗抱在怀里，走下水泥台阶直到巴乌石那里。微弱的海浪此起彼伏，强烈的阳光让寒冷不那么地明显。他把贝塔放在石头边上，小心地走进了海水中，避免踩到隐藏在泡沫下的贝壳和海藻。他重新用双手举起贝塔，往深处稍稍走了一点，然后把它浸入了冰冷的海水里。它的目光一直注视着远方，就像突然洗了一场意料之外的澡一样困惑。它从来没有水中活动的习惯，更别说在海里了。海浪让它恐惧。它开始本能地用前爪蹬着水，后爪也跟着动了动。他鼓励它这样做，然后自己也潜到水里只露出头，为了和贝塔保持一致，和它感受同样的寒冷。他就这样保持着，直到它找到一种频率，他用一只手从下面托住它的肚子，好支撑住它的身体。贝塔嘟囔了几声，海水漫到它嘴巴的时候还打了个喷嚏。旁边有一群秃鹫观察着他们，突然某一刻振动着奇妙的双翅飞了起来。这种鸟在陆地上看起来很恐怖，但是飞起来却很美。等到寒冷已经让人无法忍受的时候，他把贝塔紧紧夹在胳膊下面,从水里出来迈上阶梯,走进家门用毛巾把它包了起来。接下来给它冲了个热水澡,再小心翼翼地把它弄干,十分有耐心。之后他又用一口小锅热了一点汤,细心地把好的肉挑了出来,放在饭盆里喂它吃掉。接下来的每一天他都这么做,哪怕下雨天也坚持如此。

一队穿着黄色雨衣的游客登上了一艘大船,他们都套着橙色的救生衣,脖子上挂着照相机。大船停泊在其中一个捕鱼棚屋前。他们需要先乘坐一个小船,再从那里登到大船上。他注视着游客们的行动,同时在水里锻炼自己的狗。小船点燃了轰隆作响的马达,冲向浮在捕鱼船附近的海鸥。鸟儿们展开翅膀,在水面滑翔了一阵后振翅高飞。

稍晚一些时间,他把贝塔擦干并给它喂过食之后,在渔村的主路上找到了一家旅行社。旅行社的名字叫作太阳之旅,他们提供冒险旅游、丛林徒步、骑马、崖降、观看鲸鱼等活动。旅行社的门面在一间棚屋的深处,封着透明的玻璃,游客们早上就在那里集合。紧挨着门口停着一辆红色的摩托车。一块巨大的露脊鲸骨架摆放在大门旁,作为吸引游客的标志,也提醒着人们这片地区曾经最主要的经济活动就是捕猎这种保护动物。从鲸鱼油烧成灰建造的历史建筑,到各处用来装饰房子、花园和旅馆的鲸鱼骨骸,鲸鱼的遗迹无处不在。

他打开了旅行社的门,那一瞬间,他以为坐在写字台后面的那个女孩是达利亚,她也有一头梳得高高的鬈发。她面对着显示屏,正举着一个马黛茶壶准备送到嘴边。她专注地读着什么东西,脑袋斜向前方,眼睛闪烁地扫过一排排横着的内容。但她不可能是达利亚,因为她是个黑人。她身着白色的衬衫,一条褐色和橘色相间的裙子看上去更像是以某种方式缠在身体上的一块布，而不是一件衣服。他说了一声下午好，但是她直到迅速地看完了某句话或是某段话之后才抬起了头。

"你好，欢迎光临！对不起，我刚才正想把这点东西读完。请坐吧，咱们可以聊一聊。我叫茉莉，你呢？"

她的声音很低沉，让人感觉字和字之间粘到了一起。她说项目的费用是一百雷亚尔，现在还有明天一大早的空位。"一位生物学家带队参观，他会在路上讲解一些关于露脊鲸的知识。环境保护区的规定要求每一艘旅游船最多只能连续靠近鲸鱼三次，并且不论什么时候最近只能距离它们一百米，但是很多情况下这些鲸鱼都会好奇地靠过来，自己游向旅游船。如果是鲸鱼主动接近就没有关系，但我们不能保证这样的情况一定会发生。船会一直开到伊比拉奎拉，今年它们还聚集在那里。我们会经过铁锈海滩、奥维多海滩、玫瑰海滩，一路都沿着海岸线，景色会非常美的。明天的天气预报是晴空万里，出发时间是早上九点。八点半的时候提前在这里集合，需要穿救生衣，再给大家做一些说明。如果明天还有空位的话我自己也会参加。我也就只看过一次鲸鱼而已。"

她吸了一口马黛茶，壶里的水被吸干了，发出了嗞嗞声。

"你想来一点马黛茶吗？"

"好的。"

她打开铝壶的保温口，把热腾腾的开水倒进了壶里。

"我进来的时候你在电脑上看什么呢？"

"啊，是一个我一直在关注的博客。"

"关于什么的？"

"关于现在人们崇拜一切的必要性以及神话和偶像的区别。"

"它们有什么区别呀?"

"实际上神话有一千多种解释,但是几乎所有的解释都说神话来源于真实,哪怕其中最隐晦的解释,也都和生活中面对的困难和生活的意义有关。这些都是关于英雄的故事,一个人为了到达目标接受考验之类的。这一类故事的模式会流传许久。它们的力量是不会随着时间消逝的。偶像崇拜和偶像有关,偶像则是一个神明的形象或是代表。偶像崇拜使得偶像的价值与神明相同,甚至超过了神明本身。换句话说,偶像崇拜所暗含的东西并非是基于一种事实,而是一种谎言或是伪造,这一点和神话一样。所以这个人说我们这一代很容易崇拜偶像,却很难认为神话具有价值,也不承认它的存在。传统观念的神话由于社会传播速度的关系逐渐衰败,同时影响它的也有信息过度、不受控制的个人主义等等。我们正活在神话转换成偶像的历史性时刻里。就是这些。差不多就这样。我还没有看完,但是觉得挺有意思的。"

"确实很有意思。"

"你打算参加这个团吗?"

"好的。"

她把他的名字和电话记在一个横格本子上。有一根血管从她的手背上突起,一直延伸到接近手肘的位置。手指看起来挺粗糙的,写的字却轮廓清晰。她是个左撇子,指甲修理得很好,但是没有涂任何指甲油。他把马黛茶喝光了。

"还想来一点吗?"

她下嘴唇的颜色比上唇稍浅一点,和鲜肉的颜色差不多。

"不用了,谢谢。我需要带什么东西过来吗?"

"防晒用具、相机。水的话我们会提供的。不过呢,你得先付钱才可以。"

"糟糕，我没带钱。"

她看了看表。

"还有十五分钟我这里就关门了。要不这样吧，你明天早上来得稍微早一点，然后把钱带过来。别告诉别人哦。你是这里的人吗？"

"我是阿雷格里港人，但是我现在住在这里。就在这后面一点，对着巴乌石的那排小公寓中间，挨着甲板那里。"

"哇哦！五星级的景色啊。你是做什么的呀？"

"我是教练，教人铁人三项、游泳、跑步这一类的运动。"

"这么牛。"

一辆车停在了旅行社门前。四个车门同时打开，一家人从车里下来。大肚子的男人应该是父亲，他走进了旅行社，嘟囔着问候了一声，然后摆出一副等待被人接待的姿态。应该是母亲的那个女人站在外面，处理着三个女孩的多动症。

他表示感谢后离开了那里，带着一颗跳动的心回到家。他试图让自己想别的事情，但是却做不到。名字是一朵花的女人还拥有一头鬈发。神话承载的是某一类事实。她盯着博客的大眼睛里有种说不清的脆弱。故事的模式随着时间流传。他已然不记得她的面容，但是却知道明早依旧会觉得她漂亮。他能记得她开阔的肩膀、腰间皮带的孔和凳子上笔直的坐姿。从未见过谁会坐得如此之美。他已经爱上了她的姿态。需要有十分的教养才能长时间保持那样的姿态。最好的办法是不要开始。即便如此他还是从厨房的抽屉里拿了一百雷亚尔回去了，但等他到的时候旅行社已经关门了。

"在以前还存在捕鲸棚的年代，露脊鲸们搁浅到这附近，就在加罗帕巴圣若阿金地区,它们就在海边被残忍地肢解。鲸鱼的脂肪在因比图巴的大熔炉里融化,人们以此来获取油脂,作为油灯的燃料,还可以让建筑用料石灰变得坚硬。他们把鲸鱼残骸里的脂肪跟沙子还有用杵磨碎的贝壳混合在一起,旧时期的小广场上有个圣母教堂,就是用这种石灰制成的。他们还用鱼鳍来制作紧身背心。肢解的过程就在紧靠着巴乌石那里进行,全员都会参与,而浮在水上的鲸鱼内脏则被角鲨吞噬。"

"你房子的前面就是鲸鱼的墓地。"茉莉说道。

他转过头去欣赏周围向后退去的景色,想象着平静的水面突然被鲜血染红,天空被蜂拥而至的兀鹫和海鸥笼罩得昏暗不已。小船慢慢向前驶进,好让瘦弱的导游,也就是生物学家托尼能够总结他的第一段讲解。

"早期时候,人们用铁质的鱼叉捕猎鲸鱼。有时候鲸鱼能够把快艇拖拽走,一直持续好几个小时,直到鲸鱼疲惫不堪,渔民就能靠近它进行屠宰。从某一个特定的年代开始,鱼叉上开始安装硝化甘油。这样的结合被称为炸弹鱼叉。"

一个戴眼镜的男孩觉得这件事很有趣,他操着里约口音。

"我靠,他们把鲸鱼炸飞天了?和字面意思一样?"

"大家伙,硝化甘油并不会在里面爆炸的,但是会造成很严重的伤害。"

"他们抓住小鲸鱼,用来吸引它们的母亲,"茉莉偷偷在他的耳边说道,"但是托尼从来不这样告诉大家。可能因为游客都是一家人一起来的。"

"大家听好了,鲸鱼的屠杀,就像之前咱们讲到的,每年会在鲸鱼数量最多的季节进行一到两次。冬天的时候它们游到这里寻找温暖的水。人类可能会觉得这里的水很冷,但是对于它们来说南极的海水也会是温热的。母亲到这里来产子，这里的海滩就像是产科医院，它们可以给孩子哺乳，还能保护它们。"

他停顿了一下。

"一条鲸鱼的屠杀可能会持续好几天，那时候整个城市都充斥着一股强烈的气味。"

"那种臭味，"开船的人突然插话道，他是一位七十多岁的老者，眼睛因为神经痉挛抽动着，头上戴着一顶特殊的军帽，"忍受它简直是生不如死。"

"咱们的船长，伊利亚斯先生，他曾经是鲸鱼的捕猎者。"托尼讲道，"他参与了这片海域最后一次的鲸鱼捕猎，是不是呀，伊利亚斯？就在因比图巴，对吧？"

"是的，就在一九七三年。我捕到的还是最大的一头。二十三米长。"

小船沿着维基亚海角航行，海浪逐渐变大。看到这样的景色，加上之前讲述的炸弹鱼叉和巨大鲸鱼，游客们都激动起来，开始高声地讲话、摄影和拍照。所有的男性游客，除了他，都握着摄像机或是照相机。大部分的女性和孩子也都拿着相机和手机到处照相。海风冰冷，天空湛蓝，早晨九点的阳光已经让他的颈背感到阵阵灼热。他能感觉到汗水流到肚皮上，于是脱下了防水的尼龙外套，那是旅行社发给客人的，保护他们不受溅到船里的海水的侵蚀。茉莉穿了一件黄色的防水服，腰间束着一条沙滩巾，上面印着萨尔瓦多邦芬主教座堂特色的七色彩带。她上身穿着白色的比基尼，上面印着的玫瑰花从防水服的敞领处露了出来。她的牙齿很白，左耳戴着一个环状的耳钉。她现在冷得起了一身的鸡皮疙瘩。

"各位，各位。听好了，咱们继续讲。加罗帕巴的捕鲸棚建立于一七九五年,是圣卡塔琳娜海岸线上众多捕鲸棚中目前唯一剩下的。当时捕鲸棚所在的城市,比如说弗洛里亚诺波利斯,在海滩上也会有一个捕鲸棚。当他们明白这项产业的盈利是多么丰厚时,葡萄牙的皇家农场在一八〇〇年至一八一六年之间接管了捕鲸棚,但是他们并不知道如何管理,所以最后又租给了私人经营。捕鲸曾经是这片区域最重要的经济活动。我们历史悠久的城中心就是围绕捕猎鲸鱼建立起来的。工业坊、管理者和工人们的住处、仓库,全部都在那里,大约有三十个非洲奴隶曾在加罗帕巴的捕鲸棚工作。"

"你一直就住在加罗帕巴吗?"

"我住在铁锈海滩。我在那里租了一个房子,可以看到海景。我有时也住在船舱里。"

"那你在这里除了给观鲸活动工作以外还干别的什么吗?"

茉莉勉强挤出一个笑脸,把头转了过去对着大海。

"不知道还可以做什么。这件事还挺复杂的。"

"鲸鱼的捕猎在十九世纪中期逐渐衰退,各位。这项活动在一八五一年正式结束。主要的原因是鲸鱼数量剧减,以及石油的引进。有了煤油和水泥,人们不再需要鲸鱼油。尽管已经较为罕见,但是对鲸鱼的捕猎还是延续到了七十年代,而国际上则从三十年代就开始禁止捕杀鲸鱼。巴西直到一九八六年才立法禁止捕鲸,那时候露脊鲸几乎都快要灭绝了。现在通过努力对它们进行保护,我们预计它们的数量增加到了八千头。"

"我来加罗帕巴实际是为我的硕士论文进行调研。"

"哇,是什么硕士呀?"

"心理学,在阿雷格里港天主教大学。我的研究是关于生活质量的。题目是《加罗帕巴社区青年人群生活质量评估》。"

她吸了一口气。

"这是一个项目，至少看起来是这样。但是挺复杂的，还不知道能不能完成呢。我的最后期限是今年年底。"

小船加快了速度，开始围着铁锈海滩的石墙前行。一些孤独的钓鱼者关注着插在石头群中的鱼竿，那些石头看上去不可能从陆上或是海里登上去。茉莉指了指高处。

"伟大偶像的头。看见了么？城墙上面的狮身人面像。在那儿，看，石头做的脑袋。"

他能够看见城墙上好几米高的地方有一个像是头骨的东西，但是却看不清面孔。

"那里不是自然形成的吗？"

"不是的！是一个史前的雕像。建筑师们已经到这里验证过这个是人为雕刻出来的。"

远处涌来的浪花疲惫地最后一跃，投向岸边石头的怀抱。小船已经驶过了铁锈海滩、印第安山和巴哈海滩。一个漂染了头发的胖女孩有些晕船，吐在了托尼及时提供的桶里。茉莉端来一杯水和一片晕船药，准备照顾她。前一天下午在旅行社门口看到的那家人也在这里，家里的三个女孩吸引着父亲的镜头，其中一个在最激动的时候差点从船上掉下去。小船又驶过了奥维多海滩、红色海滩，然后来到了玫瑰海滩。海水湛蓝而浑浊，小山上鳄梨的绿色在阳光下跳动着，海滩远处的沙子看上去一尘不染。等小船开到光明海滩时，伊利亚斯先生减慢了船速，托尼指了指对着伊比拉奎拉的望远镜。没用多久，伊利亚斯有经验的目光就搜寻到了V形的水柱。人们鼓着掌，打开各式各样的相机，并调整好姿势。正当小船向鲸鱼靠近的时候，一头公鲸鱼在远海处跳跃了一下，但是没有几个人注意到。伊利亚斯先生把马达的动力减到最弱,转着圈航行,试图寻找最佳的停泊位置来观看这头母鲸鱼,而它正像一个游泳运动员似的在水中不断拍打。

"各位,它和自己的孩子在一起呢。不要发出声音也不要过度踩踏船底。咱们看看它会不会靠近。"

当距离鲸鱼还剩一百米的时候,马达关闭了。母鲸黑色的脊背冲出水面又重新消失,就这样有规律地反复着。母亲和孩子几乎一致地喷出水柱。幼崽喷出的水柱相比之下很弱,发出仿佛比母亲高八度的声音。那是一种明显的哺乳动物的声音,甚至还有些像人类的声音,仿佛一个人吐气的声音被放大了一千倍似的。他瞬间感受到一种同动物的联系,不知道船上的其他乘客是否也有同感。只有少数的窃窃私语声敢于打破这份平静。女人们无法忍住母性的呻吟,而孩子们的欣喜渐渐被紧张所代替。没有任何一本插画书告诉过他们该如何面对这一切。鲸鱼用力地摇晃了一下尾巴,在一次猛烈的下潜之后,又在小船面前浮出水面,慢慢地朝着他们游过来,继续弓着背跳跃。

"保持镇静,"托尼说道,"它要从船底下经过了。它如果轻轻蹭到船底的话是正常的。它们背部的包或是瘊子是属于这个品种的特质。幼崽在出生时就有五米长,重约四至五吨。"

"这个动物太美了。"他说道。

"很令人震惊吧,是不是。"茉莉说道,"它们靠近的时候就能感觉到些什么。"

"哎哟,我把炸弹鱼叉忘在家里了。"里约的小伙子说道。

鲸鱼在距离船几米的地方喷出了水柱,游客们都倾慕地看着。大部分的游客都举着照相机。母鲸的皮肤是黑色的,平滑铮亮像是黑胶唱片,幼崽的皮肤则是褶皱的灰色。它们给人一种快要撞上小船的感觉,却在最后一刻潜进水里从船下经过了。小船被顶起了一点点,有些游客害怕地叫出声来。晕船的女孩又回去躺在船舱里,以投降的表情凝望着天空。一些游客从她身上跨过,集体移动到了另一边,接着追随鲸鱼的轨迹。水面又重回平静。母鲸和幼崽再次出现,然后就这样离开了。

"就在这里曾经发生过一个半世纪的屠杀,而它们还是会回来接受人类。"茉莉说道。"毫无抵抗的本能,没有历史,没有一丝仇恨。我认为它们离海岸那么近产子实在是太不可思议了。去年就有一些鲸鱼差点撞上加罗帕巴的海滩,就在平坦的沙地附近。鲸鱼宝宝们需要学习如何在水上呼吸。因为最疯狂的就是,它们不是鱼,而是哺乳动物。每当它们靠得如此之近,然后呼吸的时候,我就能感觉到它们的肺,这让我起鸡皮疙瘩。它们是陆地的动物却回到了海里。你曾经看过鲸鱼的骨架吗?它们的骨头就像是游泳用的脚蹼。它们有手和指头。我一直在想它们迁徙到这里,离海边如此之近,是否因为它们对过去的怀念。想念陆地上的祖先。你想象一下一头鲸鱼就在浅滩那里,几乎就要上岸了。它会有什么感觉?会不会是像看着另一个世界的国界,那个世界遥远而致命,就和大海对于人的威胁一样。也有可能是感觉回到了家,就像回到了母亲的子宫里。那是一件充满诱惑的事。也许这就是它们毫无缘由就搁浅的原因,因为大海没有限制。海洋的可怕之处就在于此。它是另一个相反的子宫。我认为鲸鱼就生活在这样的恐惧中。"

"我知道那是谁,"波诺博说,"一个有着歌唱家嗓子的黑女人。一个月前铁锈海滩那里举办了一场夏威夷式烤野猪宴会,她也在那里。我那时候觉得她还挺内敛的,和我们那伙人没怎么交谈。她是自己来的,走的时候也是一个人,骑着一辆摩托。我在这附近最多见过她三次吧，应该不会认错的。但是她一副冰雪女王的模样。你问到她还是挺有趣的，因为我觉得你俩很像。她能让我想到你。"

"她也能让我想到自己。"

"我会假装自己没听见你说的。"

"对不起。"

"你恋爱了吧，游泳者？"

"或许吧。"

"可怜的人。你需要的话我一直在这儿。"

手机哔哔地响，提醒他又有电话打进来了。他和波诺博再见以后接了那个电话，来自他的母亲。她想知道可不可以在三周后的那个周末来拜访他。"当然可以。你睡我的房间吧，妈妈。我住在客厅。这里挺冷的，但是不怎么下雨。"她说会开车来。"太棒了。咱们可以去其他的海滩转一转。"

太阳已经从山后升起来了，但是并没有准备好要为冬日的早晨带来一丝温暖。他带着贝塔去紧挨着小路的草地上解决了生理需求，然后带它进入水里锻炼了二十多分钟。一艘装满了鱼的船回到岸边，船上的渔民远远地望着他，向他点头示意。这对潜在水里的人与狗只露出个脑袋在外面，西西娜女士从小路上经过，看到他们时停了下来。他说了声早上好，微笑着晃了晃头。她也面带微笑，礼貌地回应，没有多说什么，就好像他并不是一个不成体统的疯子似的。回到公寓以后他在浴室给贝塔洗了个热水澡，自己也迅速地冲了一下，然后煮了杯咖啡，独自坐在巴乌石上，眺望着海滩。冒热气的杯子捧在手里，贝塔就躺在他身边。他用手指拂过油油的胡子，感受着潮湿的八字胡在上唇留下的弧线。贝塔站起来，又重新躺了下去，好像要讨他的欢心。它的移动能力已经好多了，曾经冒险尝试过几次小跑，但没能成功。被兽医剪掉毛的部分长出了浅灰色的绒毛，耳朵上的残缺让它看上去更加可爱。现在他去上游泳课的时候还是得把它关在家里，但是下班之后他都会直接回家，带它上街活动。黛博拉送给他一个小狗用的床作为礼物，他觉得没什么用，但是贝塔很喜欢，至少能让它感觉不那么冷。

　　快到中午的时候，他把贝塔放回家，步行到了渔民街上。另一艘船刚到岸，一位渔民正在木板上把海鲶鱼和比目鱼切成鱼排。海鸥和兀鹫在空中盘旋，角鲨的脑袋和带有斑点的猫也在棚屋附近徘徊，试图找到些什么，来满足它们挑剔的胃口。一个蓝色的塑料大桶里装满了鱼的内脏，在太阳下散发出阵阵恶臭。镇里的居民都坐在家门口的台阶上，晒着太阳取暖。太阳之旅旅行社大门紧闭。旁边房子的一位老先生站在自家门口，告诉他旅行社周一都不开门。他考虑了一会儿，透过窗子偷窥了一下办公室里面，然后步行离开。他就这样一直顺着海边，经过主干道，走到了铁锈海滩的入口。那是一条弯曲的小径，他经过许多房子和学校，经过池塘和丛林，经过波光粼粼的湖水，经过镶嵌在倾斜山坡上的巨大的空房子，经过小市场和肉馅机，他注视着每一个可能是茉莉的女人，每一辆低排量的红色摩托车，直到抵达海滩。海滩上仅有的两个女人正试图把自己晒黑，一个小孩蹲在地上用双手在潮湿的沙地上开拓出一道水渠。他又沿原路走了回去，一直走到加罗帕巴的入口处，在一家自助餐厅，盛了满满一盘的豆子、米饭和烤鱼。下午在健身馆的工作对他来说是漫长的折磨。一抓住泳池没人的机会，他就在小吃摊点了杯果汁，米拉问他有什么地方不对劲。他并没有细说，反倒问起了米拉，怎样才是获得一个女人最好的方法。智利女孩用她西葡混杂的口音抑扬顿挫地说自己也不知道，但是认为最好不要靠努力去获得一个人的心。一切需要努力而获取的事情终究都会出问题。

第二天下午下班以后他终于再次见到了她。她正在锁旅行社的门，看到他时用一种特定的友好对待他，暗示他的出现带来了某种不便。她一头秀发披落在肩上，发丝的卷度很好地修饰了脸型。她倾向前方亲吻他的脸颊时，潮湿的发丝轻轻擦过他的脸。汗液的味道让他忍不住想要在这里一把抓住她，但他只能谈论一些稀疏平常的内容，诸如天气怎么样和工作如何等等。他多么希望可以用全世界所有的时间来重新发掘她的面孔，但是却只能尽可能快地完成这个过程，以免被她注意到，否则她就会想要知道他为何像个弱智一样盯着自己。她的脸上有青春痘留下的痕迹，凹进去的锁骨紧挨着一个椭圆形的伤疤。她一边在办公室里找着摩托车的头盔，一边把玻璃门锁上，并不耐烦地回答着他提出的一些问题。"工作日的时候事情不会有多大进展，几乎只是回复旅行社网站的咨询邮件，接待周五下午之前出现的少数几个客人。周五之后需要参团的人才会变多。"她骑上了摩托车，粉色的头盔挂在胳膊上，用脚撑着车子发动了引擎。这是一辆125毫升排气量的红色本田CG，看上去已经磨损得很厉害，估计买的时候就是二手的。她穿着帆布短裤，黑色的打底裤和冬季的褐色长靴。女人和她的坐骑一起从小路上离开，驶到了石灰石块砌成的人行道上，像是蹒跚的动物来回摇晃。他最终问了她是否想一起做点什么，一起喝个啤酒之类的。她却回答说骑车的时候不喝酒，然后踩了一脚油门，却没能发动车子。她又试了一次，但是最终还是不得不双脚着地。随后她从短裤口袋里拿出手机，然后记下了他的电话。"我今天晚上得去完成一个任务。"她说道，"我得去帮一个朋友照看一下孩子，因为她要去弗洛里亚诺波利斯看杰克·强生的演出。等我有空的时候给你打电话,那时候我们再喝一杯,怎么样?"他认为棒极了。"那你和孩子们好好玩。""他们特别漂亮,"她说道,"但是我希望他们能早点睡。我给自己带了一本书和三盘 DVD。去的路上还打算在冰蜜甜品店打包一碗冰淇淋。""听起来不错,茉莉。"她又踩了一下油门,这一次摩托车终于发动了。"那么再见吧。"她戴上头盔,慢慢加速,在桥后的第一条路左转,最终消失在他的视野中。

她一直没打电话。这一周都要过完了,他一直因为没有要到她的号码而备受煎熬,但同时又没能鼓起勇气再去旅行社纠缠她。偶尔忍不住从她的办公室的玻璃门前经过,也只敢在玻璃外面跟她打个招呼。她也回应他的招呼,但是却不打电话来。最近几天他极度关注自己的手机,随时充电,随身携带,保持话费充足,并经常翻看短信和未接来电。其实这几个月来没有任何短信或是未接来电,他也从来不会在意。他希望她打电话来,或是邀请他进去,也觉得如果自己再采取主动的话一切努力都会白费。看着情侣裹在厚厚的衣服里,在海边喝马黛茶,在清早的阳光下读着杂志,他想象着自己也在她身边做着同样的事。想象着两人一起睡在他的床上,被无尽的海浪不停地撞击和摇晃,被身体结合的热量慢慢软化,想象着他们生活在一起,还有一个孩子。而每当他理性地鄙视自己,试图扼杀这样的想法时,他的感性就会与之背道而驰。现实和幻想的差距越来越大,每天早上他仍旧独自醒来,面对同样的一天,完成例行工作,每分每秒都被无能为力的阴影笼罩。他觉得自己病了。周五早上的时候他甚至萌生了一个愚蠢的想法,准备为她买份礼物。到了下午这个想法变成了无法控制的魔怔,那天结束的时候他在大街上漫步,搜寻着冬天还营业的服装店和礼品店。这些店简直少得可怜，他想不到任何能够取悦她的东西。突然想到了书店。营业员建议了一摞畅销书，还有一个书架全都是心理学的著作，但是他最终什么也没买，因为选书太容易犯错，他完全不知道怎么挑选，不仅如此，那些书想要表达或宣称的东西都过分武断，而她应该不会读这些随随便便的东西。最后他尝试了城市入口的巴厘岛风情饰品店，那里有一些厨房饰品和小的装饰物件可以买。接待他的姑娘保证所有饰品都来自巴厘岛的手工艺人。他找到一套黄绿格子编制的床单，色彩光鲜且价格适中，但当他突然反应过来自己正在做的事时，他马上匆忙地离开了。回到家以后他确认了一下健身馆的时间表，发现周六还有课程，于是早早就睡了。第二天早晨八点他就到了游泳池，直到一点钟关门的时候一个学生也没有出现。当地的气温已经低于十度了，恐怕还会下雨。他本应该去吃午饭，却换上了运动鞋、短裤和学生送给他的运动夹克，沿着海边一直跑到了西里乌。他想要这样一直思念着她，直到把她忘记，他不断加快自己的引擎，直到思念的欲望慢慢熔化，随着汗水流走。又过了一个小时他才觉得有些累，这一刻他终于回归平静。这个方法从来没有失败过。一声惊雷在远处响起，却没有看到闪电，雨点终究没有落下来。

周日的早上太阳再次出现，他尝试带着贝塔去离家很远的地方走一走，这是事故之后第一次。他抱着它走到海滩的一头，陪着它慢慢地向前。它用一种奇怪的方式跛着脚向前移动，受伤的前爪很僵硬，后腿也没有发挥出理应有的功效，但是它走的速度比他想象中要快，看不出任何一丝要放弃的感觉。相反它越来越有信心，走着走着就靠向海边，他不止一次需要把它抱起来，防止它被突然冲向岸边的海浪拍翻。他难以相信，但是贝塔已经爱上了水。他们一起走到了人行道，坐在通向沙滩的阶梯上。他用手抚摸着它的头，打算让它休息一会儿，它却一瘸一拐朝着海边跑去。他站起来，冲过去抱住它，这时它已经把嘴埋进了海浪中。"你疯了吗，小傻子？"他把贝塔抱在怀里，回到沙滩上，脱掉自己的衣服放在一小块沙丘上，只保留黑色的拳击内裤，夹着贝塔走进了海里。这里的海浪比海滩另一端更加猛烈，但是它却毫不在意。海水冰凉透骨，但进入水里后却感受不到海水的寒意，而是只有摩擦产生的热量，仿佛寒冷和温暖的界限已经无法区分。他一直用双手托着贝塔的肚皮，使它能够浮起来的同时，还可以随意活动自己的四肢，让它们被海浪轻轻地拂过。"小贝塔，你真是傻透了，"他边说边打着寒颤，"你想现在就变成一条鲸鱼吗？想要成为狗狗里面的游泳世界冠军吗？"它边游泳边打着喷嚏，一刻不停。等他的四肢开始酸疼发痒了，他才把贝塔从水里抱起来，用背心把它擦干，然后把剩下的衣服套在潮湿的身上，步行回家。实在是太冷了。海滩的木甲板边停靠着两艘船，他在经过时听见了茉莉的声音，她正在呼喊他的名字。她独自坐在人行道的一个长凳上喝马黛茶，看上去穿得很暖和，一件海蓝色的尼龙羽绒服，脖子上还围着羊毛围巾。他径直走向她。

"有几个人在这里停下来，看着大海，说海里有个傻子穿着短裤带着自己的狗在游泳。我也停下来看了看，心想，嗯，我应该认识这个人。"

"就是我。"

"你不觉得冷吗？"

"我都快要冷死了。但是今天的这点儿太阳在我从水里出来的时候可算帮了大忙。"

"没刮风算是你运气好。"

"今天没有旅行团吗?"

"没有,没能凑成一个团。旅行社的老板弗洛塔留在那儿了,我去了一趟教堂,回家前在这里喝一杯马黛茶。"

"你经常去教堂吗?"

"周日都会去的。我刚去了广场那里的小礼拜堂。真是美极了,你去过了吗?"

"从来没有。"

"你没有信仰吗?"

"没有。你有吗?"

"啊,我信上帝啊。小时候的熏陶和教导,仅此而已。从小就在周日的时候去教堂。祈祷对我有好处。去那里,然后祈祷。我知道这挺不理智的。我也想停下来但是做不到。"

"有时候我也想去相信,却没能成功。"

"没关系的。上帝不会在乎这些的,真的。但是他不会喜欢谁拿自己的生命开玩笑。你都发紫了,这样会因为低体温而住进医院的。你最好赶快回家吧。"

"我想我愿意在这儿多待一会儿。"

她直直地盯着他,他没有再辩解什么,只是把目光移开了。

"那你就喝一杯马黛茶吧,能让你暖和点。"

她压了一下保温杯的按钮,一股热流喷了出来,注满了茶壶和茶叶之间的空隙,发出了泡沫涌动的声音。贝塔之前已经径直地走到了远处,现在又朝着主人一瘸一拐地走回来。茉莉把茶壶递给他,好奇地看着这只小动物。

"你的公狗叫什么名字?"

"贝塔。它是只母狗。"

"它有什么问题吗?"

"它被车碾了。兽医当时想要放弃了,但是我没有同意,现在它已经康复了。它还得做理疗,慢慢来恢复行走能力,但是我自己决定带它在水里进行康复练习。有一个人几乎每天晚上都会带着他的比特犬在我的公寓前锻炼。那条狗会在水里追着瓶子游好几个小时。我一直也想这么做。同时我也稍微了解一些手术后的水下运动治疗。这种方法对脊柱损伤很有效,在动物身上的运用应该也差别不大。所以我就萌生了这个想法,我想也有一部分是出自直觉吧。现在它又可以活动了。它刚从兽医院离开的时候甚至都不能摇晃自己的尾巴。现在它不仅渐渐康复,甚至还爱上了水。你看见它那会儿在水里了吗?它已经练习了一早上如何在海浪中穿梭。"

他喝了一口热马黛茶,身子稍微放松了一些。

"你每天都和它一起下水吗?"

"每一天都这样。"

她就这么注视着小狗,没有再说一句话,直到他喝完茶把茶壶递给她。

"我得走了。实在是太冷了。你看这样吧,我……"

"我下周打给你然后咱们出来见见。"

"我一直等着你的电话呢。我现在没法记下你的电话,如果你能给我拨一个……"

"我会打给你的。"

"那再好不过了。祝你周日愉快。"

"你也一样。回去好好暖和暖和。"

她并没有打电话过来,却在两天之后突然出现在他家门口,那时太阳刚刚落山。他们坐在楼门口,看着大海,喝着马黛茶,直到最后一丝光线被黑暗吸走。他们回到房间的客厅里继续聊天，窗户半掩着。她抚摸着贝塔，述说着对阿雷格里港公共市场上的大量马黛茶的思念。"都混在一起的，你懂吗？纯叶子和磨碎的茎秆，席满谷牌的马黛茶。"她本来说自己不饿，但是他巡视了一下橱柜和冰箱，说家里有一盒冻鸡块，她就又改变了主意。她小时候就喜欢在午后的闲暇时光看着电视节目，吃着鸡块蘸番茄酱。她不断地说自己在骑摩托的时候不喝酒，但还是接受了一小杯智利红酒。茉莉出于对科学的好奇饶有兴趣地听完了他关于父亲自杀的简短讲述，评论说确实有许多著名的案例，当事人对人生感到厌烦或是倦怠就选择了自杀，他们天生就有把死亡看成是一种解决方式的倾向。如果生命有意义，生活有所作为，他们就会活下去。她对自杀现象很有兴趣，人们通常以为所有自杀的人都很抑郁，会忍受不了生活中的苦难或者放弃人生，但其实却有各种各样的自杀原因：因为荣誉而自杀，神风敢死队式的自杀，为满足他人利益而自杀，因为年老而自杀，由于无法治愈的慢性病自杀，为了证明学术观点或是推动一个想法而自杀，还有为了抗议而自杀。她讲述了最近发生的一个年轻人的案例，他是一名美国的心理学家，在马路中间自杀，留下了几乎两千页的自杀遗书，讲述了奥斯维辛集中营和人们创造的技术上帝的崛起。他的遗书就是一个巨大的论点，以哲学的、理论的、社会学的和科学的方式，支撑他开枪射穿自己的脑袋。网上有全部的内容，她读了大约两百页。他分享了关于祖父的发现以后，她告诉他搅进这一类古老的故事并且牵涉到死亡和未解之谜时一定要小心，因为加罗帕巴人十分多疑，她自己就遇见了类似的问题，是关于当地一个地下宝藏的传说。"据说一个人三次梦到同一个地方有宝藏，那么这就是真的，但是如果做梦的人把宝藏挖出来，那他就会死去。

你问问这附近的人,真的有人相信这种说法。他们还说去年在奥维多那边死了一个人,就是这个原因。他在梦到的地方挖了一个洞,发现了一些东西,然后没有任何缘由地死在了家里。"她说这些被诅咒的宝藏应该是十七世纪时由耶稣会士埋藏在此,比殖民时期还要早。他们到这里来教化印第安人原住民,并把他们带去了里约热内卢。"你知道图巴朗①之城的得名是为了纪念一位拒绝皈依的原住民首领吗?那个印第安人说上帝创造他不是为了让他升天,而是让他在地上生活的。图巴朗在图皮瓜拉尼语里的意思是愤怒的父亲,和鲨鱼一点关系都没有。这些都记载在加罗帕巴历史中,我可以借给你一本。不论如何,人们就是相信耶稣会士把银器埋在了这里,还有金币之类的东西。大约十五年前,因坎塔达发掘出一种羊头形状的花瓶,看上去像是青铜制品,没人能说出来这究竟是什么玩意。你听说过国王之路吗?现在到处都有以它命名的旅馆和小区。那是一条如今仍旧存在的山间小路,曾经被耶稣会士和殖民者使用。这个名字来源于一条始于太平洋沿岸的原住民的道路,穿越了整个印加帝国,在圣卡塔琳娜的海边终止。许多传说都可以追溯到那个时期,而……"他打断了她,问这和她遇到的问题有什么关系。"那好吧,我知道关于宝藏埋藏在地下的传说,也知道三个梦的说法,也许因为这个原因我梦到了我房子的水泥阶梯下面也埋藏了宝藏。第一次大概是一年前。而这段时间我又再次梦到了这件事。我觉得挺有意思的,所以就和铁锈海滩那边的一些人闲聊谈到这件事。某一天我正在市场买东西,一个很老的先生走向我。我认识那个人,是若阿金先生,他在湖边做渔网,是个当地人。我不知道他具体多少岁,但是看

---

① 原文为 Tubarão,意为鲨鱼。

上去八十多了，一只眼睛瞎了，一副老态龙钟的模样。他抓住了我的胳膊，问我关于梦的事。告诉我如果第三次梦到宝藏的话一定不能去挖，不然就会死去。如果梦到的话就告诉他，他来挖宝藏。我开始觉得有点意思了，但是也被吓着了，他说话的样子十分认真。从那时起他总是尾随我，我已经在家附近看见过他两次，都是和一个神经病一样的男人在一起，估计是他的孙子之类的吧。这件事给我一种不祥的预感。传说可以是无害的，但是相信传说的人可就不一定了。你祖父的故事也有点类似。你别太搅和进这一类的事了。那些迷信的人可能会一辈子掩盖事实，你只有在某一个特定的时刻才能了解事情的真相，剩下的就成为了传说。这样也有点好处，是不是？你有一个成为了传奇的祖父。""是的，也有好的一面。"他同意道。他从来没有想过这样的事。他愿意思考更多关于她的事，也想现在就告诉她，但是又找不到合适的语言。她暂停了一会儿，吃掉了最后几个鸡块，喝了口红酒。他伸了个懒腰，看了看天花板上的日光灯管，然后让自己坐在那里好一会儿，享受着听她说话。"我说得太多了，"她说道，"你再讲讲你自己吧。"等他讲到去夏威夷参加铁人三项比赛时，她十分激动，想要知道全部的事。"那么是什么样的呢？夏威夷好玩吗？比赛的时候你们吃的是什么呀？是怎么训练的呢？"他把奖牌拿了出来，她小心地把玩着，仿佛奖牌很脆弱。她好像被这个东西深深地震撼了。"这就只是一块参赛的奖牌。"他试图向她解释。"即便如此也太不可思议了。你还想过要重新比赛吗？""完全没有，我的时代已经过去了。""你别说傻话。你必须要重新参赛。不是还有人到了五十岁、七十岁都还在参加比赛的吗？这里不正是最完美的训练地点吗？""我不知道，但是据我所知，这里是让人幸福的完美地点。"茉莉对他的评论感到很迷茫，他需要向她解释这是一个玩笑,建立在"真福八瑞"的基础上,自从他到了这里就不停地听见别人这样说。人们重复很多此类的内容,仿佛是为了说服你,也同时说服他们自己。很明显她被搞糊涂了,而他也害怕说出一些自己都不知道是什么意思的傻话。"你说的这个真有趣,"最终她解释说,"所以说我的硕士研究话题才有意义。你还有酒吗?""我还有一瓶但是不是好酒。""也可以的。"当他拔出酒塞时,她讲述了自己选择在加罗帕巴进行研究的原因,因为她已经有一个理论说明这个地方有黑暗的一面。"大学一年级的暑假我是在铁锈海滩度过的,出于好奇我去了解了当地的心理和社会辅导中心。一个在那里工作的女孩告诉我,城里心理骚乱引发的事故量和精神镇定剂的使用量大得吓人。青少年们对两三种药物上瘾。母亲为了让三岁的孩子平静下来,就给他服用镇定剂。她告诉我说不定在城里的供水系统投放安非他命、镇静剂和抗抑郁药效果会更好。我逐渐形成一个完善的理论,足以阐述住在海边天堂的理想状态与现实日常生活压迫之间的巨大反差。第二年我又在这里过了两周寒假,和当地的居民、医生还有社工交谈。外面的人认为这里是一个适合开旅馆、冲浪的地方,能在一个大自然的天堂里完整地生活,但和这些针对性职业的从业者聊天后,你就会了解到毒品的泛滥以及毒贩子的自相残杀。还能知道有人抢劫卫生站,就为了一盒安定。明白这里有关于同性恋的禁忌,以及它引发的一系列问题。人们的私生活都惨不忍睹。艾滋病的传播也是一个很严重的问题。许多渔民相互传染了艾滋,但是又不采取保护措施,最终他们的妻子也感染了。你不知道这件事吗?不过确实很隐晦。只在船上才发生这样的事,当夜晚出海捕鱼的时候。而在远离坎普得乌那和因坎塔达的社区中心地带,人们仍保持着原始的生活状态。真的挺复杂的。我被这些反差深深吸引了。我当时已经完成了关于另一个话题的学士论文，但是我后来上了硕士课程，就是为了能够调研这里的生活质量，我也得到了奖学金资助。我只需要带着完成的论文到这里来，对吧。当我开始进行调研、开始采访别人，我却有种感觉，谁知道呢，当你看到数据和采访的分析时，这里的一切看上去都很正常。现在辅导中心里登记了两千人，有五百人在接受帮助，这只是人口数量的百分之五。很正常，没什么其他的情况了。这里的人工作都很严肃认真，提供给我的数据肯定是真实的。病人们的问题和阿雷格里港、圣保罗、玛瑙斯和其他任何地方出现的情况都一样。这里的特殊在于混乱的季节性。病人们在夏日的旺季就会消失，冬天却又大量地涌现。夏天代表了欢快和金钱，人们忙得顾不上难受；冬天代表了厌倦、前途未卜和刺骨的寒冷，这时候问题就出现了。这样的循环越来越严重，除去这个特殊性，加罗帕巴和世界上的其他地方没什么不同。我和朋友们开玩笑说我们活在操蛋的时代，整个社会都没有准备好遭受痛苦，或是没有关于痛苦的足够认知。如果我们对痛苦的理解越来越深，处理痛苦的次数越来越多，那么就会觉得自己受苦本身以及别人遭受的痛苦变得越来越不重要。而我又自以为自己是谁呢，居然能够去揭露现象背后的真实。我的预设有些过于高傲了。这里的快乐是真实的，和痛苦一样的真实，所有的美丽与丑恶也同样真实。我以为自己有一个秘密，你明白吗？其实我并没有任何秘密。我的研究摧毁了我虚构的自我形象。我可以就这样在我的论文里总结，但是从某个时刻开始，我已经失去了研究事物的热情。现在我只剩五个月的时间来完成它，但我却一直在旅行社上班，在商店当营业员，并且还觉得很好，你知道。人们都说近距离看自己的生活是最迷人的，可以深刻地理解事物。我的情况却总是相反的，一切近距离观察的东西都很普通。我想某种程度上我可能也病了。但是我会停止把我的问题继续灌输给你的,有时候我一说话就停不下来。""我很喜欢听你说话。"他说道。她第一次温柔地望着他,嘴巴咂吧了一下,双唇温柔地分开。"很难得我能这样畅所欲言,我几乎独自一人住在这里。""我也一样。"他回应道。"你真是个奇怪的人。我一般第一次就能把别人看透,但是我却不知道对你怎么看。你没有远大的抱负。你的脸什么都没有告诉我。真是太奇怪了。我不清楚自己会不会喜欢这样。"她干掉了杯子里的红酒,然后说自己得回去了,但她已经喝醉了。"如果你愿意的话可以睡在这里。你可以睡卧室,我就在客厅里。"她吸了一口气。"还是不了,我回自己家。我这个状态不应该骑车的,但是我还是应该回去了。"他陪着她直到摩托车那里,车停在楼上面的入口处。一只黑猫在楼梯的墙上注视着他们,眼睛闪着金铜色的光。她坐上摩托车以后,他说她倾诉了过去这段时间的思念之情。她在他脸上吻了两下,又蜻蜓点水般在他的胡子上蹭了蹭,接着戴上头盔,拿出手机,拨了一下他的号码。"你打给我吧,"她说,"但是你最好不要爱上我。我不知道如何真正地喜欢一个人。但是和你聊天很棒。我们会再见的。"她发动了摩托后加速离开了。他走下楼梯,把她的号码存到了联系人里,然后给母亲发了条短信,让她来的时候带两公斤阿雷格里港公共市场的马黛茶,要那种纯叶子和茎秆磨碎的席满谷牌。

他一早醒来嗓子就痒痒的,全身的肌肉也很酸痛,用尽力气也没办法抱着贝塔去游泳,不得不回到床上趴着,听着贝塔抗议的喊叫。中午的时候他从床上爬起来,虽然脸色很差,鼻涕直流,但哪怕这样还是得去上班。下午因为发烧他不停地发抖,被黛博拉撑回了家,走之前还在黑板上给冬季下午还继续来游泳的学生写下了练习方法。他在看到的第一家药店门口停住脚步,买了一盒感冒药。在灰暗雾气的笼罩下,山丘已经分辨不出形状。路上没有任何行人,少数的几辆车停在绿灯的十字路口边,不知是不愿意前行还是没有决定好走哪条路。整个城市在绵绵细雨中被寒冷笼罩,他快速走回家,彻骨的寒风快把他潮湿的衣服冻成了冰。走过渔民街时他在旅行社门口停了下来,茉莉走到门口和他交谈。

"这真是在雨中行走的好天气啊。你是在向什么人证明什么事吗?"

"我正在回家呢,我发了高烧。"他擤着鼻子说道。

"怪不得呢。"

"如果我周五病好了你想和我去吃日本料理吗?"

"你快回家吧。"

到家后,他洗了一个澡,穿上好几层衣服,倒了满满一杯热水,把柠檬、蜂蜜和一袋橘子水果茶放进去。咽下一颗感冒药后,他慢慢地把茶喝了。贝塔都没从自己的狗窝里出来。他不停地擤鼻子,直到鼻翼都有些刺痛,胡子上都是卫生纸留下的白色纸屑。他切了几片生姜,放在嘴里嚼着。打开窗户看见一个光头的男人穿着卫衣和短裤在石头上撒网捕鱼。网收上来三四次,都没有任何收获。他把百叶窗和玻璃都关上了,倒头大睡。

他一觉睡到被敲门声惊醒,贝塔也在不停地叫。他刚开了一条门缝,茉莉就合上了雨伞,胳膊上挎着塑料袋冲了进来。她把手上所有的东西都扔到了桌上,把潮湿的背包从肩上取下来,像一个侦探般审视着四周,仿佛想要发现什么线索。

"我听说你需要一个保姆。"

她把手掌放在他的额头上。他转向一旁打了个喷嚏,想要找卫生纸。

"你量过发烧多少度了吗?"

"没有。"

"你有体温计吗?"

"没有。"

"你的体温挺高的。你先把这颗退烧药吃了吧。再吃一颗维他命C,我把这一管都放在你这里。"

他看着小药片在一杯水里冒着泡沸腾,逐渐分解消散,这时候她从背包里拿出一个笔记本电脑,放在桌上,打开盖子准备插向最近的插头。

"小心那个……"

茉莉叫了一声然后跳向了后面。

"……会触电。你得把中性线的插头插在上面这个孔里。你等着。"

他把转换插头插了进去,然后把插头插进了正确的位置。她打开电脑,系统启动的时候两个人都不知道应该做些什么。她输入了密码,等了一会儿,用手指在触摸板上来回滑动了几下,又按了几次。电脑的喇叭开始放出微弱的音乐声。

"你知道便利之王乐团吗?"

"不知道。"

"他们挺不错的,很平缓。你这儿有好刀吗?"

"你要干什么?"

"给一个快死的人做点汤。"

她点亮了厨房的灯,打开上面的和水槽下面的橱柜门,终于找到了一个大锅。他打开放餐具的抽屉,把从父亲那里继承来的刀拿了出来。

"这把是最锋利的。"

她迅速地把锅冲了一下，顺手洗了池子里堆的餐具。然后把塑料袋从客厅拿进来，把里面的东西倒在橱柜的台面上。盛在泡沫托盘里的鸡块，一颗圆白菜，一些洋葱、土豆、胡萝卜，一根西葫芦，保鲜膜包着的半个南瓜，西芹和一盒浓缩鸡汤出现在他的视野中。

"我觉得我买的有点太多了，但是我喜欢这样做汤，把所有的东西都放进去。你有蒜吗？"

他拖着酸疼的身体瘫坐在沙发上，看着茉莉在菜板上切蔬菜、烧水、在大锅里煨这些东西。她低声哼唱着几段音乐，有时还向两边晃动着头，用肩膀跳着舞。

"这真的发生了吗？"

"什么？"

"你在我的厨房里做饭？"

她走过来，挨着他蜷腿坐在了沙发上，就那样什么都没说。她使劲咬着大拇指的指甲，把头转了过来，盯着他的眼睛看了一下，然后又转对去对着墙。她的呼吸声十分清楚，和音乐、海浪和在小火上的锅沸腾的声音混杂在一起。

"你别这么使劲咬指甲，指头都快被你吃了。"

她笑了，把手藏到了胳膊下面，然后转向了他。

"这样吧，咱们试着不要讨论这件事好不好？"

"讨论什么事？"

"关于我在这里。关于我们相互了解和任何即将发生的事。我们就简简单单地不要去讨论它们。也不要去问它是不是真的发生了，我们是不是有什么动机，我们会这样还是会那样，或是想要知道一个人是怎么想的，另一个又是怎么想的。我知道自己看上去像是疯了，但是谈论这些事对我来说就意味着破坏了一切。语言会让它们腐朽,命名则会让它们死去。"

她把脑袋靠在他的肩膀上。过了一会儿她端来了煮好的汤和用烤箱加热的小面包,晚饭后她给他看了一些笔记本里的照片。她的父亲是律师,也是巴西共产党的代表;她的母亲在阿雷格里港的特里斯特萨区经营一家餐馆,那也是她成长的地方,她的家人至今也还住在那里。她展示了一些老照片:一栋特拉曼达伊海边的房子,十五岁的生日宴会,中学的排球队。他已经告诉过她他的父亲自杀了,现在又告诉她自己曾经爱的女人被自己的哥哥抢走了。和她分享最私密的事仿佛最正常不过了,他甚至都没有一丝犹豫。他对她的占有欲和倾诉欲保持着强烈的、下意识的一致,这种共生现象让他加快表露出自己的所思所想。茉莉是他认识的第一个知道什么是脸盲症的人。这是她在大学学习过的内容,也是她如饥似渴在网站上不断阅读的东西之一。

"你是怎么认出我的呢?"她问道。

"通过头发、肤色、双手等等,一系列东西。普通人从来不会通过手去辨认其他人,但是我学会了如何区分它们。除了面容以外,双手是一个人身上最独特的部位。但要认出你来并不需要看手。认出你总是很容易。"

这本是一句称赞,但是她并没有感到满意。

"你知道我怎么认为的吗?你完全是因为固执才不去问别人你认不认识他们的。也正因为如此,你给人一种神秘的感觉。你被这种距离感深深地吸引着。你完全是个自我满足的人,自认为高人一等,就是一头坐在王座上的狮子。同时你却又很温柔。真让人捉摸不透。"

她轻轻拍着他直到他睡着。一小时以后他醒了过来,看到她坐在另一个沙发上看着电脑上播放的电影,咬着大拇指的指甲。

听着英语的对话,他瞬间又进入了梦乡,再次醒来的时候居然躺在了自己的床上。他记不起来这是怎么一回事。他起身发现她睡在沙发上,身上盖着原本放在壁柜里的被子。她本来面朝上躺着,但在他走进客厅时她转向了一边,也许被他的脚步声影响了深层睡眠。她没有醒过来,却连续翻了好几个身,就像永远都找不到那个让人舒服的姿势似的。眉头紧锁,一只手遮着脸,仿佛在集中精力解决一件严肃的事情。

就在几天之后,他发现了她是自己认识的人里面睡觉最不老实的。那是他们第一次睡在一起,在茉莉的家里,那是一个两层的乡村小茅屋,隐藏在通向铁锈海滩的小路上,位于一片树林中,紧挨着加罗帕巴的湖。她先把头发编成辫子,这样天亮的时候头发才不会乱,然后用半小时翻来翻去准备入睡。一条腿绕在床单上,另一条腿不停地踢来踢去,把床单在床垫上卷起来又抹平。身体不停地颤抖着,在失眠与入睡的边缘说着含糊不清的呓语。她并非一个小女人,但她的身体像是一个装不下她全部感受的剧院。当她终于睡着时,梦里的话语就不再受到外部刺激的困扰。身体变得平静下来,但是毫无预兆的,她又重新换了个姿势。有时候她会说话,他无法辨别她是否清醒。"我听见了青蛙叫。""你看。""我想睡觉。"她轻轻睁着眼睛,嘟囔着一些单词或是一段只有两三个音节的旋律,然后又睡着了。茅屋二层的小房间就像一个阁楼,她脱掉衣服的同一时刻,这里就被她那泥土味和柠檬味的气息渗透了。这种味道瞬间淹没了床,笼罩了这里的一切,但没能在她身上停留多久,在她下床去洗手间或喝咖啡时还会尾随着出去。她离开时没能留下任何痕迹,她不在的事实既具体又突然。在他的公寓过夜时,她反而睡得更平和,也许是因为海浪的声音。他很容易就能睡着,但还是故意醒着想要看她睡觉的样子,就像一只沙漠里的动物躺在发霉了的床单上。他不厌其烦地轻轻触碰她，让她在半梦半醒试图抱他的时候，却总是找错对象，什么都没有碰到或是抱住了靠枕。

七月的最后几天阳光明媚，自然光在早晨八九点的时候就会唤醒他们。晴朗的早晨他们会一起去海边，她喝着马黛茶，看着他在上班前带着贝塔在海里游泳。每一天都云淡风轻，昨日回首时不太记得发生了什么，也不会去畅想明天有什么不同。他们几乎每次都能一起高潮，然后鼻子和嘴唇几乎触碰在一起，同步呼吸着，让自己平息下来。她总是冷冷的，仿佛体内的热量被抑制住了。近距离观察她，她翡翠般的咖啡色瞳孔像水晶一样闪着光，总是散发出期待与犹豫不决。

某天早上他醒来时，茉莉正在给房间做彻底的大扫除，用包着布的扫把擦地板。地毯被晾在窗户上，消毒水刺鼻的气味和大海的腥味以及冰冷的空气混在一起，反而出人意料地和谐。当他说这都不需要，公寓本身挺干净时，她接受了这个评价，仿佛这是一件无所谓的事情。第二天晚上他去了她家，却见识到了小茅屋的脏乱，但他没有对其进行任何评论。

她喜欢他紧紧地抓着自己，用力地吃她。他拉伸背后的肌肉，为了做到最好，伸出舌头使劲吮吸她。她一边告诉他他绝不会后悔一边用蜜蜡给他拔毛，他确实也没有后悔。为了让她暖和起来，他趴在她的身上，把肚子嵌进她弯曲的深色后背，手指轻轻滑过她伸在头旁边的胳膊，停在她光滑的手腕上，那里布满了一根根血管和错综复杂的筋腱。她问他怎么了，他说"没什么"。

他们挑选了一个周日，骑摩托车去了弗洛里亚诺波利斯的一个购物商场，看了两场电影，吃了一顿麦当劳。其中一场电影里安吉丽娜·朱莉在寻找自己失踪的儿子，另一场里面布拉德·皮特生下来时很老、死的时候却成为了小孩。两场电影她都哭了。他们返程上路时,太阳正在落山。摩托车温顺地在他们的腿下晃动着,以超过每小时一百公里的时速在柏油马路上疾驰。他紧紧地抓住她,在头盔的隔离下胡思乱想,仿佛在高速运动下他们成为了同一具身体。他本以为自己再也不会去爱了,也能够去适应这一切,相信一次真爱此生足矣,但是这一切再次发生,这种感觉又重新出现了。一种轻微的抑郁在他心中生根发芽,把一切和怀里这个女人不相关的事情都标上了不重要的符号。每当和她分开时他就感到厌烦,而这一切只会发生在年轻或是相爱的人身上。他想要她知道,但是却又答应过现在不讨论这些话题,他需要恪守承诺。

那晚的天空很明净,天上挂着满月,他们一起走到海滩,坐在了扎渡酒吧门前的台阶上,欣赏着海面和沙滩上反射出的蓝色月光。铁锈海滩的细沙子用独特的方式反射出月光,蓝色的光芒带有一种电影夜景中的人造质感。他给茉莉描述了自己几个月前在同样的海平线看到的、或者是梦到自己曾经看见过的奇怪的黑云。

"那不是梦。我也看见了。"

"真的吗?你也在这里吗?"

"是的。那是海市蜃楼。一种幻象。"

晚些时候回到小茅屋,她打开笔记本,连上 3G 网卡,打开浏览器窗口,里面有维基百科和谷歌图片的标签。"海市蜃楼的出现和沙漠或海洋广阔的平面上的冷热气流交换有关。"她把脸贴近屏幕,一张接一张地看着照片,丝毫不觉得疲惫,半张着嘴。"差不多就是这样。"

他正在为一个学生记录连续往返二十五次的一百米游泳时间，短裤兜里的手机震动了起来。小屏幕上显示出茉莉的名字和号码。

"嗨，你在干吗呢？现在能到我家来一趟吗？"

"我在游泳池呢。半小时后我就出发。怎么了？你还好吧？"

"若阿金先生带着金属探测器出现在我家门口，我没办法让他离开。"

"谁？"

"我和你说过的那个老头。他认为我房子下面有宝藏。他们不会离开的。我有点害怕。"

"这是什么声音啊？"

"是他们带来的那个破烂仪器发出的嗡嗡声，是一种自制的金属探测器。我不知道怎么给你解释才好，真的太不现实了。我已经请求他们离开了，但是没起到任何效果。"

"你冷静下来。别和他们争吵。我五点钟就出发，然后直接去你那里。"

"他们挖了一个洞，找到了一些啤酒罐。还想挖掉我门口的楼梯，但是我拦住了。你到之前我会把自己锁在屋子里的。你快来吧，好吗？"

他挂电话的时候，莱奥波尔多刚好碰到泳池的边缘，慌张地看着上面想要知道时间。他是一个佛教徒，下唇像马嘴似的，穿四十六码的脚蹼，在水里时就像带了一个驳船上后喷的马达。

"多长时间？"

"对不起，小和尚，我接了一个电话就分神了。"

"你是开玩笑的吧。"他用圣保罗口音抱怨着。他的嘴巴半张着，看上去像是在微笑，试图透过昏暗的眼镜去辨认出泳池边上的计时器。

"和上一次的时间差不多，一分二十五秒。你在水里再活动一下胳膊，肌肉有些太紧了。十秒钟。做好准备。"

莱奥波尔多转过身去，因为疲惫发出了一声可怕的吼叫，望着他面前空旷的泳池，连续呼吸了三次，像一口高压锅一样发出了哨声。

"预备……"

学生把脚放在水下的墙壁上，身子浮上水面，已经开始吸气。

"开始。"

莱奥波尔多潜进水里，伸直手臂，在墙壁上用力一蹬，甚至都没听见计时器的开始声。几秒钟后他浮出水面，安静的泳池里充斥着他打水的喧哗。如果他坚持训练的话会是一块冠军的材料，但是一年的三分之二时间里他都在做摄影，为不同的出版社满世界地拍摄旅行、女人和极限运动。他和波诺博会一起去因坎塔达山上的寺庙。训练之后两个人在更衣室迅速地冲了澡。

"波诺博一直在问你，说你最近都消失了。他想带你去寺庙看一看。"

"他还在坚持这个想法吗？我已经说过不会去了。"

"他觉得你就是一个佛教徒，只是自己不知道罢了。"

"他试图教化我，当讲述到转世的时候我们就进行不下去了。"

"实际上佛教教义中并不包含转世。因为这个重生的概念……"

"就是这个。重生，就是它。我得跑着走了，我的女朋友遇到了麻烦，你今天游得很好，小和尚。明天见。"

"啊哈。"

他胡须上的水滴在路上瞬间就结冰了。他沿着通向铁锈海滩的路全速蹬着自行车，还没来得及出汗就到了茉莉家门口，他一个甩尾把车停了下来。斜坡的路面上没看到任何人,但是听得到单音节的嘟囔声,一把铁锹挖土的声音,以及一连串尖锐的铃声和电子的嗡嗡声。茉莉在他敲门之前就打开了门,飞奔着跑下五级水泥楼梯,冲到了他的怀里。

"感谢上帝你来了。他们已经在房子下面开挖了二十分钟。"

他们从房子的右边绕过去,走到后面的草坪斜坡上。那里的草很高,一直延续到湖边浅绿色的芦苇荡。路上经过一个几乎半米深的方坑,像是厨房水槽的样子,里面缠满了盘根错节的植物根茎,之前那一对入侵者就是在那儿挖出了两个上个时代的啤酒罐。他们在小茅屋的角落里找到了一个全身都是皱纹的老人,他的一只眼睛已经失去了光泽,穿着大地色的绒裤,一件铅色的旧外套,戴着一顶黑色的贝雷帽。他正支撑在地上,手臂上连接着一种机械的延伸装备,看着一个十六岁左右的男孩在房子的地基附近挖洞。

"哎。停一停。你们不能在这里挖洞。"

他们过了一会儿才有反应,若阿金先生转过头来,看到他的时候被吓了一跳,踉跄着朝坡下走了几步才保持住平衡,手臂上延伸出来的工具发出了满负荷静电的嘶嘶声。男孩停止了挖洞,看着祖父或是曾祖父,直到确认他没什么事,然后又转过头来看着他。从贝雷帽檐的阴影下隐约能看见若阿金的脸,他的脸上不带有任何感情,也看不出有何意图。天色暗了下来。

"谁同意你们在这里挖洞的?"

老头好像害怕说话,但最终还是吐露了真相。

"这里埋了一个宝藏。她对你讲过宝藏的事吗?"

"我对这里有没有宝藏不感兴趣,"茉莉叫道,"你们不能不经过我的同意就在我家挖坑。这里是私人财产。"

"我并不是要冒犯您，但是小姐您只是租户而已。房产是属于阿布雷乌的。"

"谁是阿布雷乌？"他问道。

"是房东，"茉莉说，"他们认识。"

"真够扯淡的。但是不管怎样，你们现在就得走。"

若阿金先生在满是石子的坑洼地面上走了几步，终于站回了原来的位置，重新调整了一下手臂上的装置。

"但是让我给你展示一下，孩子。我们找到了。宝藏就在这里。你听听这个设备。"

他现在终于看清楚这个设备了，是一个自制的金属探测器。一个环形线圈系在底座的胶合板上，上面镶着一系列电路和电线。一根电缆从铁棒的一端螺旋状缠绕到另一端，给手留出了握住的位置，还有一段支撑在小臂上，和系在若阿金腰带上的小盒子通过一根皮带连接到一起，看上去像是一小块车载电池，上面还连着钥匙和按钮。若阿金转动按钮，扭动钥匙，用手臂轻轻地挥舞着，让线圈在洞口上方徘徊。嗡嗡声的频率戏剧性地升高了，铃声十分恼人，像是一种介于摩托车的喇叭声和电话线路信号声之间的噪声，在间隙时随机响起，一次比一次剧烈，还不停地发出咯吱咯吱的背景音。

"就在这儿。"若阿金露出了天真的笑容。从上一刻到现在，他的音调突然变得毕恭毕敬。"我已经用这个探测器找到过其他的宝藏。这里有东西，但是这个女孩不能挖出来，你明白吧，嗯？"

"哎，我的天哪，"茉莉宣泄道，"若阿金先生，这最多就是另一个生锈的铁罐。或者是一支钢笔、一根钉子。而且我才梦到过两次，需要三次，对不对？难道不是要三次吗？"

男孩又开始挖洞。

"肯定不是钉子，我的孩子。这里的声音很强烈。你会看到的。这都是为了你好。"

一群鸬鹚绕着湖面飞过，低声细语。白昼唯一留下的痕迹是远山处橙色的光晕。

"够了。把铁锹给我，快点。"

他开始把手伸向男孩的方向，男孩没有马上停止自己的动作，向洞深处挖了最后一下。一声金属的叮当碰撞声让所有人都长时间地静止在那里。每个人面面相觑。茉莉抬起了眉毛深深吸了一口气。

"好吧，若阿金先生。咱们就看看这儿有什么吧。"

若阿金的孙子或者曾孙继续努力地工作，而老人则卷起了一支草烟，给他下指令。他和茉莉远远地跟进他们的活动，躺在拴在两根树杈上的吊床上，摇晃在属于隔壁土地的树林边缘，听着越来越响的蟋蟀叫和青蛙鸣。

"你不是梦到过宝藏在门口的楼梯下面吗？"

"是的，但是他们想要把楼梯拆了，说拆完之后我应该把大门的位置换个地方，好让这些灵魂得到安宁。你想象一下吧。居然让我把大门换个位置！我屋子里的灵魂都很平静，我不想去打扰它们。"

"你在说什么呢？"

"这栋房子还挺玄的。我是十年来第一个租它的人。这里没有电、没有水，什么都没有。我把什么都搞定了。最开始的几个月，我总是能听到一个女人的笑声，有一天我正躺在吊床上，就在离这里不远的那一棵树那里，突然觉得有人在摸我的脸，还有一个女人的声音说'不要害怕'。我当然跑啦，是吧。我把吊床换到了现在这里，然后再也没发生过什么了。我不想再搅和到这些事里去了。我骗若阿金先生说我梦到的是在那边的石头那里，想让他们一次挖完以后就这么离开。我实在不知道该怎么办。"

"该死的耶稣会士。"

"你今天在这儿陪我睡吗？我会害怕的。"

"我得回去，我把狗留在那儿了。"

"那我能去你的房子吗？"

"当然了。"

"你看到若阿金先生见到你的时候吓了一跳吗？你认识他吗？"

"我之前从未见过他。"

"那个老头的眼睛瞪得这么大，差一点就掉进湖里去了。"

老人和男孩朝他们走来的时候已经是大半夜了，老头拿着自制的探测器，男孩把铁锹扛在肩上，另一只手拎着一个生锈的自行车支架。

9

　　他站在楼梯最上端等着母亲的到来。他期待着看到一辆黑色的大众帕拉蒂，但是从维基亚公路转弯处出现在眼前的居然是一辆香槟色的老款本田思域，斜着停进了户外的停车位。他和母亲拥抱了一下，这是父亲葬礼之后他第一次看到她。她戴着红色的手套，穿着米黄色的羊毛大衣，身形比他记忆中更加瘦小。等待母亲到来的时候，他已经决定把父亲自杀前他俩的对话告诉她，但是当几分钟后她打来电话，告诉他自己已经进入城市并询问去他公寓的路线时，他的信心又沉入了水底，挂电话的时候他意识到自己绝对没办法说出实情。否则她会在以后的日子里不断折磨他，责怪他没有及时通知家人，或者没有采取正确的措施来阻止这场悲剧。他再也没办法告诉任何人。唯一认为这件事可以理解的人就是这件事的参与者，他已经冲着自己的下巴开了一枪，手枪倾斜的角度很大，试图对自己造成最大的伤害。现在她从把上身完全贴在儿子身上变为稍微分开一些，双手还放在他的腰间，就这样注视着他的眼睛，面带微笑地看着他。他们两人并不是很相像，但是正对着母亲也有些像是在照镜子，他水汪汪的黑眼睛应该遗传自母亲，眼眶很宽，看上去十分真诚。也许比起相认，这更像是一个信任的问题，但是他从中看出了一点自己的影子。她现在应该正从儿子的轮廓中看着自己的前夫。他也知道母亲面对自己的时候会感觉到相对的年轻和安心，因为自己没法看出来她哪里有变化。汽车的风扇停了下来，他们才意识到之前风扇一直在转动。母亲摘下了手套，把手放在了他的胡子上。

　　"你这样挺好看的，但是太瘦了。"

"我很想你,母亲。"

"你最好是真的想我。"

"这辆车是你男朋友的吗?"

"是罗纳尔多的。因为这辆车是电子液压助力的,还有空调,他就借给我了。我来的时候挺热的,路上也很热,没什么车。要给你妈妈煮一杯咖啡吗?"

太阳被镶进了云彩的空缺里,天气预报说天气直到周一都会很好。他拎着行李上了楼梯,而她则朝着后面走了下去,给海湾的景色拍了几张照。走到地面看到公寓的正门时,她有些担忧。

"海水一直升到这里没什么危险吗?"

"当然没有了,母亲。如果海水升到我的窗户这里,整个加罗帕巴都会淹在水里的。"

进了公寓以后,他把行李放进了卧室,抚平了新换的干净床单上的褶皱,高声地告诉母亲让她睡在自己的床上,而他则睡在客厅里。母亲没有回应,他回到客厅的时候她正坐在沙发上,双手放在膝盖上,一副惊呆的样子,注视着站在她面前宠物毯上的贝塔。

"它怎么了?"

"被车碾了。看上去挺丑的,几乎就死了。"

"它都残废了,还少了个耳朵。"

"只是耳朵的一小块而已。它已经在恢复了。如果咱们带它去海边的话你就能看到。它现在已经可以跑两步了。"

"这条狗多大岁数了?"

"十五或者十六岁吧。你都好长时间没见到它了吧。"

"自从我离开你父亲以后就没见过。"

贝塔朝着沙发走了几步,母亲把身子缩了回去。

"它还记得你。"

"赶快把这个害虫从这里弄出去。"

他打开客厅的门，把狗放在了外面，然后关上了门。

他们喝完了一杯黑咖啡，又聊了一会儿。他拿起本田车的钥匙，开车带她去玫瑰海滩的山坡上吃午饭，那里的酒店有一个高级餐厅。这时候时间尚早，周末的冲浪者还没到，餐厅里空无一人。酒店用石料和木材搭建而成，内部装饰着实木家具、印度雕像、非洲的面具和图腾、乌龟壳以及鲸鱼骨架。喇叭躲在不起眼的角落，小声地播放着温柔的叙事曲。他们选了一张靠近甲板的桌子，那里能够看到海滩和美丽的美欧湖，据说有许多人被海藻缠住溺死在湖里。巨大的海浪从深处涌来，笔直地冲向海岸，在沙滩上拖拽出泡沫的花边。母亲正在兴致勃勃地看着水晶酒杯、许愿用的蜡烛以及试管形状的玻璃花瓶和里面插着的向日葵。他们点了一份海鲜炖锅，在服务生推荐的一些红酒中，最终选了一瓶南非的皮诺塔吉。他看到了露脊鲸喷出的一根水柱，于是指了指蔚蓝的大海。母亲戴上眼镜，看见了接下来的两次喷水，接着鲸鱼就消失了。食物端上来了，调味品和海鲜香气四溢，飘散在餐桌四周的空气里。

"这个小木薯泥真不错呢。你之前来过这里吗？"

"没有。一个在这附近开旅店的朋友推荐的。"

"你在这里交了很多朋友吗？"

"有一些。"

"我本以为你会隐居在这儿呢。"

"这里的生活挺正常的。"

"对你来说是正常。我实在是无法理解你为什么要在冬季来到这样一个荒凉的地方，就不能待在阿雷格里港，或者像你哥哥一样去圣保罗吗？我认为你就是因为父亲的死而感到厌烦，最终还是会回去的。但是你才是了解自己生活的人，很明显。你已经是成年人了。我知道你喜欢一个人待着，从小你就这个样子，我也一直尊重你的选择，但是你失去了生活动力去做有意义的事，对此我坚决不同意。你打算在这里教这些蠢人到什么时候？自己一个人和那条恶心的狗在一起。它都快死了。这里不是认真生活的地方。我一直认为你缺乏动力是你父亲的过错，他就是那个经常让我不要打搅你的人。他把手放在你的脑袋上。'让这个孩子学体育吧。让这个孩子骑车和游泳吧，这是他喜欢的事。'你遗传了他最坏的地方，不是喝酒抽烟，也不是不尊重我，而是这个荒谬的理论：你们认为自己能够活在树林里，就像生活在两千年以前，只是不小心出生在了二十一世纪，恰巧生活在一个能够实现价值、创造未来、积累财富、去全世界旅游的大城市里……"

"我出生在二十世纪。父亲也是一样。"

"……还能学习美好的事物，过着现代、有趣、充满文化的生活，充分利用这一切去组建自己的家庭，让他们也能享受这一切，并且延续下去。这是咱们的祖先认为我们应该过上的生活，你懂吗？他不让我在你小时候管教你，现在你住在这个租来的度假小开间里，潮湿的房里还带着鱼腥味，挣来的钱只够付电费，还不打理自己的胡子，你就自以为这是一个足够好的生活了吗？我可不这么看。总有一天你会想要结婚，想要有一个属于自己的房子。你的新女朋友是阿雷格里港人，是不是？她想在这里度过她的余生吗？我很怀疑这一点。你想和她在一起吗？想要某一天和她结婚吗？想要孩子吗？他们在这里能上什么好学校呢？你告诉我她是一个有知识的女孩，在读硕士。她应该是个有抱负的人。我已经看过类似的电影了。电影结束了，你在电影里却受了伤。你可以用尽你的余生去寻找另一个薇薇安,但是如果你不改变自己的态度,一样的事情就会一遍又一遍地发生在你身上……"

"只要你再给我这样一个婊子养的哥哥。"

"……因为问题在于你把生活当作一个能够独自经历的事情,除非环境强迫你去改变。我知道你不是故意的,这是你的天性使然,但是你需要和它对抗,亲爱的。你要是想骂你的哥哥你就换句话,因为你妈妈我不是婊子。我可是建筑学毕业,做了多年的设计师。"

"我不是想……"

"你不能再因为已经过去的事而憎恨但丁了。薇薇安喜欢他,并不是他的错。"

"母亲,你什么都不知道。"

"但你那天在葬礼上不应该不告而别。我实在是太没有面子了。如果你自认为是最独立和最坚强的人,你为什么在见到但丁和薇薇安之前就逃跑了?你真的认为你谁也不需要了吗?多年以前我认为但丁才是那个最终会过上复杂生活的人,因为他是个作家。直到今天我也没弄明白,为什么他的书卖得那么不好他都能过上正常的生活,并且他也从来没有获得过有奖金的奖项。我想也许是做讲座挣的钱。我知道他在圣保罗买了一间很好的公寓……"

"他贷了三十年的款。"

"……因为他一直在追寻自己的梦想……"

"并且她还承担了一半的费用。"

"……和自己的目标,而你却把你在阿雷格里港的公寓里全部的家具和其他少得可怜的东西免费送给了第一个出现的路人,然后写了一封代理书给你的律师朋友让别人来处理纷争,而自己却逃到了海边像一个缩头乌龟一样躲到了沙子洞里。你怎么知道她付了一半的钱呢?"

"她告诉我的。"

"你什么时候和她说话了?"

"她有时候在 Facebook 上给我发信息。"

"但是你们在 Facebook 上不是好友,我能看见。"

"不是好友也可以发私信的。"

"不知道你们能说些什么。"

"我没回过她的信息。况且不管怎么样,我最近把账号都关了。"

"我不知道她付了一半。"

"有很多事你都不知道。"

"但丁从来没告诉过我她付了一半的钱。"

"很正常,是吧,他们住在一起。我希望你能就此打住,我再也不想讨论这个话题了。咱们一开始就提到这件事是挺好的,因为接下来再也不用谈论它了。我一点都不在乎但丁做什么或是不做什么,我也不介意他直到你离世的那一天都会是你的好宝贝。我很早以前就看开了。但是你别再把我和他比较了,这让我很烦。圣保罗?你一直就很讨厌圣保罗,而现在他们搬到那儿了,就把那里变成唯一一个适宜人类居住的地方了吗?你好好看着我,然后告诉我你认为像我一样的人能够……"

"我没有比较你们,儿子,我只想……"

"我在这里挺好的,母亲。真的。我知道你无法理解怎么会这样。那你就试着去相信吧。我喜欢这里的生活。"

"我对你们两个的爱是一样的。绝对没有更偏爱哪一个儿子。"

"没关系的。"

"本来就没有。"

"那你怎么样呢,母亲?"

"我已经告诉你了。我棒极了。我从刚到这儿就一直在说。不知道还能再跟你说些什么。你想知道什么吧?"

"你在散步吗?你的甘油三酯降下来了吗?"

"是的。我一直在散步,又用欧米伽-3脂肪酸把身体塞满。上个月检查的时候医生说我的血液就像小姑娘似的。"

"降到多少了呢?"

"两百多一点点。"

"还不能算是小姑娘,但是降了不少了。太好了。你还在工作吗?我认为你的运动量太少了。我知道你对这个罗纳尔多是真感情,但是也应该回去工作,好让自己忙碌起来。"

"我一直忙于处理你父亲的遗嘱和财产。"

"据我所知但丁在照料几乎所有的事。"

"但丁他人在圣保罗,只有必要的时候才会过来,而我则变成了他的办事员。今年年底的时候钱就能给你们了。我也会把房子挂到市面上卖掉。我希望你能认真考虑一下用这些钱做什么。希望你用它来好好安排你的生活,找一个合伙人,在阿雷格里港开一间健身房。或者给一间公寓付个首付。别把钱给别人了。"

"我能把钱给谁啊,母亲?"

"你懂的。你太慷慨了。等钱到账以后你一定要好好地保管它们。向你的老母亲保证吧。"

"你想他吗?"

"你在说什么呢?"

"你想我的父亲吗?"

她把头转向了大海,噘着嘴把脸颊上的肉吸了进去。

"比想他更糟糕。现在他走了,我反而开始怀念起那些美好的时光,曾经也有过不少年呢。"

"太好了,母亲。太好了。"

她想光脚在沙滩上走一走。他们从车里下来开始散步,一直走到海滩最南端的美欧湖畔后折返,几乎没有过多的交谈。雄伟的山脉张开双臂拥抱着他们,让他们显得渺小,而另一端的大海深邃辽阔且永无止境,吹来徐徐的海风,在他们脸上轻轻拂过。母亲头上的草帽被海风吹掉了两次,他不得不在柔软的沙地上奔跑追逐。午饭时的口角和最后残留的那几丝不愉快在海滩美好时光的陪伴下慢慢消解。

几乎傍晚时分,茉莉在铁锈海滩的小茅屋接待了他们,准备了咖啡、马黛茶和切成小块的橙子蛋糕。他把母亲从阿雷格里港带来的礼物给了她,是在公共市场买到的马黛茶。前一晚上他特意和母亲说好了,不要提到某些话题。今天的对话在母亲的热情推动下毫无障碍,她似乎觉得一切都那么地非凡、有趣和令人惊奇。这恰恰是他最烦母亲的时候,她假意取悦别人,对于儿子的恋爱往事只字不提,同时把她的审查和评价,以及无时无刻与他哥哥进行的比对掩藏在身后。茉莉添油加醋地讲了金属探测器的故事,让大家开怀一笑,而母亲笑得眼泪都要出来了。某一刻他几乎不敢相信,这两个女人开始谈论八点档电视剧的细节,而茉莉家里甚至都没有电视。没有出现关于一个女人怎么会单独住在这里的问题,没有关于未来的期望,也没有关于岳母和孙子的玩笑。他一直在想她俩说不定可以很好地相处呢。说不定真的可以。需要点时间慢慢地发展。

周日早晨他没有带贝塔去海里,仅仅是为了防止母亲被这个场景吓坏。他把一条鱼从冰箱里拿出来解冻,为午餐做准备,然后在公寓前的石板上撑起了两张沙滩椅。贝塔不停地叫。他当场抓住母亲把保温杯里的热水倒在它身上,但当面对质的时候她发誓绝不是故意的。"这个害虫在我把水壶灌满的时候突然从下面穿过,吓了我一跳。"

一个女人从小路上走过,停在他们的面前聊天。当她说他是一个好房客时,他才认出来这是西西娜女士,她说他是这么多年淡季租客里最好的一位,非常安静,和曾经住在这里的他的祖父完全不同。他从未和西西娜女士谈论过自己的祖父,在此时不合时宜地提到他,只可能是想要传递某种信息,但这不应该是此刻讨论的话题。西西娜女士离开的时候,母亲问他她提到关于祖父的事有什么意图。

"我也完全搞不懂,母亲。她有点老年痴呆了,经常把我和这里之前的房客搞混。"

快到中午的时候,他回到房子里把鱼腌好,煎熟。过了一会儿才再次听到她的声音。

"儿子,快来看。"

他走出去在周围看了看,不知道母亲说的是什么。

"在那儿呢。有一只鲣鸟在捕食,是一只褐鲣鸟。你看。"

鸟儿在渔船上方二三十米的高度盘旋。起初绕着大圈螺旋下降,然后突然改变方向,变成离弦之箭垂直射入水中。几秒钟后它重新浮出水面,嘴里一条鱼都没有,然后重新飞上天,继续调整姿势。

"如果说我要是喜欢什么的话,那就是看着这些鸟儿潜进水里捕鱼了。我年轻的时候经常和家人来弗洛里亚诺波利斯和邦比尼亚斯,我会花好几个小时观察鲣鸟。我的父亲非常懂鸟。它们的脑袋里有空气袋,能够减缓潜水时的冲击。你知道吗?我喜欢它们停在石头上的时候,能看到蠢蠢的小爪子和白色的小肚子,真是太漂亮了。我的父亲有一次告诉我,有人发现一只鲣鸟在潜进水里的时候用力过度,直接钻进了一条鱼的嘴里。人们把鱼从水里拉出来的时候,它嘴里还含着鲣鸟的头。鸟和鱼同时死了,因为鲣鸟的头无法动弹以至于它被淹死了。你能想象这样的事吗?"

他看向母亲,她就像一个被震惊的孩子似的观察着这只鲣鸟,同时也自顾自地笑着。他感到嗓子有什么东西堵住了。

"我有个朋友说这两个生物的生命就这样联系在了一起。"

午餐之后他们去冰密甜品店吃了一个冰淇淋。他提议去另一个海滩,但是母亲说自己累了,希望他不要因此而不开心。他们开车上了安特纳斯山,那里可以欣赏城市、海滩、沙丘和西里乌湖的景色。天色暗下来时他们回到家,用仅有的咖啡和三明治准备了一顿简单的晚餐。母亲询问他资金状况如何。

"还可以。卖车的钱让我有足够的资金,健身馆的工资也让我过得不错。你不用担心我。"

"你能借我点钱吗?"

他不明白她为什么需要钱。她说自己做了整容手术。

"做了哪里啊,母亲?"

"颈部提升。还有眼袋。你肯定不愿意有一个像癞蛤蟆一样的老妈吧?你是看不出来差别的,但是我变得更美啦。"

"但是你的钱都去哪儿了?"

"不知道。它们都挺贵的。我也借钱给了但丁,他会还给我的,但是还不知道是什么时候。他说只有完成这本书以后才能有钱,因为他需要停止工作来完成这部作品。那个手术我还差四次分期付款。"

"我现在知道他去年是怎么去越南旅游的了。"

"他会还给我的。"

"罗纳尔多没有钱吗?"

"有一点。我不想找他借。他反对我整容。我想他会借给我的,但是不到万不得已我不想找他借钱。如果你没钱的话没关系。我就是问一问。"

"我几乎一点钱都没有,母亲。"

他承诺会在第二天下午把他仅有的一点钱转给她,她也保证会尽快还给他。周一早上他们很早就起床了,好让她早早上路回阿雷格里港。天色刚破晓,路灯的光芒在他俩的脑袋上打着寒颤。他合上后备箱,拥抱了母亲,在她的脸上亲了一下,并告诉她在路上要小心驾驶。倒车之前她把车窗降到一半。

"对不起,我还是要干涉一下,我觉得那个黑女人并不是真心喜欢你。"

茉莉一整个上午都没有接电话,但是刚到下午,她就在他工作的时候打了回来。她痛哭流涕,因为抽泣都有些喘不上气来。

"我需要你现在就过来。"

"我只能五点离开。你怎么了?"

新的一波泪潮让她说不出话来。

"究竟发生什么了?"

"你能来的时候就赶快过来,好吗?"

五点半的时候他气喘吁吁地跑下斜坡来到了小茅屋,把自行车靠在栅栏上,准备敲门的时候才意识到这里一级水泥楼梯都没了。楼梯不仅消失了,地上还出现了一个不规则的深洞,旁边堆着潮湿的土块,米黄色和黑色的都有。草地上躺着一个锄头和一个铲子。围着洞绕了一圈,他敲响了门。茉莉叫着说门是开着的,让他进来。他一只脚踩在门框上,双手抓住门边,像爬云梯一样进入了小茅屋。

她瘫坐在地上,穿着牛仔裤和脏兮兮的尼龙外套,看上去意志消沉。泥巴弄得到处都是:双手、鼻尖和梳在后面的马尾上。她的眼睛很浑浊,而脸颊仿佛是第一次被泪水浸染。看到他的时候她露出了灿烂的笑容。他按下墙上的开关,把灯打开,然后跪下来抱着她,问她发生了什么。她安心地叹了口气,但是她的亲吻不过是不情愿的条件反射罢了。她朝着厨房柜台的方向指了指,然后把脸转向了相反的方向,仿佛那里有什么恐怖的东西再也不想看见。他站起身来走向厨房。台面上摆了两个物件,一个是三十厘米左右高的银色烛台,和一把竖笛的大小差不多;另一个是铁制的酒杯或是圣杯,里面是铜的,或是其他橘红色的金属。上面还粘着脏土。

"那个烛台我确定是银制的。"茉莉在身后疲倦地说道。

"这个酒杯的里面看上去是铜制的。"

"我觉得可能是金子。"

"不可能吧。"

茉莉深深吸了一口气。他重新摆放了一下台面上的物件,蹲在她的面前,握住她沾满泥巴而粗糙的双手。她说昨晚去请求邻居帮忙,卸掉了水泥楼梯。邻居知道阶梯石块有些松动,用一把小锤子敲了一会儿,想办法把它绑在自己的福特皮卡 1000 后面,然后不断踩着油门直到把楼梯撬了下来。今天旅行社不营业,她从同一个邻居那里借来了工具,在这里挖了一整天,等她用铁锹碰到什么东西的时候已经双臂酸软,双手起泡,全身酸疼。这两个物件被包在了一块布里,而布已经腐烂了。刚把它们拿进房间里她就有了想哭的冲动。

"这太不可思议了。你梦到的就是在这里,不是吗?"

"是的。"她绝望地说道。眼泪重新布满了她的脸,就像玻璃渣一样。她把手抽了回去,把泥巴抹在自己的脸上,和她的皮肤颜色混在一起,就像是新鲜的染料涂在了一幅描绘激烈战争的画卷上。"糟糕。我做了什么蠢事。我现在应该怎么办?"

"应该值不少钱。我想这个酒杯应该不是金的,但是如果是的话……"

"天哪,你还不明白吗?我周六的时候又做了那个梦。"

现在他明白了,只能用无声的惊讶来表达。

"你和你母亲离开以后,我躺下来看了一个之前下载好的电视剧,打了个盹,一小时以后从梦中醒来。我做了个和前几次一模一样的梦。两个神父在我房子门前埋了些什么东西,一个白人女人在那里看着。而这一次有带着探测器的老人和其他一些奇怪的事,但是情况是相同的。"

"因为这件事你才这样的?我的天哪,茉莉。这都是迷信。你又梦到这件事是因为你把梦和这个传说讲给了我母亲,而且被那两个来挖洞的人吓着了。一些事情深入脑海以后人们就会梦到。不用这么害怕。"

"这是第三次梦到了,而且那里真的有这些破玩意儿。我从没想到……"

"站起来。咱们去洗个澡,你像个小脏猪一样。"

"我得把大门换个位置。真是不知道该如何是好。"

他拽着她的胳膊,直到她站起来。

"你就是被吓着了。咱们想想现在拿你的宝藏怎么办。我去把你门口的洞填上。没关系的。"

"今天在这儿睡吗?"

他需要回家给贝塔喂水喂食,但他知道这一刻很关键,他的回答哪怕出现微小的偏差也会改变整个未来。

"在这儿睡,当然了。"

她走向淋浴间后,他也走出门开始填土。由于泥土散落得到处都是,夜幕降临也让干活变得难上加难。他花了挺长时间才完成整个工程。一种诡异的安静笼罩了整个夜晚,他听到树林里传来树枝断裂的声音。一辆车从路上驶过,打破了这份平静。洞被填得差不多了,他在确认没什么安全隐患后,松了一口气。他回到屋里,锁上门窗,洗完热水澡,在冰箱里找到食材,做了一个三明治。他觉得最好能把这两件东西从视野里清除出去,于是把酒杯和烛台放进榨汁机的纸盒子里,再把盒子藏起来,和水池下的清洁用品放在了一起。

茉莉已经侧身躺在了床上,她身上盖着一层毯子和鸭绒被,膝盖蜷缩着,保持这姿势望着墙壁。她不想吃饭。他钻进暖和的被窝,抚摸着她潮湿的身体和编成辫子的干燥发丝,让她渐渐地平静下来。她不想再继续住在这间茅屋了。他说她如果愿意,可以在他的公寓住一段时间,然后问她有没有考虑过以后在加罗帕巴定居。安布罗西乌、平古里图和西里乌还有不少便宜的地,两三年以后价格都会翻一番,如果现在就开始找的话肯定能在不久后就找到一块好地方,然后盖一栋房子。

"你是在邀请我和你住在一起吗?"

"是的。如果你愿意的话。"

"那咱们的房子会是什么样子的呢?你说咱们会在山坡上找到一块地吗?我喜欢住在半山腰。不需要很高的地方。"

他们对房子的未来憧憬了很久,直到她的迷人嗓音变得单调模糊,细若游丝,最后安静下来。这是她第一次在他身边睡着之前，没有冗长的前奏，没有躁动和呓语，他知道是因为她身心俱疲，但他更愿意相信是因为别的原因。

那天早上是他最后一次见到她。他比往常起来得更早一些，轻轻地把她晃醒，对她的耳边说自己需要回家一趟，让她一起床就打电话来。她嘟囔了几声表示同意。他骑上自行车，一刻不停地赶回了公寓。贝塔已经在卫生间的地上撒了尿。他给它倒上水和食物，然后带它去海边散步。这一次他就在岸边旁观，让它独立下水。它用一种很用力的泳姿游泳，速度也快得惊人。面对平坦水面上浪花的拍击，它勇猛无惧，被浪花淹没后，它晃动着脑袋，用小嘴把水吹开。几分钟以后它回到了沙滩上，用受限的动作朝着他小跑过来，前爪只有在必要的时候才辅助使用。到了上午十一点，茉莉还没有打电话过来，他就拨了过去，但是没人接听。他以为她把手机开到了静音模式，仍旧每十分钟拨打一次，直到收到手机不在服务区以及关机的短信提示。等他注意到的时候，上班已经迟到了。整个下午泳池的授课效率很高，他在上课间隙还是不停地尝试打给她，最后还打电话拜托波诺博开车过去看看她是否安好，但是他人正在弗洛里亚诺波利斯的警察局更新自己的护照。五点钟一到，他就骑上车，卯足了劲蹬到了铁锈海滩。小茅屋关着门，摩托车却不见了，手机还是拨不通。

接下来的几天他都会去小茅屋那里，但一直没有她出现的迹象。邻居们没有见到她出门或是回去。第三天的时候太阳之旅旅行社来了一个新的小姑娘，她说没人知道茉莉到底出了什么事，但她周二没来上班，也没有留下任何口信，这实在是太奇怪了，而且上一周的工资她还没有领。第四天他去警察局报案，警察告诉他对于人口失踪案，如果一周以后她仍旧没出现，他们就会开展非正式的调查，核对已获得的信息，然后启动搜寻程序。他不知道她的全名，但说到了她在当地的心理和社会辅导中心以及卫生站做调研，还提供了她父亲的名字，茉莉曾经提起他是阿雷格里港党的代表。他还提供了一些若阿金先生的线索，那位住在铁锈海滩的老者曾经在小茅屋边徘徊，但他最终还是决定不提那些和埋藏在地下的宝藏相关的传说。

第五天他和波诺博成功地把其中一扇窗户撬开了一点。即便他的记忆能力有问题，也能分辨出来小茅屋的布置毫无变化，和他周一早晨留她独自一人在屋里睡觉时一模一样，唯一的区别是水池下面的箱子不见了，那里装着酒杯和烛台。第六天他独自经过那里，若阿金先生和他的孙子或是曾孙在房子外面偷窥。他询问他们是否知道茉莉的去向。老人回答说这是他才应该知道的事，然后指了指窗户。

"这里被撬开了。"

"是我撬开的。你们从这块地方离开再也不要回来了。如果我再抓到你们其中一个人的话，事情就不是那么简单了。"

"你们找到了吧。"

"滚出去。"

他抓着若阿金的胳膊，朝大门方向拽了好几米。男孩把帽檐转向背后，眼神里透露出恶毒的诅咒，然后和老人一起离开，消失在马路的入口处。

第七天茉莉发了一条短信说自己回到了阿雷格里港，她需要想一想，如果回去的话就会打给他，应该要不了几天。他发了一条短信问自己能不能打电话给她，但是她没有回复。即便这样他还是试着打了过去，没有人接听。他又接着打了五次，直到她把手机关机。他去了警察局把案件撤销了。"女孩回到了阿雷格里港的父母家。"警察说一般都是这样。

直到八月中旬她才打电话回来。两天前她和一个表兄回到铁锈海滩的小茅屋收拾东西，把所有的家当都搬上一辆小型搬家卡车，然后把钥匙还给了房东。现在她已经回到了阿雷格里港。她对于没有回电他表示抱歉，也对自己毫无解释就消失表示了对不起。她不想再待在加罗帕巴了，也不打算完成自己的硕士研究。她准备和父母一起住一段时间，直到安排好自己的生活，找到新的方向。她曾经以为自己能爱上他，但是也提前暗示过，难道不是吗？她不知道怎么样真正去喜欢一个人。她说他是一个好人，一个非常帅气和温柔的好人。希望他没有真正地爱上她。她在做必须要做的事情时总是非常果断，哪怕知道这个人是最好的，也还是会和他们分手。她说她觉得自己别无选择。挖出宝藏后的那天早上，她一个人独自醒来，十点左右的时候突然陷入了恐慌，内心涌现出逃避一切的冲动。发现台面上的物件不见了，但看到冰箱上面的搅拌机，她立刻反应了过来去寻找盒子，直到在水池下面的橱柜里找到了它。她穿上了暖和的衣服、靴子和手套，把行李盒装到了摩托车上，把银制的烛台和镶金的酒杯放了进去，背起背包，决定把这两个东西带到摩托车的油箱所能到达的极限位置，扔到那遥不可及又荒无人烟的地方。驶进 BR-101 国道后，她一路向南，加速驶离加罗帕巴。她愈发地觉得这个旅程不能回头，因为她会在摆脱这些受到诅咒的宝藏之前以某种方式死去，它们就像拉了保险栓的手榴弹一样躺在她老式摩托车的行李箱里，而在死亡到来之前那最后的清醒时刻，绝望和死亡激发出的清醒让她全方位地体会到短暂人生中的悲喜。她感觉自己二十岁之后的岁月已经失去了青少年时期独特的光彩，仅仅成为了时光流逝的空洞写照。她不愿意再去相信这个传说，也不想独自一人住在湖边的小茅屋，询问别人是否吃了药，询问比尔用Excel设计表格和作图是否开心，却得不到任何结论。她不知道自己想要做什么。这并不是她想要的。她和他不一样，他好像属于这个地方，而她从来都不曾属于这里，她已经在这里待了足够长的时间来明白这一点，这也是她在这里唯一学会的事情。回过神来的时候，她已经骑到了克里西乌马，没有多想就拐进了右边的第一道出口，一直向前骑到车子所能到达的最远距离。公路越来越窄，BR-101公路旁的城市如经历世界末日一般渐渐地消失，取而代之的是简单的村庄和翠绿的农场，同时若劳山脉巨大的岩壁在她面前逐渐耸起，她看到了鹦鹉和大嘴鸟紧贴着树林飞翔。她在一个叫南亭北的小镇加满了油，加油站的工作人员告诉她罗西尼亚山顶就是她想要寻找的遥远地方。消灭了一罐可乐和一袋薯片之后，她朝着那个方向前进，看到他发来了不少条短信，打了无数个电话，她把手机也关机了。她不能在那个时候回复他，不然就会前功尽弃。泥土小路极其陡峭也十分危险，最开始的一段是几公里长的大石块路段，她用双腿控制着摩托车以防它掉进恐怖的万丈深渊里。经过马蹄形的转弯时她眼前的视野只有几米，只能向上帝祈祷不要撞上任何一辆货运卡车，它们在下坡的时候完全没办法刹车。她中途停在了一个天然的观景台上，俯瞰着峡谷的岩壁和海滨平原一直延伸到海岸线，然后从行李箱里拿出烛台和酒杯，用尽全力把它们逐个扔进了峡谷的树林中，它们就这样被大自然悄无声息地吞噬了。成功地扔掉了这两个物件之后，她继续朝山顶骑车，心想着也许现在就已经摆脱了诅咒。等到了山顶时，她已经不再相信这个传说，却明白了自己所害怕的是另外一件事，而这个诅咒只是替罪羊而已。居高临下，眺望远方，她觉得自己自由了。微风在峡谷周围沉淀下来，凝结成充满白色蒸汽的奇异云雾，在她眼前时而萦绕时而分散，过不了多久就要吞噬掉整个山脉。她骑上摩托，行驶在布满了大块石子的土路上，越过连绵的丘陵，穿过淡绿色的农田，看上去那些田地几乎泡在了海里。她被风霜微微冻红了脸颊，骨骼在寒风中颤抖，终于到达了圣若泽杜斯奥森蒂斯，接着是邦热苏斯，在那里她找到了一家二十五雷亚尔一晚的宾馆，疲惫又快乐地瘫倒在绵羊绒的床褥上。第二天她从沥青马路上返回阿雷格里港，历经了五个小时的美好路程，终于回到了自己家，又经过数天的反省和思忖之后，她决定要和加罗帕巴以及那里的一切事物一刀两断，因为她已经成为了另外一个人，再也无法继续住在那里，也再也没有意义住在那里。她既没有回他的短信也没有给他打电话，因为她很担心匮乏的言语无法解释到底发生了什么，亦或许仅仅相信沉默才是最好的良药。因为不论怎样，谈到这件事、试图解释原因或者表达心意都会让人伤心。语言会让它们腐朽，命名则会让它们死去，他是否能够理解呢？他是否能原谅她呢？他是否一切都好呢？

他说自己无法原谅她，但是能够理解，并且一切都好，如果她愿意的话知道去哪里找他，并且希望她过得开心。没有看出他有任何意愿想要讲述过去的十天他是多么地痛苦，仿佛他的生命失去了全部，也失去了任何一丝可能幸福和快乐的机会。他会喝酒直到失去知觉，跑步和游泳直到抽筋，但是从此以后一切都会恢复正常，事实上他也不那么想她了，她的面容在他们一起醒来的最后一个早晨他离开后的十五分钟后就从他的记忆中消逝了，再也找不回来了，除非她能寄来一张照片，他也十分希望她能这样做，但坦白地说，他从另一个方面也已经忘记她了，那种感觉到现在还会让他难过，但是最终无论如何他还是告诉了她，她哑口无言了片刻，说道："你看吧？你也不是那么爱我的。"

  西西娜女士对他的到访并没有感到惊讶，什么都没问就邀请他进屋。两人客套地寒暄了一阵。客厅的电视开着，播放着午间新闻，一位老人像植物似的一动不动地坐在沙发旁的轮椅上注视着他的到来，身上盖着一件羊毛披风和一个毯子来抵御寒冷。楼下的厨房飘来一阵炸鱼的香气。

"你还没见过我的丈夫吧？"

"没有。他叫什么名字？"

"谁。"①

"你的丈夫。"

"这就是他的名字。我们都叫他'谁'。他的真名是谁力诺。"

"谁力诺先生下午好。"他点头朝他打招呼。

老人的呼吸变得沉重。

"请坐吧。你要喝一杯咖啡吗？"

"不用了，西西娜女士，非常感谢。我很快就走，这次过来就是问一件事。您还记得几周以前我母亲来这里，您和她在公寓门口聊天吗？"

"是的。你的母亲人很好。"

"她也很喜欢您。"

"你的女朋友呢？她怎么样了？"

"她走了。回阿雷格里港了。"

"再也不回来了吗？"

"我想是的。"

---

① 这里用的是 Quem，他的真名为 Quirino。

"你不跟着她一起回去吗?"

"不。"

"真遗憾。"

"西西娜女士,今天早晨我带着狗在巴乌石那里游泳……"

"你的狗怎么样了?"

"它很好。还有些瘸,但是已经可以伸着舌头跑了,能够跟着我去任何地方。"

"它像一条鱼一样地游泳。"

"您说得对。但是我就是在今早带它游泳的时候看了一下公寓的大门,想到了当时您和我母亲在那里聊天。我突然模模糊糊想起来点什么,但是又说不上来到底是什么,直到突然间'砰'的一下,我想起来了。您那天提到了我祖父。还记得吗?"

"我说了吗?"

"是的。但是我从来没有和您讨论过我的祖父。"

老谁力诺在轮椅上喘着粗气。

"我听大家说你是来打听关于你祖父的事情的。我实话跟你说吧,如果听别人建议的话你早就被赶走了。他们请求了好多次让我把你赶到大马路上。但是你给了我一年的支票,这是我的纠结之处。"

"您当时说他不像我一样安静之类的。您认识他吗?"

"我不认识。"

"但是您知道点关于他的什么事吗?我知道他死在了这里,但是除此之外每个人告诉我的都不一样。我已经决定不去追查了,但是现在一切又回来了,我已经快被这段历史逼疯了。"

"你病了吗?你之前没有黑眼圈的。"

"如果我不弄清楚的话,甚至都无法继续我的生活,西西娜女士。我的父亲在死之前提到了祖父。他想要知道发生了什么,而我现在也想知道。我需要知道。您一定要帮帮我。年长的人里面只有您是我的朋友。我诚挚地恳求您,拜托您了。"

老谁力诺开始咕咚咚咚地咽口水,或是其他什么玩意。西西娜女士沉默了一会儿,无助地看着丈夫,接着起身推走轮椅,消失在走廊里。几分钟以后她回来了,重新坐在了刚才的单人沙发上。

"我认识你的祖父。他在这儿的时候所有人都认识他。但是很少有人了解他。那时候我还是女孩。"

"您知道他是怎么死的吗?"

"知道,但是我不能告诉你。"

"为什么不能?"

"我害怕。没有任何一个看到那件事并且还活着的人会告诉你的。"

"您看见了吗?"

"看见了,并且我每一天都在祈祷希望能够忘记它。"

他把手放在额头上,叹了一口气。西西娜女士站起来,拿出一支笔和一沓记事贴放在电视柜上,重新坐下来,不慌不忙地写下一些东西,电视背景里正播放着一家商场无休止的广告。

"你千万别告诉任何人是我向你提到了她。"西西娜女士边说边递给他一张纸,"你编一个别的理由。只有我的丈夫知道你来过,而他也不能开口。"

他看了看那张纸。上面写着一个女人的名字,桑迪娜,一串电话号码和一栋位于马卡库海滩的房子的地址。

"她那一天并没有亲眼看见事情的经过,但是她什么都知道。她是唯一一个能够告诉你的人。"

"她是谁?"

"她曾经是你祖父的女朋友。"

坚硬的小路围绕着西里乌湖,穿过马卡库沙滩、马卡库以及佛图纳图山的村镇,最终到达马卡库海岸。那里聚集了一小片位于山坡顶端的木房子和石头房子,部分土地已经缺少植被覆盖,山体一直延伸到湖边。从村庄的观景台能够看到小山环绕在湖边,只留下窄窄的一个小缝隙露出西里乌沙丘奶油般的沙子,以及更远处延伸到天际线的大海。两头牛在一个小的牛棚里反刍,仿佛因为看到风景而感到恶心;温顺的杂种狗在阳台和门口注视着来往的摩托和自行车,守护着自己渺小的领地。由于天气寒冷,绝大多数的房子都关着门,一群孩子在路中间朝学校走去,他们穿着蓝色的公立学校校服。经过学校之后,村落的密度开始逐渐下降,左边出现了一条陡峭的小路通向桑迪娜的家。他努力地蹬着自行车,骑过这段漫长又曲折的旅程,最后一段只能推车向上爬。房子由石头砌成,外壁被涂成天蓝色,门窗半掩着,能看到屋子里有好几个人走动的身影。

他轻轻敲着门,很快就有一个姑娘接待他。她的脸颊被冻得红彤彤的,黑色的头发扎成了马尾,下巴上有一道很长的伤疤。他说是来找桑迪娜的,然后她从头到脚打量了他一番,手一直抓着羊毛短外套的边和胸平齐的位置。他解释说来之前本来打算预约探望的时间,但是她的手机没人接,而这件事又很重要。他做好了被打断和解释的准备,但是女孩直接打开门,请他走进了一个餐厅,这里的光线很微弱,有一扇门通向走廊,另一扇通向厨房,那里传来烧鸡和香菜的强烈香味。午餐桌上面铺着餐布,摆放着丝绸做的玫瑰花,一个老人和两个小孩还在吃饭。厨房入口附近有一个大约六十岁的小女人,她穿着褐色的厚羊毛外套,正在另一张矮一点的桌子上揉着烤面包用的面团,桌上摆着一大幅装裱过的基督像。女孩用头示意了一下,同时这个女人站了起来,在一张白布上擦了擦沾满面粉的手,用细细却又沙哑的声音对他说:

"进来吧,孩子。你已经吃过午饭了吗?"

"吃过了。您就是桑迪娜吗?我……"

"是的,但是客人不能在这个房子里只看着食物。阿尼尼亚,去找一个盘子来。你喜欢吃鸡肉吗?"

桑迪娜开始拉椅子,却突然停住了,后退了一步用手捂着嘴。

"天哪,他长了一张高乔人的脸。"

"我是他的孙子。"

"谁是高乔人啊,奶奶?"

大家都一动不动,也没人说话。桑迪娜还保持着目瞪口呆的模样。另一个女人出现在厨房门口。老人结束了午餐,把刀放在盘子里发出了很大的声响,然后把头转了过来。

"你到这儿来干什么,孩子?"

"别说话,欧雷斯特斯。"

"谁是高乔人啊,姨妈?"

"您想让我下一次再来吗?"

"不用,孩子。没关系。你已经吃过了吗?阿尼尼亚,盘子。"

给他开门的女孩去厨房找来了盘子和餐具。桑迪娜给他倒了一杯可乐,盛了鸡肉、米饭、一点黑豆和一勺当地磨坊制作的纯白的木薯粉。他边吃边解释了他的住处和他来自哪里,自己的父亲在年初去世了,曾经告诉过他祖父在加罗帕巴居住过。他小心谨慎地试探着讲述了这件事,因为还有其他人在饭桌上和厨房里。

桑迪娜明白了他的意思。

"咱们去外面路上聊一聊吧。但是你得先把饭吃完。"

走出屋子他才意识到，在这么短的时间里微风已然转强，撩动起湖面的涟漪，摇晃着四周的植被。天空没有乌云。他扶着桑迪娜的胳膊，慢慢地走向泥土铺成的马路。她指了指马路对面的一个地方。

"我走不了多远，但是咱们可以到那里去。那里有吹不到风的木凳子，因为学校的墙把风挡住了。我不知道自己能不能过完今年。我已经在医疗系统里等了七个月要做手术。"

"您生了什么病？"

"癌症。已经是第二次了。"

桑迪娜没有说是什么部位，他也就没有追问。他试着不要过度用力地抓着她的胳膊。她像羽毛一样轻。

"这地方真漂亮。我从来没来过这里。从远处看这里的山不显得这么大。我们是从不同的角度看到湖和海滩。"

她向后望了望，朝着自己房子背后的山坡做了一个环抱的姿势。

"你看见这些了吗？这里的土地？你猜猜都是谁的。"

"你丈夫的吗？"

"都是我的。我丈夫死了。房子里的那个男人是我哥哥。昨天也来了个男孩，从你的城市来的。他想买山上的这块地。我的孙子和他上了山，带着他看了看这里。我出价五万雷，他觉得贵了。然后我说那就涨到一百万了。因为十年后它的价值就有这么高。这里将来都是豪宅。好好看看这里的大自然吧，珍惜吧，因为就要消失了。我活不到那一天了，但是你会看到的。我只希望自己的儿子不要把什么都给贱卖了，然后花在不值当的地方。我的邻居把土地分给了每个儿子,他们都是些可怕的混蛋,第二天就把土地变卖,把全部的钱都花在车子的轮胎和毒品上了。我试图让我的儿子和孙子理解这里将要发生些什么。"

他想要帮她坐在凳子上,但她摆了摆手拒绝了。

"还不至于。你怎么找到我的?"

"我一直在调查。我找到了警探,就是您当时从拉古纳找来的那位。"

"那个警探什么都没有找到。真可怜。他们直到最后都没对他讲实话。"

"您曾经是我祖父的女朋友吗?"

"是的。那时候我很年轻。我以为他会像当时说的那样带我离开这里。爱情是一颗绝望的心脏。"

"他死的那一晚您没去舞会是吧。"

"没有。我有些头晕就在家待着了。我……"

她叹了一口气,颤抖了一下。

"您没事吧?"

她把脸转向了他,却并没有看着他。她哪儿也没有看。她的脸庞布满了皱纹,绷得紧紧的,眼睛布满了血丝。

"他们对你说了什么?说他是鬼吗?说他是恶魔吗?说他从来都不会死吗?说他给加罗帕巴带来了厄运吗?说他为了报复杀了那些女孩吗?这里没有属于高乔人的地方,但他还执意要留下来。真是个固执的家伙。他们说他杀了若泽·菲利斯阿诺家的姑娘,但并不是他干的。他对我发了誓。没有人知道是谁干的。但是他们抓住了第一件能够摆脱他的事。那个时候有很多高乔人出现在这里,当地人都不喜欢他们。有过许多打斗,许多争吵。你的祖父受不了侮辱,用刀子威胁了他们。所有人都怕他。他是一个高大威猛的男人。他能够消失在水里去捕鱼。很多人都说那只是个戏法，说他很危险，其实并不是的。他只是不太知道如何与人相处，内心深处实际上是一个很温柔、很诚实的人。他非常的热情。那天我没去舞会是因为头晕。我怀孕了。他一直都不知道。也许我去了他们就不会那样对他了。"

"他们对他做了什么？"

"我给警探发了电报因为我认为他只是失踪了。尽管那里全是血。但是我想要看到尸体。我想找到我儿子的父亲。"

"他们对他做了什么，桑迪娜？"

"之后我又失去了我的孩子。如果他出生的话应该是你的叔叔。"

"他们对我的祖父做了什么？"

"他们关了灯，用刀捅他。许多人一起做的，我也知道每一个人的名字。他们试图向我隐瞒，但是经过这么长的时间我什么都知道了。这些试图杀死他的人全都死了。据说他们朝他身上捅了一百多刀。开灯的时候尸体就在那里。有人去拿床单，准备把他裹起来扔在树林的洞里。找床单花了不少时间，等他们找到需要的东西时他突然站了起来，然后又在那里躺了很长时间。他后来动了几下，紧接着又站起来，把别在皮带上的刀拔了出来。他们从他身边退开，他看着每一个人的眼睛说会杀了他们。叫嚣声此起彼伏，但是没有人敢去结束这项任务。他不可能还活着，那地方像是屠宰了一头牛。据说他走向了海边。他手里一直拿着刀，说要回来抓住他们每一个人，说他会杀掉每一个人的老婆和孩子。有人说他用未知的语言喊叫了些什么，也有人说他的眼睛里冒着火。他蹒跚着踏进沙滩，迈进海里，游向海的最深处。他就这样消失了，直到今天人们还认为他是妖魔鬼怪。只要说到他他就会出现，造成悲剧。他比恶魔更恐怖。这种恐惧从父亲传给了儿子。你还不明白吗？只要有女孩被谋杀人们就说是他干的。哪怕已经找到了真正的凶手。这是挥之不去的诅咒。他们说高乔人的鬼魂在杀光谋杀他的人的全部后代之前是不会安息的。他不会停止，哪怕在他死了之后。就算是那些知道他还活着的人也为这个故事添油加醋，好让自己相信他已经死了，并永远忘记。羞愧和恐惧，这就是故事的全部。"

"那么他没死吗？"

"我们相遇过三次。"

"他住在哪里？"

"在山上。"

"山上的一个房子里吗？"

"不是的，就在那里的山上。但是他已经疯了。不太看得出来是他了。真是很悲惨啊，悲惨。"

"但是您认为他还……"

"我不知道。我们最后一次碰到已经是五六年前了，我觉得应该是最后一次了。我身体已经很差了。我也不想再看到这样的事。如今他应该差不多九十岁了。他很有可能还活着。那个家伙不会那么早死的。"

"您最后一次是在哪儿看到他的？"

"就在这里的弗雷塔斯山背后。另外两次是在奥维多。但是他哪儿都去。每一个地方的人称呼他的方式都不一样。在雅瓜鲁那人们好像叫他贝壳老人什么的，我一直觉得那就是他。"

桑迪娜用手指背遮着自己的嘴，一直看着他，直到他移开目光望向湖面的狂风。

"你会去找他的吧。我知道你会的。"

"我想是的，桑迪娜。"

"我能从你的脸上看出来。你们俩一模一样。"

"大家都这么说。"

"科瓦特里斯特住着一个人，他既不识字也不会写字，但是他能作出带韵脚的诗。他口述然后人们记录下来。有一首是这样的：

> 每一个老人都曾经年少，
> 男孩也终将历练为男人，
> 他们向上帝祈祷，
> 让自己流芳后世。
> 我的儿子你不要骄傲，
> 骄傲终将与大地沉沦，
> 因为我们都来自泥土，
> 同样这泥土将吞噬我们。"

第三部分

10

　　因坎塔达寺位于山顶，车子在无尽的上坡路上打滑了。莱奥波尔多拉紧手刹，调低了喇叭里播放的雪崩一般的失真电吉他声，屏气凝神了片刻后，小心翼翼地缓慢踩下油门，嘟着下嘴唇，全神贯注地注视着前方。雨似下非下，一层浓密的雾气一直笼罩在不远处的上方，但总是可望而不可即。他们顺着硬土坡上的水泥带向上爬，尽管莱奥波尔多对路况十分熟悉，还是只能把车挂在一挡。终于他们到达了公路最高点，驶过一小段下坡后，荆棘丛生中突然出现了一块坑坑洼洼的空地。靠右的位置有一尊佛像，左边有一条石板路通向一栋装饰着葡式瓦片的两层小楼，木质的墙壁被涂成了土红色，那里就是寺庙。他们把四轮驱动的吉普车停在阶梯前，从阶梯上去就是寺庙的入口。这时还不到早上九点，光线渗透进云层里，就像使用已久的荧光灯断断续续地亮着白光，营造出一种梦幻般的场景。佛像还没有完工，身上布满了干湿程度不同的暗色水泥块。雕塑整体大约三米多高，佛像比普通人稍高一些，宝座下方是雕刻的石狮子。佛像是一尊坐像，双腿盘在一起呈莲花状，一只手放在腿上，另一只手举了起来，双手持着他无法辨认的法器。莱奥波尔多曾经多次参加寺庙的部分建造，于是走上前去和两个工人攀谈起来，他们正在搭建佛像旁那栋建筑的屋顶。他则去找鲍尔登喇嘛，昨晚已经通过电话预约了今日的来访。

　　寺庙内的地板、墙壁、屋顶和横梁都是由涂成血红色的木材制成。许多高度一米左右的佛像展现了众多的菩萨形象，他们都是坐姿，用手掌和手臂摆成不同的造型，或者握着宝剑和其他的法器。佛像全部被涂成了金色，部分细节用蓝色、红色、绿色和黄色表现出来。寺庙的一个角落里放置着一个佛坛，供奉着一张喇嘛的肖像。天花板上挂满了彩色布块装饰的灯，四周张贴着藏语的铭文。佛香散发出的气味以及脚踩在地板上发出的咯吱声，就这样融入潮湿的树林发出的味道和背景声中。

鲍尔登喇嘛突然从后面的一扇门里出现，从那里能通向一个私密的院子。这位女喇嘛身边还跟着一个小姑娘，两个人都是金发碧眼，尽管天气很冷，她们却还光着脚。他做了自我介绍，但她好像不记得他前一晚曾打来过电话。喇嘛把小姑娘送到了路上，同时他开始思考自己到底是来询问什么，怎样做才不会显得很傲慢或是不尊敬，但是在他开始说话之前，她提出他是今天第一个到的，邀请他把祭品放在六尊佛像前的祭坛上，来积攒一些功德。鲍尔登喇嘛高雅地移动着她纤细而高挑的身躯。她戴着一串和波诺博一样的念珠，穿着粉色的开司米长袖衬衣。她瘦骨嶙峋的脚时不时会从长裙下露出来，裙子的花纹错综复杂，裙边还绣着串珠。她脸上最引人注目的是瘦长的下巴。眼睛很清澈，睫毛几乎是透明的颜色，散发着灵魂的宁静，而她的体态则折射出她对完全素食主义的推崇。她的声音既温柔又中气十足，惜字如金的背后透露出对安静的尊崇。这个人没有开心抑或是不开心。她走到院子里，打开水龙头，端回了盛满水的水桶。在鲍尔登喇嘛的指导下，他双手合十在头顶、面前和胸前——象征着灵魂、精神和身体——拜了三拜，然后跪了下来，将额头贴在地面上，来完成自我的净化。喇嘛最后指导了几点，然后离开了。她用塑料水壶从水桶里盛出一些水，装满了三十个容器的圆形壶嘴，它们分别摆放在主祭坛和大厅角落的小祭坛上。他在佛像的注视下坐了下来，等待着即将到来的其他信徒。他听到其他车辆停在门外，陆续进来了三位盛装出席的女士和两位男士。先是两个疯疯癫癫的女孩，然后是一对年轻的情侣，其中女孩是短发的巴西人，而男友则是个光头的阿根廷人，作为一位中年的冲浪者，他的形象很典型，青筋暴起，文身布满了脖子和手臂。最后进来的是一米九高的莱奥波尔多，他和大家逐个打着招呼。

打坐主要分为如下几个步骤：首先盘腿坐在木质书架前，从左边的鼻孔呼出空气，然后是右边，最后两边一起呼气，象征着仇恨、自私以及傲慢被排出了体外。然后他听鲍尔登喇嘛讲述逃离自我陷阱的必要性，接着再次审视自己的精神，最后背诵一系列经文和咒语，几乎每一次背诵都要重复三次。诵文的时候，他的语速很快，音调单一，偶尔会有微小的声调变化，在背诵长句的时候快要用光整整一口气。每一段诵经的间隙，喇嘛都会让信徒们在脑海中构想有光球从佛祖的心脏投射出来，经过信徒的嘴巴和嗓子，再穿透他们的身体。他试图这样想象，也努力集中精力跟上经文的诵读和喇嘛的讲解，但是没过多久他的思绪就飞到了别的地方。外面的树叶滴着水，楼上不知是谁在踏着地板、摔着东西，也许是他刚来的时候陪着鲍尔登喇嘛的那个小姑娘。他逐渐被波诺博耐心解释的一系列佛教理念和思想所吸引：世间万物并非永恒；个人仅仅是昙花一现；一个人无非是由身体和灵魂不稳定的组成成分构建而成的瞬息即逝的形状；我们需要打破错误的观念，明白我们不是完整的、永恒的、经久不衰的、独立的或是与世间万物的流动毫无关联，这样才能与这个世界进行互动，用一种更加自愿、同情和超脱的方式，来减少自己所承受的痛苦，也以此来减少自身所造成的伤痛。这些他第一次听说的理念与他的直觉和信仰不谋而合，但是庙里重复的诵读和集体冥想却并不能带他通向这些理念。就在诵读和冥想的时刻，他感受到一股冲动，想要让这些嗡嗡声就此打住，想让喇嘛和佛像都消失不见，想仅仅面对着一堵墙壁或是天际线一个人安静独处，或是去不停地跑步和游泳，直到在脚步的跑动、手臂的划水、肺泡的呼吸和心脏的跳动中因为过度的身体消耗和与整个思想的对话，让自己作为人类的感受消失殆尽。他理解这些人所追求的东西，它们与他所追求的相同，也与所有人追求的东西一致，只不过他们的方式有所区别，但也许——他从现在开始怀疑，说不定这两种方式是势不两立的。他开始对仪式感到不耐烦。从某一刻开始他只想让它尽快结束。

  打坐结束时，喇嘛和那位短发的姑娘讨论了一些关于在寺庙售卖自制佛教装饰品的细节，他一直等到她们的交谈结束，终于有机会能够插上话，来询问那个最初指引他来到这里的问题。他想知道如果佛教的整体教义都崇尚淡化任何存在于时间中的自我，这种情况下他们对轮回是如何解释的。"因为如果一个人转世投胎，对不起，重生的话，属于他的某一部分必定会复活，否则使用这个字眼就没有任何意义了。"波诺博曾经说过并不完全如此，重生并非是指肉体而是精神状态，实际上从这个概念再往深解释起来就很复杂，但是他认为一个重生的灵魂，与一个重新出现的精神状态被归结于来自一个逝去的人，仿佛这个人的一部分还继续存在，这两者是没有任何区别的。他无法找到自己想要表达的字眼，但却知道自己的问题越来越支离破碎了。鲍尔登喇嘛一直全神贯注地聆听，直到他说得筋疲力尽。接下来她的只言片语阐述了只有冥想才能让转世和重生的存在变得完全合理。通往启示的道路就是对精神的训练，这与身体的训练类似。"只有练习才能揭示经验，"她说道，"事实无法通过理智的视角或是西方的二元论来理解。"她同时强调说启示消除了重生的循环，并问他还有什么其他想要知道的。他盯着她,好像已经吸收了她讲述的一切,多次表示感谢后准备离开。她让他不要放弃之后的打坐,是每周日早上九点。

莱奥波尔多赞成顺路去波诺博的旅店。波诺博正在前台的电脑上看色情视频,音量开得很大,看到他们进来的时候他叫了起来。

"亚哈队长!莱奥波尔多大牛排!"

"已经告诉你不要这么叫我了。我一点都不喜欢。"

"好吧,莱奥波尔多大牛排。"

"你真是个大笨蛋。"

"你们不也叫我波诺博嘛,我从来都没抱怨过。"

"可是你喜欢啊,不是吗?这可不一样。我要给你起一个烂外号。"

"在阿雷格里港南边,人们也叫我猴子、埃博拉和搅屎棍子。你们可以选一个。哦对了,游泳者,你和喇嘛说上话了吗?"

"是的,我们就是从庙里过来的。"

"太棒了。你们等一下,有从库里奇巴过来的一家人要在十五分钟以后离店,然后咱们可以去吃点披萨。你们可以去餐厅的冰箱里拿啤酒。"

波诺博咖啡厅有四张桌子,他们三个人在其中一张桌子上胡吃海喝地度过了一下午。莱奥波尔多虽然是个大块头,但是很快就喝醉了,开始语无伦次地讲述他今天第一次打坐的经历。波诺博摇着头听完了整个故事,然后斥责了他。

"你真有种啊,游泳者。已经用重生的问题拿枪指着喇嘛的脑袋了?"

"这是我的疑问啊。"

"她说了什么?"

"让我一直冥想直到理解它。"

莱奥波尔多笑了出来。

"我早就告诉过你,波诺博,理想的情况是最好不要开始。"

"老家伙,你对这个重生的问题已经执迷不悟了。该翻篇了。为什么重生是否存在这个问题对你来说这么重要呢?"

"重要的是我想知道它并不存在。其他的所有理论我都很认可,但是这一个小细节破坏了一切。"

"你听着,游泳者。重生的问题在原始佛教中并不是很重要。佛教乘着降落伞到达西藏的时候,那里兴盛着各类巫术,而其中一部分遗留了下来,但它们却和唯灵论的转世不同。如果你能理解一个人就是精神状态的有机聚集,那么一个灵魂可以转世的概念就说得通了。用你能理解的通俗说法解释,重生的东西就是这些精神状态,它们继续前行,直到在特定的时刻重新聚合在一起。就像你的肉身埋葬在地下,成为了植物和蛆虫的养分,组成你身体的原子也是星尘。"

"我身体的原子可能是星尘,但是并不代表我的体内就有星星。"

"你别像嬉皮士一样说话。"

"你明白我想要说的吗,波诺博?星星会死去,我也会死去。这完全没有区别。原子并不是星星的,我的精神状态也不是我的。那么这个精神又是个什么破玩意儿?我觉得不过是用一种聪明的方式来表达对灵魂的相信。只不过是佛教徒藏在床底下的永恒的边角料。"

"咱们创造出来一个魔鬼,牛排。"

"我可是提醒过你们的。最好的情况是干脆不要开始。"

"死亡之后生命是无法继续的。没有办法。这太荒谬了。如果能证明生命会延续,我就去自杀。"

"那样做也就没有意义了。"

"你真是无趣极了。你是我见过的最疑心重重的可怜鬼。"

"我可不是疑心重。我只是什么都不相信罢了。"

"如果上帝存在的话他会被你逗乐的。"

莱奥波尔多举起玻璃瓶打了一个嗝。

"咱们为了这些冲动的信仰都不存在而干杯吧。"

他和波诺博都举起了酒瓶。三个酒瓶的颈部碰撞在一起,他自己的那个被撞得粉碎,玻璃碴和啤酒溅得到处都是。三个人还保持着伸着手臂的姿势,一动不动,面面相觑,慢慢消化着刚才发生的事。瓶子在空中一瞬间就碎了,但是拿着它的感觉过了一会儿才消失。

冬天的某些日子和夏天一样温暖,这个九月的第一个周一就属于这样的天气。晾衣绳上挂满了衣物,床垫也在草地和阳台上晒着太阳。只要人们有空就都去海滩上晒太阳了。帮两个政党各自的候选人拉票的志愿者都早早出动,不停造访选民来暗地里购买选票,为他们送去一袋袋的水泥,或是帮助他们免除摩托车的分期付款。受到关爱的孩子们到海边来上免费的冲浪课,吸吮着早餐里的橙子。他穿上橡胶衣,把贝塔放到路上,从石头上下到了海里。最开始的几下划水,冰冷的海水从领口和拉链灌了进来,慢慢触碰到他的后背和肚皮,但是没过几秒钟他就被自身的温度焐热了,浸湿的衣服变成了保护层和隔温层。他朝左边换气时,看到贝塔跛着脚在沙子上跟着他跑,并不断地在渔船间窜来窜去。不知道它是如何做到的,但这就是事实。主马路上有一个智障,身边跟着一位随行人员,举着一个底座刻有"奥林匹克数学周"

的火炬，身后跟着一个由"残障人士亲友协会"的微型公共汽车组成的小火车，上面坐着其他参加火炬传递的残障人士，还有两辆鸣笛的警车，一起走向火炬的下一个传递点保罗洛佩斯路。波诺博正在玫瑰海滩上接听一个来自女性朋友的电话，她刚刚走出一个窘境，做任何其他事之前想先和他聊一聊，如果他愿意见一面的话就更好了。在她位于非哈斯的家里，一个当地的女人正在Skype上面和自己的儿子聊天，后者和父亲住在西班牙，只有夏天才会来看她。一位园丁被一条狗的尸体绊倒了，它在两天前因为寒冷死在了夜里，就在弗雷姆伯伊茨路上那座度假别墅的花坛后面。在因坎塔达山上与世隔绝的社区里，那里的人们依据玛雅历度日，一位年轻的米纳斯女孩因为牙痛泪流不止，无法停止想象如果世界末日不像预言的那样在二〇一二年十二月来临，自己的生活该如何继续。他在水下游得很畅快，接近海湾中央时能感受到海浪的增大，海面上的浪花也逐渐增多。橡胶衣减弱了他对海洋的恐惧，但是那份恐惧一直在那里，一旦想到它时它就会增强。他感觉大海想要从他这里得到什么，但却无法得知它想要的到底是什么。就像是一个他忘记的信息，或者甚至自己都不知道曾经知晓这个信息。海洋审视着他，仿佛随时都会失去耐心，但是他在愤怒爆发之前从水里出来了。卫生站里值班医生正在缝合一个冲浪者的脸，他长得挺帅的，在铁锈海滩的石头上被自己的冲浪板划伤了，医生为了最大限度不破坏他的长相，用了整形手术的针头，而他的女朋友则在一旁用手机拍下了整个过程。一群在彩票店、药店和服装店上班的年轻女性相互发着短信，计划着当天夜里的聚会细节，那是一个秘密的宴会，包括香槟和振动器。一条珊瑚蛇从一个小毒贩脚上爬过，他正在西里乌山上抽着大麻，完全没有意识到这件事的发生。一个纵火狂的汽车因为无证驾驶被扣押了，于是他决定一把火把全城都烧了。公立学校里一个少年想和前一夜在坎皮纳斯俱乐部的舞会后让他失去贞操的女孩再谈一谈，但是却不知道她的名字。一家位于出城路口的小吃摊摊主把周末的发票加在了一起，给他的老婆打电话，告诉她新增的夜晚披萨自助让他们三年来第一次在冬天盈利了。主路上一家美术馆的写字楼里，一个设计者正在调整冲浪店商标的矢量图；一位女律师把几乎满满一盒香烟放在厕所的水龙头下浸湿，为了之后能把它们扔在垃圾桶里；一位普拉提教师用钩子和皮带把一位学生头朝下挂在墙上。他没有注视前方地游了好几分钟，突然感到一阵诧异。他抬起头来注意到前方有一个像是大岩块的东西，过了几秒钟才发现那其实是一头露脊鲸肉乎乎的黑色身体，它正在他前方二三十米的地方漂浮着。他的第一反应是慌张地后退，但他慢慢地冷静了下来，开始观察这个纹丝不动的大家伙。这应该是产卵季节的最后一批鲸鱼了，居然离海边如此之近，差不多只有七八十米的距离。他看到贝塔就像一个蓝色的点一样立在沙子里，周围站着几个人，他们就那样在海滩上欣赏着鲸鱼。鲸鱼喷出了一个水柱，他感到自己浑身一阵战栗。接下来出现了另一个小水柱，声音更尖更细，他明白了母鲸身边还有一头鲸鱼幼崽，它在母鲸的另一侧，他的视线以外。鲸鱼看上去并没有被打扰，当然也无从得知它是否看到了他。它的巨大让人恐惧，但是它却散发出平静的气息，让人觉得它是一个伙伴。它的背部随着海浪出现又消失，映射出天空的湛蓝，鱼鳍也在水面上不停地晃动着。他意识到鲸鱼正在哺乳，而这个幼崽估计是最近才出生的。他准备从水里出来的时候，贝塔穿过沙滩上的海浪朝着他冲过来。他和它在沙滩上玩了一会儿，突然间周围所有人都发出了惊喜的感叹声。原来是鲸鱼在水中的甩尾动作。一个爱笑的小姑娘在那里停住了脚步,说鲸鱼因为自己的孩子而感到开心,它的每一下拍打都溅起小山般的水花,制造出令人兴奋的荡漾。鲸鱼转身离开了,他也慢慢散步回家,跛腿的贝塔就跟随在他身后。它已经可以独自行走很远的距离了,但跑步还有些困难。他看到一道灰色的烟柱从远郊的空中升起,之后又飘起了另一道,应该是周围荒地上焚烧垃圾的烟雾。西维拉海滩上有一个独自冲浪的男人,就在最南边角落的大石板那里。海面很平静,海浪也很微弱。海滩上再也没有其他人了,孤单的感觉瞬间向他袭来,同时混杂着狂喜与恐惧。这是冬日里像夏天的一天。那个男人坐在冲浪板上,在冰凉的水里活动着脚趾,想象着小山另一侧的世界是不存在的。一只海鸥突然出现在空无一物的天空中,在他的头顶盘旋。鸟儿全身雪白,他怀疑这可能不是一只海鸥,但是他也不太说得上来。它盘旋的半径越来越小,就在这时,冲浪者像是接收到了某种信号,立刻从水里离开了。他观察到海里一系列微小的变化,那些无法察觉的征兆实在是难以名状。布满石块的海底开始冒泡。男人吓破了胆,盯着沙滩上的一点,用尽全身力气向岸边划来。当他回到了沙滩上时,海水已经没到了他的膝盖位置,他终于向后望了望,看见巨大的海浪拍打在岩石海岸上,要是他没有离开,那些巨浪过不了多久就会把他淹死。

整个下午上班的时候,他都在游泳池边想着如何跟"大锅"解释,但真正见到他的时候却只说出了自己想要离职,如果可能的话就只离职一段时间。"大锅"不愿意接受。

"你想要加薪吗?"

"不是因为这个。"

"那是为什么?"

"我需要一段时间。"

"你想什么时候走？"

"现在。"

"你知道事情不是这么办的。你需要提前一个月通知我。"

一个上肢肥大、双腿却很苗条的光头像野兽一样喊了几声，他正在做最后一组单边侧举，然后把哑铃扔在木地板上，边朝外走边炫耀，在接待台旁边的器械室里来回绕了好几圈。黛博拉翻了翻白眼，又接着开始玩手机上的游戏。

"一个月对我来说太长了。"

"我至少需要两周来找到新人。"

"那我就再待两周吧。"

"好的，但是你和我聊聊吧。怎么样才能让你留下来呢？"

"没什么办法，'大锅'，对不起啊。也许过不了多久我就会回来了。"

"我没法保证你回来的时候还有这份工作。"

"我明白。到时候咱们再看吧。感谢你给我提供在这里工作的机会，这对我来说一直很重要。"

"我们会想你的，老家伙。"

"大锅"耸了耸肩，离开了。黛博拉听见了他们全部的对话，现在噘着嘴面对着他，抬了抬眉毛。

"我希望你这么做是有充分理由的。"

"我也希望。"

"你再也不把胡子刮掉了吗？你没胡子的时候好看多了。"

"你这么认为吗？"

"不是只有我这么想。"

"那么我会好好考虑的。"

"你还好吗？"

303

"为什么这么问?"

"我觉得你最近都没精打采的。我已经见过冬天把不少人都变成了这样。"

"今天像夏天一样。"

"你知道我指的是什么。一个独身的男人待在寒冷中,抛开了工作,开始不出门,就这样消失了。我不希望你……怎么说呢。"

"和你说的都没关系,小黛。我挺好的。别担心啦。"

"如果你需要什么的话一定要跟我说。好吗?随便什么东西。"

他点了点头表示同意。

"你要保重啊,'隐秘的脸'。"

"我猜这又是双胞胎姐妹想出来的吧?"

"很显然。"

"我不会马上走的,黛博拉。还要两个星期呢。明天见。"

他走之前犹豫了一会儿,又回到柜台绕了一圈。黛博拉在他走到之前就站了起来,两个人拥抱了很长时间,一句话都没说。贝塔从玻璃门外面经过。

"你的小狗狗还挺好的吧?"

"它棒极了。今天我慢慢走过来的,而它也一直跟到了这里。"

"我听别人说它每天都和你在深水那里游泳。"

"它会游一会儿,但是不会去很深的地方。人们夸大其词了。"

他向黛博拉讲述了早晨遇见鲸鱼的经历,她并没有显得很激动。四年前的冬天在铁锈海滩冲浪的时候,她曾经摸过一头露脊鲸,还看见过海豚追逐一群鲻鱼的时候从她鼻子前一拃的地方跳出来。他表示甘拜下风,然后告辞。

他在小吃车上点了一份三明治,就在西维拉超市的停车场旁,然后坐在人行道的路缘石上把它吃了。他准备走回家的时候天色已经全黑了。艾尔·卡彭酒馆像往常一样开着,他在路边的小桌子上喝了一杯啤酒。喇叭里低声放着珍妮丝·贾普林的歌,他回想起上中学坐公交车的时候,曾经经常在随身听里播放的一盘精选集的磁带。信仰拉斯特法里教的服务生抚摸着贝塔的脖子,注视着主路的两边,仿佛什么事情要发生似的。酒馆里有一对情侣,还有两个男人坐在挨着他的路边桌子旁。所有人都知道这个冬日的夜晚早已结束,应该马上回家了。没有任何陌生人和他聊天。最近什么对话也都没有发生。他嚼着咸杏仁,迅速喝光了啤酒结账离开了。

他朝着大海的方向多走了一个街区,这时全城突然停电了。主干道变成了刮着寒风的黑暗隧道。他的视线渐渐适应了新月照耀下的夜晚,没过多久星星的光芒就变得隐约可见,把世界设计成了剪影画。海边的路上只能听见贝塔的爪子拍打沥青地面的声音。黑色的海洋在黑暗中打着鼾,像一只沉睡的巨型生物,浪花跟随着它的呼吸有规律地拍过来。形单影只的人影在沙滩上走过,看不出来是谁也不知道他们往哪里去。煤气灯照亮了几个渔民的棚屋。走下摇晃的楼梯时他把贝塔抱了起来,走上小路时又重新把它放在了地上。一阵香烟飘来,迎面来了三四个人影,当他快要走到他公寓门口时,突然脸上被人砸来重重的一拳。他摔倒在分割小路和石块的狭窄草坪带上,还没能看清对方,他们就消失了。他的脑袋剧烈地颤抖着,当他找到方向时,听见了贝塔的嚎叫声。他勉强站起来,看到那几个人穿过小路尽头的沙地,跑上了通向广场的小径。控制疼痛的阀门打开了,他感觉到自己的左眼开始胀大。贝塔紧靠在他的双脚边。他弯下身来抚摸着它,它看上去安然无恙,也可能是被人踢了一脚。他本想喊几句什么,追赶这些袭击者,但是那一帮人已经消失了。他们没有嘲笑,没有惹事,没有谩骂,也没有威胁他任何事。他们像幽灵一样到来又消失，却完成了他们的任务。

他醒来的时候眼睛下面有很重的黑眼圈，但是肿块已经消失了，这归功于前一夜敷在眼睛上的冰块。破裂的血管把一半的巩膜都染上了血色。疼痛消失了又重新出现，一直延伸到脑门和下颚。他带着贝塔在沙滩走了走，帮助它进入了水里。随后他面对着海浪站了好几分钟，回去的时候遇见一个渔民坐在白色尼龙绳和蓝色缆绳堆上，这些东西已经在巴乌石上放了好几天了。那是个强壮的男人，皮肤有些晒伤，胡子非常稀少，顶着一头拳曲的头发，只穿了一条泛黄的白色短裤和一双人字拖。他在水泥台阶顶上停顿了一会儿，观察着那个人用尼龙绳的线轴、一把小的折刀以及一种塑料针编制着一块块渔网，动作灵巧迅速，像一个魔术师在催眠观众一般。那个渔民仅仅从工作中分神了一秒钟来瞥一眼观察他的人，嘴角露出了一丝微笑。

"你摔了一跤吗？"

"昨天晚上被人打了一拳。"

"是谁干的啊？"

"没看见。是停电的时候。"

"你长了这么长的胡子几乎都要认不出你了。"

他重新审视了一遍渔夫，找寻能够辨认出来的记号，但是什么都没找到。他想要张口问，却被自豪感堵住了嗓子，那种茉莉曾经指出过的自豪感。王座上的狮子。他想她了。想念曾经幻想和她一起的生活。

"对不起，可是咱们认识吗？"

"我是杰瑞米亚斯啊，'诗人'的主人，我的船在你第一天住进公寓的时候停在前面的石头那里。"他坐在楼梯那里询问捕鱼的季节有什么收获。"很差啊，很差，"渔民回答说，"每一年捕到的鱼都比前一年少。现在是凤鲚鱼的季节，但是还什么都没捞回来呢。真是太惨了。黄花鱼还有一些。过不了多久渔禁期就结束了，我们都希望那时候能够捞到足够多的鱼。"在修补渔网的同时，渔民对他说"诗人"的马达时不时就坏了，需要换一个新的，而他根本不知道到哪里去找这一笔钱。"我给你说件事。人工捕鱼在这个地区最多再存在十年或是十五年，不会比这更久了。工业捕鱼把鱼都捞光了。他们在大海腹地把所有东西都捞起来了，没有什么能遗留到岸边。这样一来我们完全没有钱赚，而孩子们也不想学习捕鱼。就拿我的儿子们和侄子们来说，没有一个愿意捕鱼的。一个都没有。村里所有人当中，只有三四个渔民的儿子还在继续捕鱼。有钱的人都上学了，开自己的店铺，或是成为了牙医。没钱的人在旺季去做旅游业，或是去照看避暑别墅。也有一些人就成天游手好闲什么都不做。甚至也有本来是渔民的人，最终去做石匠、服务生、环保工或是信差。有一天海浪很大，下起了雨，需要五六个男人来拉网，结果居然没有足够的人手来完成这工作。这里的渔船，所有的，"他用针比画了一下，把周围所有抛锚的船都环抱了一圈，"十年以后都会成为旅游船的。"

"我刚到这里的时候在报纸上看到去年城里捕捞到了历史上最多的黄花鱼。有一张照片，上面的鱼群堆得和一辆卡车一样大。"

杰瑞米亚斯笑着摇了摇头，仿佛表示不应该提起这件事的，但还是透露说这一大群黄花鱼其实是在深海里捕捞的，是一艘大的工业捕鱼船非法操作，而且是在渔季之外进行的。"当地的渔民及时发现了，开了许多艘船到海上，阻止了违规的船只。他们使用了暴力威胁，渔船的船员被吓着了，等心情平静之后双方达成了协议。捕捞上来的大部分鱼已经死了。捕鱼船留了五吨鱼，加罗帕巴的渔民拿走了剩下的部分。归来的时候他们假装是用自己的渔网捕捞了这七十四吨黄花鱼。这段历史，"他说道，"只能说明我们已经被诅咒了。再也没有必要买几公斤的尼龙绳或是付手工费来制作手工渔网了。工业生产的渔网更便宜。我现在编制的渔网有四点五公里，还需要三天才能完成。过去都是女人们留在家里织网，而现在这门手艺就要消失了。她们不认为这项工作是专属于她们的，年轻的女孩甚至不知道怎么织网。你去过拉古纳没有？那里的女人们还在织网。我很希望能去看一看。她们织网的速度很快，你甚至看不到针。这里的行当都结束了。过不了多久这里就会有大学，女孩们就会去上学，一旦有机会就会离开这里。更别提天气了，完全就是让事情更加混乱。人们还在那里讨论气候是否发生变化，但是和捕鱼打交道的人都知道这是事实。之前人们都知道十月份的海很平静，南风徐徐，天空晴朗。过不了多久就是十月了，到时候你就会看到即将发生的混乱。对我来说什么都没有改变，我已经度过了大部分的人生。你的小狗很喜欢水，是吗？它和你一起在深处游泳，我看见过。"

"它会下水。它被车碾了，小爪子几乎都瘫痪了。我一直在教它游泳，现在它快要痊愈了。"

"真的吗？真是什么样的事都有啊。我从来没见过类似的事。"

"它天天都看自己的主人游泳，渐渐地也染上了我的爱好。"

"能看出来它和你是一家人。"

两个人相视一笑。

"你不知道到底是谁给了你一拳吧？"

"当时没看见。我想应该是在石头那里闲逛的一群人吧。"

"如果你知道是谁干的，或是他们又这么做了一定要告诉我。"

"好的。"

"我谁都认识。"

"谢谢了。"

他起身抻了抻后背。

"下次再见,杰瑞米亚斯。我本来打算游一会儿泳,但是现在太晚了。我还得做午饭和上班呢。祝你工作愉快。"

杰瑞米亚斯点了点头,眼睛都没有离开渔网和针。他就在那里从早上待到下午,足足三天,以同样的姿势坐在那里,背对着大海修补着渔网,第四天的时候渔网就消失了。

他最后几天在游泳池履行教练职责的时候,完全无法掩饰自己的心不在焉,憧憬的思绪早已飞到其他地方,一丝不苟地指导和纠正学生的习惯被忧愁的神游所取代。"大锅"的合伙人"木板"罕见地出现了一次,对他说如果他仅仅假装在上班的话,那么最好直接离开这里。

某一天早上,骨瘦如柴的大鼻子信差递给他一个信封,信并非来自电力公司或是电讯公司。他在这个地方收到的这第一封私人信件是来自茉莉的。里面有一封手写的短信*,字体很宽大,还

---

* 你好,小鱼儿。你想要一张我的照片,但我寄来的是咱们两个人的合影,因为我希望你也能记住自己的长相,同时也想让你记住我的样子。你很帅,我很怀疑你自己是否知道这一点。我现在在餐馆为我母亲帮忙,同时考虑以后的人生要做什么。宝藏的诅咒还没有抓住我(我希望如此!)。我开始做一个项目,准备在里约热内卢完成硕士学业。我要摆脱单身了,我也为你加油,希望你不要耽误了寻找你想找到的那个人。你什么都没做错,我希望你不要记我的仇。我很开心能够成为你人生的过客。我希望贝塔一切都好,能够和你在海滩上跑步。我喜欢怀念你是怎么照顾它的。请你保留这张咱俩的照片。亲你。J

有一张她在铁锈海滩拍的照片，相机对准了他们两个人，那时候他们正坐在扎渡酒吧的一张桌子上。那是一个下午，她穿着一件露背的白色衬衣，上面印着黄色的花朵，戴着大圈耳环，鬈发披散在肩膀上，能看见左耳的耳洞，黑色的皮肤闪着金色的光，鼓着的宽大鼻孔，小眼睛，眼神里透露出一份严肃，厚厚的嘴唇因为涂了唇膏闪闪发光，半张的嘴露出白色的牙齿末端，但仅仅是微微一笑，仿佛她更多的是惊喜而不是开心。他则穿着衬衣，头发乱蓬蓬的，胡子拉碴，咧着嘴笑得很开心，最开始他还以为她寄来了一张她和其他人的合影，但是这只可能是他自己。

每天早晨他都光着脚跑到西里乌或是散步到西维拉，穿过沙滩之后游一会儿泳，观察着清澈的水里面害羞的鱼群。数周的寒冷是如此的干燥和顽固，只有鱼群成为了春天临近的第一个也是唯一的讯号。他现在让贝塔自己在路上走了，但是不会离家很远，除非是清晨的锻炼。它在海滩上跋着越跑越敏捷，在海水里熟练自如地游着泳，没有任何一条澳洲牧牛犬能比得上它。每次他步行出门，它都会跟随在身后，只有在他用急促干哑的口哨加上地上重重的一踩时，它才会自己回到公寓的周围。这是他们现在使用的新语言中的一种，它们逐渐在取代贝塔和父亲生活的十五年中使用的那些旧手势。沙滩上频繁的长时间跑步让他的膝盖这么多年来第一次出现了疼痛感。好几天晚上他都躺在床上，直接从碗里吃拌了酱的意面或是米饭和肉，膝盖上敷着冰袋，在电视游戏机上打足球联赛。阴暗潮湿的房子里，窗户和百叶窗紧闭着。他随时随地都觉得饿，所以干脆一直在兜里揣着巧克力块和一袋袋的饼干。每次从家里出门都感觉自己在被人监视，所以他尽可能地避免和别人的眼神交流。梦像闪电一样劈中他又迅速消失。他在镜子里对照自己的样貌和祖父的照片，发现自己的胡子已经比祖父的长了些许。他的脸肤色更深,更瘦,也更衰老,却从没有像此刻这般与照片上的那张脸如此相像。每一次在电闪雷鸣的夜里醒来,他都能清楚地感觉到自己过去几个小时的梦境:在雷雨交加的下午,他变身为祖父在山坡和海岸上漫步,海浪打出的喷嚏撞击在石头上,牛群踩出的小径,湿热天气里的雷鸣,毒蛇在野草中盘行而发出的沙沙声,正在逃离的黑鸟,还有来自海洋的风。雨轻轻地落了下来,没有人预料到它的到来,也没有任何动机让人相信它不会像往常一样几天之后就离开了。最后的几头鲸鱼和自己的幼崽顺着大西洋的潮流离去,一起离开的还有冬日里最后的游客们。

他要离开健身房的消息在学生之间传开了,他们开始邀请他散步或是参加送别晚餐,他都用善意的谎言拒绝了。某一天之后他甚至想不起来要给手机充电。

在那个周六的早晨,他辞去斯维尔健身房短期游泳教练工作的那天,城里面发生了不寻常的骚动。尽管天空细雨绵绵,大批的居民还是在街上围站着,回家的路上他才明白过来,他们中的许多人都拿着蓝色或红色的小旗,听着车里的广播或便携的收音机,或是各自戴着耳麦。一位出租车司机向他解释说加罗帕巴广播台正在现场直播市政选举的辩论,一方是目前就任的进步党候选人,另一方则来自劳工党。数周的时间里城里都在不断讨论关于给马路铺沥青、建造卫生站、揭发行贿与腐败等新闻。网上的视频和录像实时揭发着那些购买选票的作弊行径以及一个关于现任市长的丑闻,后者用公家的钱在自己家里修了一个新的游泳池,但是这并未阻止他的上百个支持者在四·二三广场上聚集,他们大多数都是当地人,在那里晃着数不清的蓝旗,其中混杂着一些彩色的雨伞。一辆转播车用巨大的音响播放着辩论的实况,每一次他们的候选人给出一个好的回答，人们就鼓掌欢呼，尖叫着喊出有序的支持口号。人群中有各个年龄段的人，从受人尊敬的家族到年轻人的帮派悉数到场，他们都像鱼群一样顺着人流向前涌动，当前政党的工作人员戴着墨镜，时刻保持着警惕，协调着一切事务。不谙世事的孩童们或是在汽车里蜷缩着观察外面的一举一动，或是坐在父亲的肩膀上。老人们像重获青春般从一侧跑到另一侧，晃动着高高举起的拳头，面对过度的刺激有些茫然和不知所措。空气中弥漫着剑拔弩张的气息。劳工党的军队围在广场外面，举着红色的旗子。人们的情绪激动，相互的威胁与谩骂既直接又刺耳。政客将人们的情绪调动到顶点，小道消息带来的是不断升级的矛盾，人们从扇耳光到使用铁棍，最后甚至出现了清理鱼的刀。自从他被不认识的人打了一拳之后，他就避免和当地人靠得太近，但是貌似这样的一天里任何侵犯性的冲动都是被竞选人调动起来的，对准了他的对手和给这个对手投票的人，他反而属于骚乱的边缘，成为了冲突的中立者，同时他还对集体发狂的强度升级产生了兴趣。一些车在广场周围的小路上颠簸着，不停地按着喇叭。扩音器里现任市长否认提高了地租，用来回应对手援引的例子，对手声称他在就任的第四年仅仅做到了实现通货膨胀。人群用旗子、鸣笛和尖叫声来为市长的回答喝彩。一些浓妆艳抹的女孩站成一排，盛装出行，唇彩耀眼夺目，头发柔顺光滑，穿着松糕鞋和自己最好最合身的牛仔裤。一位衣衫褴褛的渔民不知疲惫地鼓动他人喊着"团结的人民是无法战胜的"，只有少数人响应他。许多人都喝醉了，啤酒罐被不小心踢得到处都是。对方阵营的两辆车毫无预兆地开了过来，引来了一阵骚动。这些腐败的劳工党人从窗子里摇着红色的旗子，试图在满是人群的路上开出一条道来。广场上的人们开始喊叫："他们绝望了！绝望了!"叫喊声大得已经让人听不见辩论了。他们开始在入侵的车辆两侧贴上蓝色的胶布。一辆车的司机试图把对方支持者手里的一面蓝旗拔下来,一场激烈的争论逐渐扩大成如潮水般的喊叫、跑动和相互推搡。父母开始把孩子们带出广场,但没过一会儿争吵就被调解人制止了,两辆汽车从人群让开的一条通道中开了出去,消失在第一个转角。劳工党的候选人说了加罗帕巴医生的坏话,为现任市长的回应补充了不少弹药,最终市长在辩论中凯旋。很快人们就看到两位竞争者在当地媒体面前发表声明,发表声明的地方就在山顶上教堂前的小院子里,几分钟之后两个人开始走下楼梯。劳工党的候选人默默地撤退了,而现任市长享受着每一级楼梯,伴随着他竞选的音乐声,张开手臂像皇帝一样走向自己的人民。他是一位高大的男人,让人联想到一位美国电影演员,是《教父》里被杀害的其中一人。当市长把一个孩子抱在胸前时,一场新的打斗发生在广场周围通向海边的那一侧,爆发在对手的阵营中。他离混乱的中心比较远,但还是能够看到男男女女之间的拳打脚踢,一个人被绊了一下倒在地上,紧接着又站了起来。警察们快速行动,打斗被控制到了最小范围,他们不停地相互谩骂和威胁着对方。此时在转播车的带领下,人们形成了新的游行队伍。他在广场一角的小吃摊上买了一罐啤酒,跟着游行的车辆和人群朝市中心走去。没过多久,数十辆汽车、成百辆摩托车和自行车就形成了一条长龙,盘踞在小镇狭窄的过道上,又慢慢驶到主干道,经过了卫生站。不一会儿绵绵不绝的细雨就把参加游行的人全都浇湿了。汽车的喇叭声、摩托车踩到底的油门以及排气管发出的爆裂声和循环播放的竞选音乐声交织重叠在一起,奏出一曲来自地狱的交响乐。摩托车在主路上打头阵,朝着出城的方向行驶,几乎都是一个人骑车、另一个搭车的人摇晃着旗子。他走的方向有一队皮卡、吉普以及越野车,上面全部挤满了人。一个没有牙齿的老人坐在皮卡车的后面,用一个自行车轮胎不停地撞着车顶。一些人坐在汽车的前盖上,或是扒在车尾。车队变成了一场世纪末的游行,没有参加的居民都在熙熙攘攘的人行道上或是家里的花园中欣赏着。男人们朝淋雨的美女吹着口哨,她们把身子探出车外,故意把衣领敞得很低。老人们则边喝马黛茶边抽烟,似懂非懂地观察着人群。所有人都做好准备会撞上车、从摩托上摔落或是和别人吵起来。他跟着车队一直走到了巴西银行附近的街区。雨滴变得更密了,他也已经满足了。回家的路上他又喝了两杯啤酒。其中一家酒馆在谈论着有个人想要捅对方阵营的候选人一刀,结果却擦伤了一个小孩的手臂。另一个人则在自吹自擂,说他把选票在同一天卖给了双方的竞选人,但是自己还没有决定究竟要选谁。当他们知道他来自阿雷格里港时,就问他那里的竞选是什么样的。他站了起来,打了个嗝,说自己一点概念也没有,然后去柜台付了账单。他重新回到满是人的桌旁,迅速地扫过在座的每一个人的脸。

"我认识你们当中的谁吗?"

过了一会儿他们说没有。

"那么认识你们很高兴。再见了,先生们。"

顺着车队留下的安静、旗子、尾气和啤酒罐的痕迹,他走回了城里。竞选的音乐声、喊叫声、摩托车的声音以及汽车的喇叭声在他的身后越来越远,直到最终消失。

11

这两天雨都下个不停，等到第三天的时候他终于明白，雨并不会那么早就结束。火柴已经无法划着。水滴从老冰箱白色的外壳上滴落下来，仿佛它因为感冒而不停地出汗。潮湿的空气压扁了他油乎乎的头发和贝塔的毛。他背上了露营背包，里面装着两套换洗衣服、一条毛巾、一块香皂、一把牙刷、一把穿山甲柄的刀、一个裹得紧紧的睡袋、两个打火机、一面小镜子、一瓶矿泉水、一块奶酪、一根肉肠、两袋压缩饼干、一袋烤香蕉片、几个苹果以及一袋狗粮，所有东西都套在塑料袋里。他穿了一套运动服，外加防水外套和跑步鞋，还戴上了一顶鸭舌帽。他先把窗户关紧，等贝塔走到路上之后再锁上大门，把钥匙藏在天井绿化带中一块石头的下面。他在贝塔的背上拍了拍，它摇晃了一下尾巴。冬季的寒冷已经离去，但是太阳仍旧无法在乌云密布的天空中闯出自己的一条道路。

考虑了一会儿之后，他决定去维基亚海角附近。他走过没有树林的土地，经过无人居住的夏日度假豪宅，到达了海岸边。小路越来越窄，也越来越陡峭，逐渐被当地的植被所占据。山坡开始朝着大海倾斜时，草地渐渐消失，为凤梨花、仙人掌以及低矮的小树丛让位，它们能够持续抵御强风，并在含盐量极高的土壤中生存。带刺的叶子不断剐蹭着他穿着运动裤的双腿。贝塔并没有受到惊吓，坚持用它自己缓慢的速度顽强地前进，不一会儿就消失在一段被高高的野草覆盖的小路中。小路的尽头铺满了碎大理石，白色的石子因为下雨都变脏了。他找到一块高一点的位置，好让贝塔从那儿通过。路面崎岖不平，他每次只能跨一步。他的双脚不断地从光滑的石头上滑进泥里，烂泥一直没到脚踝。经过半山腰的时候，他看见大海中有不少天然的游泳池，被围在一圈石头中间，不受海浪的打扰，上面覆盖着一层厚厚的褐色泡沫。他继续小心翼翼地向上爬，直到山坡渐渐平缓，小树林逐渐消失，取而代之的是低矮的草地和一大片没有植被的住宅区，后者的大部分区域都是空地。在他靠近这里唯一的一座房子时，一个男人喊叫了些什么，然后朝着他的方向走来。贝塔绷紧了身体，朝着陌生人嚎叫起来。男人在距离他十米远的位置停了下来，转了转草帽，然后把手放在别在腰间的刀把上。

"你不能从这儿过，这里是私人财产。"

"我准备顺着小路去西维拉。"

"你得绕回去。"

"我不会进入你的土地的，我从边上绕过去。"

"你不能入侵这里。"

那个看管这里的人朝地上吐了口痰，指着距离海浪几米远处插在地里的一排界石。

"那里是这块地的边界吗？"

"是的。"

"这完全是不合法的。"

"那跟我没关系。你得回去。"

"我不会回去的。"

他把舌头放在牙齿中间吹出哨声，呼叫着自己的狗，然后朝着更高的山头走去。男人跟在他的身后。

"唉！你别逼我……"

他转过身，把背包从肩膀上卸了下来，同时迈着坚定的步子走向那个人。贝塔又嚎叫了起来。

"你赶快从我面前消失,别再烦我了,不然我向上帝发誓我现在就杀了你。"

背包落在了草地上,看管房子的人向后退了几步。他的刀已经从腰带上拔了出来,但是男人还是把武器放在很低的位置,胳膊紧挨着大腿。两人相互打量了一番,终于那人什么都没说就离开了。

他把背包重新背在身上,转身去爬下一座山。雨越下越大,像细丝一样从倾斜的草坡上流下,绕过小堆的牛粪。在上山的路上,他碰见了三匹栗色的公马和一匹白色的母马,随着他的靠近,它们从极度紧张变成了受惊的状态。它们的鬃毛都被修剪过,紧张的身体仿佛是防水的。他突然感到一阵不由自主的冲动,想要骑上它们,而其中一匹马仿佛感知了这一切,重重地用前蹄在地上砸了一下。

经过铁锈海滩边上的山坡时,他观察了一下峭壁上延伸下来的险峻小径,还在陡峭的山石中找到了一块天然的躲避处,四周满满的都是壁画。他把贝塔抱在怀里,在那里度过了第一个夜晚。那晚他最大程度让自己保持干燥,蜷缩在睡袋里。壁画由三角形、巨大的圆形和椭圆形组成,它们占据了整个岩壁,但是他点着打火机研究了半天却无法辨认出这些图案是什么东西。他无法想象古人试图展现的形象除了鱼、海浪、箭矢和天体之外还能有什么,但是这些画在洞穴里的几何图形与那些一点关系也没有。应该是展现其他事物的密码吧。这里不潮湿也很干净,只有一个绿色的塑料瓶子和一截白色蜡烛燃尽后的残留物,可能是独身的渔夫或是隐修教士留下的。夜幕降临时周围漆黑一片。海浪近在咫尺,但是它拍打的轰鸣声听起来却很遥远。没过多久地下的声音和静止海水散发出的酸味反而给山洞带来一种奇异的温暖气氛,他安静地睡去了。

他继续朝着南边走了几天，翻过一座座小山。左边是大海和峭壁，而另一侧的陆地一直延伸好几公里，直到塔布雷洛山脉的深绿色屏障。山坡和平原开始出现，其他景观则消失了：避暑的房子，没有植被的空地，当地植被覆盖的小岛，布满深色网状草皮的沙丘，水稻田，牧草，潟湖以及土路都逐渐从他的视野中淡出。雨渐渐小了下来，从更高的一些地方能够看到沥青铺成的国道，以及车站周围聚集的城镇。雨停的时候云层渐渐变薄，薄到足够让一些阳光洒下来，在这样难得的时刻，色调鲜明的草坪闪闪发亮。天色像往常一样变暗又变亮，但这几天来，他连一个人影都没看见。没有雷声轰鸣，也没有刮风骤起。经过沙滩的时候他走得很快，只要有路就赶快走回小山、峡谷和海岸。他在林中空地发现了一些篝火和露营的痕迹，就在被寻找牧草的大群牲畜开辟出来的小路旁。沙滩周围的一些石头表面有一些磨光的圆圈和横纵交叉的磨痕，应该是几千年以前原住民打磨他们的工具时留下的。为了让贝塔能够跟上他，他走得很慢，选择的路线很曲折，主要也是为了避开一些难走的路段。有时候他在爬过石头时把它抱在怀里，有时候贝塔会等着他折回去。它吃狗粮的速度比平时快多了，每次吃完一份的时候都好像很惊讶的样子。

经过铁锈海滩时，他在扎渡酒吧躲了几个小时的雨。他点了一份油炸包和一罐可乐，在室内的一张桌子上把睡袋铺开，希望它能够晾干一些。绵绵不绝的雨甚至把冲浪者都吓跑了，收银台的男孩问他是不是迷路了，并一直监视着他的一举一动。巴哈海滩有一个穿着浴袍的男人，在自家二层的海景阳台上抽着雪茄，走过来的时候朝他点了点头，他也点头回敬了。通向奥维多海滩的小路上，他和一个穿着蓝色雨衣的男人擦身而过，那个人正在用绕线轮收回鱼线。因为雨水的冲刷，沙质土地松动后有一小块泥土流失，他在那里找到了两个箭头。玫瑰海滩南边角落里的酒吧和旅店还关着门，或者正在装修。泥土搅拌机、铁锹和一堆堆的木板堆放在工地的一角，这些地方都湿乎乎的，暂时无人问津。那里一整天都没看到一个活人，因此他想都没想就在酒吧之间的沙滩小广场上脱掉衣服，在那里的海滩上冲了个凉。终于可以干净又干燥地睡一觉了。泥泞的马路边上有一条沙带，那里有一个商场，里面全是小铺子，他就睡在那儿的甲板上。早上他被贝塔的叫声吵醒，看见附近停了几辆汽车。一个冲浪者站在旁边商店的甲板上，一边拉着潜水服的拉链一边不停咒骂着。他站起身来，准备上前帮忙，但是那个红头发白皮肤的男孩却向后退了几步，说不需要，随后他抱起彩色的冲浪板朝着海边走去，放任拉链敞开着。大海很宽广，时不时就能看见一个勇敢的小身影穿着黑衣服，站在冲浪板上穿过水墙，在海浪的平面撕开一条裂缝。雨水还没有停，商店也没有开门，但是根据天气预报远道而来享受这奇妙浪潮的游客们却纷纷出现，说明这一天应该是周六或是周日。他发现自己已经不再计算日期了。

那天早晨他穿过了最近的山头，准备走过光明海滩和伊比拉奎拉沙滩。那里的风冰凉刺骨，风势凶猛无常，由于寒冷他开始猛烈地发抖。他吃掉了包里剩下的食物，沿着海滩边上的土路一直走到第一个枢纽站。一些旅游车时不时地路过，但是都没有停下来。终于一辆白色皮卡车的司机看见了搭车的手势，朝他靠了过来。他透过窗户的缝隙向掌握着方向盘的男人打了招呼。

"早上好。"

"下午好。"

"你这是去哪儿呢？"

"我去图巴朗,会沿着国道走。"

"嗯。"

"你想要去哪儿啊?"

"加罗帕巴。"

"我可以把你放在阿拉萨图巴。"

"可以的。谢谢了。"

"狗得坐在车厢里。"

"我跟它一块都坐后面。它可能会跳出去。"

司机看着前方,一只手放在挂挡杆上,另一只手握在方向盘上,同时夹着一支点燃的烟。这是个金发碧眼的胖男人,皮肤稍稍有些红,胡子拉碴的模样,穿着灰色的毛衣,戴着围巾和贝雷帽。浓重的烟味从窗户里飘了出来,橡胶雨刷在挡风玻璃上咯吱咯吱响了三下。

"哎,我靠,你还是进来吧。"

司机斜着身子打开了乘客位置的门锁。

"可以带着狗吗?"

司机点了点头,招手表示邀请。

他把背包放在了中间的座位上,再把狗安置在了两腿间。

"我会把你的车弄湿的。"

"太阳一出来就干了,别担心了。"

雨水让马路变得坑坑洼洼,皮卡就这样不停地颠簸着。司机把香烟伸到窗边,让烟气顺着缝隙飘走,同时一直不停地咳着痰。

"你从哪儿来的?"

"就是加罗帕巴。"

"你在伊比拉奎拉工作吗?"

"不是的,就是来徒步的。"

"在雨里吗?"

"从家里出来的时候以为两三天以后雨就停了,现在我已经知道这不是一个好主意了。"

"布卢梅瑙的洪水已经很严重了。我有一个朋友在伊达贾伊港口工作,他说那里的水位在不停地上涨。"

"都发洪水了吗?"

"你没在电视上看见吗?报纸上也全是关于这个的新闻。已经开始为无家可归的人募捐了,人们也已经开始疯抢东西了。更不用说现在他们有理由推迟一两年再扩建国道了。工程每推迟一个月,山上就会多一栋十间套房的豪宅。当然是在自然保护区里。承包商、供货商,所有人都在政府的钱海里游泳。工程本应该在今年就完工的,在二〇〇八年。最初的项目里他们'故意'忘记了拉古纳大桥、卡瓦鲁斯山的隧道等等一大堆东西。最后一版修订案提交到'巴西经济发展促进计划'那里审批时,项目被推迟到了二〇一〇年。让我告诉你它什么时候会完工:永远都不会。真的是永远都不会!每当一段路修好的时候,另一段两年前完成的路段就需要修整了。他们铺在这里的沥青比鸡蛋壳还薄。这个偷盗团伙是不会有撒手不干的那一天的。"

"你经常在国道上开车吗?"

"每一天。我是工程师,在这里有两个项目,因为雨下得太大了我得去看一眼。那些人想让房子在十二月就完工,但是我已经通知他们还得等不少时日呢。确实还得等很长时间。"

一辆老式卡车的车灯忽然出现在下一个转弯处,急刹车的皮卡突然打滑,几乎让车子翻进公路旁的水渠里。司机咒骂了起来。

"这个戴绿帽子的大傻瓜。狗娘养的被老婆背叛的混蛋。"

"你看看我在岸边散步的时候发现的东西。"

321

他打开背包的侧袋，拿出那两个箭头。

"这是什么呀？"

"箭头啊。"

司机把烟头从窗户缝扔了出去，把注意力从路上移开了一小会儿，看了看他手掌上这两块三角形的石头。

"你确定吗？"

"是的，你看这锋利的侧边。石头很扁，是被打磨过的。"

司机又把头转了过来，这一次没有看着石头，而是望向了他，快速地将他从上到下打量了一番。对话就这样突然终止了。下车的时候他再次对打湿了车座表示抱歉，然后把其中一个箭头送给他作为礼物。司机表示了感谢，把小石头放在了前排的杂物箱里。

他试图在阿拉萨图巴附近的三岔路入口处再搭一个车，但是没有人停下来。他开始觉得饿了，便走进汽车站旁边的小吃店，点了两个肉馅的油炸包和一罐可乐。收银台的女孩转过头去看着停车场的远处，寻找着并不在那里的某人，然后面对着他。

"你有钱吗？"

"当然有了。"

他反应过来自己已经在地板上滴了一摊水，于是走到外面有顶棚的一小块地方吃了起来。他把第二个油炸包的一半扔给了贝塔，付了钱以后沿着公路的入口走向加罗帕巴，边走边朝着皮卡、卡车和老式汽车举着大拇指，但是没有人停下来，过了不多久他就放弃了，不再每次听到发动机的声音就向后看了。靠近减速带和人行道时，一些司机放慢车速，好奇地偷看着这个大胡子男人和一条狗在雨中漫步。他认识这些去往加罗帕巴的人的可能性并不小，但透过这些移动车辆的暗色玻璃，他已经无法认出任何人了。带着怀疑，他回应着每一双微笑着偷看他的眼睛。一个女人微笑着回应，但是并没有停下车，另一个女人则投来了冷漠的目光，仿佛看穿了他一样。一个男人本打算把他的面包车靠过来，但最终还是放弃了，加速离开。一两公里之后，他看见左边就是白石山，便决定从公路上离开，继续沿着土路回到因坎塔达。

夜幕突如其来的降临让他猝不及防，于是他在一间正在修建车库的空房子里度过了一夜，那里离公路并不远。从车库里能看见远处来往车辆的车灯，但只能听见水滴落在房顶的声音，以及房子后面几乎被淹没的土地上的歇斯底里的蛙鸣声。贝塔不停地咬着自己前爪关节处松松垮垮的皮肤，咔哒咔哒地咬合着锋利的牙齿，同时在一刻不停地喘气。他躺在睡袋里，但是这么多天里居然第一次觉得没有困意。他转了个身平躺着，把手放在脑袋下面，试图在黑暗中看清房顶的椽子。冰冷的空气里有一股令人愉悦的潮湿石灰的气味，让他想起自己小时候经常在里面打发空余时间的那个车库。他的脑海里一首接一首地闪过自己喜欢的歌曲，他很惊讶自己的记忆里还完整地保存着它们。他小声地哼了两声，不一会儿又提高了音量，最终在副歌部分放声大唱。都是一些他小时候父母经常听的歌曲。他脑海中浮现出母亲年轻的模样，她一边哼唱着"新的条纹裤，白色亚麻大衣，它在上月还只是田野里的花"①，一边在花园里修剪着玫瑰色的杜鹃和白色的栀子花。那是一个周日的下午，他们还住在依帕内玛的老房子里，客厅里高声地放着这首歌。父亲特别喜欢探戈专辑和南部的音乐，因此他能够哼出葛戴尔②最为成功的一些作品的旋律，还能把南大河州"当地歌曲的加利福尼亚"比赛大多数的获奖歌曲从头唱到尾。"我

---

① 该句出自雷蒙度和罗伯特演唱的《牧古里皮》。
② 卡洛斯·葛戴尔（Carlos Gardel, 1890—1935），阿根廷歌手、词曲作家和演员，被誉为"探戈之王"。

的时日终止了，下午提前结束了，我的世界变小了，我比自己想象的还要渺小"①，他跟青蛙和蟋蟀的喊叫声对着唱了起来。他唱得越大声，身子就越暖和。他从没再听过能和父母常听的这些歌相媲美的歌曲。这些唱片现在在哪儿呢？他们分居的时候把唱片也分了。父亲保存着他自己的那一些，这个他可以肯定。没人还记得这些唱片。一想到它们可能被当作什么破玩意卖掉了或是给了但丁就让他觉得很恶心。他哥哥在少年时就爱上了老式的蓝调，从此以后很多年都只听这一类音乐，以及一些还没有被大众接受的地下或独立乐队的歌。英国的歌手假装哭泣，唱着雨只会落在他们的头上。薇薇安是他一生中认识的唯一一个喜欢经典音乐的人，喜欢的程度深到会经常去阿雷格里港的交响乐团听音乐会，还会拉着他一起去独奏音乐会。她比音乐会介绍册还要了解作品和作曲家。对他来说这样的经历喜忧参半。有时候他被拽着离开音乐厅，却再也没有机会听到任何类似的音乐。出于某些原因，他的耳朵无法存储这些听过的乐曲。没有语言能够形容他的感受，他对巴赫与莫扎特的差别也不太分得清，对著名的贝多芬乐曲也只有模糊的概念。但有一段特殊的旋律却从来都没有离开过，就只有那么一段，是薇薇安说她最喜欢的那一段，她把它称为"我的肖邦夜曲"。"这段音乐就是我。"她曾经说。他现在哼着它，很小声，完全跑了调，但是旋律却在月光照耀下的平静中回响了起来，在他那想象中的大厅里精确地跳跃在钢琴音键上。

第二天他爬上陡峭的小路，走向白石山的山顶。他发现自己能够看到倾斜石塔的背后，那里有一堵长长的石墙，上面布满了地衣的纹路。在山顶他偶然看见了一个漂亮的女人，她穿着连体

---

① 该句出自利奥波多演唱的《老兵》。

衣和运动服，正在练习瑜伽。他把贝塔放在地上——之前他已经抱着它走过了小路上最难走的一段，然后观察着女人，不确定自己到底在看什么。她用一种奇怪的姿势坐着，双腿盘在一起，全身都湿透了，额头上贴着短短的黑发。他的脚步声终于打搅了她冥想的状态，两个人面面相觑了好一阵，无法理解对方为何会出现在此。他从背包里拿出最后两个苹果，两人一起吃掉，又攀谈了许久。她说自己正在附近的一个冥想地静修，并解释说他们正坐在南美洲最大的能量传送口的位置。"你也能感受到吧，对吗？当地最早的居民说有一个亮着光的车厢从湖里出现，一直向南边跨越了整个天空，最后消失在白石山后。"她用手指着，向他描绘了车厢的轨迹。尽管被雨水弄得很模糊，远处的风景依旧壮观。公路的更远处，被淹没的水塘和农场让下面的一切都仿佛变成了一个巨大的湖泊，荧光闪闪的灰色天空下，能够隐约看见铁锈海滩的沙丘和小山的轮廓。他同女人告别后，走下小路，朝着因坎塔达后面的小山走去。

他沿着泥土道路经过一个制作水车的老式木材厂，又经过一个牛拉的石磨，那里正在磨木薯粉。穿着蓝白校服的孩子打着雨伞，从小型公立学校里出来，不知礼节地对着他指手画脚，一边嘲笑一边窃窃私语。最后一盏路灯位于两栋木房子那里，它们周围是被铁丝网围起来的菜园和牧场。再往后走，小路就消失了，他好多天都没有看见过一个人。

在山里迷路的第二天，他在温暖明媚的阳光下醒过来。小鸟们唱着歌，贴着地面飞行，差点相互撞上。色彩和光影在山间跳动。他脱掉外套和背心，让头顶、鼻子和肩膀迎接着太阳。巨尾蜥蜴直挺挺地躺在潮湿的石头上，好让自己的血液暖和起来，像殉道者似的看着高处。他把所有的衣服和睡袋都晾在石头上，拿出香皂,找到一条小溪洗了个澡。贝塔陪着他,试图咬住正在飞的苍蝇。他把水壶灌满水,在正午的太阳下赤身裸体,直到身子完全干透。半个天空都是蓝色的。蝴蝶和蝉在草地上争夺着领地,马上大气层就被不同音色的嗡嗡声所占据。随着蟋蟀的落地,草叶摆动了一下。一片低矮的小灌木里,叶子被红蜂占据了,他从未亲眼见过任何与之相似的场景,甚至在照片或是纪录片里也没有找到类似的景象。他蹲了下来,观察了很长时间。每过一段时间它们就会完全同步地一起移动几毫米,重新勾画出对灌木丛的占领。他朝四周望了望,完全不知道自己身在何处,但还是多少知道一点自己到了什么位置,应该朝着哪里继续走。一股泥土的味道在阳光的照耀下从潮湿的地里散发出来。毛茸茸的黑蜜蜂在空中飞翔着为兰花授粉。天空中乌云密布的那一半开始朝着蓝色的一半进攻,遥远的地方传来了阵阵雷声。他决定再次出发,沿着山脊从树林中开辟出一条道路。

　　从夜幕降临到雨水重新落下的这一小段时间里,他偶然发现了一个长满低矮植物的小山谷,上面飞舞着薄薄的一层萤火虫。他不敢动弹,仿佛一点动静都会一下子把成千上万只小虫子吓跑,从而破坏这一奇观。豆大的雨点开始密密麻麻地落下来,绿色的小光点渐渐消失了。

　　他在一棵枝繁叶茂的大树下找到了临时的避雨处,那天半夜他被贝塔的嚎叫声吵醒了。它稍微跑远了一些,他不太能看见它的身影。这是他第一次听见它那样叫,心里感到一阵奇怪的内疚,仿佛自己监视了它的私密时间。嚎叫声很长,传得很远,却没有任何回应。

　　第二天结束时,他明白自己已经走到了弗雷塔斯山的山脊上。左边能看到保罗洛佩斯的路和房子,右边能看到马卡库海滩和西里乌湖。这附近应该就是桑迪娜的儿子将要继承的土地了。他在此又露营了一夜，目前他已逐渐适应了潮湿，前几晚一直折磨他的饥饿感也消失了。第二天他继续从一个山顶走到另一个山顶，步子很慢，身后不远处跟着贝塔。他们避开公路和农田，终于靠近了西里乌海滩边的小市镇。

他走上下山之后碰到的第一条马路，停在了遇见的第一家小吃店门口，点了一份鸡心汉堡。当自己的声音在脑海里回响起时，他明白过来自从和练瑜伽的女人在因坎塔达聊过天之后，他就再也没有说过一句话。旁边的桌子有两个戴着鸭舌帽、穿着宽松滑板裤的少年，他们懒洋洋地坐在塑料椅子上，喝着啤酒抽着烟。他们的对话很难听清，大概是讲一个聚会和聚会上的一个女孩。瘦的那个男孩说的话更多，而强壮的那个静静听着，同时玩弄着停在正前方的车子的开锁器，一会儿打开一会儿关上。墙上悬挂的小电视播放着一部配了音的电影，但是声音几乎听不见。店里的女服务员怀有身孕，系着白围裙，戴着发网，在接待客人的同时翻动着铁板上的东西。她走了出来，端着一份汉堡和一个托盘，盘子里放着餐巾纸和小袋酱料。他已经收缩的胃仅仅容得下半个汉堡，剩下的部分他放在一个路灯旁边种满草的花坛上让贝塔吃掉了。小电视在广告的间隙插播了一条新闻报道，播放了洪水的场景。一条湍急的河流变成了巧克力色，从中间隔断了一条公路。男人们在河中间划着船，驶向由房顶组成的群岛。无数的家庭在一个体育场里安营扎寨。

他向男孩们要一支烟。他们面无表情地转向他，他又重新请求了一次。那个强壮的男孩站了起来，走向了他的桌子，把烟盒递给他，等着他用长长的塞满泥土的脏指甲拿出一支烟，又把打火机在他面前点燃。他表示了感谢，猛吸了好几口，然后把燃了一半的烟扔到了坑坑洼洼的路中间。

"真不像话。真是太难抽了。"

然后他清了清嗓子，在人行道上吐了口痰。瘦的那个男孩露出了滑稽的笑容。

"你从哪儿来啊，疯子？"

他站起身来，把钱留在桌子上，对着女服务生比了个手势，边说边离开，留给男孩们一个背影。

"一切都开始在很久很久以前，"他用拖得长长的剧场音说道，同时朝着海边走去，指着小山的轮廓，"那是一个漆黑的、狂风暴雨的夜晚……"

"真悲哀。"他听见其中一个男孩在身后说道。

他自顾自地笑着，确认贝塔跟在身后后，便用力地踩着地上的水坑，终于走到了沙滩上。右边就是加罗帕巴，它像幽灵般远远地存在于那里。他朝着左边走去，来到了海边的一个小山头，顺着一条小路很快就到了一处怪石嶙峋的岬角。海浪仿佛偏爱这些大石头，不停地拍打上来，朝着高处打着喷嚏。雨水变小成为了毛毛细雨，他一直在寻找着能够让贝塔通过的路，但要找到它却越来越困难。"石头路，石头路。"他嘟囔着。他一步一步地踩在这些石头上，渐渐把西里乌甩在了身后。很长一段时间，他都只能看见另一块石头的顶，除此以外别无他物。

等他终于抬起头来环视周边时，他才注意到夜幕已经降临了。他停在了空无一物的岬角中间，不知身在何处，已经走了太远，来不及回头了。突然他踩上了一块松动的石头摔了下去，幸好有背包起到了缓冲，但他还是重重摔到了手肘，疼痛像电击般从胳膊一直传到了他的肩膀。他转动了一下关节，用手捏了捏胳膊。出了点血，稍微有些肿胀，其他都还好。他把贝塔举到大石头的顶端，自己再爬了上去。他不断用这样的方式前进,终于到达了农田和石子路的交接处,打算继续沿着山坡向上爬时,他却发现灌木栅栏太浓密,还有很多刺。他回到了石头上,在夜幕完全降临之前偶然发现山坡向上的位置有两块大石头,它们中间是一个有遮挡的避雨处。他走到更近的位置,发现这个洞穴由一条很窄的通道延伸成一个干燥的岩洞。他把背包放在洞里,安置好了贝塔,自己坐在三角形的躲避处边缘,仿佛自己是一尊石像,被放置在一个最不可能、最荒谬的位置,刚好没人能够看见。面前的大海是一大片漆黑,比黑夜更加阴暗,像一个隐形又夸张的怪物。他知道自己远在海浪之上,但无论如何还是很害怕,这和他自己前不久独自在深海游泳时出现的那种不寻常的害怕相同。但他转念一想,还会有更加安全、更受保护的地方吗?这个位置没有任何东西能够触碰到他。不出几个小时天就会像往常一样亮了,然后就能离开。这一夜不会发生什么惊喜。什么都不会发生。至少不会在这里。

他抚摸着贝塔的皮毛,不管怎样它是暖和的。突然间,在毫无预兆的情况下他看到了一些东西,居然难以置信地清晰,那是他很久以来就一直想要看到的,于是他开心地哭了出来。他多么希望茉莉此时也在这里,还有薇薇安,还有父亲母亲,甚至但丁,那些他想要去记恨却无论如何也恨不起来的人,希望所有人此时都能在这里。他的父亲曾经说过一次。"你没有憎恨别人的能力,孩子。这不是什么好事。""但是事实已然如此,父亲,"他现在回答道,望着那一片漆黑,"就是这样。"他想到这些事的时候感觉自己越来越轻盈,背靠在石头上睡了过去。

第二天用了一整个早上他才征服了岬角,绕过了一个布满石头的峡谷。接下来的小路从山丘上浓密的森林中穿过。野草和灌木生长在道路中间,他低着身子前进,肚皮都快要贴在深绿色的叶子上了，同时还得给紧跟在身后一跛一跛的小狗开路。他的双腿渐渐适应了从坚硬湿滑的石头到黏软泥土的过渡。有时候他嘴里会嘟囔一两句。到了山顶上，小路逐渐开阔，露出一片村落和宽广的海滩。村民们在自家的门前和窗边看着他走过，这些房屋就建造在山脚下的小路边。

他看见海滩公路边停了一辆老式公交车，人们拿着满满的一袋袋水果和蔬菜从车上下来。他从后门上了车。车座的位置堆满了一盒盒一箱箱的农产品，过道中间有几个背着布袋子的女人，她们边聊天边闻着菠萝、捏着芒果和检查着生菜的顶端。他环视周围，被过于艳丽的色彩和甜美的气味搞得头晕目眩。其他的顾客已经从后门上了车，他被拥挤的人流带向了前门的出口。在密闭的环境中他听见了自己嘈杂的呼吸声，才明白过来自己有些发烧了。他拿了一串成熟的香蕉、一个梨和两个橙子。排在他后面的女人挤倒了一盒甜菜，他帮着她把这些掉落在过道里的菜根捡了回来。一位胖胖的白发老头坐在司机的位置，为顾客称重结账。他把自己拿的东西放在秤盘上，在潮湿的背包外兜翻了很久，终于找到了最后的两个一雷亚尔的硬币。

"够吗？"

"多了一点。"

"不用找了。"

海滩中间有一个孤立的吧台，四周都是木质甲板，上面趴着一只斑点猫，它面对顾客的出现完全不为所动。他坐在桌子前的一张小凳上，边吃水果边欣赏着海滩上被大雨冲刷出来的水坑。他开始自言自语，也和贝塔说话，发现自己不能长时间停下来，否则就再也无法继续前行。于是他站起身，走下阶梯，顺着柔软的沙滩走到了下一座山。

退潮的海浪冲蚀着海滩边的一座沙丘，塑造出一段石头阶梯，有棱有角的规则模样就像是人类凿出来的。另一侧远远地能看见一大片沙丘和海边浅滩，后者一直延伸到肉眼看不到的地方。他缓慢而坚定地前行，以远方为目标，仿佛被海风轻轻推动。他经过了一只海豚或是幼年露脊鲸的骨架，旁边露出来鳄鱼的头骨和半埋在潮湿沙地里的一排长长的脊柱。他再也想象不出来不下雨的一天会是什么样。

　　下午他到达了一条河的岸边，水势缓慢却十分凶猛，拖拽着远处山上的树枝朝大海的方向冲去。河对岸有一个村庄，几个渔夫乘着狭窄的木筏危险地过河。其中一个渔夫穿着防水的帆布斗篷，同意带着他一起去河对面，询问他来自哪里，去向何方，是否需要帮助。渔夫的每一个问题他都思考了许久，像是不能理解似的，他试图出于礼貌去编造一个答案。"我从那儿来。"他指了指。"我准备走到那里去。顺着山。我什么都不需要，朋友，你能带我过河就已经帮了我大忙了。"渔夫礼貌地和他握了握手，表示再见。那个当地人目送着这位毛发浓密的怪人离开，身后跟着一瘸一拐的狗，直到消失在去向另一个海滩的小路入口，其他渔夫很快就靠了过来，想要知道他们聊了些什么。

　　小路绕过紧挨河边的第一座山，通往一群牲畜占据的小海滩。母牛在石头间散步，身边跟着小牛犊，公牛抬起头查看着它们的动向。贝塔开始嚎叫，一部分牲畜骚动起来，朝着海滩的深处迅速退去，向一个出水管旁边聚集，山上的水从那里汹涌地流下来。两个捕鱼的棚屋都关着门，其中一间的门上挂了个木板，写着一间酒吧的名字，估计只有夏天才会开放。小路爬上第二座山，又降了下来，落在一片与世隔绝的海滩上，四周是翠绿的山坡围成的无法抵达的墙。穿越这片海滩的时候，天空落下了一道闪电。

闪电把四周都照亮了,但雷鸣声等了很久才出现,响彻四周不绝于耳。他试图加快脚步,但只能用和之前一样的速度前进。已经没有力气走得更快了,他害怕如果放慢速度就会被一下击溃。

终于穿过了这片空无一物的海滩,他爬上一片遍布着牧草的山顶,被眼前的景观深深地震撼了。一条巨大的峡谷平行于海岸线向前延伸,尽头已被大雨带来的灰色雾气吞噬。岔路口出现了,他选择继续沿着山脊前进,那里是峡谷和大海的交界,面对即将降临的暴风雨夜,那边的树木看上去更能够提供些许的遮蔽。此时夜幕应该开始降临了,但无法辨别,他用自己最快的速度继续走着。峭壁旁木麻黄树的树干和枝叶在呼啸不止的大风中摇曳,蜿蜒着向外生长,仿佛想要跳入峡谷的深处寻求慰藉。水平而来的雨滴鞭打着他右侧的脸颊。

树丛里那些低矮浓密的树冠抵消了无常天气的鞭笞,减轻了寒冷,让一切都稍稍安静了些。正在寻找一个避雨处过夜时,他听见了婴儿的哭声。他试着去找说得通的理由,比如一头绵羊的咩咩声,或是被风吹弯的树干发出的咯吱声,但这并不是一种容易混淆的声音,第二次听到的时候他就打消了疑问,向四周看了看,心想着不可能发生的鬼怪或是超自然现象。强风能把声音带到这么远的地方吗?再朝前走一点,他看见了树丛中的一个黄色物体,然后他小心翼翼地接近那里,对自己可能会发现的东西感到害怕。

一块黄色的帆布稳稳地系在树上,倾斜的角度是为了让雨水流走,同时作为一间爱斯基摩人小屋形状的帐篷顶。婴儿的哭声就来自那里,里面的光亮大概来自煤气灯,在绿色的尼龙布上投射出两个人影。他在几米远的地方叫了一声"嗨",拍了拍手掌。拉链打开,布门滑落了下来。一个长着黑色长发的脑袋伸出门外,脸上戴着酒瓶底那么厚的眼镜。

这对夫妻叫作加尔巴斯和瓦奇莉娅，但是加尔巴斯喜欢被称为"鸭子"，而瓦奇莉娅则喜欢被称为"瓦"。小婴儿一岁一个月了，叫作伊塔鲁。他们来自南圣克鲁斯，一年当中的绝大部分时间都住在生态社区里。鸭子从小帐篷里出来，在他旁边蹲下，双臂抱住膝盖，两个人就这样一起待在这一小块被帆布遮住的地方。他很瘦，眼镜像放大镜一样把他的眼睛放大了不少，又多又卷的黑发纠结在一起，在他的头上形成了一簇花的形状。瓦靠过来一点点，打了声招呼，好好地打量了一番访客。她的嘴唇很薄，眉毛浓密，头发短而直，左脸颊上有一块红斑。两个人一直都没有笑。这么长时间雨一直不停，但是他们的营地里却很干燥，这也同样说明鸭子和瓦在这里驻扎了很久，下雨之前就来到了这里。倾斜的地面有助于排水。他们在帐篷周围挖了一些小的隧道，支起了一个小灶台，燃料来自一个微型的天然气罐。角落里有一把黑色的雨伞，还有一些捆绑好的塑料袋，散发出垃圾的气味。鸭子点燃了篝火，拿出一个壶烧水，开始准备冲马黛茶的茶壶。小孩不停地哭，看样子已经哭了很久了，但是父母却能够关闭或是忽略保护他的本能，对他痛苦的尖叫声保持免疫。

"你们在这里野营很久了吗？"

"差不多一个月吧。我们在伊塔鲁一岁的时候过来的。"

"我听到他哭声的时候吓了一跳。"

"他发烧了。"

"那你们有什么药吗？"

"我们昨天带他去品内拉的医务站看过了，"瓦说道，"他吃了一点药。"

两个人说话都很慢，回答任何一个问题之前都会暂停很长时间，甚至让人以为他们不会回答了。

"你们在这里干什么呢?"

"为什么这么问啊?"

"你们为什么在雨里面露营呢?"

"你为什么在雨里爬山呢?"

"我从家里出来的时候不知道雨会下个不停。"

"那我们扎营的时候也不知道啊。"

瓦递给同伴一个锡纸包裹,他开始在一个圆形的小磨上磨碎大麻。

"咱们在哪里啊?"

很长时间两个人都没有回答。鸭子抽完了烟,瓦利用孩子两次哭闹的间隙问他:"什么意思啊?"

"什么什么意思?"

"你问咱们在哪里啊。"

"我想知道这是哪里。"

"我们在山谷里。"

"你不认识山谷吗?"

"不知道。离什么地方比较近呢?"

"品内拉就在那边,从那座山过去二十分钟的样子。"鸭子用缓慢的动作抬起胳膊指了指,同时用另一只手搓着烟卷的纸。

"和你们说话太困难了,你们讲话太慢了。"

他们没有回答。瓦背对着他走进了帐篷里,然后从里面拿出一个做工粗糙的摇篮,婴儿就在里面,包裹在被子里。摇篮的吊带上挂了一个装饰品,让人联想到蜘蛛网。

"这是什么?"

"一个过滤梦的东西。"

"用来过滤掉不好的梦吗?"

她点了点头表示肯定。

"北美的印第安人把它挂在摇篮上。"鸭子说道,"好梦从这些洞里穿过,不好的梦就被系在了网上,阳光一照就消失了。中间的这片羽毛象征着空气和呼吸。"

"孩子望着随风摇曳的羽毛,会知道空气的存在,了解它是如何运转的,明白这一点对他来说很重要。"瓦解释道。

孩子哭得太厉害了,都有些哽咽了。

"他这么哭正常吗?"

"是因为发烧。他现在要呼吸点空气,一会儿就会停下来的。"

"他吃什么东西呢?"

瓦露出了第一丝微笑,斜着眼看了他一下,觉得他很有趣。

"他还在吃奶呢。我们也给他吃点糊糊。"

"我会亲自给他准备的。"鸭子边说边吐出大麻的第一口烟,递给了他。

"不用了,谢谢。"

"爸爸做的糊糊。是不是呀,宝贝?"

瓦接过烟,吸了一口。

"抽烟不会对他不好吗?"

"不会。"

一道闪电把四周都照亮了,在他能够看清什么之前又把一切都藏了起来。雷声就像戏剧里让人等了很久的大腕,一出场就大肆表演。雨越下越大。茶壶在篝火上面吱呀作响。他朝四周看了看,想要找到贝塔,却没看见它。

"你在找什么东西吗?"

"我的狗之前在这里的啊。"

他吹了声口哨,叫了贝塔的名字。它出现了,但是站得远远的。

"让它也进到雨棚下面吧。"鸭子说道。

"它会全身抖动弄得到处都是水的。"

"我们把它擦干呗。瓦,你去把挂在帐篷上的脏毛巾拿来。"

他叫着贝塔,终于说服了它在这里是受欢迎的。它一开始全身摇晃他就用毛巾包住了它。他小心翼翼地把贝塔擦干,低声地同它讲话,这时候鸭子一直在准备马黛茶,大麻的烟雾充斥在整个帐篷的空间里,和调料、牛奶、婴儿的大便以及帐篷的塑料味混合在一起。鸭子把马黛茶的第一道温水倒掉,重新给壶里添满了滚烫的水。

"给你,森林里的人。你都冷得发抖了。雨水冲出来的马黛茶能够恢复你的活力。"

他们喝着马黛茶,吃着巴西大栗子,欣赏着夜晚与闪电。小伊塔鲁安静了一点,母亲把摇篮放回了帐篷里。

"你要是愿意的话可以睡在这里。但是我们没有床垫,床单也是湿的。"

"还是不要打搅你们了。"

"不会打搅的。"

"那太好了。我有一个睡袋。谢谢了。"

他从背包里拿出潮湿的睡袋,在帆布下面那一小块空地上平铺开来。

"你准备去哪儿呢?"

"没什么特定的地点。但是我应该明天就起身回家了。"

"你在外面徒步多少天了?"

"记不太清楚了。大概十天吧。"

"我觉得应该不止这些天。"

"我在品内拉那里能搭车去加罗帕巴吗?"

"可以的。明早我会去山谷下面给伊塔鲁洗尿布。你可以跟我下去,我指给你。很近的。只要别走错路就行了。山里有很多条小路,但都是死路一条,或者通向老人山洞。"

"老人山洞。"

"有一个住在山洞里的老人。"

"在哪里啊?"

"山谷的另一端。"

"要怎么过去呢?"

"他谁也不见。他也不是一直住在那里。至少我是这么听说的。我从来没有去过那里,也从来没人去过。"

"那要怎么过去呢?"

"在两条路之间的树林里。一条通向谷底,另一条往上通向前面那座山。除非走到很近的地方,不然几乎看不见入口。我曾经走过向下的那条路。有一圈带刺的铁丝围墙,从那里就能看到山洞了。品内拉的渔民说他已经两百岁了,他们有时候会在小路上给他留一些鱼和面粉。他多半得了什么传染病,因为所有人都被警告不要靠近那里。"

他开始把睡袋卷起来。

"你能给我指一下怎么去下面这条路吗?"

"你打算现在去那里吗?"

"打算。"

"我明天早上指给你吧。现在什么都看不见。"

"我现在就走。你要不要指给我看呢?"

"下这么大的雨,我可不想在黑漆漆的森林里走呢。"

"你让他去吧。"瓦在帐篷里面嘟囔了一声。婴儿又开始哭了。

睡袋没卷好，放不进塑料袋里。

"我把这个就留在这里，可以吗？我之后会回来取的。"

"伙计，从来没有人去过那里的。这肯定不是偶然。我觉得这个老人的故事只是渔夫们编撰的。他们就只是说说而已。"

"如果他想去就让他去吧。"瓦用不耐烦的语气说着。

"那你能至少给我指一指去那条小路的正确方向吗？"

"除非你告诉我为什么那么着急。"

"我觉得那个山洞里的老人是我的祖父。"

"加尔巴斯，过来。"

鸭子用手指尖推了推眼镜，调整了一下脑袋的位置以便更好地看他，然后才回应了瓦的招呼，蹲着进了帐篷里。他身上的一些东西让人联想到乌龟。拉链被拉了上去，门也关上了。又一道闪电的光亮在他的脑海里点亮了这样的想法：对于这两个人来说他是一个可怕的人，突然出现在夜里，而留宿他说明他们仅仅是被吓着了，这一切都出乎他的意料，但同时又是那么地显而易见。他听着婴儿哭声和雨声背后的窃窃私语，不知道应该在什么时候离开。鸭子紧接着就出来了，给他解释了怎么才能找到通往下面山洞的小路。他需要返回看见帐篷之前的那条路，一直走下山，到达一个小型海滩，那里有老旧的渔棚，然后穿过山谷深处的小溪，这时候不要走大路，应该左转。在山下走一段时间之后，会出现另外一条小路，再走一段时间就会在右边看到带刺的铁丝栅栏，再接着走一点就会出现一个类似于门的东西，实际更像是绕在木框上的一圈带刺的铁丝。他们说那里就是了。

他对他们收留他和招待他喝马黛茶表示了感谢，又对自己无法回报什么表示了抱歉。鸭子靠近他耳语了几句。

"你别对瓦说你不知道啊。下次再见的时候她会说你偷了它们，你可别否认。"

鸭子递给他一个手电筒和两节电池。

"我不能接受这个。"

"等你晚些或者明天回来的时候还给我就行。"

"我肯定会还你的。"

"你确定不想明天早上再走吗？"

"我必须现在就出发。"

他握了握男人的手，叫醒自己的狗，它已经睡着了。他把衣服上的帽子扣在脑袋上，然后就出发了。雨还下得很大，滴在身上感觉热热的，他的双脚都陷在了泥地里。他靠着手电筒的光走到了树林的出口，照亮接下来的小路，没过一会儿小路就消失在了长满矮草的斜坡下。手电筒的光无法照到的地方一片漆黑，但是其他的感官能让他知道大约哪里是树木、哪里是石头、哪里是山谷、哪里是深渊、哪里又是大海。时不时地一道闪电照亮了洪水泛滥的景象。

山谷的出口是一个怪石嶙峋的海滩，那里就是鸭子描述的小型海滩。雨水把小溪变成了小河，他用了很久才找到能够过河的地点。他嘴里咬着手电筒，把狗抱在怀里，湍急的河水漫过了他的肚脐，他跨过两三米远的距离才从一边到了河对岸。山谷另一侧最好走的那条路在白天应该还比较明显，但在黑暗中就需要小心地探索。每当走到悬崖边，或是封闭的树林挡住了他的路，他就得折返回去，重新找寻方向。当他开始怀疑这样的找寻是否毫无意义时，带刺的铁丝栅栏出现了。接下来他用了好几分钟用右手触碰栅栏，最终发现了生锈的铁丝门。他用手电筒简单照了一下，发现打开它比看上去容易多了。他从尼龙绳做的挂钩上解开了铁丝缠住的木棍，大门就温顺地躺在了泥泞的地上。

最初的几米远，道路不过就是密闭丛林中几乎无法辨别出来的一条缝。突然手电的光亮下呈现出一条被仔细修整过的泥巴路。道路两边的草像是最近才修剪过，这么多周的雨季，路面仍旧坚实平坦。小路蜿蜒地沿着山坡向上，绕开一些大石块，石头到了一定的高度后在他左边形成了连续的石墙。他把手放在黏黏的石头上，依靠在牢固的石面上心生宽慰。贝塔紧跟在后面，嗅着他的脚踝。他发现野生的植物展现出别样的格调。种了草的花坛被照料得很好，凤梨花被用铁丝系在树干上，像拱门一样悬在小路上方。

他面前出现了一个由树根围成的天然阶梯，在一个石头周围不久出现了一次急转弯，紧接着他发现了一个巨大的长方形水族箱，就放在小路边上。靠得更近一些后，他打开了手电筒。玻璃箱里面有少许石头碎片，可能是陶土或是陶瓷，摆放得像博物馆里的陈列柜。很多碎片的流线表明这应该是雕塑、花瓶或是古代盛具的碎片。有的碎片上有一些他辨认不出来的文字，或者是三角形和菱形的符号。水族箱的一角堆放着半打箭头，和他刚开始徒步时捡到的那两个很相似。水族箱的盖子被紧紧缠住，纯白的砂子铺在箱底，以保证里面绝对干燥。

再往前走一点，小路突然被一块大岩石隔断了。他仔细观察才发现，在石头和地面的空隙中有一个通道，人必须蹲着才能通过。通道的周围建造了一个小的竹门。他竖着耳朵听了一阵，只有雨水的声音。他关掉了手电筒。一丝微弱的光线从通道中透了出来，几乎无法察觉。他蹲下身走进了通道。

他走到一个布满岩石、类似前厅的地方时站了起来，那里被同样从小路上透出来的光线微微照亮。右边有一块天然的敞口，被一棵树的枝叶占据，一部分被一片波浪形的石棉瓦片所遮盖。

一道窄窄的垂直裂缝可以通向洞穴的另一端。他打开手电筒，借着亮光走了一小段。洞穴深处躺着一个巨大的海龟壳。

贝塔终于进来了，它适应了几秒钟，就低声吠叫起来。他用手电筒照亮了敞口，把身子转向一侧，向侧面跨了两步穿了过去。

一个老人出现在他面前，注视着他。此人坐在一把老式摇椅上，上面垫着绵羊皮。光线来自挂在其中一面石墙上的煤气灯，它瞬间就照出石洞的大小，却把细节隐藏在了阴影里。老人的两只手都撑在椅背上，灰胡子几乎长到了肚皮那么长，头顶还有几丝白发。他的脸庞很宽阔，鼻子窄窄的，眼睛深深地陷进眼窝里。他本来应该挺高的，现在却已经有些萎缩了。裤子、背心还有羊毛外套都已褪色，布满孔洞，这身衣服全新的时候应该非常高雅。他像死人似的形象与身旁的女孩对照起来，对比显得更加强烈。女孩是个黑白混血，最多二十岁的模样，坐在摇椅后方的板凳上。她穿着沙子色的针织衫，头上戴着闪着光的皇冠，但只可能是塑料的仿制品。她其中一只胳膊温柔地放在老人的肩膀上。两个人用同样石化的表情看着入侵者，眼睛里闪着光。

"晚上好。"他边说边摘掉了帽子。

老人像一条好奇的狗，把头稍稍转过来一些，皱起了眉头。他厚厚的眉毛是银色的，和他的胡子一样，皮肤则让人联想到用了好几个世纪的皮箱子。

女孩突然瞪大了眼睛，像是被吓坏了。她在老人耳边低声说了些什么，他把右手抬到她脸颊的位置，阻止她继续说下去。然后老人也在女孩的耳边低语了几句。她起身向洞穴更深处走了几步，和什么人说起话来。

山洞的顶端是块巨大的石头，以四十五度角悬在距离地面三米的位置。这里干燥温暖，有一块蓝色的帆布挡住石块的一角。

他所站位置的旁边有一截树干，恰好成了一个足球大小的大理石球体的支撑面。一道闪电照亮了两道缝隙，一道在右边，对着树林，另一道则在他身后，那里应该是峡谷和海洋，但是一瞬间闪烁两三次的光芒还不足以让他看见正在和女孩说话的第三个人是谁。岩屋的里面有股干净的矿物香味。闻不出来有人住在这里。他的脚下渐渐聚集了一摊水。

"对不起我把这里弄湿了。"

老人向前倾斜了一些，做了个手势让他靠近。摇椅咯吱作响。他听见贝塔在前厅叫唤。它应该是害怕从缝隙里挤过来。

他向前走了三步，离老人更近了。从老人和混血女孩的身后站出来一个十三岁左右的女孩子，白色的皮肤，黑色的头发乱糟糟的，长相很粗野。女孩很没教养地用眼神偷窥他，同时那个年纪大一点的女人用含糊不清的声音给她下达了某些指令。她站的那个角落里还有另一个小女孩，金色的头发，比她还要大一些，在一个铺了床垫和枕头的床上蜷缩成一团。她还没睡醒呢，边揉眼睛边试图搞清楚身边发生了什么。黑白混血的女孩回到了和最初一模一样的位置，坐到了老人旁边的凳子上，手臂伸直放在他的肩膀上，就像是舞会上的舞伴似的。她的指甲修剪得很整齐。站着的那个看上去有些没教养的女孩子走到了洞穴的更深处。那里有一个微型的厨房，木板搭成的搁板上放满了锅碗瓢盆，一个烧柴的灶台搭在石头做成的炉子上。炭火的橙色和紫红色还很微弱，女孩把一个铁制茶壶放在了灶台上已经热起来的位置。

"你来找我干什么？"老人说道。

和他父亲的声音一样。

"我想认识你。"

"你是来找我的吗？"

"不，我就是来看看你。我是你的孙子。"

"真的吗?"老人用鼻子哼笑了一声,"真有意思。"

他把手电筒关上,放在大理石球旁边的树干上,开始从肩膀上解下背包带。老人颤抖了一下。

"我只是需要从里面拿出一个东西。"

他把背包翻了个底朝天,终于找到了梳妆镜。镜子已经全碎了,他自己的相貌成了一个模糊不清的马赛克。老人又笑了,这一次是发自内心的,看着他用手在脸上和胡子上摸了一圈,无助地想要记起自己的长相。

"我也怀疑过镜子里自己的相貌,"老人说道,"但是这是第一次我的相貌怀疑它自己。"

老人又严肃起来。他干枯的赤脚在硬土地上踏了几下。没教养的那个女孩拿来了装满茶的陶土杯,递给了黑白混血的女孩,然后再由她放到老人的手里。老人吮吸着滚烫的茶饮,发出一阵噪声,然后把杯子还给了混血女孩。

他把碎掉的镜子放回背包里,拿出钱包,打开它再取出裁剪好的祖父的照片。他的胡子已经灰白了,人也缩小了一半,但他们只可能是同一个人。他把照片递给老人。同一时间贝塔鼓足勇气穿过了缝隙。它朝着摇椅开始吼叫。

老人没有注意到狗。他脸上的微笑消失了,目光凝视着照片。他的眼睛好几次从照片移动到面前这个年轻人身上,然后他的表情很快就变得极其困惑和具有威胁性。最终他把照片放在胸前,做了个手势让他再靠近一些。

他靠了过去。混血女孩从凳子上站起来,向后退了几步。

老人把尸骨一般的手放在他的脸上,伸到一半的时候他发现老人的小手指和无名指不见了。剩下的三根手指柔软而温热,拂过他的脸颊、鼻子还有眼睛。老人收回了手,看上去很迷惑。

"你是真的吗?"

"是的,我是你的孙子。"

老人揉了揉眼睛,用大拇指和食指挤了挤鼻头,准备重新再看一看。他无法相信自己所看见的,他的呼吸变得粗重起来。

"你不知道自己还有个孙子吧。"

"你不应该来这里。"

女孩用手遮住嘴巴,又后退了几步。

"我已经用了好几个月的时间来寻找在你身上到底发生了什么,祖父。所有人都以为你已经死了。我还认识了桑迪娜。"

"这不对,你不应该在这里。"

老人在椅子上稍稍蜷缩了一下身子,边摇头边重复说着"不,不"。

躺在那里的女孩抬起了身子,警觉地看着四周。她的脸有些变形,在黑暗中很难看清楚。混血女孩蹲下来,让另外两个女孩重新躺在了床上。

贝塔叫了一声、两声、三声,老人终于意识到了它的存在。

"我的父亲在年初去世了。你的儿子。"

"出去。"

"好的,我只是……"

老人从椅子上站了起来,仿佛折叠起来的纸张被展开了一般,变成原来的两倍高。他的右臂紧张地悬在空中,稍稍离开身体,手中握着一把刀。混血女孩抱着两个小姑娘,扭过头来观看正在发生的事。

"你不需要这样做。我马上就走。"

老人迅速地走向一旁,用很快的动作灭掉了灯。

很幸运的是他在黑暗中及时地抓住了他的胳膊,但是已经感觉到刀伸向了他的腰间。他听见贝塔撕咬着老人的腿。他喊叫着让老人停下来,但很明显他是不会停的。女孩们一直在尖叫,随即躺下装死。他们俩倒在摇椅上,又倒在了厨房的搁板上。灶台下炉子里的炭火是山洞里唯一的光源,他试图把祖父推向那里。老人一声不吭,枯瘦如柴的身体保持僵直,不知疲惫地进攻,像是一个正在攻击人的蜘蛛,试图抓住猎物释放毒液。他终于把老人扔到了灶台上,在摆脱他魔掌的瞬间他抓住机会,冲向他认定的出口方向。他不停摸索着石头墙壁,但是找不到进来的那个缝隙。一道闪电照亮了山洞里的两个裂缝,他冲向了最近的那一个。他来到一个岬角,这里在白天应该能看到峡谷,但现在仅仅是一堵矮墙,面朝荒芜。他害怕老人会出来抓住他,随时把刀插进他的脖子,所以一步不停地跑着。路上什么都看不见,直到他被栅栏绊倒了,双手双腿都被扎进带刺的铁丝网里。他因为疼痛而尖叫,同时也感到一阵慰藉,因为从这里开始就可以一直跑到谷底,跑到小河,跑到海边。

甩开一段距离后,觉得应该更安全了,他停了下来,想要从包里拿出穿山甲柄的小刀,却发现包被他留在了那里,同时留下的还有贝塔。它的名字卡在了他的嗓子里。喊叫会暴露他的位置。他体内的肾上腺素渐渐代谢掉了,逃跑的本能被麻痹所代替。他想回去找贝塔,但是不知道它在何处。大海的涛声在山谷间回响。他用手抚摸着自己的伤口,能感觉得到它在肚皮的右侧,伤口应该不大,但是却很疼。他开始随便朝着一个方向走着,仅仅是为了不要停滞不前,同时边走边思考自己应该做什么。突然他从山涧滑了下去掉进了小河里。水流的方向让他能够推断出大海的大概位置,也能辨认出两边的山谷。帐篷里的夫妇还有一盏燃气灯。

他们应该有一把刀，另一个手电筒，说不定还有手机。他大步爬上山坡，乞求闪电的光芒再次出现，理智和恐惧是拖着他前进的动力。他一直有种感觉，觉得贝塔能够追上他，但是现在，在他看清山脊上离他最近的几棵树时，伙伴的缺失才变得那么具体。他终于有勇气喊叫了。

"贝塔！"

他把手放在嘴的两侧，喊了好多声。喊叫声消失在了隐形的峡谷中。

他继续在树丛里寻找帐篷。没想到的是，闭着眼睛感觉反而更加清晰，就像自己家里晚上停电一样。婴儿的哭声失去了踪迹，或者他离自己以为的地方其实还很远。他呼叫着那对夫妇的名字，却没有任何回答。树木越来越稀疏，他加快了脚步希望能够看到一丝敞亮的天空。

一道闪电照亮了峭壁，照亮了他踩空的步伐，照亮了翻滚的海洋，混乱的海水伸展到四面八方。当一切都重新变黑，他还在继续掉落，不断下坠的过程中他才反应过来发生了什么。感谢这道闪电。至少不会像个瞎子一样，什么都看不到就死去。或者能够看到死亡的虚空是没有界限的，他心想，哪怕对于盲人来说，死亡也会在最后时刻自我展现，让他们在死亡发生时想到它。下降的过程中，他的脑海里深深印刻出大浪的漩涡和吞噬他的泡沫，超现实一般的清晰，他如此喜欢的海洋此刻却向他展示出更加隐蔽和毁灭性的一面。冲击来临的最后时刻他紧紧闭上了双眼，就像潜水时无法避免的那样。

水下的环境并不像水面上那样险恶。他的身体撞在了海底平坦黏稠的石头上，他意识到自己悬浮在了冰冷大海的低声嘟囔中，身体被水流轻轻地摇晃。他曾经和哥哥学过如何穿过巨浪，如何越过浪花。不论海浪大小，哥哥都教他："紧贴着海底潜进水里，朝着浪花以自己最快的速度游过去。海浪会在身下拖拽你，而你则会从另一边出来。这是它溅开时所做的。如果你试图后退，它就会在你的头顶爆裂。如果你从表面穿过，它会把你卷进去，扔进榨汁机里，你很可能就会被撞碎脊柱，或者被珊瑚切成碎块。"哥哥在小的时候就是冲浪达人，但他却一直不喜欢冲浪板，更偏爱游泳。现在他出于本能做的第一件事，就是在试图回到水面之前，先研究水的力量，直到能够准确地判断出海浪冲击的方向。他朝着海浪的反方向划了几下水，向上，蹿出水面呼吸空气，然后又回到水底，试图摆脱海岸的危险。

水底很安静。海水带给他安全感，仿佛世间的一切都停滞了。

水面却是地狱。一条条的泡沫从四面八方涌来，淹没他的头，咸咸的海水灌进他的嗓子里。他用尽一口气才把妨碍运动的球鞋和外套脱掉。天上没有月亮，没有星星，没有任何能够帮助他辨别方向的东西。他的身体升到浪尖，又被吸进谷底，除了不停地上升下降，他无法分辨其他东西。身边的碰撞与他已然熟知的那些自然力量有关，但他无法区分它们。他就是一块无足轻重的肉，随波逐流。

他掉落之后的第一道闪电什么都没有照亮，他只看到一大片笼罩在天上的云和漆黑的海平线。他需要选择一个方向，平行地朝着海岸线游去，直到游到某一个沙滩。他的眼睛被海盐灼烧，胳膊的力量在汹涌的大浪面前显得毫无用处，但他明白并不是这样，如果自己顺着正确的水流，选对了方向，就一定能够逃离海岸线到达沙滩，不论这需要持续多长时间。他第一次冷静了下来，开始注意到寒冷一层层不断渗透到自己的身体里。他需要找到合适的节奏，让身体保持温暖，然后在能够坚持的时间里不断向前。

当他想到礁石和海里的动物，或是想到假如自己沿着错误的方向规律而坚定地向前划水，实际却离岸边越来越远，反而进入更加广阔的空间而无法回头时，恐惧就出现了。

然而剩下的时间里，他把注意力集中在游泳和呼吸上，观察着能够帮助他沿着直线前进并通向某处的迹象。某个时刻，他已经不相信自己正处于混乱的境地，和之前在游泳池参加长距离比赛，或是和上百个运动员一起穿越海峡相比，现在的情况并没有严重多少。此刻和他以往的经历很相似，比如他曾经在参加塔皮斯三千米穿越决赛时大腿抽筋，或是那一次在自行车比赛时体温过低，差点失去了弗洛里亚诺波利斯铁人三项比赛的资格。每一场比赛都有它自己的节奏，需要权衡自己的能力，全神贯注于自己的姿势，划水的形态，蹬腿的频率，以及最重要的专注于游泳本身，直到意念与身体合二为一，这样才能创造出和水融为一体的契机，那时就再也不需要集中精力了。以往的每一次仿佛都是为此刻而准备的。这是一场对他人生中所有训练内容的终极考验，而想象力在此时则可能是一个好伙伴。他想象着自己身边和身后有竞争者，他们都是世界上最优秀的游泳选手。他想超越的那个领先者正在前方用腿打水，他只需要沿着那个人的轨迹。想象轻而易举地骗过意识，没过多久这些竞争者就变得触手可及，他的指尖几乎能够触碰到前面那人的脚。一个个有血有肉的男人成为了同游的伙伴，和他感受着同样的寒冷与疲惫。在这些具体的形象烟消云散时，他又开始想象其他的东西。比如他正在被无比巨大的鲨鱼和《圣经》中看不清样貌的水神利维坦追赶。比如他停下来或是减慢速度就会被一道闪电劈中。比如他已经把死神甩在了身后。比如一个安静又温柔的女子正在沙滩上等着他，她和以往的任何女人都不同，却也没有什么独特之处。她对他的归来未感到丝毫诧异，让他把头枕在自己铺满沙子的大腿上，尽情地休息。她对他说他们相互需要，总是希望能够为对方提供任何想要的东西，毫无例外。他能够感觉到她所说的是事实。她的指尖抚摸着他的鬓角，问他想要什么。他含含糊糊地表示不需要太多，只要她的双腿在冬天是温暖的，在夏天是冰凉的，他们还能有一个淘气的小女孩，会满屋子乱爬把膝盖磕伤，他们的房子能够远远地看见日落时金色的湖面。除此之外，还希望在他冰冷的时候她能一直温暖。没有其他的了。下面轮到她了，"说说你想要什么"。她会开始述说，而他则对一切表示同意，问她还有呢，还有呢。她源源不断地说了一连串的东西，还保证每一件事都会带来无尽的快乐，不论这件事是什么。他什么都会给她，每一件东西就是一次划水，他乞求她不要停下来，以此获得他所需要的力量。

12

有人在摇晃他。

"喂！喂！"

费了好大的劲他才把眼睛睁开，双眼都被盐粘住了，突如其来的光亮让他什么都看不见。那个人扶着他起身。

"快坐起来，伙计。"

他用手遮住光线，终于看清是一个强壮的男人蹲在他面前，身上渗出汗水，光着脚只穿了一条短裤。

"你还好吧？"

他突然抽搐着咳嗽了好一阵，差点吐了，却什么都没呕出来。不一会儿咳嗽就停止了，他刚觉得危机解除，就想要站起来，但是没能成功，再次跌坐在地上。他朝两边看了看，只见白色的沙滩在阳光下灼烧，男人的身后则是一片浅蓝色的大海和温柔的浪花。

"你在这里干什么呢？你怎么了？"

"这里是什么海滩？"

"是西里乌。"

"是加罗帕巴旁边的那个西里乌吗？"

"还有别的吗？"

他边笑边咳嗽了起来。

"你想让我叫什么人过来吗？"

"不用，不用，"他忍住咳嗽，"你帮我站起来吧。"

男人抓着他手臂的下方，把他拉了起来。

"你在这儿没有看见一条狗吧？"

"没有。你发生了什么事啊？喝多了然后走进海里了吗？"

"我掉进了海里。"

"你像是电影里的船员，伙计。"

"雨停了。"

"过不了多久又要下雨了。后面一整个月都会不停下雨的。"

"今天是哪一天？"

"周三。"

"多少号呢？"

"应该是十五号吧。"

"哪个月呢？"

"十月。"

男人把手放在腰间，向两边张望，然后斜着脑袋眯着眼睛看着他。

"伙计，你需要帮助。你在这儿等着我去叫些人来。"

他摇着头，做了个手势表示不需要。他的眼睛刚适应阳光的亮度，现在能够看见左边西里乌山上的一些房子，而右边远远的地方，就是一直延伸到维基亚海角的加罗帕巴。他的舌头在嘴巴里肿了起来，味道咸咸的，沾满了黏黏的口水。他感受到腰间热热的疼痛感，吐出一声呻吟。他把湿衣服拉了起来，看到一圈红肿的皮肤中间有一道泛白的切口。

"你哪里受伤了？你还记得发生什么了吗？"

"差不多吧。"

"有人攻击了你吗？"

"算不上。"

他的手臂上有些擦伤，大腿位置的裤子磨坏了。他用手在脸、头发和胡子上摸了一圈。

"脸上什么也没有。"那个男人说道。

"那你呢,你在这里干什么呢?"

"跑步。我在训练,为了参加救生员的测试。"

"测试在什么时候啊?"

"在十二月。最好是先光着脚在沙滩上跑,慢慢地适应。"

他把手放在肚皮的伤口上,想慢慢地坐下来,但却怦然倒地,急促地呼吸着。他条件反射地咽了咽口水,但是嘴巴很干。

"你没有刚好带了一点水吧,嗯?"

"没有。"

"太好啦。那你继续跑吧。"

男人看着他,并没有离开。

"你可以走了,大师。"

"你确定吗?"

"当然啦。"

"你坐在这里,等我回来帮你。或者我去通知加罗帕巴的什么人,有谁能来接你吗?"

"不需要了。"

"别再喝那么多酒啦。那会让你丢掉小命的。"

他把腿盘在一起,感受了一会儿照在头顶的阳光。他不记得自己怎么到达的沙滩,但是能够回想起前一夜鲜活的记忆碎片。这有点像是一场梦,和茱莉曾经看见过的那个海市蜃楼一样。他想起了自己的狗,突然深深地叹了口长气,气从丹田逃逸到嘴巴,黏黏的口水发出一阵破裂声。他需要回去找贝塔,但是接下来的几天肯定没有力气去做这件事,内心深处他也对贝塔还活着或者能被找到不抱希望了。尽管如此他肯定还是会去找它的。根据太阳的高度,现在约摸是早上九点。他几乎能听见身后沙丘上的沙子慢慢变干的声音。海浪很大。他一只脚上还穿着白色的棉袜，双手都撑在地上才抬起身体站起来。他开始朝着加罗帕巴慢慢走去，每一个关节都在疼痛。走过海滩一半时他听见有人在叫他。是那个把他唤醒的人，他正从沙子上往回跑。

"我去西里乌给你拿了这个。"

他接过一瓶矿泉水，没有停下脚步，试着把塑料瓶盖打开却失败了。

"给我吧。"

男人拿过瓶子，打开盖子又递给了他。他小口地喝着水，一直没停。两个人并排走着。

"谢谢。"

"你要走回去吗，海员？你能行吗？"

"是的。何况我现在还喝了救命的水。"

"你需要我的帮助吗？"

"不用了，伙计，你可以从这儿继续跑了。我能行的。只是我不能停下来。"

男人把他的肩膀借给他，另一只手放在他的腰间。两个人就这样慢慢地一起前进。

"等你到了以后去一趟卫生站吧。你看上去糟糕透了。"

"我会去的。"

他们又一起走了半小时。太阳重新消失在厚厚的云层中，他们终于靠近了加罗帕巴的大路。

"你把我放在这里吧，剩下的路我一个人走就可以了，大师。"

"你不想去卫生站吗？"

"我想先回家。我就住在巴乌石前面。看见了吗？一楼的那个公寓那儿。谢谢你的帮忙，抱歉耽误了你的训练。"

353

"没什么的。"

"成为救生员也得考游泳吗?"

"是的。"

"你游得怎么样?"

"跟屎一样。这是我的大问题。"

"过几天你到我家来,我教你几招游泳的诀窍。我是教练。"

"真的吗?"

"真的。别忘了,嗯。救生员得游得很好才行。"

"那么我会来的。下次再见,海员!"

男人和他分别,重新开始朝着西里乌跑去。他独自一人继续沿着剩余的小路前进,眼睛始终凝视着自己的家门。来到海边餐厅吃饭的人们远远看着他,过了很久才把目光移开。一些渔民正在沙滩边停靠的船上工作,他们都放下了手头的事,看着他走过去。他用手跟那些看他时间最长的人迅速地打了招呼,然后接受了难以察觉的点头示意。

他的双腿在巴乌石旁的破烂楼梯上颤抖着。港口角落的海面出奇的平静。他走进楼和楼之间的过道,从落叶中间找回了钥匙。贝塔的缺席在有霉味的房间里变得极为明显。他打开窗户,阳光射了进来。潮湿让人愤怒,墙壁上滴着水,家电的四周也滴着水,在瓷砖地上留下一摊摊痕迹。

他走进厕所,镜子里出现了一个老人。他一直以来看到自己映射在镜中的形象时都像第一次看到一样,但是现在却不同了。他能够从自己额头和颧骨上的肉看出住在山洞里的那个人的痕迹。眼睛深陷进眼窝。虽然好几周没出太阳,皮肤还是像被晒伤了一样。长长的胡子上沾满了沙子。他不记得自己之前的模样,但是肯定不是这个样子。他现在明白自己的祖父看见的是个什么人了。

是个鬼魂，一个自己更年轻时候的版本。一个不应该出现在那里的东西。

他脱掉了湿衣服，能看见骨头凸起要从肩膀、锁骨和凸出的肋骨上跳出来。各部位都有些掉皮，但是看上去并不严重。腰间的伤口也不深。

他走进厨房小口地喝着水龙头下的水。一些蔬菜水果在冰箱里萎缩腐烂掉了，还有一个塑料罐里剩下一半的炼乳。他用勺子将其盛出来，一下子就把它全部吃完，接下来又吃掉了玻璃瓶里剩下的蜂蜜和储物柜里一袋没开封的苏打饼干。吃完以后他回到了厕所，把电热水器开到最热，洗了很长时间的澡。热水让疲劳轻而易举地击溃了他，他开始站不稳，于是坐在坐便器上，用毛巾把自己擦干。然后他回到卧室把全部的被子和床罩都裹在身上，瘫倒在床，思考着需要再买一些食物。还有牙膏和牙刷。还有一把雨伞。

接下来的两天，他睡觉的时间比醒来的还要长，只有在取钱和去老城区的市场买食物时才离开家。他知道人体每一块肌肉的名称、位置以及作用，也很清楚每一刻是哪几块肌肉在疼痛。每一块都在疼。他的脸颊也在疼。但是这些都是普通的疼痛，是一个运动员已经适应的疼痛。每当他从床上起来，外面都在下雨，少有的几艘船还没被收回去，依旧停靠在老位置。断断续续的大浪拍在渔民棚屋的门上。雨水从小河、大峡谷以及泥土地上夹带着泥巴入侵到翠绿的大海，在雾气笼罩的海湾里形成了一大片咖啡加奶色的色带。

西西娜女士第二天的时候出现了，手里握着一把印花阳伞。他邀请她进屋，但是她却带着严肃的微笑，一直站在门外面。

"你病了，孩子。我告诉过你你病了。"

他回答之前先咳嗽了起来。

"我挺好的，西西娜女士。"

"你真的病了。你的脸色像死鱼一样。快去卫生站看看吧。"

"我会去的，你放心吧。"

"你的狗呢？"

"我把它弄丢了，西西娜女士。"

"太痛心了。"

"谁说不是呢。对我来说真是太糟糕太艰难了。"

他的声音降低了。

"你去找桑迪娜了吗？"

"去了，她把一切都告诉我了。至少是她知道的那个版本。"

"不存在另外的版本了。现在你就不会到处去问这件事了。我也是因为这个才帮你的，想看到你变得正常点，不再那样做了。"

"我已经不会了，西西娜女士。对我来说这个话题已经终止了。我亏欠您太多了。谢谢您帮我。"

他提出要陪着她穿过马路，但她却像看着一个抢劫珠宝的强盗一样，一直盯着他。

"你消失了很长时间。"

"我去旅行了一段时间。"

"你去哪儿旅行了？我的天哪！到处都被水淹了。"

"我回阿雷格里港解决一些问题。我父亲的死亡证明，这一类的东西。"

西西娜女士把脸转开一点，对他的回答并不是很相信。他能够想象她脑子里在想什么。就像之前她预料的一样，冬天一来，年轻的体育老师，那个充满了激情，想要面朝大海、简单生活，以为拿着几千雷亚尔的支票就能表示他的好意的人，最终还是变成了一个肮脏的乞丐，回避他人的关怀，生病了还满口谎言。毒品，毫无疑问。她因为提前收了一年的房租而舒了一口气。

"雨水对这里也造成了很大的破坏吗，西西娜女士？"

"这里不算很严重，就是路上出现了几个坑。通向铁锈海滩的路有两天被封上了，但是现在已经修好了。对我们这里的人伤害最大的是卡瓦罗斯山上的围墙又垮了，国道被封上了。你知道这件事吗？我在弗洛里亚诺波利斯学兽医的侄子在那里被困了两天呢。布卢梅瑙和伊塔雅伊就比较惨了。昨天在《圣卡塔琳娜日报》上报道说已经有六十七个人死亡了。实际人数应该比这个数字多多了。只是他们还没有找到尸体。而我在电视上看到志愿者们都在抢人们募捐的东西。真是太悲惨了。我活了六十多年还从来没见过这么多的雨水呢。"

"真是太惨了。至少加罗帕巴没出事。"

"这里的人一直被保佑着。"

"谁赢得了选举呢？"

"他们已经进入第二轮了。你不在这儿吗？"

"没有。我都没太关注这件事。"

她在公寓里面检查了一圈。

"前几天有人在这里找你。"

"男的还是女的啊？"

"一个男人。他只留了自己的姓。是个皮肤很黑的孩子，光头。你没有和毒品搅在一起吧，啊？"

"波诺博吗？"

"我觉得应该是的。"

"他找我干什么？"

"想知道你在干什么。他说你好几天都没出现了。"

"他是个朋友。我会打电话给他的。谢谢您,西西娜女士。"

房东离开之后,他拿出黑色的雨伞,又去了一趟市场买电话充值卡。半路上他才发现自己还保持着之前为了让跛脚的贝塔能够跟上自己的缓慢节奏。一路上他不停地边走边朝后看,就像它会奇迹般出现在他的脚踝处似的。什么东西抓住了他的胃。严格说来这种感觉并不是疼痛,而是反胃,仿佛他的五脏六腑对他自己感到恶心。市场上和一些屋子的门口,渔民和他们的妻子们对他打着招呼,仅仅像是在对敌人表示尊敬。他没有做过任何不利于他们的事,但是他明白自己就像是最令人不悦的鬼魂。他对这一切感到了厌烦,也感到一阵强烈的哀伤。他的祖父也应该熟悉这样的悲伤,只不过比他所经历的沉重上千倍。正是这种悲伤造就了他超人的能量。

回到家以后,他拿出手机充电,洗了个热水澡,然后做了一个火腿芝士的鸡蛋卷。自从在西里乌的沙滩上醒过来以后,他的骨头就一直是冰冷的,没什么能够让它热起来。防风裤和两件羊绒毛衣也不够暖和,痛苦的咳嗽造访得更加频繁了。他把被子裹在身上,坐在沙发里,拨了一个号码。

"波诺博。"

"游泳者。"

他想邀请朋友到家里来喝两杯,再聊一聊,但是波诺博回阿雷格里港了。他确认了是他前几天到公寓找他,为了告诉他自己决定去拜访得病的父亲,主要就是因为两人刚认识的那天,他在奥塔伊尔的小亭子那里的一句评论。他第一次见到了自己同父异母的妹妹,一个九岁的小姑娘,他以前只是听说过而已,也去了自己长大的街区探望了亲生姐姐,他已经有一年多没有见过她了。波诺博的父亲在经历了主动脉切除手术之后身子很弱。他很幸运,胸痛和出冷汗的时候刚好在给一位心脏病医生展示要卖的土地。医生测量了老头子脉搏里微妙的变化，给一位同事打了电话后，把他塞进一辆出租车送进了医院。诊治得很及时，但即便如此，伤害还是很大，他变得十分虚弱。父亲的新老婆请求他不要用那些压力太大会导致死亡的话题来刺激他，所以他们的对话像石膏一样僵着，还有一些话题保持着原本的空白状态。不管怎么说，该道歉的都道歉了，该原谅的也都原谅了，还讲了一些笑话。他已经有五年没见过自己的父亲了。

"但是你在小亭子那儿说的话很有道理，"波诺博说道，"我回来是件好事。我在老头子的身上看到了自己的影子。我快要成为和他一样的大混蛋了。但是现在他和这个新家庭在一起，更加安静，退了休，住在用尽一生财力购买的南边的土地上。女人和小姑娘都很喜欢他。我当时离开时是一坨屎，现在我在海边还有一个小旅馆。我想他现在对我的惊讶程度不亚于我对他的惊讶程度。我们都会死的，不论是他还是我，永远都无法了解对方生命中全部的事。我不知道你听明白了没有。"

"明白。"

"你最近怎么样？你从来都不接电话。租你房子的老女人说你消失了。"

"我大概知道在我祖父身上发生了什么事，我也在品内拉附近的一个山洞里找到了还活着的他。"

"不可能吧。"

"他像我父亲讲的一样，右手缺了两个指头。"

"老伙计，这不是你想象出来的吧？听起来像做梦一样。"

"你回来以后我再详细给你说吧。我的话费快要用完了。打给你其实是想让你帮个忙。我在山里面把贝塔弄丢了。我想回去找它。"

"什么山啊?"

"就是品内拉旁边的山。故事太长了,但是我需要回那里去找它。我很怀疑它会不会出现,但是如果我不去尝试的话内心会不安的。我觉得自己就是一个彻底的垃圾。那可是我父亲的狗啊。而且,他死之前让我带它去安乐死。"

"我靠。"

"我什么都没做好。"

"平静一下,切·格瓦拉。我们会找到它的。"

"这件事快把我折磨死了。我想咱们可以一起开着'破伤风'去品内拉,你能帮我搭把手。以我的身体状况已经不能自己去了。咱们可以去那里找两天,住一晚上。你什么时候回来?"

"三天以后。"

"靠,你确定不能明天回来吗?"

"不行。如果你等我的话,我肯定跟你一起去。"

"那我等你吧,谢谢了。"

"我回来以后直接去你那儿。我很想你啊,伙计。"

"我也想你。在那边加油啊。"

"你在那儿也要加油啊。"

周六早上他强撑着走下床。前两天的咳嗽变得更严重了,现在他打起了寒战,感受到肚子上的疼痛。天色稍晚时雨停了,海面很平静,火烧云很快出现又迅速离去,仿佛它走错了家门。他听到自己的呼吸声在安静的夜晚回响。他用尽力气拖着身子打算去趟卫生站,这时候突然听见了一阵贝塔的狂叫。

只可能是另外一条狗,或者是他自己臆想出来的。但是贝塔的叫声一遍遍地出现，一直叫个不停。它的声音听起来很遥远也很无助，仿佛同一时间从海滩、山丘和公寓的楼里传来。他穿上鞋，打开门，然后走到家门口的石板上。寒战加重了，像电击一般穿过他的身体。他觉得自己可能是疯了，或是因为发烧产生了幻觉。叫声又出现了。这一次他确定声音来自海滩或者海边的大路。

他沿着巴乌石旁的人行道往前走，叉着手臂竖起耳朵，甚至都不曾注意自己是否关上了房门。走过亮着灯的空餐馆时，他准备沿着斑马线穿到马路对面去，这时候叫声又出现了，歇斯底里，持续不断。一辆车冲着他闪灯鸣笛，他完全不理会，穿过了马路。贝塔的呼唤来自人行道旁的一个小酒吧，它在夏天以售卖少许库拉索酒加佛手柑叶调配成的凯匹林纳鸡尾酒而闻名，旺季之外只会偶尔开门，那时候当地人都会去光顾。柜台里有两个男孩，另外还有三位顾客坐在人行道旁固定的木桌旁。调酒员和他前两三次经过那里的时候看到的是同一个人，一个长着小胡子的中年人，操着一口巴西和乌拉圭交界处那些长着灰白山羊胡子的人的口音，皮肤被太阳晒红了，由于多年练习举重，身体异常肥大。一台搅拌机正在高速运转，一张崇高乐队的碟片在柜台后面的某个位置低声播放着，某个人还在抽着大麻。没有人给他打招呼，但是所有人都迅速停下了手头的工作，加强了空气中投射出的阵阵敌意。其中一个靠在柜台上的男孩转向马路，开始用力拍打酒吧门面上涂了清漆的木条。

贝塔的叫声很大，一刻不停，但是他过了一会儿才找到它的位置，原来是在酒吧深处通向车库的一个矮木门的另一侧。它的脖子被红色的布或者衣服条拴住了，系在花园里一个水龙头下面的水管上。凸起的肋骨和灰白的眼睛解释了它为什么没能把水管拽出来。在嗅到了他在附近又亲眼看到了他之后,贝塔的叫声越来越大,越来越沙哑,也越来越尖锐,它已经声嘶力竭。一根临时的项圈正勒着它的脖子。

他翻过门,跪在贝塔的旁边,聚精会神地研究怎么解开绳结,没有花时间去抚摸或是安慰它。贝塔停止了喊叫,尝试举起自己的前爪,舔了舔他的脸。大门咯吱一声打开了。

"放开这条狗,伙计。"

绳结像水泥一样坚硬。

"我让你放开它。"

他被踹到了墙边,肋骨上中了一脚,墙的这一侧就是车库的入口,另一侧是未启用的写字楼。贝塔又开始失控地大叫起来。他试着站起来,但是肚子上又被踢了一脚,正踢在肿着的伤口上。这一次他疼得叫了出来。

"烂人,你以为自己是谁,居然就这么进来想要带走我的狗?"

他又一次起身,等待着下一次打击,但是这一次袭击者决定观赏他缓慢的演出,看着他慢慢地从地上爬起来。那是个当地的小伙子,有几天没刮胡子,眼神里充满了野蛮的愚昧。冲浪者惯有的金色头发从红白相间的鸭舌帽下面露出来,覆盖住了他的耳朵和脖子。他的身材很高大,身板把外套和肥大的裤子撑得很好。这是一个很难打倒的男人。

"咱们认识吗?"

"你是弱智吗?"

"我是认真问你的,我不记得别人。"

酒吧里的其他人围了过来,在人行道上全神贯注地观看。其中一个人打开了大门走了进来。小胡子已经不在意吧台里面调好的酒,也没有再继续卖东西。贝塔吼叫着。当地人在它身上踢了一脚,然后用布项圈拽着它不让它动弹。

"我们认识,狗娘养的家伙。如果你现在不从这里离开的话你就再也不会忘记我了,这点可以肯定。"

"这条狗是我的,你明明知道。"

"我什么都他妈的不知道。我在海边找到它的时候旁边没人也没有项圈。"

"你是追达利亚的那个混蛋吧,对吗?"

当地人轻蔑地放声大笑,然后向前跨了一步,把狗解开了。

"你说什么?"

"你腿上有一个鲨鱼或者类似的文身,是不是?我通过你娘娘腔的声音认出来的。"

"我的天哪,这个人可是自找的。"

他向四周看了看,发现了渴望暴力的贪婪目光。贝塔坐在他和当地人的中间,既疲惫又困惑,饥饿难耐且无法喘气,它毫不关心这场纷争。这个他父亲爱它胜过一切的动物。左边远远的距离,海平面上闪烁着正午的阳光,仿佛披上了一层精致的面纱。差不多就在这里,就在这一块海滩,他的祖父潜进了水里,从此再也没有从黑夜的大海中出现,一个活死人回到了家。而这之前,就在全城人目光的注视下,身上被刀刺了上百个口子的祖父从血泊里站了起来。就在那里,海浪在黑暗中破碎,露出白色的笑脸。就在这片冰冷的海水里贝塔重新学会了走路,这条无药可救的老狗。也许这正是他父亲所害怕的,谁知道呢。它不会轻易死去。它永远也不会死去。

"这条狗是我的,所有人都知道这一点。我到这里以后你们都看见过我和它在一起。我会把它带走,然后现在就回家。"

他开始解绳子,然后侧脸被打了一拳。什么东西咔嚓一声,他感觉到有牙齿碎屑落在自己的舌头上。贝塔歇斯底里地叫着。很快人们就聚集到酒吧外,他开始被所有人群殴,拳头从四面八方袭来。一只手抓住了他的头发。他的头猛地撞到了一辆车的前盖,血流堵住了他的鼻子,灌进了他的嘴里。随即他背上受了一记飞踢,倒在了路中间。他缩成一团,又承受了一阵殴打,已经无力做出回应。他一直听着贝塔的叫声,直到它停了下来。

一辆车停在了路中间,车灯映照出车里人的侧影,他们在安全距离外远远地观望着。越来越多的人围了上来。他在人行道的边上坐起来,才明白过来自己被从路中间踢到了人行道上。他紧闭着嘴,害怕一旦张开它,自己的生命就会从中流走。

"把他从这儿扔出去。"有人说道。

"把他带去沙滩。"

许多只手抓住了他的胳膊和脚。他就这样被搬运了挺长时间,然后被小心地放在了冰冷的硬沙地上,仿佛此刻需要小心地照料他,不能让他受伤似的。他就那样继续躺在那里,重重地呼吸着,嘴里吐出鲜血。

"让他坐起来。"

有人扶着他的身体,他摇晃着坐了起来,就像一个体操运动员费尽力气想要保持一个姿势。

"你还能回家吗?"

"我得取回我的狗。"

"快回家吧。"

人们散开了,很快他面前就没什么遮挡了。他坐在大海的面前,后背靠在人行道的台阶上。两个男人走下最近的台阶,朝他走过来。

"你怎么了?"

"需要帮助吗?"

"他得去医院。"

"你想去医院吗?"

"你住在哪儿啊?"

"他已经不能说话了。"

"我去叫警察。"

"你在这里陪着他。"

其中一个男人蹲在他的旁边,时不时问他一个问题,但是他都听不见。他只能听见贝塔的叫声,那永不停歇的不真实的叫声。贝塔居然回来了。它应该饿坏了吧。就那么一瘸一拐地回来了。它应该是沿着山谷一路走回来的。

他开始起身,用了很长时间但终于站了起来。他咳嗽了一会儿,然后把脚稳稳地扎在了地上。照顾他的那个男人扶着他的胳膊,让他不要乱动,但是他把胳膊从那个人的手里抽了出来,用一种让人无言以对的表情对着他,于是男人也就没有再试着去扶他了。他自己试着走了两步,还能走。

他蹒跚着走到台阶处,爬上去后又沿着人行道走了一段,朝着有贝塔叫声的酒吧穿过了马路。他用衬衣的袖子擦了擦眼睛上的血,又小咳了一阵。还留在人行道上的人正在讨论刚才的打斗,看见他后便停止了说话,就这么一直看着他。小酒吧里的一个人指了指路上,里面的其他人也转了过来。他越靠越近,停在了离人行道还有两步远的地方。

其中一张桌上有五个人。小胡子在吧台后面擦杯子,手里拿着一块白布。所有人都注视着他,没有任何人说话。他已经不记得这些人的样貌了,于是一个一个地望过去,感受着眼睛里流出的血,不停地眨着眼睛,皱起浮肿的脸。五个人里有四个都戴着鸭舌帽，三个人是金头发，除此之外他就分辨不出了。他用手在下巴上摸了一圈，从上到下挤了挤浸满血的胡须，从胡尖捋下来一摊鲜红色的血水，在白色的地板砖上形成了一小汪血泊。

"是你们中的谁拿了我的狗？"

"你在跟我开玩笑吧。"

"这是受惊的状态吧。你大脑短路了。"

他稍走近了些，用舌头在牙齿间舔了舔碎掉的白齿和松软的犬牙。

"我记不住人们的长相。到底是谁？"

"是我。"

"啊，是的。"

"你不开心呀，可怜的人？"

"我现在能把我的狗带走了吗？"

"看在上帝的分上，就把狗给他吧。"吧台后面的小胡子说。

"这条狗是我的。"当地人回答。

"那么我想看看你是不是可以自己打斗，不需要你的小女朋友们的帮助。"

"你说什么？"

他重复了一遍刚才的话，试图用自己咬伤的舌头和遍布伤口的嘴唇，把每一个音都发得更清楚。

"我是不会踢一条死狗的。你快回家去吧，狗娘养的家伙。"

他把嘴里面所有的血一口吐在了当地人的脸上，那人僵住了好几秒，把自己擦干净以后走向了桌子旁的伙伴们。

"等着。"

他后退了几步到路中间等着当地人靠近。刚把手臂抬到打斗的高度，他脸上却挨了接连而来速度很快的三拳，然后他倒在了地上。

有人试着帮助他站起来,但是他摆了摆手让别人不要靠近,随后又重新站了起来。他知道自己如果再被打那么一下,一切就都结束了。他走到海滩上,又向当地人靠近。

这一次那个当地的男孩子犹豫了。他有点可怜他。他看着那个男孩愤怒地走下楼梯,很明显在强迫自己继续面对一个被击溃的对手。或者他已经有点害怕了。也许他想起了别人曾经讲过的故事,那些发生在几十年前的事,就在这同一个地方。那件父亲和祖父都拒绝提起的事。

他把一只脚踩进了沙子里。人行道上的路灯照出强烈的光,描绘出一场令人惋惜的剧目,大约二三十名观众围了过来。两人打量着对方,他抓住那个当地人犹豫和动作疏忽的瞬间,朝他脸上踢去了沙子。那人边后退边揉着眼睛,刚把手从脸上拿下来,鼻子正中就挨了重重一拳。他们开始胡乱地扭打起来,他中了几招之后终于能够一手抓住那人的两腿之间,另一只手捏住他的脖子。他能够感觉到对方的睾丸已经被捏碎,气管也快被他捏扁。男孩的双腿软了下来。两人一起倒在了沙子上,但是他并没有松手,而是继续那么掐着他,直到男孩受惊和被折磨的面孔开始变红,然后变蓝。

"只有在我头上来一枪才能摆脱我了,狗娘养的。"

人们试图分开他们,起初是拉扯,然后拳打脚踢,但他一直都没有松手,直到听到一个久违的女人的声音在他的耳边吼着。

"你看着我,"她说,"放开他,你看着我。"

他松开了手。过了很长时间,看上去已经没命的男孩开始咳嗽并艰难喘气,他被朋友们营救了。

他把手指插进她卷卷的头发里。

"达利亚,我看不见你。"

"我的天哪。快站起来,走吧。"

"你在这干吗呢?"

"我?我是来喝酒的,我靠!我发现你们两个人像动物一样在沙滩上相互残杀。你需要去卫生站。天哪,你的额头都掉皮了。快过来。"

"等一下,就一小会儿。"

他松开了她,在众目睽睽之下走到了车库大门,走进通向车库的通道,向前走了几步,跪在了贝塔的面前。

"好了,小贝塔。现在什么都好了。"

他没法用指头解开系得紧紧的绳结。一个男人靠了过来,给他一把打开的折刀。

"这个能帮你,冠军。"

"谢了。"

"这是在浪里游泳的那条狗,是吧?你是那个和狗一起游泳的大胡子。我经常在房子的阳台上看你们。"

他切断了布做的项圈,在贝塔背上拍了几下。达利亚走到他旁边,用指甲在他的背上轻拂着。

"快起来吧,你这个疯子。警察应该很快就会来了。咱们赶在这之前去医院吧,不然又要耽误好长时间了。"

"马上就走。"

"你现在脑子不正常。"

他从大门走出来,跟跄着走到酒吧的吧台那儿,怀里抱着贝塔。在能够开口提出请求之前他又连续咳嗽了好一阵。

"给我一杯凯匹林纳酒。"

"你确定?"

"一杯给我,另一杯给这位姑娘。如果不麻烦的话,请在一个塑料袋里装一点儿冰块。那些混账还在这儿吗?"

"在路的另一边。我之前在这里见过你,对吗?大胡子。"

"我想是的,但是我之前不是大胡子。"

"去医院的时候胡子就会被刮掉了。"

"那也没关系,本来也是时候该刮了。"

小胡子递过来装了冰块的塑料袋,开始切柠檬。达利亚坐在他的旁边,用布包住冰袋敷在他的脸上,然后又拿了下来。她把纱布拿下来一分钟以后,蓝红相间的光映照在了绿色的木板门面。

"我有点头昏,达利亚。我也许会晕过去。"

小胡子把两杯凯匹林纳酒端上桌,双手插在腰间。

"你到底是哪儿来的呢?你不是这里的人。"

"他是高乔人的孙子。"有人说道。

护士递给他一小杯水,她的护士服上面别了一个名牌,写着娜塔莉,这让他联想到一部网上色情片其中一个场景里的女演员,几年前看的时候他差点看吐,眼下这位就差头上戴一个有红十字的护士帽了。她的头发是金色的,鼻子很高,拥有游泳池颜色的瞳孔。护士用圣卡塔琳娜州西部的口音问他知不知道自己是谁,身处何处,于是他开始回想。"不知道。""你在圣若泽区医院,"娜塔莉告诉他,"是被一个叫达利亚的女孩带过来的,她说是你的朋友,在你住院之后几小时就离开了。也是这个姑娘在那天早上打电话过来通知了医院你的全名和个人身份号码。"他开始回想这件事。一点都想不起来了,甚至不记得最近和达利亚说过话。"娜塔莉和达利亚,"他嘟囔着,"达利亚,娜塔莉。"护士微笑了一下,挤了挤眼睛,仿佛在评估他的理智程度。他在松软的枕头上困难地把头转向一侧，看见医院专用的那种绿色窗帘，自己的身子被裹在一条粉色的被子里，后者的面料和他外婆家铺在客厅沙发和贵妃椅上的布很像，他还看见房间里其他的铁架病床。"狗，"他问道，"他们对我的狗做了什么。"娜塔莉想起来女孩让她告诉病人狗很好，不需要担心。在她母亲家里之类的。另一个很瘦的护士，名牌上写着麦拉，出现之后和娜塔莉庆祝了他的清醒，就像她们两个人很早就认识他似的。他问自己在这里多长时间了，瘦的护士笑着说差不多一整天。娜塔莉要去检查其他的病人，瘦护士则离开去叫医生了。抚摸自己的脸时，他感觉到了上面的棱角和伤疤。嘴巴和脖子上的冰冷感觉表明他的胡子已经被刮掉了。右手背上插着一根针，可能是在注入血清。旁边的病床上一个女人时不时就猛烈地干咳一阵。医生是一个平头年轻人，看上去像是大学里的新生，棕褐色的脸，平静的眼神。他通知他是前一夜被救护车从加罗帕巴卫生站送来的，送来时体温过低、低血糖、脱水，还患有一种细菌引起的肺炎，现在已经通过抗生素输液治好了。他的鼻子和一根肋骨骨折了，脸上有切口和擦伤。医生问他最近是否不小心吸入过水，或是溺水，他回答说是的，大约四天前吸入了大量的海水。他明白医生脑子里想着一些更严重的事。医生和麦拉护士小声讨论了些细节之后，很快就从过道离开了。

达利亚第二天带着小帕布罗来看他。她还带来了他公寓的钥匙、手机和充电器、一套有些发霉的换洗衣物、两本填字游戏书、最新一期的《花花公子》和《O2》以及一个装了蛋糕和巧克力的塑料盒。她讲述了自己是怎么和他一起坐救护车过来，在医生保证一切都没问题以后才离开的。他一直没醒过来，她也不知道发生了什么，以为他就要死了。她从来没靠在过一个发烧这么高温度的人身上。贝塔在达利亚家的院子里，她的母亲在照顾它，母亲让她转告他她之前在梦里预先看到了这一切，还试图警告他，是他不想听的。早上她经过了他的公寓，发现大门紧锁，随后她去敲了西西娜女士家的门，解释了情况以后用备用钥匙打开门找到了他的证件和干净的衣服。此前西西娜女士发现公寓门开着，屋里空无一人，问她他是不是染上了毒瘾。午后达利亚去学校接了孩子，然后坐公交车来圣若泽探望他。小帕布罗把自己的任天堂游戏机借给他玩了一会儿。"我能一直玩到出院吗？过几天我就还给你。"男孩抱着游戏机，摇了摇头表示不愿意，他说只是开玩笑罢了。他又问了达利亚男朋友的情况，那个弗洛里亚诺波利斯的包工头，她说明年三月他们就要结婚了。她十二月初就要和母亲一起搬去弗洛里亚诺波利斯了。"等邀请函做好了我就给你一张。""太棒了，"他说道，"我一直梦想着能在某个婚礼上起身说我反对这个结合。"她握着他的手，他也紧紧抓住。"谢谢你，达利亚。我一点也不值得你这么做。""你值得的。"她说。

第二天早晨醒来时，波诺博正坐在病床边和护士娜塔莉聊天。"你不想休假几天，在玫瑰海滩边的旅店住上几天吗？你尝试过当模特吗？"娜塔莉半张着嘴，对眼前的这个人又惊讶又有些兴趣，但是一发现他醒过来，她的注意力就回到了病人的身上。在她测量体温时，波诺博述说自己本打算前一夜就来探望他，但是"破伤风"坏在了半路上，他只得让那辆垮掉的甲壳虫被拖去保罗洛佩斯，扔在了某个修车厂里。今天他搭了一个女孩的顺风车，她要去库里奇巴。"你现在比我还丑呢，游泳者。我已经听说了对你做这件事的那个蠢货的名字。他们说那个人在家里已经没法走路了，脖子也黑黑的。那个人怎么能这样偷走你的狗呢？如果是以前的话，我肯定去帮你把事情完成了，我会把他的蛋给扯下来然后扔去喂鲨鱼，但是我现在只能积德行善，抱有一颗慈悲心，但是无论如何没有人再敢在这个城市找你的麻烦了。有人把你们打斗的事告诉了奥塔伊尔，他又告诉了我。人们说他们让你那么昏迷着躺在沙滩上，但是你马上就站了起来去找那个人了。我多么想现场看一看啊。这件事真是很操蛋，但是我确实想看一看。"娜塔莉确认了一下温度计上的数字，记在了表格上。"没有那些放在屁股里的体温计吗，小娜？他喜欢那样的。"娜塔莉又是一副惊呆的表情，打了招呼之后离开了。"老家伙，这个女人是谁啊？"波诺博说道，"嗯？我从来没见过她这样的。走之前记得要她的号码啊。"娜塔莉存在的影响渐渐退去之后，波诺博想要知道关于他祖父的事。"你找到那个老头子又是怎么样一个故事啊。"他思索了一阵，说认真考量之后，他觉得那应该是一个梦或是因为发烧而产生的幻觉。他不仅仅撒了谎，还给谎言编造了细节。"我在雨里徒步了一段时间，然后就生病了，我没有照顾自己所以就发烧了，还喝了酒，在家里待着灵魂却神游出去了。贝塔消失了我都没有注意到。我还产生了错觉。在咱们通电话的时候我已经很迷糊了。那件关于我祖父的事现在也就结束了。我知道之前我也这样对你说过，但是这一次是真的结束了。"波诺博把手放在他的肩膀上。"每个到这里来的人，都会在第一个冬天疯狂一次或几次，游泳者。这是一种旅游仪式。我希望你能抵抗它，也希望你能留下来。你现在已经是我的兄弟了。一定要记住这一点。如果你需要什么东西，咱们俩可是亲兄弟。"波诺博向后靠了靠，表情十分严肃。"我知道我还欠你不少钱，但是只有等旺季结束之后才能有钱还你。这里的钱只有夏天才来，你知道的。我对旅店有很宏伟的计划，这一次的旺季肯定能挣大钱。总是能找到方法的。我还计划要在波诺博旅店里扩大产品和服务的规模以及多样性。客户目标有两群人：有东方信仰的好心人，以及打扮得很潮流的人。

这是下一个十年最有力量的两种行为趋势，因此也是两股强劲的消费趋势。精神上的唯物主义以及讽刺的消费观。寻找禅的旅行以及寻求自我意识的终极旅行。第一种更是我的菜，应该会很容易。佛教的课程和座谈会，每日早餐前的冥想，所有的活动计划都像是一个游戏，让客人感觉自己正在逐渐实现各个阶段，朝着个人变革不断前行，看破世俗的世界，为自己也为他人赢得真正的幸福。他们在一系列的活动中都会得到相应的分数，分数对应着一些奖励。人们会带着某一种证书回到家。而旅店里也总有一些工程建造，可以获得人们的志愿帮忙。这是不太好的因果报应，但是我得付账单啊。对付潮人受众就更难一些。他们需要感觉自己在做一些可靠的事，但又不能真正合法。环境需要稍微复古些，还得有点反政府，但却不能提及这些话题。一个潮人住客并不是游客，他是一个地道的当地人，只不过选择性地在游客的环境中，表现得像一个游客一般有意识地控制自己的行为，带来精神匮乏的愚蠢的商业旅行被魔杖那么一挥，就变成了一种最牛逼的经历。海滩上的老式美好假期被重新包装成迷人的内容。波诺博旅馆提供真正的复古风格旅行套餐。得研究一下怎么开展这样的业务。无论如何我已经决定要买一台手摇留声机放在进门的小厅里，还要卖一些衣服首饰。我把这所有的想法都做了一个幻灯片，之后我会给你看的。如果你决定重新留你那七十年代的胡子，你就能来给我当看门的人了。嗯？游泳者？你同意吗？"

住院第三天时，斯维尔健身房的一小群人来看他了。有黛博拉、米拉、双胞胎、冉德尔和格蕾丝，他们带着花来的，还有一袋子瑟尔玛自己做的手工姜糖，她因为去参加圣保罗的灵气疗法研讨会，无法来医院看他。他们说着自己的名字，免去他得重新辨别他们的顾虑。黛博拉一看到他的状态就哭了，但是说不用管她，因为她很容易就会哭鼻子。兽医夫妇问起了贝塔。他们得知它在可靠的人的照料下后松了一口气，如果需要的话他们会提供狗窝。"那条狗就是个奇迹。"格蕾丝说道。哈雅妮和塔雅妮说新的游泳教练不像他那么好。"我们的意思是，他也不错，"其中一个女孩说道，他已经分不清是哪一个，"但是他不上课。他只让我们训练。我们说已经做完了热身，然后他指着板子说，'现在练习蹬腿'。我们蹬腿结束了他又说，'好的，现在完成一整套动作'，他就知道重复写在板子上的内容。每次我问他我游得对不对，他连看都不看一眼就说对。我很想你，老师。因为现在没有人不停地纠正我们、鼓励我们、烦我们了，一点意思也没有。"他说也许新老师说的是对的。"也许你们现在游得已经很好了，不需要有人去不停地纠正你们了。只需要好好地协调腿和手臂，把每一次划水都做得很到位，感受每一次的游动和在水面上的滑行。当然也要努力，为了能够越来越好。我想你们应该已经准备好了，孩子们。""你看，"其中一个双胞胎说，"这就是我们说的。""你赶快好起来然后回到游泳池吧，"另一个双胞胎说，"你有可能回来吗？""不知道。"他回答说。"你们问问黛博拉。"秘书耸了耸肩，说她们得去问问"大锅"。他们离开之后，他陷入了回忆，想起了自己的老朋友们，想起了那些曾与他共同生活过的无法辨认其面孔的人，他想象着那些拜访和重聚，直到自己的幻想被娜塔莉打断。她带来了一个装了药片的小杯子，并问他昨天来探望的那个朋友是否真的在玫瑰海滩有个旅店。

他整整住院十一天。

出院的那一天他用了达利亚带来的钱，坐公交车抵达弗洛里亚诺波利斯的长途车站，在那里吃了午餐然后买了去加罗帕巴的车票。下车以后他直接走到了达利亚的家，这时候她应该还在因比图巴工作。贝塔看到他时高兴极了，达利亚的母亲强调说她给它喂了不少吃的才让它恢复了体重。女人开始讲述自己另一个与他有关的梦境，但是他打断了她，说自己已经知道了。"这一次那个黑头发的女人从沼泽里出来，旁边还跟着一个孩子。"她没有说话就这么看着他。"不是这个吗？"她点了点头表示肯定。"您不应该花时间做与我有关的梦。"他喝了最后一口咖啡，感谢了好几次，还祝贺了她女儿的婚事。他保证自己会回来付清狗粮的费用。

经过渔村的时候已经到了下午，他的狗紧紧跟随在他身后，那天早晨被护士刮胡子时留下的新鲜伤疤就那样露在外面。他走进小市场，把身上剩下的所有钱都拿来买了抹有黄油的面包、咖啡、一串香蕉以及一张电话卡。太阳落山以后很多居民在人行道和自家的阳台上排成一排，把衣服和枕头从窗户、栅栏还有晾衣竿上收回去。空气中飘漾着海浪、鱼汤和刚从烤箱拿出来的玉米蛋糕的香气。大海像是一面运动的彩色玻璃，落日的余晖仿佛来自海底，而海滩则是教堂的内侧，但是海水闻起来却有石油和污水的味道。山边逐渐出现了那个他那么渴望拥有、最终也入住了的小公寓。他打开百叶窗为客厅通风，然后一直待在黑暗中，直到窗前的路灯亮了，把光线照进了屋里。他感觉自己并不像是回到了家。茉莉在这件事上欺骗了他，他并不属于这里。对一个人来说他只可能属于两个地方。家庭是其中一个，另一个就是全世界。有时候要搞清楚自己位于何处并不是那么容易。

经历了与过去大同小异的一夜梦境之后，他在二〇〇八年十月三十日醒来，身处一个又脏又潮湿的小公寓，身无分文也没有工作，自己却毫不担心。他打电话给洗衣房，约定了时间去取洗好的脏衣服。随后他打电话给"大锅"，被告知现在这个时候没有一丝可能性来重新获得游泳教练的职位。新的教练做得很好，没有理由把他换掉。除此之外对那个人来说也很不公平。来游泳的人甚至还增加了一点。他告诉"大锅"没有关系,他为健身房的成功感到高兴。然后他出门去吃午餐,经过取款机时取出了自己的最后一点存款。他打电话给莎拉,询问道格拉斯愿不愿意帮他补牙,但是要到下个月才能付钱,他假定他并不知道烧烤那天发生的事。几分钟以后她回电话过来,告诉他已经预约好了。回到公寓,他开始打扫卫生。他正在用消毒水擦地的时候,听见有人在窗户前面拍手。他不认识这个朝着他微笑的强壮黝黑的小伙子。

"下午好。"

"下午好。你是谁呀?"

"你不认识我了吗,海员?"

他邀请男孩进来。

"我家里只有冰水。"

"没关系。我几天之前经过了这里,想看看你是不是还活着,但是窗户一直关着。你还好吧?"

"我还是挺虚弱的。我在医院里待了几天,得了很严重的肺炎。"

"你还记得那天在海滩上发生了什么吗?"

"是的。我从品内拉附近的海岸上摔了下来,那时候风雨大作,我游了一整晚才到达海滩。"

"然后就到了西里乌?从品内拉一直到西里乌?"

"应该是这样的。我应该是顺着洋流游的。"

贝塔从门口进来,准备在厨房的水盆里喝水。

"这就是你从那个人那儿抢回来的狗吧?"

"你都知道了?"

"全世界都知道了。他们甚至都不让我跟你说话。"

"啊?为什么啊?"

"谁知道呢。人们会编故事。"

"故事是什么样的?"

男孩抬了抬眉毛。

"算了,就这样吧。你告诉我,你说的那个志愿救生员的入学考试是什么时候?"

"十一月底,要上三周的课。有一部分理论,还有一部分实践。问题就在于实践的这部分。那些人会把你扔进绞肉机里。"

"然后你就要工作一整个旺季吗?"

"圣诞节前一点就要开始,至少要到狂欢节。"

"能挣多少钱?"

"给得还挺多。每天有一百雷亚尔。除去休息日,每个月也差不多有两千雷亚尔。你之前说的那些还算数吗?你能帮我提高游泳技术吗?"

"算数的。我也想参加那个课程。在哪里登记呢?"

"在消防站。就在帕里欧西纳营地那里。"

"太好了。再给我几天,我现在还是受伤的状态,但是下周咱们就可以开始了。早上八点的时候到这里来,不论是下雨还是刮东北风,不管什么事都不能影响训练。你叫什么名字?"

"阿依尔彤。你要收我的学费吗?"

"当然不了。你把我的电话记一下。"

阿依尔彤走了以后,洗衣店打电话来让他去取衣服,他带着贝塔散步到海滩,脑子里还想着救生员的课程,这时突然想起一个在他脑海里产生、存活了很长时间又死去的故事,至少到现在为止它还是死的。这个故事从他十二三岁就开始不分缘由地出现在他的想象中,直到青春期结束时还继续存在。那仅仅是一个轮廓,或是幻想,他从来没能给它想出一个适当的名字,但是它总是以同样的方式开始。他坐在海边的沙滩上，望着大海，看见一个人在远处寻求帮助。穿越了浪花之后，他发现溺水的人是一个和他年龄相仿的小女孩，那个女孩随着他一年又一年地想象到这个场景也逐渐长大。他把她从水里救出来，她吐出水然后躺在沙滩上，气喘吁吁，疲惫不堪。有时候她穿着衣服，有时候她穿着比基尼。她的皮肤永远很白，头发总是又黑又长的直发。她的眼睛是蓝色的。她的脸也一直是同一个，不是他曾经认得，或是后来认识的任何一个人。她恢复得差不多能站起来之后，用一个拥抱或是一句话和一个眼神对他表示感谢，然后在沙滩上跑着离开了，头也不回，瘦弱的手臂摇摆着，直到消失在沙丘旁的路上。几个月过去了，有时是好几年。想象中他自己的年龄总是比实际要大一点。故事的未来可能会变化很大，但是每一次他遇见女孩的时候，都是她最糟糕的状态。在男人的手里被折磨，或是沉溺于某种毒品。一个自杀的女孩。一个流浪的孤儿。她每一次都会哭泣。她的头发粘在被眼泪哭湿的脸颊上。那个稍大一些的自己现在成为了故事的主角，他用好几个月或是数年去寻找那个女孩，想象她的身份，她怎么会进入大海深处，从海滩消失之后她又去了哪里，而现在她重新出现了，他爱她。故事总是这样。没有什么比爱上一个没名字的女孩更简单的事了，她就是一缕思绪，被命运带来，容易受伤又性感无比，做好了被营救的准备，逃跑之后又再次出现。但是这个女人恨他。有时候她会用力地拒绝他的救援。"你为什么把我从水里救出来？你不应该救我出来。"越来越多次，她指责他抛弃了她。"你怎么能够抛弃我呢？你怎么能够抛弃我自己离去呢？""可是我救了你啊。"他为自己据理力争。她摇着头说"不"。"你为什么不问我的名字呢？你为什么不抓住我的手呢？你为什么不追上我呢？你为什么让我就那么走了呢？你不想要我。"这些他听起来都太不公平了。这些他怎么能知道呢？他做了需要做的事，也做了自己所有能做的事。实在是太不公平了，这么多次之后，她居然用很久以前的事，指责他在那时候没有用另外一种方式行动。也许她不记得自己一句话不说就跑走了？有时候在这样的争斗中他会有和她做爱的冲动，有时候仅仅是绝望。故事就停在了那里，停在了回顾历史以及去假设另一个不同的过去这种不公正的行为上，正是过去的行为带我们来到了现在这里。他连续好几年都想象着这个故事的后续。每一个故事都以他独自一人告终。他从来没有想过要把她告诉谁，把她写下来，或是画出来。为什么是这个故事呢？为什么会有一个故事呢？这么长时间以来它是从哪里出来的，又被存放在哪里了呢？

13

　　他看见肉嘟嘟的脸颊里嵌着的一双灰绿色的眼睛，还有因为满脸期待而显露出的珍珠般的笑容和酒窝。厚厚的嘴唇有些掉皮，和混血皮肤的颜色几乎一样，微微泛着浅玫瑰色光泽。他曾经见过她鼻翼一侧的鼻环，以及额头正中的小伤疤，却没能从记忆中把这个人的全部样貌撷取出来。长长的黑发散落在肩膀上。他的目光在呼吸的一刹那扫过了这张脸孔的每一个角落，他能够发誓这辈子从来没见过这个女人，但一下子就知道了她是谁。一些细节出卖了她。几天前他正好想到了她，一直相信总有一天她会出现。认出她的同一秒钟，她被吓了一跳，微笑被一种痛苦的表情所取代。

　　"天哪，你发生了什么？"

　　"和别人打架的时候挨了几拳。"他笑着说道。

　　"你原来从来都不会打架的。"

　　"一些人抢了我的狗。就是贝塔。我去把它领回来的时候他们不是很高兴。"

　　她把头转了过来，眨了眨眼睛仿佛不敢相信。他们就这样对视了一阵。他感受到自己的身体跟随不断加速的心跳轻轻地晃动，看见薇薇安的胸口像一个风箱般鼓起来又瘪了下去。大脑急速运转时，身体的各个器官都在努力工作去喂饱它，因为想要诉说的话语有成千上万，它几乎要瘫痪了。

　　"你开门的时候认出我的脸了吗？"

　　"没有，但是我认出你了。"

　　"怎么做到的？"

"你知道是怎么做到的。"

她把头转向一侧，用下嘴唇吹了吹气，想要把挡在面前的发丝吹走。他发现她两只手拿着一个类似相框的东西，外面还包着棕色的纸，用细麻绳系住了。

"即便过了这么长时间？"

"看上去是的。"

"我才是几乎没认出你呢。你太瘦了。"

"我知道。发生了不少事。其间我还得了一次肺炎。"

"肺炎？你可是从来都不生病的，最多感冒一下。"

"我的肺里进了水。"

"怎么搞的呀？"

"我从海岸边的高处掉进了海里，连续游了一整晚才从水里出来。"

"你说的不是真的吧。"

"你今天很漂亮，看上去也很高兴。我有时候会看一下你的照片。"

"让我进来吧，赶紧的。"

她穿着一件波尔多红色的羊毛大衣，仿军大衣的样式，衣服上全是大口袋，腰间拴着同样颜色的腰带。黑裤子和黑靴子，靴子上装饰着铆钉的搭扣。一切都显得很高贵，和他记忆中驻扎的那个曾经的形象大不相同，从前都是夏天的裙子和百货商店的外套。她在客厅里走了几步，向四周环视了一圈。她高挑的身影被清晨的光线照亮，仿佛刚从一家时尚出版社走出来，和公寓里的二手家具形成了鲜明的对比。

"你母亲说你住在海边，但是这里和我想象的完全不同。这里实际上都已经在水里了嘛。视野真是棒极了。从这里就可以游泳了，是不是。"

"我几乎每天都这么做。请坐吧。我去给咱们煮点咖啡。"

她把相框靠在了小沙发的扶手上，然后坐了下来。他打开水龙头，灌满了水壶。

"你什么时候到的？"

"昨天晚上。我下午从弗洛里亚诺波利斯出发的，从那里租了辆车。还在海边的旅馆租了一间房。淡季的时候房价真是超级便宜啊！房间挺美的。我感觉自己应该是唯一的住客。"

"你是自己来的吧？"

"是的。"

他划了四根火柴才点燃了炉子。

"我本想打电话通知你我要来的，但是你母亲说你的手机已经好几天都是关机或者不在服务区了，除此之外你也不上 Facebook，更不用说回复我的信息了。你看到我发给你的了吗？我也给你发了短信，你也没有回。最终我决定无论如何都要来一趟，因为我出版社的休假已经申请好了，改期的话就没有这么早的时间了。希望这对你来说不是个问题。我不想让你不自在。"

"没问题的。我最近都没怎么和别人联系。"

"你从来都不回我的信息，所以我认为你压根都不想跟我联系。但是我还是来了。因为不管怎么样，我知道你是怎么对待这些事情的。如果我一直期待你的回复……"

"能见到你真好。我觉得……"

他边把咖啡倒进咖啡壶里，边想着要说什么。

"……我在某种程度上还是看了你的信息的，但是怎么说呢，薇。我不喜欢在 Facebook 上聊天。并不是我不想和你说话。"

"嗯，我明白。"

"我喜欢这样打开门就看到了你。真的很喜欢。对我个人来说这样就很好。"

"我还挺担心你的。所有人都是。尤其是在这场大雨之后,还有洪灾。然后你还突然消失了。这里遭受了重大的损失吗?"

"这里没有。"

"我在电视上看到死了好多好多人。人们说这是圣卡塔琳娜历史上最严重的一次洪灾。到处都在修路。你没有受到影响真是太好了。"

他听见贝塔从房里出来的脚步声。

"贝塔,快看看是谁来了。这可是你认识的人哦。"

贝塔在他身后跛着,走到了客厅。它盯着薇薇安看了一下,又在空气中嗅了嗅,却没有靠近她。

"它之前被车撞了,现在已经好了。"

薇薇安打了几个响指呼唤贝塔,发出几下没什么号召力的响声,它还是静静地站在客厅中间让人摸不到它的地方。两个人就这样安静地看着贝塔,而它却哪里也没看。大家就这样僵住了好几秒。水壶开始咯吱作响。

"你怎么样呢?"

"挺好的。脸上被他们弄花了。最严重的还是那次肺炎,不过已经过去了。"

"我是想问你爸爸的事情。"

"哦。我挺好的。很想他,但是一切都正常。"

"我很想去葬礼,但是那时候我刚找到新工作,没办法飞过去。"

"你在电话里已经给我解释过了。你没有必要再为自己辩解什么。这本来也没什么错。事情都已经过去了。和贝塔在一起帮助

383

我度过了这一切。这能让我想起他,我也会因此难过,但是我们本来也没有那么经常走动,明白吧?他的状态挺不好的。但他是个好人。他自杀以后我觉得这一点更加明显了。他用自己扭曲的方式,却对每个人都很好。如果你仔细想想的话,他从来没让我们的生活缺少些什么。我还记得他抓住我的衣领,给我一些建议。他紧紧地抓住我的后脖颈,然后开始把真实的情况讲给我听。父亲总是知道自己在做什么。他决定得很快,从来不后悔。这一次他也就是做了个决定。"

"但丁因为这件事很生气。他接受不了。"

"那就是他的问题了。"

他回到厨房,把沸水倒进了咖啡壶。

"但丁也因为在葬礼上没看到你一直很心烦。你走得也太早了吧,你说是不是。你们错过了对方。"

"并不是错过的。我特意在他到来之前离开的。我想让但丁滚远点。现在也不想谈论他。"

谈话的间隙被咖啡的香气以及拍击着窗边石头的浪花填满了。他拿着两个杯子走了回来,把其中一个递给薇薇安,坐在了面前的沙发上。太棒了。准备咖啡时那段背对她的时间还并不足以让他忘记她的样貌。他们过去住在一起的时候他有时自己会这样玩,试图测试到底多长时间能够不忘记这个他所爱的女人的脸孔,或者为了一上午或者一整天都不忘记她,就这样时不时地盯着她看一会儿。起初的时候记住她容易极了,之后就会变得困难,有时候自己也失去了尝试的动力,但是现在再次见到她,这中间有差不多两年的时间,这样的游戏又重新变得有意思了。他决定付诸实践。他不会让她离开自己的视线,不会让这张面孔从自己的记忆中逃离,直到她再次离开的那一刻。当她从这扇大门离开时，他的脑海里还会存放她的样貌，同时也会想起两人是如何在他教课的泳池相遇的。想起她穿着黑色的泳衣，戴着蓝色的泳帽，高挑健美的身躯在泳池里笨拙地游动着，停在了泳池的一边喘气，聊天，放下防备答应了喝啤酒的邀请。和他一起搬去那个破烂的公寓之前，她住在富裕的父母家，房子里堆满了书，而和他搬到了穷人区之后，周围都是吵闹的酒吧和精神分裂的邻居。她的面孔开始渐渐消失，但是他对过往生活的那些回忆并未停止。他们第一次去海边，是圣诞节期间去空无一人的营地露营。空旷的海滩上，她从海里走了出来，冷得直发抖，身子缩在一起，却不知道双腿之间流出了血，被提醒之后她羞愧地蜷成了一团。她背朝下躺在他的胸口上，高潮之后身体还有些抽搐，他们就这样一直躺在又闷又潮的帐篷里。他们一起看着镜子。两人的身体都美极了，甚至可以带来痛苦。她说人类的身体很幸福。这句话没什么道理，但是确实是她所说的，仿佛幸福就等于美丽，或者意思相近的同义词。他并没有纠正她。她才是能够正确掌握词汇的人，永远是她。他不读书，而她也不陪他去参加比赛，但是在当时这些看上去都没什么问题。用了好几分钟脸孔才消失，仅仅留下了一个轮廓。不论他多么喜欢那个人，这样的事总会发生。但当她还在公寓里时，他不会让这样的事发生。抓住她还在的时间。一、二、三，好了。

"我想知道关于你的事。圣保罗的生活怎么样呢？"

"我超级好。真的超级好。我们在品内若斯买了一个小公寓，真是棒极了。是那种老式的，层高很高的那种，需要排号才能买得到的。我走遍了街道里每一家小的房屋中介，经纪人都是上了年纪的，只会用传真机。我把自己想要的公寓类型告诉了他们，让他们一出现这样的公寓就打电话给我。然后这座公寓的主人得了什么病,搬去和其中一个儿子住了,他们就把房子拿出来卖了。同一天就有人打电话给我,让我去看房,因为这样的好房子不会留在市场上超过一星期的。我真是幸运极了。接下来我作为自由职业者工作了一段时间,然后不断地找工作,直到年初找到了这份在儿童图书出版社的工作,我十分满意。我喜欢和作者、译者打交道,还有那些好得让人难以置信的插画家。七月的时候我去参加了Flip。你知道这是什么吗?是在帕拉蒂举办的文学盛会。这个盛会的旗下还有一个小Flip,专门面向儿童书籍举办的。那时候的工作很辛苦,但是很开心。但丁和我一起去了,如果他能在年底完成这本书的话,说不定他明年也会被邀请去演讲呢。诺尔①也在那里,他是我超级喜欢的作家。我们和威利斯慕②聊了很久的天。他说了不少的话!我之前见他那么害羞还以为他是哑巴呢。"

"威利斯慕就是那个画蛇的漫画家是吧③?"

"是的。我现在也在一个报纸网站的周刊上写专栏,关于书籍和出版市场,有时候也写一些文章的综述。圣保罗的文化生活是一种令人印象深刻的商业模式。阿雷格里港已经很不错了,但在圣保罗事情是不会停止的。甚至有一点吓人。那个城市仿佛不能允许任何一个孤单的人感觉良好,哪怕这种孤单是自愿的,只是为了能够有些许的喘息。我不知道,比如你,在那里能不能长时间感到开心。那是一个对自省的人来说侵犯性很强的地方。有成千上万的事情不停地等着你去做、去看、去吃,已经让人晕头转向了,还有一种宇宙醚围绕在你身边,来自有趣的人,来自滋养全世界野心的权力和金钱,如果自己仅仅待在家里关着手机读

---

① 若昂·吉尔贝托·诺尔(João Gilberto Noll,1946—2017),巴西作家,阿雷格里港人。
② 路易斯·费尔南多·威利斯慕(Luís Fernando Veríssimo,1936—),巴西作家、漫画家、翻译家、剧作家、音乐家,阿雷格里港人。
③ 威利斯慕在巴西报纸上发表的以蛇为题材的漫画十分著名。

《哈利·波特》,或是吃着黑乎乎的巧克力思考人生,你就会感受到一丝过错,明白了吗?顺便提一句,和之前的没关系,你看见奥巴马获胜了吗?"

"谁?"

"奥巴马。他选举获胜了。昨天晚上在餐厅时电视上放的,宣布了他的胜利。美国第一位黑人总统。'是的,我们可以。'① 我想在 iPhone 上下载他的演讲,但是这里没有 3G 信号。还有,我买了 iPhone 哦!你看。之前你见过吗?这是苹果的手机,一个朋友带给我的。"

"薇,你在说些什么呢?"

"你知道谁是奥巴马吧,看在上帝的分上。"

"我当然知道了。不就是维特根斯坦② 的朋友嘛。"

这个两人之间的老笑话引来了共犯般的会心微笑。他们认识没多久时,薇薇安还在联邦大学学习新闻学,有空的时候还选择哲学方面的选修课,她试着把自己对《逻辑哲学论》的热情转移到他身上,在课堂上一位老师推荐之后她就开始阅读那本书了。这件事最终以争吵结束。从此以后每当她说出一连串他的知识背景不足以理解、或者他的认识还没有更新的话题时,这位哲学家的名字就会被戏谑地提起。耐心地听着她讲话,鼓励她说到最后,然后随意提到维特根斯坦也是这个笑话的一部分,这表示他已经思维掉线很长时间了。

"我知道谁是奥巴马。只是不知道他昨天赢得了选举,也不知道你为什么现在突然提到你的新手机。"

---

① 原文为英文 Yes we can,是 2008 年奥巴马胜选演讲的标题。
② 路德维希·维特根斯坦(Ludwig Wittgenstein, 1889—1951),英籍奥地利哲学家,语言哲学的奠基人。《逻辑哲学论》是他的代表作。

"你问到圣保罗,我就开始说了,也不知道怎么停下来,对不起。我挺紧张的。你认为对我来说出现在这里很轻松吗?"

"不,当然不了。我也不知道该说什么好。"

她喝了一口咖啡,用头指了指一旁。

"我给你带了个礼物。"

"我现在能打开吗?"

她点了点头。他起身去厨房找了一把带锯齿的刀,拿起方形的包裹,重新坐到了沙发上,用刀切断了细麻绳,然后撕开用胶粘好的棕色包装纸,里面露出了一张带框的肖像画的一角。

"是你的父亲。"薇薇安在他即将面对辨认肖像里的人这个残忍挑战之前,特意把答案告诉了他。

终于把包装拆完了。是一张父亲的黑白照片,扩印到几乎一米高。每一个毛孔、睫毛和皱纹都毫不害臊地展现在他眼前,期待着被人审视。父亲在照片里微笑着,胸部以上到脑袋被装进了相框里,身着白色的正装衬衣。背景中有一些植物和破烂的房子。他分辨不出来这张照片是在哪里拍的。

"这张照片是在咱们和他一起去雅瓜郎的时候拍的,去边境买东西那次。你还记得吗?我记得应该是咱们第一次和他一起出行。你父亲要去买威士忌和雪茄,咱们就搭了顺风车。你那次买了雷朋太阳镜。"

"我记得。"

"我现在还在用那时候的老式相机呢。就是我在大学里摄影用的那个。所有的底片我都还留着呢。"

"我记得。"

他看着这张照片,嗓子里好像有什么东西堵住了。

"喜欢吗?"

"是的，很喜欢。真的很喜欢。"

"我想你应该有很多他的照片了，但是这张很好看，家旁边又刚好有一个扩印的好地方。"

"太不可思议了。我都不知道该说什么好了，薇。谢谢你。"

"希望你能够喜欢。"

他把目光从照片上移开，注意到坐在沙发上的薇薇安明亮的眼神，她双手握在一起，指头相互挤压着，那种不安和燥热就像一个刚刚宣告自己恋爱了的女子。他把相框靠在沙发的座位上，一瞬间站了起来，然后发现她也已经站在了自己身旁。

"我把杯子碰倒了。"她在他的耳边低语道。

"随它去吧。"

"咖啡把地上弄脏了。"

"没关系的。"

他们拥抱在一起，直到出现一种和困倦类似的感觉让身体疲软，才让两人退开了几步。他的心脏啜泣不止。他开始收拾掉在地毯上的咖啡杯，而她则说自己需要去一下洗手间。海鸥尖叫着在上空盘旋，疯狂地绕着圈，这时候两艘船在清晨的捕捞之后回到了岸边。贝塔竖起了耳朵，站起来然后走到了路上。

洗手间的门打开了。薇薇安走过他，径直停在了窗前，就那样一直望着大海。他重新坐回到沙发上，想着她的面孔，同时观察着她的长腿和黑发，她的头发垂到半腰间，静止的时候也让人感觉在晃动，这就是理发师的魔法了。需要让她转过来。如果他一不留神，记忆就会变得模糊。

"你到这儿来只是为了看看我怎么样，还是你有什么事情要告诉我？"

她转过身来。

"我怀孕了。你要做叔叔了。"

"你知道多久了?"

"已经两个月了。现在是十五周。是个男孩。"

"祝贺你。真为你感到高兴。"

"真的吗?"

"当然了,薇。你很开心,不是吗?这是你想要的。"

"是的。"

"那么我也很开心。我可以用和所有其他人不一样的眼光来看待这件事。我知道它将要发生。我知道有一天你会来找我,告诉我这件事。你记得你曾经在一张纸条上帮我签过字吗?"

"什么纸条?"

"在你搬去圣保罗和他一起生活之前。咱们还在一起的时候。在那间叫风磨房的咖啡馆里。"

"我不记得有什么纸条。"

"你在纸上写了日期还签了字,然后我也写了点东西。"

"我不知道你在说什么。"

他站了起来,走到房间的衣柜旁,在一个储物的盒子里翻了翻,终于找到了那张折成小块的纸条。他犹豫了一会儿。一部分的他不愿意展示这张纸条,建议自己把它撕成碎片,扔进垃圾桶里,然后换一个话题。但是另一部分的他则提醒他自己任何事情都无法被抹去,不能假装某件事是不存在的。

他回到客厅把纸条递给了薇薇安。她迅速读过之后,抬起头来,一副因为迷惑和沮丧而愁眉苦脸的表情。

"这是开玩笑的吗?我不知道你在这里写了这个。"

"但是你记得你在这里写了日期然后签了名吧?"

"现在想起来了,但是这是什么破玩意儿?如果你知道咱们将要分开,如果你知道有一天我会出现告诉你我怀孕了,那你为什么当时不说呢?为什么不做点什么呢?"

"我做了一切我能做的。也许对你来说算不上什么,但是我做了一切我能做的。并不是很多。也并没有很多事情是我能做的。我知道这都不会有什么进展的。"

她朝着他走去,递还了纸条然后坐到了沙发上。

"我一点都不喜欢。你为什么这样做?认真地说,你的意图是什么呢?因为这样你就可以说'我告诉过你了',或者'我早就知道了'这样的话吗?这样就能让你显得比我优越吗?比你的哥哥优越吗?你总是知道所有人身上会发生什么是吗?你以为你自己是谁?"

"不是的。并不是这样的。我想自己当初把它写在纸上主要是为了向自己证明我还没有疯。为了这件事真正发生的时候我能知道自己真正预见到了即将发生的事。能够知道我无能为力。而你也一样。"

"但丁也一样。"

"一样。"

"那么你为什么会让我走呢?为什么你不把我留在阿雷格里港呢?你为什么不和我一起去呢?"

"你和我一样了解这段历史,薇。"

"我不知道。只有你才知道全部的事。帮帮我吧,因为我已经理解不了你了。我不知道你是怎么看这些事的,也不知道你现在在干什么。"

"但丁决定搬去圣保罗,一个月之后你在那里得到了一份工作邀请。你为此已经期待了很久,为了离开那个令人窒息的小渔村,就像你曾经说过的那样,那里好像一座拥有低矮天花板的房子一样强迫你蜷着身子走路。你说得很有道理。对于你这样的人来说，阿雷格里港太小了。我当时不能和你一起去，因为我正在为参加夏威夷的国际铁人三项比赛进行训练。那是我一生的梦想，是我不能为了去圣保罗随意中断的事。然后但丁就租到了不知道哪儿的一间很大的公寓，一开始就邀请咱们和他一起搬过去，然后你问我你可不可以先搬过去，如果我不介意的话。这就和你请求我的允许是一样的。我想就是在那一刻我看到了一切。很容易就能看出来。那一瞬间形成的每一件事，抛去头脑中编造的事、那些意愿，那些我们曾经希望发生的事，仅仅留下事实，每件事都有它的后果。这并不是什么谜语。因为我知道但丁喜欢你。"

"他曾经和你说过吗？"

"没有，但他是我的哥哥。而我也能感觉出来你有多仰慕他。尤其是在他出版了自己的书以后。第二本还是第三本，我记不清楚了。就是那本让他成功的书。我也读了那个破玩意儿。书里的每个人我都能认出来。有些我的朋友也成了书里的人物。我们青少年时期他唯一没有借用到自己丰富想象中的就是我了。他很巧妙地避免提到我。剩下的人全在那里。他把这个称为小说。"

"好吧，理论上来说……"

"但是和这个一点关系也没有。我知道你爱我，薇，但是我也知道有时候你认为我只是愚昧无知的运动员中的一个。这就是我的真实情况。一个很好的人，很棒的人，但是脑子却不太好使。下面大，脑袋小。咱们认识的时候你才二十一岁，你只想要的就是这些。但是这些慢慢就消磨完了。如果我的头脑能更开放一些就好了。如果我能够读你给我的那些书，并且喜欢上它们。如果我能够与时俱进。如果我能对你的世界感兴趣。如果我能和不是我的某个人更相像一点。想象一下如果我是一个作家，那么会怎么样。"

"你不要说这些没用的。你在践踏我对你的感情。而我现在对你也还有这样的感情。"

"我没有践踏它们。我知道你对我的感觉。我能感受到你对我的感觉,也知道从某种程度上说你从来都没有停止过爱我。那么我错了吗?你问我介不介意的时候发生的不就是这些事吗?"

"你说得太夸张了。"

"有可能。但是我是在事实的基础上夸张的。"

她面对着他,脸上的表情不是仇恨,而是一种野兽般的愤怒和自我防御,然后她的左眼滚出了唯一一颗眼泪,触碰到了脸颊,在眼泪滴落到地上的同时她问了接下来的问题。

"那你为什么说你不介意我去呢?如果你知道这一切都会发生的话?"

"别哭,薇。"

"我不会哭的。你告诉我为什么。"

"因为我不论如何都会失去你。问题只是如何失去。如果我拴住你,今天我就会是那个阻止你生活的人。而我总归会成为那样的人。"

"啊,谢谢你啊。你真是好人。牺牲了自己。你更愿意自己留在那儿让我离开,你就成为一个受害者了是吗?一个拥有那张荒谬小纸条的受害者,说着'我早就知道了'。"

"我不是受害者。不存在谁是受害者的问题。"

"如果你当时坚持让我留下,我说不定就永远不会离开了。"

"别骗自己了。"

她摇了摇头,用鼻子吸了吸气。

"那么你什么都知道。好吧,我却什么都不知道。我从来没有预见任何事情的发生。我爱上了他。从来不知道自己的人生会变成《祖与占》①那样粗野的影片。如果你知道事情会变成怎样就应该提前告诉我。我也许就能更好地做好自我准备。给我拿杯水来。"

他去拿了一杯水然后回来。她把水一口喝光,双手握着杯子,指头的关节因为用劲过大而变黄,他担心杯子快要碎了。

"你进来的时候我就应该告诉你的。现在就更困难了。但是我还是要说。我来这里是想要知道你愿不愿意做孩子的教父。"

他把目光从杯子上收了回来,面对着她。她微微一笑。

"看来你没有预料到这件事吧?"

"他也愿意这样吗?"

"是他的主意。"

"你也认为这是个好主意吗?"

"是的。"

"对我来说实在是太荒谬了。"

"随便你怎么说。这个丑剧是该结束了,关于这其中的各种仇恨。你们的父亲都去世了,你们也没能在他下葬的时候拥抱一下。你母亲总是说她不在乎,但是她其实是害怕和你谈论这个话题。但丁也害怕,但是他因为这一切受了很多罪,也很想你。所有的人都因为这个破事受罪,压根就没有这个必要,也不需要这样。但是我不害怕来向你提议。因为你好好想一想,这是最好的,哪怕它听起来很荒谬。这是我们的孩子,你的侄子。让我们借此机会向前看吧。我们还年轻,但是我们也是成年人。我们能够把事情做对,然后毫无痛苦地度过剩下的大好人生。这是咱们家族

---

① *Jules et Jim*,1962 年上映的法国电影。

的问题。我们是一家人。我知道你对此有多么重视。你有停下来从这个角度思考过吗?"

"别说了。"

"你知道我说得有道理。是你的仇恨阻止你接受这件事。"

"我明白你说的意思,但是不行。"

"不行?"

"我没法接受。"

"你在拒绝成为你侄子的教父。是这样吗?"

"你听好了。我理解你说的意思,我也想象过这样是最好的,但这是不可能的。我也没法假装这件事是可能的,假装我能够在弹指间就原谅他。你们在做梦。"

"你为什么不能原谅他?"

"这还不明显吗?"

"你不会这么吝啬吧?我都原谅你让我离开了,你不仅没有找我谈谈,反而给你自己写了张小纸条。你难道没有原谅别人的能力吗?"

"我并不想要你的原谅。"

"即便如此我也已经原谅你了。"

"那么我不接受。我拒绝被原谅。"

"哈!好极了。这实在是太好了。"

"我做错的事会一直由自己承担。没有什么会因为我们的决定、我们的想法而改变。没有人能够把我对别人做的错事从我身上拿走。我们需要这些事,好让我们成为更好的人。原谅就像是假装这些错事压根儿不存在,但人生就是我们所做过的事情的一个结果。假装某件事从未发生过的行为是毫无意义的。"

"原谅不是这样的!你疯了吧!原谅是把别人从过错中解放出

来。原谅别人也让你自己得到解脱,并不是假装它不存在,而是一种奉献,一种给予。是人们所做的一种选择。这件事需要勇气,但是值得去做。"

"它不是一个选择。选择是不存在的。"

"不是吗?"

"归根到底它不是。"

"如果是这样,那为什么还会有仇恨?如果没有人选择任何事,为什么还会有仇恨?如果我们仅仅是遵循命运的安排,没有人能够对自己的所作所为负责的话。不是吗?我做的一切,你做的一切以及你哥哥做的一切不过都是命运的安排罢了。没有需要被原谅的事,因为没有人做错什么。"

"但是是这样的。没有人选择了什么,即便如此事情的责任也在于我们。就是这样。我不知道怎么去解释为什么。我组织不出语言来。也许你知道怎么说。"

"我能够表述出来,但是你说的都毫无逻辑。荒谬极了。自由意志要么是存在的,要么是不存在的。如果人类是自由的施动者,如果我们有选择,我们就能够负责任。如果不存在自由意志,如果宇宙被自然法则事先就决定好了,一切都不过是前一件事情的后果,这样就没人该为自己所做的事受到指责。仇恨和原谅就都没有意义了。"

"维特根斯坦。"

"你别给我提什么维特根斯坦!你知道我在说什么。我知道你比你喜欢用的那套装可怜的说辞更加聪明。"

"那两种对应的词是怎么说的来着?"

"自由意志和宿命论。"

"我觉得没有这么简单。"

"这中间没有什么是简单的。"

"我想说的是这两种选择在我看来都是错误的。或者两者同时都是十分正确的。两个正确的答案,对应的是一个错误的问题。"

"我的上帝啊。那么什么才是正确的问题呢?"

"我不知道。"

"这样是在重演那些咱们曾经经历过的疯狂至极的争吵。话题虽然变了,但是过程永远都一样的。没有人会胜出。"

"我知道没有选择,即使这样我们也会继续活下去,假装选择是存在的。就是这些。"

"我想这回轮到我说'维特根斯坦'了。我也可以说吗?"

"正因为如此原谅才没有意义。原谅是一种懦弱。需要勇气的是在不去假装能够抹除什么,不去原谅也不接受被原谅的同时,还可以继续爱别人,和别人保持友谊,为其他人做好事。你说但丁对父亲充满愤怒,因为他自杀了,这都是为了什么?我认为他做的事很糟糕,我不原谅他的行为,但是他对我说自己并不是选择要自杀,现在我能够理解在某种程度上他确实没有选择。我不对任何人感到任何愤怒,为什么我会有愤怒呢?他直到那一刻都对我们很好。当我们向后看的时候,一切都是无法避免的。"

"你父亲告诉你他要自杀了?"

"薇,我身体里不存在任何部分能够在我哥哥做了那些事情之后还原谅他。并不是我愿意原谅他但却不能,而是我并不愿意。那会是一个错误。实际上他并没有选择做错误的事,因为没有任何人选择了任何事,但是这并不能免除他在知道我不能去圣保罗的时候还喊你过去的责任,然后让那件事向他后来做的那样发展,同样的你也并没能推卸掉离开、和我分手并和他在一起的责任。而我也并不会把自己从让你离开、没能帮助你变得开心、把自己变成了那个你没有选择只能抛弃的人这几件事的责任上开脱出来。一切都是加载到一起才有了作用,成为了我们现在生活的一部分。某一个时刻,你们决定了你俩对彼此的感觉超越了对我的感受的顾虑。这件事并不是由选择决定的,你们并没有选择,阿雷格里港是不可行的,我是不可行的,你们在圣保罗相爱了,那里什么都是可行的,但是决定它就在那里,像一块石头般存在于这个世界上,或者像是一把刀。决定它就在这里,它现在就存在,就像我们所做的任何一个决定、任何一个动作或是任何一件事情,不论我们是否相信它出自我们的自由意志但都会有后果一样,它也有这些后果。你们决定你俩的人生要从那一刻开始结合,这个决定本身比它会对我造成的影响更加重要,然后你们就继续向前了。这样也没关系。我能够从你们的角度来思考。我想我应该不会做同样的事,但是我能够想象,也能理解。但是你们现在应该有勇气承担这件事啊。我会永远爱你,如果我哥哥的人生出现了危险的话,我也仍旧会以我的方式保护它。但是我不想见到他,也不会做你们俩孩子的教父。"

"对不起,我不应该来这里。"

她起身整理了一下衣服。

"你不用马上就走。"

"我需要的。"

但是她并没有马上离开。她在窗边站了一会儿,静静地望着外面洒满阳光的海面。

"薇。"

"你在这里很快乐,是吗?"

"我吗?是的。我觉得是的。"

"更差劲的是我居然相信你。当我听说你搬到了这里,别人都对我说你在逃避，或是因为你父亲做的事受到了创伤这一类的事，我对所有人说不是这样的。我应该是唯一一个知道这事完全不是这样的人。现在没有其他任何一个地方是你愿意去的。"

"也许是吧。我不知道。"

"我真想晃你几下或者给你几巴掌，就冲你这个冰冷的态度、这种高傲和虚荣。我的上帝啊，那种认为你不需要任何人，相信你不应该原谅也不应该被原谅的虚荣。但是从你的视角来看事情并不是这样，对吧？你很开心。我能从你的眼睛里看出来我带给你的孤独。我知道你从来不觉得自己是独自一人。只是因为我现在在这里。明天一切就会重新变好的。我会把我的回程提前。我可以去机场把航班换成今天下午的。你什么都不需要说。我知道你有多么的喜欢我。它一直存在于某个地方的，很安全地存在在那里。我再也不会回到这里。如果有一天你想拜访我们，我们的大门永远会为你敞开。小孩大概五月就会降生。好吗？他会是你的侄子。如果你没有尊严和勇气来见他，也许等他长大了以后，有一天他会去找你。因为这就是你希望的，不是吗？别人去找你。别人跟在你的身后。"

他想说什么却哽咽了。

"我现在就要走了。没关系的。这事正如你所预见的一样发生了，对吗？但是会比你想象的更快。已经结束了。"

后　记

　　第九章最后引用的诗句的作者是玛努埃尔·布兰道·德·索萨，是从玛努埃尔·瓦伦丁所著《加罗帕巴史》这本书里选取的。
　　在这里要尤其感谢亲爱的海员，我的朋友及伙伴马里欧·马丁斯·达·小席尔瓦，感谢他无穷无尽的智慧与慷慨，还要感谢我的父亲吉尔森·加莱拉，他向我讲述的那个故事是这一切的源头。